Body Language

A.K Turner

Body Language

Traduit de l'anglais (Grande-Bretagne) par Claire Breton

ALIBI

Titre original : *Body Language*
Éditeur original : Zaffre, Londres.

ALIBI, un département des Éditions Dargaud
57 rue Gaston Tessier
75019 Paris

ISBN 978-2-4915-0769-5

La première incursion d'A.K. Turner dans le roman policier est une trilogie à suspense publiée sous le nom d'Anya Lipska et relatant les aventures de Janusz Kiszka, un « nettoyeur » de la communauté polonaise de Londres. Fort bien accueillis par la critique, les trois volumes ont été par deux fois sélectionnés pour une éventuelle adaptation en série télévisée. Dans son autre vie en tant que productrice et autrice pour la télévision, A.K. Turner réalise des documentaires et des docufictions sur des sujets aussi variés que la mutinerie de la *Bounty*, la vie sexuelle des néandertaliens ou les jardins italiens.

À Katy

Et à la mémoire d'Ann Edwards, la véritable « Mme E »

1

La fermeture éclair de la housse mortuaire s'ouvrit sur la figure de la première patiente du jour. Ses yeux mi-clos d'un bleu incroyablement vif regardaient Cassie sans la voir.

— Bonjour, madame Connery, lança la jeune femme.

Sa voix se fit plus douce que lorsqu'elle s'adressait aux vivants.

— Je m'appelle Cassie Raven et c'est moi qui vais m'occuper de vous durant votre séjour parmi nous.

Elle ne doutait pas une seconde que la défunte l'entende, et espérait que ses paroles lui apportent un peu de réconfort.

La veille au soir, Kate Connery s'était écroulée avant d'aller se coucher et avait expiré là, sur le carrelage de sa salle de bains, à une semaine de son cinquantième anniversaire. Des rides de rire parcouraient son visage ouvert et franc, surmonté d'une chevelure brune trop uniforme pour être naturelle.

Cassie jeta un coup d'œil à l'horloge et pesta. C'était un nouvel anatomopathologiste qui devait se charger des autopsies aujourd'hui ; avec trois corps à préparer et Carl, le technicien junior, en congé maladie, ce lundi s'annonçait infernal.

Malgré tout, elle prit son temps pour dépouiller Mme C de sa chemise de nuit, notant un léger relent ammoniacal - sueur ou urine - lorsqu'elle la fit glisser par-dessus sa tête avant de la plier soigneusement dans un sac plastique. Les vêtements portés au moment du décès comptent toujours beaucoup pour les proches, parfois davantage que le corps lui-même, auquel la famille endeuillée peut avoir du mal à se rattacher. Un cadavre peut faire l'effet d'une valise vide.

— Il faut qu'on trouve ce qui vous est arrivé, Mme C, lui expliqua Cassie. Pour pouvoir apporter des réponses à Declan et à vos fils.

Dès son premier jour de travail à la morgue, cinq ans plus tôt, Cassie avait trouvé tout naturel de parler aux défunts dont elle avait la charge, de les traiter comme s'ils étaient toujours en vie, toujours des personnes.

Et de temps à autre, il leur arrivait de lui répondre.

Ce n'était pas comme quand un vivant parlait – déjà, leurs lèvres ne remuaient pas –, et l'instant était toujours si fugace qu'elle aurait presque pu se l'être imaginé. *Presque.* La plupart du temps, ils posaient une question du style *Où est-ce que je suis ?* ou *Qu'est-ce qui m'est arrivé ?*, simple reflet de leur perplexité à se trouver dans ce lieu étrange. Mais parfois, Cassie était convaincue que leurs propos contenaient un indice sur la cause de leur décès.

La jeune femme n'avait jamais raconté à quiconque ces « conversations » : on la trouvait assez bizarre comme ça. Cependant, les autres ignoraient ce qu'elle savait du fond de ses tripes : les morts parlent – pourvu qu'on sache les écouter.

Les seuls signes extérieurs d'un éventuel problème chez Mme Connery étaient un peu d'érythème sur les joues et le front et un hématome de la taille du poing au sternum, là où son mari ou les pompiers avaient vainement tenté un massage cardiaque. Cassie consulta le rapport d'intervention. Après une soirée foot au pub, Declan Connery était rentré chez lui pour découvrir sa femme inanimée. Les secours avaient eu beau l'emmener à l'hôpital sur les chapeaux de roues, elle avait été déclarée morte à l'arrivée.

Comme Kate Connery avait succombé de manière inattendue – elle paraissait en bonne santé et n'avait pas vu son médecin traitant depuis des mois –, une autopsie clinique, ou « de routine », visant à établir la cause du décès était requise d'office.

Cassie posa la main sur l'avant-bras réfrigéré de Mme C et attendit que sa propre chaleur repousse le froid.

— Vous pouvez me dire ce qui s'est passé ? murmura-t-elle.

Pendant quelques secondes, rien. Puis vint la sensation

familière de glissement, suivie d'une sorte d'état second en même temps que tous ses sens étaient décuplés – le ronronnement de la chambre froide devint vrombissement de réacteur, la lumière du plafond, soudain aveuglante.

L'air au-dessus du corps de Mme Connery sembla crépiter des dernières étincelles de l'électricité qui l'avait animée cinq décennies durant. Et au milieu des parasites, Cassie perçut un gémissement grave et rauque.

J'étouffe !

2

Comme toujours, tout fut terminé en un instant. C'était un peu comme émerger d'un rêve prégnant dont on cherche désespérément à retenir les détails, seulement pour les sentir s'échapper comme l'eau s'écoule entre les doigts ouverts.

En tout état de cause, les mots de Mme Connery n'avançaient guère Cassie. Son dossier ne mentionnait aucun antécédent d'asthme ou d'emphysème, et il existait quantité d'autres pathologies susceptibles d'affecter la respiration. Elle se demandait encore comment interpréter ces paroles lorsqu'elle entendit la porte s'ouvrir. C'était Doug, le directeur de la morgue, suivi d'un mec plus jeune – grand, la frange molle – qu'il lui présenta comme étant le docteur Archie Cuff, le nouveau pathologiste.

Cassie ôta son gant en nitrile et lui tendit la main.

— Cassie Raven est notre technicienne senior en anatomopathologie, expliqua Doug avec un grand sourire. C'est grâce à elle que tout roule, ici.

Même s'il portait des boutons de manchettes (*des boutons de manchettes ?!*), Cuff ne devait pas avoir plus de trente ans, à peine cinq de plus que Cassie. D'un simple coup d'œil, elle vit que sa veste cirée bleu marine était une authentique Barbour, pas une copie – le curseur de la fermeture éclair métallique arborait le logo de la marque – et à en juger par sa cravate, en soie bleu foncé barrée d'une large raie blanche oblique, il avait été scolarisé à la très sélecte Harrow School. Cassie remarquait ce genre de détails, les avait toujours remarqués, d'aussi loin qu'elle se souvienne.

— Ravi de travailler avec vous, Cathy.

Il avait le faux accent semi-populaire qu'affectionnent les jeunes de la haute, le sourire aussi superficiel qu'un ministre, mais à la manière dont son regard glissa sur elle, il l'avait déjà classée dans la case « sous-fifres ».

Cassie n'était pas du genre à prendre les gens en grippe à la première minute ; elle décida de faire une exception pour Archie Cuff.

— Moi aussi, répondit-elle, surtout si vous n'écorchez plus mon nom.

Un gros fard monta du col de la chemise rayée de Cuff jusqu'à ses favoris roux, mais au moins il la regarda pour de bon, cette fois. Et vu l'ombre de dégoût qui traversa son visage, il n'appréciait guère ce qu'il voyait - même si elle n'aurait su dire si c'étaient ses cheveux teints en noir sur une coupe undercut, ses piercings, ou simplement sa façon de soutenir son regard. Elle dut réprimer la pulsion puérile de soulever sa blouse pour lui exhiber ses tatouages.

Les yeux de Doug fusaient de Cuff à Cassie tel un arbitre débutant dans un combat de MMA, tandis que son sourire s'affaissait.

— Bon, ben, je vous laisse.

Cassie était sûre que, plus tard, il ne manquerait pas de lui rappeler sa règle d'or : *N'oublie jamais, le pathologiste peut faire de ton boulot un rêve - ou un cauchemar.*

Après un rapide examen externe de la défunte, au cours duquel ils n'échangèrent que le strict nécessaire, Cuff laissa Cassie procéder à l'éviscération.

Elle positionna son bistouri à la base de la gorge de Mme C. C'était le moment où elle devait cesser de considérer Kate Connery comme une personne pour la voir comme une énigme à résoudre, un territoire inconnu à explorer. Sans ce changement de perspective, quel être normalement constitué pourrait disséquer un de ses congénères ?

Après l'incision initiale, un geste franc le long du sternum écarta les tissus aussi facilement qu'un vieux rideau de soie.

En atteignant l'abdomen, plus souple, elle ne s'interrompit pas, mais atténua la pression afin d'éviter d'endommager les organes, pour s'arrêter juste au-dessus de la symphyse pubienne.

Cinq minutes plus tard, les ciseaux à os avaient ouvert la cage thoracique de Mme C, mettant son cœur et ses poumons à nu, et Cassie les séparait adroitement de leur point d'attache. Ceci fait, elle souleva à deux mains l'ensemble des viscères, de la langue à l'urètre, et les déposa en douceur dans le bac prévu à cet effet. Un moment lugubre, qui lui donnait toujours l'impression d'être une accoucheuse de mort.

À présent, le cerveau. Cassie alla se poster derrière la tête de Mme C et plaça le support sous sa nuque. L'incision devait joindre les deux oreilles en passant par le dessus du crâne afin qu'une fois recousue, elle soit dissimulée par les cheveux – d'autant plus important que les Connery voulaient une cérémonie à cercueil ouvert. En rabattant en avant la moitié supérieure de l'épaisse crinière de Mme C, Cassie remarqua une trace rouge luisante sur son cuir chevelu. Eczéma ? Ça ne figurait pas dans son dossier médical – et de toute façon, l'eczéma ne tue pas.

Lorsqu'elle eut repoussé la peau de part et d'autre de l'incision pour dégager l'os pariétal, Cassie attrapa la scie. Quelques instants plus tard, elle avait enlevé la calotte crânienne et extrayait délicatement le cerveau. Elle le garda un moment entre ses mains en coupe et s'imagina Kate Connery telle qu'elle avait dû être de son vivant, une matriarche pragmatique au rire facile, entourée de sa famille et de ses amis dans un pub de Camden Town.

Quand Archie Cuff revint paré de sa blouse, l'atmosphère entre eux demeura tout aussi glaciale : sur les quarante minutes qu'il mit à disséquer les organes de Mme C, il n'adressa qu'une seule fois la parole à Cassie, pour se plaindre que la lame de son PM40 était émoussée. Cela ne fit que confirmer la première impression qu'il lui avait faite, à savoir qu'il était le dernier d'une longue série de jeunes snobinards arrogants pour qui les techniciens mortuaires se situaient à peine un cran au-dessus des employés des abattoirs. Un pathologiste plus expérimenté lui aurait demandé son avis sur la cause du décès, et pas seulement par politesse : les techniciens passent bien plus de temps avec les corps et remarquent parfois des indices qui seraient passés inaperçus autrement.

Comme Cuff longeait la table de dissection pour aller rincer le sang de ses mains gantées à l'évier, Cassie entreprit de rassembler les organes de Mme C, prêts à être remis à leur place.

— Alors, verdict ? demanda-t-elle.

— Rien de probant ne permet d'expliquer le décès. On va devoir attendre de voir si le labo trouve quelque chose d'utile.

Les analyses toxicologiques rechercheraient des traces de médicaments et autres poisons dans les fluides corporels, tandis que l'histopathologie étudierait ses organes et tissus au microscope en quête de signes de maladie.

— Vous avez trouvé des pétéchies dans les poumons ? s'enquit Cassie, l'air de rien.

Cuff se tourna vers elle.

— Pourquoi cette question ?

Donc, la réponse était oui.

Elle haussa une épaule :

— Je lui trouvais le visage bien congestionné.

J'étouffe !

Les pétéchies, de petites taches dues à la rupture d'un capillaire, peuvent indiquer un manque d'oxygène.

Cuff parut agacé.

— On l'a trouvée face contre terre. Les dernières publications confirment qu'une telle position post-mortem peut provoquer une hémorragie pétéchiale.

Il força un sourire condescendant.

— Si vous espériez un meurtre croustillant, pas de chance : il n'y a pas la moindre trace de strangulation ou d'étouffement.

Cassie savait aussi bien que Cuff qu'une asphyxie pouvait avoir des causes médicales, mais elle se retint de riposter. En laissant tomber un échantillon de rein dans un flacon de conservateur destiné au labo, son regard se posa sur le corps de Mme C étendu sur la table d'autopsie, la cage thoracique dépliée comme un livre ouvert, un trou béant à la place de ses organes. Au sommet de ce champ de bataille, ses beaux cheveux bruns détonnaient.

Un éclair de lumière dans les néons du plafond contraignit Cassie à fermer les yeux, l'âcreté du formol la prit soudain à la gorge. Des images défilèrent sous ses paupières : les rougeurs sur la figure de Mme C, sa plaque d'eczéma sur le crâne. Elle sentit comme une boule dans sa gorge et en une fraction de seconde, tout s'imbriqua.

— Faut que j'aille aux toilettes, dit-elle à Cuff.

Elle passa dans le couloir et tira son téléphone.

— M. Connery ? Ici Cassie Raven, de la morgue.

Dix minutes plus tard, elle était de retour.

— Désolée d'avoir été si longue, mais je viens d'avoir une conversation intéressante avec le mari de Mme Connery.

— Le mari de... ?

Il semblait dérouté à l'idée qu'un cadavre puisse avoir un conjoint.

— Oui. Avant qu'il sorte hier soir, elle lui avait dit qu'elle allait se faire une couleur.

— Je vois pas ce que...

— Elle avait déjà fait des allergies à la teinture à deux reprises. Rien de bien méchant. Sauf que cette fois, on dirait que ça a déclenché un choc anaphylactique qui lui a été fatal.

3

— C'est moi, Babcia !

Cassie avait appris à ses dépens qu'il valait mieux s'annoncer quand elle entrait dans l'appartement de sa grand-mère, qui était devenu celui de son enfance après la mort de ses parents. Un jour, à dix-sept ans, elle avait failli se prendre un coup de rouleau à pâtisserie sur la tête en débarquant à grand bruit à trois heures du matin, complètement défoncée à l'ecsta.

Petite, elle adorait ce moment où elle quittait la coursive en béton battue par les vents pour pénétrer dans l'appartement douillet aux parfums de cannelle, comme si la porte était une sorte d'accès magique à un autre monde.

— Cassandra, *tygrysek !*

Sa grand-mère se détourna de la cuisinière pour l'accueillir. Si le sommet de son crâne arrivait tout juste au niveau du nez de Cassie, son étreinte avait assez de force pour vous casser une côte.

— Tu as maigri, observa-t-elle d'un air accusateur.

— Pas grâce à toi.

Cassie huma l'air.

— Champignons à la crème aigre. Avec… des quenelles. Et du roulé aux graines de pavot pour le dessert ?

Sa grand-mère plissa les yeux.

— Les champignons, d'accord, tu les sens. Mais les quenelles ?

Cassie passa un doigt sur le plan de travail et montra à sa grand-mère la trace de poussière blanche qu'elle avait ramassée.

— Tu as fait soit des kopytka, soit du pain – et comme je ne sens pas la levure…

— Et le roulé aux graines de pavot ?

— Il y a un nouveau numéro du magazine que tu aimes tant dans l'entrée. Ça veut dire que tu es allée à l'épicerie polonaise d'Islington, or tu n'y vas jamais sans rapporter du makowiec.

— Va t'asseoir, petite futée.

Incapable de réprimer un sourire, la vieille dame l'éjecta de la cuisine.

Au salon, Cassie s'enfonça dans un fauteuil et sentit la chaleur l'envelopper comme un édredon, sans autre bruit alentour que le *pop, pop* rassurant du poêle à gaz. Difficile de croire qu'à l'adolescence, elle considérait cet endroit comme une cellule de prison surchauffée, avec sa grand-mère pour surveillante-cheffe inquisitrice. À seize ans, Cassie arborait déjà un piercing à la langue, des extensions de cheveux turquoise, et avait fumé sa première skunk. Quant aux résultats scolaires, *Cassie préfère remettre ses professeurs en question plutôt que profiter de leur enseignement* était une appréciation classique sur ses bulletins. À l'époque, elle avait l'impression que le monde adulte tout entier s'était ligué dans un seul but : démolir son droit à l'expression personnelle.

De la cuisine, elle entendit :

— J'ai quelque chose pour toi !

Suivi du bruit de la porte du congélateur.

Babcia arriva les mains dans le dos, puis brandit un long paquet rigide enveloppé dans du plastique.

— Tu devines ?

En l'ouvrant, Cassie découvrit un écureuil congelé. Elle l'étendit de dos sur ses genoux et l'examina avec autant de douceur que s'il s'agissait d'un de ses patients humains, se l'imaginant déjà ramené à une forme de vie grâce à la taxidermie, à laquelle elle s'était mise récemment.

Un cadavre d'écureuil serait passé pour un cadeau franchement tordu aux yeux de la plupart des gens, mais ceux-là ignoraient ce que savait Babcia : depuis son plus jeune âge, Cassie était attirée par tout ce qui était mort. Elle se rappelait encore le jour où elle avait découvert un renard gisant dans le caniveau, tué par une voiture. En se penchant pour toucher le pelage roux aux poils durs de la pauvre bête, elle l'avait vu transformé, redevenu l'espace d'un instant un renardeau folâtre.

— Ce que t'es beau !

Elle caressa la fourrure immaculée de l'animal - trop propre pour qu'il se soit fait écraser.

— Où est-ce que tu l'as trouvé ?

— C'est l'éboueur qui me l'a donné. Il m'en devait une.

Cassie s'abstint de demander des précisions : sa grand-mère menait dans sa tour HLM une guerre solitaire contre les graffitis, détritus et autres comportements antisociaux. Quelques semaines plus tôt, elle avait même remonté les bretelles à un dealer qui vendait de l'herbe à des gosses dans l'escalier. Chaque fois que Cassie tentait de la dissuader de ce genre d'attitude dangereuse, la vieille dame lui rétorquait fièrement qu'elle n'avait pas émigré dans un pays libre pour vivre dans la peur. Comme Cassie, Weronika Janek avait été une adolescente rebelle - à cette différence près que dans la Pologne des années 1950, sa participation à des manifestations contre le régime communiste lui avait valu six mois de prison.

Quand le dîner fut prêt, Cassie déplia la vieille table de jeu recouverte de feutrine verte que sa grand-mère utilisait pour les repas. En mangeant, elle évoqua l'arrivée d'Archie Cuff, le nouvel anapath.

— Et tu ne l'aimes pas.

Weronika avait un regard pénétrant.

— Mon avis ne compte pas. Je ne suis qu'une subalterne.

Sauf qu'aujourd'hui, la subalterne avait remporté une petite victoire.

Elle lui raconta ce qui s'était passé, en omettant le passage où elle avait ouï Mme Connery dire qu'elle étouffait. Ses conversations avec les défunts étaient trop… *sacrées* pour être partagées avec quiconque, pas même sa grand-mère. De toute manière, chaque fois qu'elle examinait ces moments d'un œil rationnel, elle était forcée d'admettre que ça pouvait très bien n'être que son subconscient qui additionnait deux et deux. En l'occurrence, n'avait-elle pas remarqué l'érythème sur les joues de Mme C *avant* de l'entendre parler ?

— Son mari m'a dit qu'elle avait déjà fait des crises d'urticaire après une couleur.

— Et elle a continué avec la même teinture ?

— Elle a dû se dire qu'une petite irritation était un moindre mal.

Les rougeurs au visage et au cou de Mme C n'étaient donc pas de l'eczéma, mais les dernières traces d'une urticaire, une éruption allergique.

— Personne n'avait dû la prévenir qu'il y avait un risque sérieux que chaque nouvelle coloration sensibilise un peu plus son système immunitaire. Et hier soir, il a réagi dans les grandes largeurs. Ses voies respiratoires ont tellement enflé qu'elle s'est littéralement étouffée.

— Pauvre femme.

Weronika se signa.

— Alors pourquoi le docteur je-sais-tout n'a pas compris ?

Cassie se remémora à nouveau l'expression stupéfaite d'Archie Cuff quand il s'était rendu compte qu'une simple technicienne avait peut-être mis le doigt sur la cause du décès de Mme Connery. Quelques minutes plus tard, il avait rempli un formulaire demandant l'analyse sanguine nécessaire pour confirmer cette théorie - le tout sans piper mot.

Pauvre con.

— À leur décharge, ils n'ont que trente à quarante minutes pour les autopsies cliniques, et le choc anaphylactique est notoirement difficile à diagnostiquer post-mortem.

— Mais toi, tu as vu quelque chose. Tu repères des détails qui échappent aux autres, depuis toute petite, déjà.

Elle pointa sa fourchette vers Cassie.

— Tu devrais être médecin pathologiste, tu as toutes les capacités pour !

Cassie eut une moue sceptique. C'était un point de désaccord récurrent entre elles. Elle se savait très bonne technicienne, mais de là à devenir anapath ? L'idée était risible, c'était comme passer de jouer au foot à cinq au parc à intégrer l'équipe d'Arsenal. La fac de médecine n'était pas pour les filles comme elle, décrocheuse scolaire élevée dans une cité HLM. Elle était pour les gens comme Archie Cuff, des mâles de la haute qui semblaient traverser la vie dans une bulle de confiance en soi inébranlable.

— Et tes A-levels passés en cours du soir ?

Sa grand-mère énuméra les notes sur ses doigts.

— A en biologie et en chimie, B en physique. Et A+ en histoire et civilisations anciennes !

— Ce qui est à peu près aussi utile que le macramé.

Après avoir lâché le lycée en seconde avec des résultats très moyens, Cassie ne pensait qu'à s'évader : autant elle adorait sa grand-mère, autant, à l'époque leurs presque cinquante-cinq ans d'écart lui semblaient un abîme infranchissable. Son rêve ultime était de quitter le pays pour aller vivre dans un endroit cool comme Berlin mais quand Mazz, son petit ami du moment, lui avait parlé d'une chambre dispo au sein d'un squat dans un immeuble de bureaux inoccupé de Chalk Farm, elle s'était dit que c'était mieux que rien.

Le lendemain de son dix-septième anniversaire, courbée sous le poids d'un sac à dos plein à craquer, Cassie avait serré Weronika dans ses bras sur le pas de la porte, toutes deux au bord des larmes. Mais à peine avait-elle posé le pied sur le trottoir que ses pleurs avaient séché, remplacés par un sentiment d'exaltation de plus en plus fort : elle était enfin libre, commençait une vraie vie d'adulte où elle n'aurait plus de comptes à rendre à personne.

Lorsque sa relation avec Mazz avait pris fin trois petits mois plus tard, Cassie était restée avec la bande, déménageant de squat en squat lorsque survenait l'inéluctable expulsion. On ne pouvait pas appeler ça une existence confortable – tout le monde était fauché, et bien souvent ils n'avaient ni eau ni électricité – mais sa troupe fluctuante de « colocs » formait un mélange grisant de barjos et de créatifs. Farouchement dévoués les uns aux autres, ils partageaient tout, de la nourriture à la drogue, et elle s'était délectée de la liberté de vivre à la marge – du moins pendant un temps.

Au bout d'environ dix-huit mois de cette vie d'errance, Cassie vendait *The Big Issue*, le journal des sans-abris, devant un Marks & Spencer lorsque se produisit la rencontre fortuite qui allait tout changer. Une quadra élégante s'arrêta pour lui acheter un exemplaire et s'attarda à bavarder avec elle. Cette prof de sciences au centre de formation pour adultes du coin devint bientôt une visiteuse régulière de Cassie, à qui elle apportait toujours un sandwich et un café.

Leurs conversations portaient sur des sujets aussi variés qu'enthousiasmants, de la perception des couleurs par l'œil humain à la présence d'eau sur Mars en passant par la découverte que les Européens avaient jusqu'à 5 % d'ADN commun avec l'homme de Neandertal – et après chacune de ces discussions, les idées de Cassie fusaient dans tous les sens comme un tourbillon de feu d'artifice. Quelques semaines plus tard, elle s'inscrivait à des cours du soir en sciences avec Mme Edwards, ou Mme E, comme l'appelaient tous ses élèves. Après un démarrage difficile, Cassie avait inhalé le savoir comme une apnéiste remonte chercher l'air à la surface.

— En tout cas, je suis sûre d'une chose, conclut Weronika : ta maman, Dieu ait son âme, serait terriblement fière de toi.

Cassie suivit son regard vers la photo sur la cheminée : une jolie jeune femme de dix-huit, vingt ans, en chemisier à col volanté, le sourire timide sous ses cheveux auburn. Sa mère avait tout juste vingt-cinq ans et son père, deux de plus, lorsqu'ils avaient été fauchés par un accident de voiture, victimes d'un jeune chauffard dans une Porsche volée. Orpheline à quatre ans, Cassie se rappelait à peine sa mère au-delà de quelques impressions – une joue veloutée au coucher, la douceur de pastèque de son parfum, une robe ornée d'immenses coquelicots orange. Curieusement, les souvenirs de son père étaient plus nets. Des promenades en forêt juchée sur ses épaules, agrippée à ses boucles noires ; ses drôles de grimaces comme il faisait l'avion avec une fourchetée de nourriture qu'elle ne voulait pas manger – ce même visage capable de se muer brusquement, merveilleusement, en monstre terrifiant.

— Babcia… j'avais quel âge quand j'ai commencé à rapporter des cadavres d'animaux à la maison ?

Weronika leva les yeux, interloquée.

— Oh, dans les quatre ou cinq ans. Notre première pensionnaire a été une pie que tu avais trouvée morte sur la coursive.

— Je m'en souviens ! Elle avait un plumage magnifique, je ne pouvais pas croire qu'une créature aussi parfaite ne volerait plus jamais.

— J'ai eu toutes les peines du monde à te faire accepter de t'en séparer, gloussa Weronika. Je t'ai expliqué que son corps n'était qu'un emballage, comme un sachet de bonbons vide, et que son âme s'était déjà envolée, *pouf* !

Elle ouvrit ses deux mains en l'air comme si elle relâchait un oiseau.

— Au final, je t'ai persuadée que si on donnait de vraies obsèques à cette pauvre bête, son corps et son âme seraient réunis au ciel. J'ai déniché une boîte à chaussures pour servir de cercueil et tu as dispersé quelques pétales de mon pot-pourri sur le cadavre.

Elle s'esclaffa.

— On l'a lâchée sur le canal comme un marin viking. Ça ne t'a pas empêchée de rapporter d'autres bestioles mortes, mais au moins elles ne devenaient pas des hôtes permanents.

— Tu n'as jamais pensé à m'emmener voir un psy ?

Cassie but une gorgée d'eau, évitant le regard pénétrant de sa grand-mère.

— Pourquoi tu dis ça ?

Le ton de Babcia avait viré prudent.

— Je sais pas, une gamine qui ramasse des cadavres d'animaux… c'est pas tous les mômes de quatre ans qui font ça, non ?

Comme d'autres fois auparavant, Cassie ressentit un net changement d'atmosphère. Une sorte de non-dit flottait dans l'air, comme si sa grand-mère lui cachait quelque chose.

— Tu n'avais pas besoin de voir un docteur pour la tête, fit celle-ci en enveloppant les mains de Cassie dans la chaleur parcheminée des siennes. Je comprenais. Tu étais une petite fille qui avait perdu sa maman.

Cassie déverrouilla la porte de chez elle, au neuvième étage d'un HLM délabré au nord du canal. Un tiers de l'immeuble était condamné, mais elle avait eu de la chance d'avoir l'appart – se retrouver propulsée en haut de la liste d'attente était un des rares avantages de bosser pour le NHS, le système de santé publique.

En entrant, un mouvement ondulant dans le noir la fit sursauter.

— Macavity ! Arrête !

Comme le chat se faufilait entre ses chevilles, elle l'imagina rigolant dans sa moustache.

Caresser sa tête soyeuse lui donna un coup au cœur : il n'y avait que lui pour l'accueillir, ces temps-ci. Sa rupture avec Rachel remontait à quatre mois – à peu près le même temps qu'avait duré leur vie commune – et maintenant que l'hiver s'installait, rentrer dans un appart froid et vide lui pesait encore plus.

En remontant le chauffage, elle repensa à ce que sa grand-mère avait laissé entendre : que sa fascination d'enfant pour les animaux morts avait été une manière de faire face à la disparition de ses parents. Rachel, qui était étudiante en psycho, aurait été d'accord, elle qui avait essayé plus d'une fois de convaincre Cassie qu'elle souffrait peut-être de ce qu'on appelle un « deuil inachevé ». Selon elle, Cassie avait du mal à s'investir relationnellement parce qu'elle n'avait jamais réellement digéré la perte ses parents.

Psychologie à deux balles.

Pour Cassie, son lien avec les défunts était une vocation, un don qu'elle avait eu la chance de découvrir très jeune. Et si elle avait du mal à trouver quelqu'un qui la comprenne, eh ben, ça n'avait rien d'exceptionnel, pas vrai ?

Sur une impulsion, elle fit une chose à laquelle elle résistait depuis des mois et ouvrit la page Facebook de Rachel. À son grand dam, son estomac se noua encore devant le visage rieur couvert de taches de rousseur. Puis elle repéra les deux mots.

En couple.

Elle quitta aussitôt la page. Bon, ça devait bien arriver un jour. Elle ne regrettait pas la séparation, ç'avait été le bon moment pour passer à autre chose. Une idée perfide monta en elle : *toi, tu ne fais* que *passer à autre chose.* Elle s'avisa soudain qu'elle aurait vingt-six ans dans quelques semaines et que sa relation la plus longue à ce jour n'avait même pas franchi la barre des six mois.

Parfois, au milieu de la nuit, ses ex, hommes et femmes, défilaient dans son esprit en ressassant leurs griefs. *Tu es inaccessible, Cassie… Je ne sais jamais ce que tu penses… C'est comme si tu étais derrière une vitre.* Variations sur un même thème. Dernièrement, les mots que Rachel avait prononcés le jour de son départ étaient venus s'ajouter à la liste. *J'ai compris que tu ne t'ouvrirais jamais à moi.* Ça paraissait irrévocable, pourtant son expression indiquait à Cassie qu'elle espérait la voir protester, se battre pour la garder, lui promettre de changer.

Peut-être qu'ils avaient raison, se dit-elle. Peut-être que je ne suis pas taillée pour les relations avec les vivants.

Attrapant le chat, elle enfouit son visage dans sa fourrure. Quand il regimba, pattes raides contre sa poitrine, elle le reposa. Il la fixa un moment avant de se détourner, avec une simple secousse réprobatrice des muscles de son dos qui la fit sourire.

— Toi et moi, on est pareils, hein, Macavity ? On est mieux tout seuls.

4

Il n'y avait rien de mieux pour relativiser ses petits problèmes perso à la con que de s'occuper d'une famille en deuil. L'idée saisit Cassie le lendemain matin alors qu'elle conduisait M. et Mme Middleton auprès du corps de leur fils de 19 ans.

Jake Middleton s'était écroulé l'après-midi précédent en plein entraînement de rugby. Transféré à l'hôpital en hélico, il était mort d'un arrêt cardiaque une heure plus tard malgré toutes les tentatives pour le réanimer. Ses parents, en vacances à Barcelone, étaient venus directement de l'aéroport pour voir leur fils.

Les yeux gonflés et le visage défait de Mme Middleton témoignaient d'une nuit de chagrin inimaginable, tandis que son mari était si raide d'émotion contenue qu'il semblait prêt à voler en éclats au moindre contact.

Un jour, j'ai été aimée comme ça par mon père, songea brusquement Cassie. Elle revit son sourire encourageant pendant qu'il la poussait sur sa trottinette. Elle se sentit écartelée, désireuse de se cramponner à ce nouveau souvenir mais troublée qu'il surgisse à un aussi mauvais moment.

Elle introduisit les parents de Jake dans l'antichambre de la salle de présentation puis referma la porte, profitant de cet instant pour se reconcentrer.

— Quand j'ouvrirai les rideaux, vous verrez Jake étendu dans un lit derrière la vitre. Il a une couverture, ainsi qu'un oreiller sous la tête.

Préparer les gens à ce qui les attendait permettait d'amortir un peu le choc. Et elle avait pris son temps pour soigner l'apparence de Jake : elle l'avait coiffé, avait nettoyé les traces de boue sur sa figure, sans oublier de lui placer une serviette de toilette enroulée sous la nuque – ça maintenait la tête en arrière et empêchait la mâchoire inférieure de retomber.

— Dites-moi quand vous êtes prêts, conclut-elle.

M. Middleton hocha la tête avec impatience. L'infirmière des urgences avait précisé qu'il occupait un poste important à la Ville, et en voyant la traînée de mousse à raser séchée sous une de ses oreilles, Cassie ressentit une bouffée de compassion à son égard : ce devait être terrible, pour un homme habitué aux responsabilités, de se retrouver confronté à un problème qu'il ne pouvait pas régler.

Elle tira sur le cordon qui ouvrait les rideaux.

À la vue du profil impeccable de son fils, la mère de Jake chancela, et se serait peut-être écroulée sans la main de Cassie sous son coude pour la soutenir. Le père garda les yeux secs, le visage aussi immobile qu'un masque en bois : le genre de personne qui risquait d'imploser sans préavis.

— Je peux… le toucher ?

Les traits ravagés de larmes de Mme Middleton faisaient mal au cœur, mais Cassie la regarda dans les yeux.

— Bien sûr, répondit-elle en lui ouvrant la porte vitrée.

Au bout de quelques minutes seulement avec son fils, le père ressortit seul, un étrange demi-sourire aux lèvres.

C'est parti, se dit Cassie.

— Le docteur a parlé… d'une autopsie.

— Oui, M. Middleton. Le coroner l'a ordonnée, pour déterminer ce qui a provoqué la mort de Jake.

Il se pencha vers elle.

— Écoutez-moi bien, gronda-t-il. Dites au coroner que le premier qui touche à ce garçon, à *mon fils*, je le retrouve et je le tue.

— Je réagirais pareil si c'était mon enfant. C'est un si beau jeune homme !

M. Middleton parut un instant déboussolé, puis il hocha la tête en silence, ses larmes longtemps contenues coulant à flots sur ses joues.

Quand Cassie les raccompagna à la sortie, une bonne heure plus tard, M. Middleton ne proférait plus de menaces de mort contre le premier qui toucherait à son fils. Il avait même accepté l'idée que ça pourrait les aider, de savoir ce qui leur avait enlevé Jake.

Aux toilettes, Cassie remit ses anneaux labiaux et son piercing d'arcade, et entortilla ses cheveux en son habituel chignon haut, laissant apparaître son crâne rasé le long du contour supérieur de l'oreille droite. Elle se donnait toujours un style plus classique pour les visites, car elle savait que certaines personnes, notamment parmi les plus âgées, pouvaient être rebutées par son look. C'était un peu une corvée, mais ça ne la dérangeait pas : ce qui primait, c'était de mettre les endeuillés aussi à l'aise que possible.

Peut-être était-ce devenu plus que ça au fil des ans, s'avisa-t-elle : un rituel qui délimitait la frontière entre son travail avec les vivants et celui avec les morts.

Elle fut soulagée de retrouver la salle d'autopsie, où un corps sous housse l'attendait. Carl, le technicien junior, de retour après sa journée de congé maladie, avait gentiment sorti de la chambre froide la cliente programmée ce midi.

— Visite difficile ?

Il leva les yeux des pots à prélèvements qu'il était en train de disposer.

— Elles le sont toutes, non ?

Carl acquiesça. Il n'avait que vingt-deux ans et assez peu d'expérience, mais il connaissait déjà la musique : le plus dur dans ce boulot n'était pas de s'occuper des défunts, c'était de réconforter les familles en deuil.

Le plastique épais de la housse crissa quand Cassie tira la fermeture éclair… mais à peine arrivée au niveau du cou, elle recula, le souffle coupé.

Elle dut émettre un bruit parce que la seconde suivante, Carl la tenait par le coude, exactement comme elle plus tôt avec Mme Middleton.

— Cassie, qu'est-ce qui t'arrive ?

— C'est… cette dame.

Elle montra l'étiquette de la housse, stupéfaite de s'entendre parler si calmement.

— Geraldine Edwards. Je la connais.

5

Cassie s'adossa au mur derrière la morgue, la tête renversée en arrière, à peine consciente de la pluie glaciale qui lui mitraillait les joues et submergée par une irrépressible envie de fumer.

Mme Edwards, morte.

Elle réentendit le craquement de la housse mortuaire, revit le visage familier, pourtant elle n'arrivait toujours pas à y croire. Pour la première fois, elle comprit l'égarement qu'elle voyait au quotidien chez les endeuillés, l'impossibilité absolue d'associer l'être aimé – vivant, chaud, *animé* – à l'épouvantail inerte couché à la morgue.

Avoir croisé la route de Geraldine Edwards pendant qu'elle vendait *The Big Issue* avait changé sa vie. Mme E ne lui avait pas seulement donné envie de reprendre des études ; elle avait été la première prof à percevoir le manque d'assurance sous ses airs rebelles. Elle était allée jusqu'à piloter Cassie tout au long de la préparation de ses A-levels, l'équivalent anglais du bac, en lui donnant des cours particuliers et en la convaincant qu'elle pouvait réussir, y compris l'examen tant redouté de sciences physiques.

Après avoir décroché son diplôme et commencé à travailler à la morgue, Cassie était restée amie avec Mme E, chez qui elle passait prendre le café presque tous les dimanches. Cette tradition sympathique avait duré cinq ans, jusqu'à il y a quelques mois, quand Cassie avait surréagi à certains propos de son ancienne prof. Elles ne s'étaient pas parlé depuis, même si, pas plus tard que la semaine précédente, Cassie l'avait aperçue au rayon fruits et légumes du supermarché. Pétrie de honte, elle se rappela avoir filé se planquer au rayon boulangerie et traîné là en attendant que le champ soit libre.

Une pensée cruelle l'assaillit sauvagement : ce moment était la dernière occasion d'arranger les choses, de se rabibocher avec une personne qui avait joué un rôle crucial dans sa vie. Et elle l'avait laissé passer.

Eh bien, elle pouvait au moins faire *une* chose pour sa vieille amie et prof.

— C'est vraiment pas une bonne idée, Cassie, lui dit Doug, le front inquiet, lorsqu'elle lui eut annoncé qui était la personne qui attendait d'être préparée pour l'autopsie. Tu sais bien : on travaille pas sur des gens qu'on connaît. C'est... C'est trop intime.

— Mais c'est pas non plus gravé dans le marbre, si ?

— Eh ben, question d'éthique ou de bonnes pratiques, appelle ça comme tu voudras. On peut pas garder le même recul professionnel avec quelqu'un qu'on connaît.

— Je peux le faire, Doug, je t'assure.

Avec une vivacité de ton qu'elle ne ressentait pas. Il l'observa.

— Tu dis que c'était une de tes profs ?

— Ma prof de sciences en cours du soir, lâcha-t-elle d'un ton détaché.

Elle eut un flash - Mme E, nez aquilin et regard gris-bleu furieusement intelligent, penchée sur un cerveau de porc disséqué, lui demandant dans son léger accent gallois : *Alors, Cassandra, vous vous rappelez comment s'appelle cette partie ?* Et Cassie : *Est-ce que c'est le corps calleux* ? Une vague de satisfaction devant le sourire approbateur de l'enseignante.

Désormais, elle ne pourrait plus jamais se réchauffer aux encouragements de Mme E.

— Écoute, Doug, ça me ferait trop bizarre que ce soit Carl qui s'en charge.

— Je pourrais faire venir un remplaçant.

— Ou n'importe quel inconnu. C'est à moi de m'occuper d'elle.

Un infime relâchement des muscles oculomoteurs de Doug lui signala qu'il était sur le point de céder.

— Bon… alors d'accord. Mais si tu changes d'avis, quel que soit le moment, tu m'appelles.

Dans la salle d'autopsie, Cassie remarqua que Carl avait éteint la radio - sans nul doute par respect pour elle.

— Mets la musique, Carl. On va continuer aussi normalement que possible.

Elle prit une grande inspiration et saisit le rapport sur le décès de Mme Edwards. Apparemment, elle était morte subitement dans son bain, et comme elle vivait seule, son corps n'avait été découvert que le lendemain, par sa femme de ménage. La police avait exclu toute circonstance suspecte, ce qui aurait déclenché une autopsie judiciaire, mais la loi exigeait malgré tout une autopsie clinique, comme dans n'importe quel cas de mort inexpliquée.

Une note dans le dossier précisait que Mme E était veuve, comme Cassie se le rappelait vaguement, et que son plus proche parent, son fils Owen, résidant à Rhyl, dans le nord du pays de Galles, viendrait voir le corps dans un jour ou deux. Des cinq années où elles s'étaient fréquentées, Mme E n'avait évoqué son fils qu'une seule fois, rare bribe d'histoire personnelle exprimée sur un ton qui coupait court aux questions.

Cassie commença à sortir délicatement Mme E de sa housse.

— J'avais oublié que vous vous appeliez Geraldine, murmura-t-elle. C'est joli, comme prénom. En même temps, vous avez toujours été très secrète, hein.

Elle se repassa la fois où elle l'avait aperçue au supermarché, fouilla sa mémoire en quête de signes avant-coureurs de maladie - une paupière tombante, une démarche hésitante -, mais rien. Peut-être paraissait-elle un peu préoccupée, mais si ça se trouve, c'était juste parce qu'elle réfléchissait à ce qu'elle allait manger.

Comme ça se produit parfois, la mort avait botoxé Mme E, effacé les pattes d'oie et les rides d'expression pour lui donner un visage calme et plus jeune que ses cinquante et un ans.

Cassie entreprit d'examiner le corps à la recherche d'éventuelles ecchymoses provoquées par une chute en entrant dans la baignoire, et fut soulagée de constater qu'elle arrivait à la retourner sans avoir besoin d'appeler Carl à la rescousse.

— Heureusement que vous êtes mince, lui chuchota-t-elle à l'oreille, sinon, je me serais bousillé le dos.

Plus éblouissante que jolie au sens conventionnel, Mme Edwards avait toujours eu une certaine allure, avec des vêtements qui mettaient sa silhouette en valeur (même si elle était le plus souvent dissimulée sous une blouse de labo) et une chevelure noire toujours impeccablement coupée et coiffée.

Un souvenir s'imposa brusquement à Cassie : la grosse crise de doute qui l'avait submergée quelques semaines après le début des cours du soir. Alors qu'elle peinait à suivre une leçon de physique qui aurait aussi bien pu être dispensée en chinois pour ce qu'elle y pigeait, elle avait jeté un coup d'œil furtif à ses camarades. Devant leur air serein, ça lui était apparu dans une épouvantable clarté : *J'ai rien à foutre ici.* Elle s'était moquée de qui, à se croire assez intelligente ? Elle aurait dû bosser en classe au lieu de répondre aux profs. Maintenant, c'était trop tard. Le mieux qu'elle puisse espérer, c'était de décrocher un job dans un bar ou sur les marchés, comme son père, et tâcher de mettre assez de fric de côté pour voyager.

Mme E avait dû repérer sa panique car à la fin du cours, elle l'avait harponnée pour l'entraîner au Starbucks le plus proche, où elle lui avait annoncé qu'elle refusait de perdre *la meilleure élève de sciences que j'aie jamais eue, bon sang !* Cassie l'entendait encore le dire. Une exagération, forcément, mais l'intensité avec laquelle Mme E croyait en elle avait suffi à la convaincre de s'accrocher.

À présent, sous couvert de chercher des hématomes à l'arrière du crâne, Cassie se pencha et susurra :

— On va trouver ce qui vous est arrivé, Mme E.

Elle resta là, assez près pour compter chaque poil de ses sourcils noirs, à attendre l'espèce d'état second annonciateur d'un épisode de communication. Mais elle n'entendit qu'un écho de sa propre voix.

— Bonjour, tout le monde !

Un grand bonhomme aux cheveux argentés franchit la porte, une boîte à pique-nique au bout d'une ficelle dans une main, un vieux porte-documents dans l'autre.

— Ah, voilà la ravissante Mme Raven.

Cassie ne put s'empêcher de sourire – n'importe qui d'autre la saluerait en ces termes recevrait un panier d'injures, mais le professeur Arculus était son médecin préféré. Et comme c'était aussi l'un des meilleurs du pays, elle fut rassurée : Mme E serait entre de bonnes mains.

— Quelle profusion de délices inanimés avons-nous au programme aujourd'hui, Cassandra ? demanda-t-il en louchant sur la liste par le bas de ses lunettes à double foyer, dont elle remarqua une branche réparée au ruban adhésif.

— Trois dames et un monsieur, professeur. La première est Mme Geraldine Edwards.

— Quelque chose à préciser ?

Peut-être avait-il senti quelque chose dans sa voix, car il lui adressait un regard interrogateur.

— Mme Edwards est... était ma prof de sciences. Et, euh... une bonne amie, aussi. C'est grâce à elle que j'ai eu mes A-levels. Je n'ai pas voulu que quelqu'un d'autre s'occupe d'elle.

Le professeur acquiesça vivement.

— Attitude louable. On s'y met ?

Après avoir vérifié l'identité de Mme E pour la forme, le professeur Arculus parcourut son dossier médical.

— Donc, notre demoiselle ne souffrait d'aucune maladie chronique... aucun antécédent d'hospitalisation...

Avec un sourire pour la galanterie surannée de ce « demoiselle », Cassie compléta en se référant aux notes :

— Elle avait un taux de cholestérol un peu élevé, mais une tension normale pour son âge, et aucun traitement au long cours. D'après son fils, elle avait l'air en forme la dernière fois qu'il lui a parlé, il y a environ un mois.

Aux yeux de Cassie, ce dernier point confirmait une relation mère-fils tout sauf proche.

Le professeur passa au rapport du coroner. *La défunte a été découverte par sa femme de ménage dans la baignoire, la tête immergée*, lut-il à haute voix. *La police n'a relevé ni signes de lutte ni blessures visibles. Aucune trace de médicaments ou de drogues, toutefois un verre contenant du whisky a été trouvé sur les lieux.*

Tournant Mme E sur le flanc, il lui tâta l'arrière du crâne de ses doigts experts. Cassie remarqua avec gratitude qu'il procédait avec une douceur particulière, presque comme s'il s'agissait d'une patiente vivante.

— Hum. Aucune contusion manifeste suggérant une chute.

Il lorgna Cassie par-dessus ses bésicles.

— À moins que vos yeux de lynx n'aient repéré un détail pertinent pour nos investigations ?

Elle se sentit rougir : contrairement à cette fin de race de Cuff, le prof n'était pas trop prétentieux pour lui demander son avis ou la féliciter quand elle repérait quelque chose qui aurait pu lui échapper vu le peu de temps dont il disposait pour les autopsies cliniques.

— Rien, professeur.

— Dacodac.

Il posa sur elle un regard bref mais pénétrant, sans nul doute pour évaluer si elle était réellement apte à éviscérer une personne qu'elle avait connue, puis il disparut vérifier sa boîte mail.

Cassie attrapa son scalpel préféré, mais alors qu'elle en approchait la pointe luisante de l'encoche à la base du cou de Mme Edwards, elle se figea, ramenée à sa toute première éviscération. Maintenant qu'elle se trouvait au pied du mur, en était-elle vraiment capable ?

Oui. C'était le moins qu'elle puisse faire pour Mme E.

Le démarrage fut difficile, mais une fois la première incision faite, elle fut soulagée de se voir passer en mode automatique, la mémoire musculaire de milliers d'éviscérations prenant le relais.

Vingt minutes plus tard, le professeur Arculus arriva à la table de dissection, plongea dans le tas des viscères de Mme E et se mit en devoir de séparer les organes principaux.

Il tira les poumons, toujours reliés à la trachée, et, d'un geste précis, transperça les bronches à la jonction avec le lobe pulmonaire droit. Un peu d'eau s'échappa. Il leva un sourcil vers Cassie.

— Ce doit être l'eau du bain. Mais notre première question est : a-t-elle pénétré dans ses voies respiratoires post ou ante-mortem ?

Cassie acquiesça : ils devaient établir si la cause immédiate de la mort de Mme E était la noyade, tout en cherchant également la cause sous-jacente, par exemple une crise cardiaque qui aurait pu lui faire perdre connaissance et glisser sous l'eau. On croit souvent à tort que la présence d'eau dans les poumons est preuve de noyade. En fait, même si Mme E avait cessé de respirer avant de couler, l'eau aurait quand même réussi à s'insinuer jusqu'à ses poumons.

Le professeur exécuta une série de petites incisions dans le poumon droit avant d'écarter et d'étudier chaque tranche comme s'il s'agissait des pages d'un livre, ce que Cassie voyait toujours comme « lire les organes ». Il recula, l'invitant à jeter un coup d'œil.

— Alors, que voyez-vous sur la surface des coupes ?

— De l'écume. De l'écume tachée de sang.

— Causée par… ?

— Un œdème pulmonaire ?

— Exact.

— Donc, elle respirait encore quand elle a coulé ?

Le professeur Arculus fit la moue.

— Comme vous le savez, notre vieille amie la noyade est piégeuse à diagnostiquer avec certitude. En dépit de ce que les séries policières voudraient nous faire croire…

Il plissa les yeux ; c'était un de ses dadas.

— … toute preuve décisive est par définition élusive.

Il marqua un temps d'arrêt, interrogeant Cassie du regard.

— La noyade est un diagnostic différentiel, fit-elle, les lèvres pressées en un sourire. Fondé sur l'élimination de toutes les autres causes de décès.

Le professeur hocha la tête.

— Tout à fait. Néanmoins, les circonstances dans lesquelles elle a été découverte semblent nous orienter raisonnablement vers cette conclusion. À présent, il nous faut établir la cause *sous-jacente* de la mort : pour quelle raison une femme encore jeune et apparemment en bonne santé aurait-elle soudain perdu connaissance assez longtemps pour se noyer ?

D'un nouveau coup de bistouri assuré, il ouvrit l'estomac.

— Vide, ce qui signifie qu'elle n'avait rien mangé dans les quatre ou cinq heures précédant sa mort.

Il se pencha pour renifler.

— Je dirais toutefois qu'elle s'était octroyé une bonne lampée de son verre de whisky. Aucun résidu de comprimé, mais il faut attendre le verdict de la toxicologie pour confirmer.

Il passa ensuite au cœur de Mme E. Cassie savait qu'il chercherait d'éventuelles plaques ou autres indices de crise cardiaque, mais elle ne pouvait pas s'attarder à l'observer : elle devait prélever des échantillons de tissu des principaux organes ainsi que des fluides corporels et les conditionner pour analyse.

Plus tard, lorsqu'elle le vit aller se rincer les mains à l'évier, elle lui demanda :

— Qu'est-ce que vous en dites, professeur ? Vous savez ce qui a pu provoquer son malaise ?

Il secoua la tête.

— Rien de concluant, malheureusement. Le cœur et les coronaires ne présentent aucun signe d'athérome, de thrombose ou d'infarctus, et le cerveau ne montre pas trace d'AVC.

En d'autres termes, ni rétrécissement des artères, ni caillots, ni crise cardiaque, ni attaque cérébrale - les causes habituelles de syncope chez une personne apparemment en bonne santé.

— Je crains de devoir indiquer une cause du décès « indéterminée, en attente des résultats toxicologiques et histopathologiques », poursuivit-il en la considérant avec chaleur par-dessus ses lunettes.

Elle se tourna vers la pauvre carcasse de Mme E.

— Entre nous, que vous dit votre instinct ?

Les pupilles du professeur s'étrécirent en deux points lumineux, comme chaque fois qu'il s'absorbait dans ses réflexions.

— Personnellement, je serais surpris que les échantillons révèlent quelque pathologie sous-jacente. Cette dame semblait jouir d'une santé de fer.

D'un ton plein de bienveillance, il ajouta :

— Vous savez, elle a très bien pu boire un peu trop de scotch le ventre vide. Combiné à un bain très chaud, ça aurait pu entraîner une vasodilatation fatale.

Est-ce que ça pouvait être aussi affreusement simple ? Un mélange d'alcool et de bain brûlant qui aurait déclenché une réaction en chaîne : brusque élargissement des vaisseaux sanguins, chute de tension, évanouissement ?

— Alors vous pensez qu'elle aurait… tourné de l'œil et coulé dans sa baignoire ?

— Les résultats peuvent encore me démentir, mais je dirais que c'est la conclusion la plus probable.

Il lui donna une petite tape sur l'épaule.

— Bien joué aujourd'hui, Cassandra. Ça n'a pas dû être facile pour vous. Je vais demander au labo de faire diligence.

Cassie fut la dernière à quitter la morgue ce soir-là. Alors qu'elle traversait la salle de conservation des corps dans l'obscurité, les phares d'une voiture quittant le parking balayèrent les panneaux en métal poli des cellules réfrigérées, illuminant brièvement les initiales des occupants griffonnées dessus, tels des hiéroglyphes sur les murs de quelque tombeau égyptien. Imaginant ses hôtes paisiblement endormis dans l'immense chambre froide, elle murmura bonne nuit à chacun en passant.

Arrivée à la case de Mme E, Cassie posa la main dessus, assaillie par un souvenir.

Mme E se tient au tableau, élégante et longiligne. Lancée à plein régime, elle dessine à grands gestes un schéma du système respiratoire humain, si concentrée qu'elle en a l'air sévère. Mais lorsqu'elle recule pour contempler son œuvre, elle éclate de rire : « Heureusement que je ne suis pas prof d'art plastique ! »

Soudain étourdie, Cassie dut s'appuyer au mur pour se stabiliser – elle venait de prendre conscience de quelque chose. Si Mme E n'avait pas décelé sa soif de connaissance sous sa posture d'adolescente rebelle, si elle ne l'avait pas guidée à travers les tempêtes du manque de confiance en soi, son existence aurait pu tourner tout autrement. Elle en serait sans doute encore à vivre dans un squat, à vendre *The Big Issue* et à se soigner à coups d'alcool ou de came. À foutre sa vie en l'air, quoi.

Elle ouvrit la cellule, tira la civière et écarta la housse afin de regarder Geraldine Edwards en face.

— Je suis sincèrement désolée de ne pas vous avoir recontactée à temps, Mme E. J'imagine que je pensais que vous seriez toujours là. Je ne vous ai même pas remerciée, pas comme il faut, pour tous les cours particuliers, les encouragements quand j'étais à deux doigts de laisser tomber. Sans vous, je ne ferais pas un boulot que j'aime… Je ne serais peut-être même plus là.

Elle plaça une paume sur l'épaule de Mme E et retint son souffle, longtemps, à nouveau tendue de tout son être vers une fluctuation dans l'atmosphère, le moindre semblant de communication.

Rien. La défunte restait muette, aussi froide et inaccessible que le chevalier de pierre que Cassie avait vu un jour étendu sur une tombe médiévale.

6

Avant de rentrer chez elle, Cassie passa acheter des croquettes pour chat au Sainsbury de Camden Road, celui-là même où elle avait aperçu Mme E la semaine précédente. En sortant, elle traîna quelque temps sur le trottoir avant de s'éloigner à grands pas dans la direction opposée à son appartement.

La maison de Geraldine Edwards, au 12 Patna Road, tranchait parmi la longue courbe d'imposantes demeures victoriennes accolées les unes aux autres, sa sobre façade traditionnelle gris pâle contrastant avec les teintes bariolées choisies par ses voisins. Cassie revit sa prof zyeuter une bâtisse fraîchement repeinte en rose bonbon et marmonner : *Foutaise*, le ton désapprobateur tempéré par le pétillement qui n'était jamais bien loin de ses pupilles.

Elle se rappela tous les dimanches matin où elle avait gravi les marches du perron jusqu'à la porte d'entrée bleu marine, un sachet de pâtisseries à la main. Mme E était l'une des rares personnes avec qui elle pouvait vraiment parler de son métier, et la seule qui en comprenne véritablement la fascination, l'exaltation de déchiffrer les indices inscrits dans un corps.

Il n'y avait qu'un seul sujet sur lequel elles n'étaient pas d'accord.

Après avoir décroché ses A-levels, Cassie avait évoqué son soulagement d'en avoir fini avec les études ; Mme E avait posé sa tasse de café et l'avait clouée du regard.

— On n'en a *jamais* fini avec les études, Cassandra - d'un ton que son accent gallois rendait encore plus catégorique. Tes résultats sont absolument remarquables, mais c'est le début du voyage, pas sa destination. Tu pourrais faire médecine, si tu t'en donnais la peine.

Le sujet n'arrêtait pas de revenir sur la table et Cassie n'arrêtait pas de l'esquiver – jusqu'à ce fameux samedi du printemps dernier où Mme E lui avait tendu une brochure universitaire avec son café. Elle était ouverte à la page qui détaillait les aides financières auxquelles pouvaient prétendre les étudiants de milieux défavorisés désireux de s'inscrire en médecine.

Alors que Mme E discourait sur le fait qu'il lui faudrait la note maximale en maths, Cassie dut refouler une puissante vague de panique.

— Je sais que tu es réticente, Cassandra, disait son ancienne prof en la fixant de son œil de faucon, mais je crois sincèrement que tu devrais y réfléchir.

Cassie avait protesté qu'elle adorait son boulot actuel, mais Mme E refusait de lâcher.

— Tu sais, c'est sûrement mon plus grand regret, de ne pas avoir fait médecine. Je ne voudrais pas qu'il t'arrive la même chose plus tard.

Cassie se sentait acculée et furax, comme si elle avait de nouveau seize ans et que sa grand-mère essayait de la dissuader d'arrêter le lycée. *Pourquoi les gens ne pouvaient pas lui fiche la paix ?* Elle avait fini par s'en aller en claquant la porte, non sans avoir prononcé des paroles qui la mortifiaient encore aujourd'hui.

Vous êtes pas ma mère, que je sache !

Mme E avait laissé un message conciliateur sur sa boîte vocale le lendemain et Cassie avait eu maintes fois l'intention de la rappeler, de tout arranger, seulement quelque chose – la gêne peut-être, ou un orgueil mal placé – l'en avait empêchée. Elle vivait avec Rachel à ce moment-là, et petit à petit, cette histoire embarrassante s'était retrouvée en bas de sa liste.

Ce soir, apercevant du mouvement dans le salon de Mme E, Cassie grimpa le perron au pas de course. C'était sûrement Imelda, la femme de ménage. Elle la connaissait, la laisserait entrer une dernière fois avant qu'Owen, le fils de Mme E, ne vende la maison. Cassie avait déjà sonné lorsqu'elle s'avisa : et si c'était justement Owen, à peine débarqué de Rhyl, qu'elle venait d'entrevoir ? Elle ne trouva aucune bonne raison d'être là, et puisqu'ils se rencontreraient forcément quand il viendrait voir le corps, elle ne pouvait même pas bafouiller une excuse et battre en retraite.

Elle décampa, mais ne se trouvait encore qu'à une trentaine de mètres quand elle entendit la porte s'ouvrir derrière elle, suivie d'une voix d'homme à l'accent gallois :

— Qu'est-ce que vous voulez ?

— Pardon, je me suis trompée d'adresse ! lança-t-elle par-dessus son épaule, en espérant être assez loin pour qu'il ne la reconnaisse pas la prochaine fois.

Il grommela, puis la porte claqua.

Elle passa le reste du chemin jusqu'à chez elle à essayer de comprendre ce qui avait bien pu l'empêcher de reprendre contact avec Mme E : pourquoi s'était-elle satisfaite de s'éloigner d'une personne qui comptait tellement à ses yeux ? Une personne qui, elle s'en rendait compte maintenant, avait bel et bien représenté une sorte de mère de substitution pour elle. Ça rimait à quoi, cette tendance qu'elle avait à repousser les gens qu'elle aimait ?

Cassie se revit soudain assise sur le canapé devant le poêle à gaz chuintant de Babcia, le jour où celle-ci lui avait dit que les anges avaient emporté sa maman et son papa au ciel. Et une idée jaillit : *Regarde ce qui arrive quand tu t'autorises à aimer quelqu'un.*

Rentrée chez elle, elle donna à manger à Macavity puis se connecta à Facebook. À sa grande surprise, Geraldine Edwards, qui s'était toujours revendiquée technophobe, s'était inscrite l'été dernier, bien que sa page n'ait été active que quelques semaines. Sa photo de profil montrait une table en terrasse avec une bouteille de vin et deux verres, dans un lieu ensoleillé. Cassie parcourut les quelques publications et tomba sur l'image d'un gâteau portant l'inscription *Bonne chance !* accompagné d'instantanés du départ à la retraite de Mme E – à l'évidence, elle avait fini par donner suite à son projet si souvent évoqué d'arrêter de travailler le plus tôt possible. Donc, l'orgueil mal placé de Cassie lui avait même fait rater le pot de départ de son ancienne prof.

Un des clichés montrait Mme E dans la grande roue, le London Eye, sur son trente et un avec une nouvelle coupe de cheveux et une flûte de champagne à la main ; en arrière-plan, les lumières de la ville sur le ciel nocturne faisaient écho aux étincelles de ses yeux. L'expression qu'elle arborait étreignit le cœur de Cassie. C'était un regard qui disait : *Je n'en ai pas encore fini.*

Elle alla prendre une bouteille de bière au frigo puis attrapa son téléphone. Sans se donner le temps de réfléchir, elle appuya sur le numéro enregistré en raccourci.

— Rachel ? Salut, c'est moi.

— Cassie ? Ça alors ! Ça fait bien…

— Quatre mois la semaine prochaine. C'est pas que je compte, hein.

Mais quelle conne ! Elle adressa sa grimace de foldingue au téléphone pour se détendre.

— Alors… qu'est-ce qui se passe ? Comment ça va, à la morgue ?

Cassie avait-elle détecté un soupçon de dégoût dans ce mot ? Quand elles étaient ensemble, il lui arrivait de penser à son boulot comme à un cadavre rapporté à la maison : une dépouille calée entre elles sur le canapé pendant qu'elles regardaient la télé, jamais évoquée mais toujours présente. Peut-être que bosser avec les défunts constituerait à jamais une barrière insurmontable, rendant les relations avec les « civils » impossibles.

Après quelques autres échanges insignifiants, elle but une gorgée pour se donner du courage.

— Écoute, Rach. Je peux te poser une question ?

— Bien sûr, vas-y.

Le ton circonspect.

— Est-ce que j'étais nulle, comme copine ?

— Non ! bien sûr que non. T'étais marrante, hypermaligne et… parfois aimante.

— *Parfois* ? répéta Cassie en essayant de ne pas paraître vexée.

— Eh ben, oui. Quand ça te prenait.

Elle chercha une réplique incisive, mais elle savait bien qu'elle ne pouvait pas vraiment la contredire : elle avait toujours eu du mal à exprimer son affection.

— À mon tour de te poser une question, fit Rachel. Toutes les fois où t'es pas rentrée, sous prétexte que t'avais trop bu et que tu voulais pas me réveiller.

Aïe aïe aïe…

— Tu t'étais vraiment juste endormie sur le canapé de Carl ?

— Nan, en fait, je me tapais un plan à trois avec lui et son coloc… *Oui*, je roupillais sur son canap !

Cassie se rendait compte qu'elle n'était pas du tout convaincante, mais qu'est-ce qu'elle pouvait dire d'autre ?

— Écoute, Rachel, je t'ai jamais trompée, si c'est ce que tu veux savoir.

Elle s'arrêta net, repensant soudain à la première fois qu'elle avait vu ce grand visage criblé de taches de rousseur à l'accueil du salon où elle attendait de se faire tatouer le bras. Le sentiment de triomphe qu'elle avait éprouvé quand Rachel avait accepté d'aller prendre un verre en sortant. Ensuite, les choses étaient allées si vite qu'à peine deux mois plus tard, Rachel emménageait chez Cassie. Trop tôt, avec le recul, mais sur le moment, ça leur avait paru naturel.

Rachel poussa un soupir au téléphone.

— J'ai pas mal réfléchi à ce qui a pu foirer entre nous. Tu sais ce que je crois ?

— C'était ma bolognaise au tofu ?

Silence.

— Pardon.

— Quand tu parlais de ton boulot, ça me rendait… jalouse.

— *Jalouse* ?

— Oui, tu donnais tellement de toi aux morts, j'avais parfois l'impression qu'il ne restait pas grand-chose pour les vivants.

Cassie entendit murmurer en arrière-plan, une voix de femme.

— Bon, faut que j'y aille, dit Rachel. Ça m'a fait plaisir de bavarder. On devrait se prendre un café, un de ces jours.

Cassie resta plantée là, pendant que la pénombre coagulait

dans les coins de la pièce, à se demander ce qui l'avait poussée à appeler Rachel, à céder au besoin passager d'entendre sa voix. Putain, qu'est-ce qui lui avait pris de baisser sa garde comme ça ?

Peut-être que le décès de Mme E avait remué des choses liées au passé, des sentiments qu'il valait mieux laisser tranquilles. Ce qu'il lui fallait, c'était arrêter de s'apitoyer sur son sort, sortir de l'appart et s'éclater.

7

Quand Cassie ouvrit la porte du Vibe, un couple de quinquas s'en déversa comme poussé par une vague de musique et de rires tapageurs, leur tête indiquant qu'ils s'étaient trompés de bar. À l'intérieur, l'air chaud et humide lui colla au visage tandis que sur la scène, une drag-queen à la chevelure incendiaire vêtue d'une robe blanche ultramoulante massacrait une chanson de Donna Summer pour le plus grand plaisir de l'assistance ondulante.

Depuis un moment, Cassie s'efforçait de ne pas boire les soirs « d'école », mais après sa conversation avec Rachel, c'était exactement ce dont elle avait besoin.

Après sa première bière, elle se dit qu'elle se sentait bien. Mieux que bien. Ça n'avait pas marché avec Rachel, tant pis. L'important, c'était d'oublier cette histoire et de passer à autre chose. Quant à la mort de Mme Edwards, ça lui avait fait un choc énorme, évidemment, mais une fois la cause du décès établie, elle aurait juste besoin d'un peu de temps pour digérer.

Trois ou quatre mousses plus tard, Cassie était calée dans un coin sombre du bar et faisait connaissance avec une minette de vingt ans du nom de Tish. Ou Tash ? Étudiante en stylisme à Central Saint Martins, elle n'était pas très affûtée mais compensait par de longs cils noirs et des cheveux blond-blanc coupés ras qui soulignaient un crâne aussi élégant que celui de Nefertiti.

— Et toi alors, tu fais quoi ? demanda Tish-Tash.

Cassie s'enfila une lampée au goulot le temps de décider si pipeauter ou non.

— Je bosse à la morgue, j'aide à déterminer de quoi les gens sont morts.

— Mais *non* ! C'est dingue !

Son intérêt paraissait sincère, sans trace de l'espèce de mouvement de repli auquel Cassie était habituée quand elle parlait de son boulot. En fait, la fille s'était même rapprochée, son bras nu tout chaud contre celui de Cassie, ses lèvres pulpeuses arrondies en un O admiratif.

— T'as toujours voulu travailler avec les morts ?

— Peut-être, fit Cassie en haussant les épaules. Quand j'étais petite, je rapportais des dépouilles d'animaux à la maison.

Elle revit la pie qu'elle avait trouvée, ses petits yeux naguère perçants devenus ternes, son ventre blanc duveteux si doux, si fragile.

— Et à onze ans, j'ai demandé *Gray's Anatomy* pour Noël.

Tish-Tash hocha la tête en connaisseuse.

— Ma mère a le coffret.

— Non, banane, pas la série, le traité médical !

Elle envoya un petit coup de coude dans le bras de Tish-Tash, heureuse de retrouver le bon vieux frisson d'anticipation face à tous les possibles de la soirée.

La fille éclata de rire, admirative.

— Tu crois que l'âme survit à la mort ?

Cassie secoua la tête.

— Non, mais j'ai déjà entendu des défunts parler.

À sa surprise, c'était sorti tout seul.

— La vache ! Alors t'es un peu médium ?

— Non, la mort, c'est la fin.

Elle se mit à arracher l'étiquette de sa canette, regrettant déjà sa bévue. Elle n'avait jamais confié à personne ses moments de communion : le sentiment intense de connexion qu'elle éprouvait avec des individus que, raisonnablement, elle savait décédés.

— J'imagine que, si chacune de nos pensées est un faisceau d'impulsions électriques, il est pas impossible que les dernières pensées des mourants perdurent quelque temps.

Conneries pseudoscientifiques, mais c'est ce qu'elle avait trouvé de mieux.

— Ouais, je comprends.

Tish-Tash pompa sur sa paille, ce qui fit ressortir ses pommettes.

— C'est peut-être juste ma manière de rendre aux morts leur humanité, reprit Cassie.

Elle agita sa bière.

— Ou alors, j'ai un peu trop picolé.

— J'adore quand tu parles, fit Tish-Tash, de si près que Cassie sentit la menthe de son mojito dans son haleine. Alors, c'est quoi le truc le plus dégueu que t'aies vu à la morgue ? susurra-t-elle, ses ravissantes lèvres entrouvertes.

Une voyeuse, se dit Cassie, un peu déçue.

— Désolée, je parle jamais de ce genre de choses.

— OK.

Tish-Tash haussa imperceptiblement les épaules, puis lui tendit sa paille.

— Goûte, c'est trop bon.

Voyeuse ou pas, elle était belle à se damner. Cassie tendit la main pour lui caresser le pariétal, les cheveux ras à la fois doux et rêches contre sa paume.

— On t'a déjà dit que t'avais un crâne magnifique ?

8

Le lendemain, Cassie se réveilla avec la tête comme une citrouille et la bouche sèche, incapable de se rappeler comment s'était terminée la soirée. Puis elle se retourna et perçut une odeur de menthe sur l'oreiller.

Le silence dans l'appartement lui indiqua que Tish-Tash était déjà partie – ce qui lui arracha un petit pincement de regret, avant de s'imaginer le calvaire d'un petit-déj à devoir faire la conversation à une nana qu'elle n'avait aucune intention de revoir.

Après s'être péniblement redressée en position assise, elle se sentit encore plus mal – avec un martèlement sous son crâne et une faim dévorante dans les tripes comme elle n'en avait pas ressentis depuis… *Oh, merde.* Un flash : son reflet dans le miroir des toilettes du club, penchée sur une ligne de poudre blanche, Tish-Tash drapée sur son épaule. *Mais où… ?* Et puis ça lui revint, elle l'avait achetée à un des jeunes Somaliens qui faisaient le pied de grue devant la boîte.

Ces derniers temps, Cassie se limitait à un petit joint occasionnel. Elle n'avait pas touché à la coke, son ancienne came de prédilection, depuis des années, était parvenue à rester loin des drogues de classe A depuis qu'elle avait lâché la vie de squat. Il lui arrivait encore de croiser des potes de la bande dans le quartier, mais elle ne traînait jamais avec eux : mieux valait éviter la tentation.

Maintenant, elle avait l'impression d'avoir tout gâché – et pour quoi ? Un coup d'un soir aidé par un coup dans le nez.

La berge du canal qui conduisait au boulot était presque déserte à cette heure. L'air lui poissait à la figure comme du coton humide et un ciel maussade rendait l'eau presque noire, coordonnée à son humeur.

Dans la salle de conservation, sa gueule de bois bière-coke apaisée par un ibuprofène et un triple expresso, elle essaya de ne pas trop penser à Mme E étendue derrière la porte en inox. Première mission : sortir un monsieur du nom de Harry Hardwick que les pompes funèbres venaient récupérer ce matin, puis procéder à un « inventaire » de routine des hôtes de la morgue.

Quelques minutes plus tard, elle alla trouver Carl qui sirotait un thé dans la cuisine, toujours engoncé dans sa tenue de moto en cuir et imprégné du froid du dehors.

— C'est bien toi qui as remis M. Hardwick dans le compartiment 16 ?

Elle revérifia la paperasse.

— Oui, et ?

— Eh ben, il est plus là.

— Il a peut-être foutu le camp.

Cassie lui tapa sur la tête avec sa liasse de papiers.

— Tu dois t'être mélangé les pinceaux, Einstein.

Sous la plaisanterie, elle n'en menait pas large.

Carl la rejoignit en salle de conservation après avoir enfilé sa blouse à la hâte. Il ouvrit la cellule 16, libérant une rafale d'air glacial. Ils restèrent plantés là à contempler la civière vide.

— Quand est-ce que tu l'as vu pour la dernière fois ? demanda Cassie.

— Vendredi, quand je l'ai remis ici.

Carl se rembrunit.

— C'est le dernier que j'ai mis au lit avant de partir.

Il referma le tiroir et désigna les initiales HAH et la date de naissance griffonnées au feutre sur la façade en acier poli : leur système pour savoir en un coup d'œil qui était rangé où.

— Tu vois ?

Cassie se souvenait d'avoir enregistré M. Hardwick quand les brancardiers l'avaient amené de l'hôpital cinq jours plus tôt.

Avec ses sourcils argentés hirsutes et son demi-sourire ironique inaltéré par la mort, ce vieux monsieur maigrichon lui avait rappelé son propre grand-père, décédé quelques mois après ses parents.

Elle entreprit de contrôler toutes les cellules, les ouvrit une par une pour croiser les noms inscrits sur les sacs mortuaires avec ceux de sa liste. Lorsqu'elle se penchait pour lire les étiquettes, elle murmurait quelques mots à chaque occupant – *Désolée de vous déranger, Mme S. Bonjour, M. J, j'espère que vous vous sentez plus apaisé aujourd'hui* – à voix basse, comme toujours, afin que Carl ne l'entende pas.

Tandis qu'elle saluait ses protégés et cochait leur nom, son sentiment de malaise monta encore d'un cran. Elle repoussa la dernière porte avec un bruit sourd qui résonna de manière lugubre sur le plafond bas.

— Carl, lança-t-elle dans un murmure rauque. Il est pas là.

Ils se dévisagèrent puis répétèrent toute l'opération, cette fois avec une pointe d'affolement : ils savaient l'un et l'autre que Cassie ne commettait pas d'erreurs idiotes. Pourtant, le décompte demeurait obstinément inchangé : douze noms sur la liste, seulement onze hôtes dans les chambres froides.

Feu Harold Albert Hardwick avait disparu.

Espérant encore contre tout espoir, Cassie alla même inspecter la chambre froide de la salle médicolégale, située au fond de la morgue, mais le seul pensionnaire était un jeune Asiatique de dix-neuf ans prénommé Hanif, victime d'une agression au couteau en rapport avec la drogue. À présent, la panique hululait dans sa tête telle une alarme incendie cassée. Elle se lança dans une série de coups de fil… qui ne fit que confirmer ce qu'elle savait déjà : depuis vendredi, les brancardiers n'avaient déposé aucun corps et les pompes funèbres n'étaient pas non plus venues en récupérer.

De retour dans la salle de conservation, Cassie fixa le mur d'inox comme s'il pouvait lui livrer la réponse. Une bourrasque de novembre s'était levée, qui sifflait contre les lucarnes et martelait le toit plat du bâtiment.

Ce n'est qu'alors qu'elle prit conscience de l'énormité de la situation. Elle était chargée de veiller sur les morts, de faciliter leur départ de ce monde du mieux qu'elle pouvait. Perdre un vieux monsieur confié à ses soins, c'était comme trahir un lien sacré.

Sa mission suivante consistait à annoncer la nouvelle à Doug.

— L'autopsie a eu lieu quand ? demanda-t-il.

Doug avait déjà pratiquement creusé un sillon dans le lino à force de faire les cent pas. Cassie observait son visage pâle luisant de sueur, soudain beaucoup plus âgé que ses quarante-trois ans.

— Vendredi vers 15 heures. M. Hardwick était une de nos quatre autopsies cliniques.

— Cause de la mort ?

Cassie consulta ses notes.

— Embolie pulmonaire suite à la pose d'une prothèse de hanche. Il avait quatre-vingt-un ans et une santé médiocre, d'après le rapport. Diabète plus angine de poitrine.

— Et le dernier inventaire remonte à quand ?

Cassie hésita. Carl lui évita d'avoir à le dénoncer.

— J'étais censé le faire lundi et mardi, reconnut-il, mais comme on n'avait eu ni arrivées ni départs…

Doug souffla avec impatience.

— Darrell m'a confirmé que Harry est bien le dernier corps qu'ils aient amené, intervint Cassie. Il a ajouté qu'ils avaient pas trop l'habitude de ramener des morts à l'hosto.

Doug et Cassie échangèrent un regard. Le chef des brancardiers, Darrell Fairweather était connu pour sa susceptibilité belliqueuse.

— Et toi… reprit Doug en pointant l'index vers Carl, qui gigotait sur sa chaise pivotante, t'es sûr à cent pour cent de l'avoir remis dans sa cellule après l'autopsie ?

— Sûr et certain.

Carl était un jeune homme de peu de mots, mais Cassie les croyait tous.

— Je comprends pas…

Doug regarda Cassie d'un air désespéré.

— J'imagine… qu'il peut toujours réapparaître ?

— Il ne réapparaîtra pas, Doug, fit-elle du ton le plus doux possible.

Ses traits s'affaissèrent.

— Je le crois pas. Une morgue, ça perd pas de corps ! C'est du jamais vu !

Cassie remarqua qu'il déglutissait plus souvent que d'habitude, signe évident que la nouvelle avait provoqué une de ses crises de reflux gastrique. Avant de faire quoi que ce soit d'autre, elle alla lui dénicher un antiacide.

Le reste de la matinée fut englouti sous un déluge d'appels téléphoniques. Le coroner alerta la police, qui informa Doug qu'elle envoyait la PTS illico. Un lieutenant passerait plus tard dans la journée.

Cassie réussit à joindre l'infirmière-cheffe du service où avait été hospitalisé Harry Hardwick, laquelle prit la chose sans sourciller – à son ton distrait et au brouhaha derrière elle, elle avait des problèmes plus urgents concernant les vivants.

— Je vois pas en quoi je pourrais vous être utile.

Le haussement d'épaules était perceptible.

— D'après son dossier, il n'avait pas de famille proche, fit Cassie.

— En effet. Depuis la mort de sa femme l'an dernier, il vivait seul, et il avait pas d'enfants.

— C'est déjà ça. Vous pressentiez qu'il pourrait ne pas survivre à l'intervention ?

— Non. Mais honnêtement, ça m'a pas vraiment étonnée qu'il revienne pas du bloc. Il avait de l'hypertension et du diabète, et on avait déjà dû repousser l'opération une fois à cause d'une hypo.

Une crise d'hypoglycémie, autrement dit une chute du taux de sucre dans le sang, causée par une hausse du taux d'insuline.

— C'était un petit vieux adorable et gentil d'habitude, il posait aucun problème, et v'là qu'il s'est mis à brailler comme un fou en nous accusant de vouloir le faire crever de faim. En même temps, heureusement qu'il a piqué une crise, parce qu'on a fait des analyses et c'est comme ça qu'on a vu que son taux de glucose était au plus bas.

Un murmure pressant se fit entendre par-dessus le bruit de fond.

— Désolée, je dois vraiment y aller, là.

Lorsque la PTS arriva pour relever les empreintes dans la salle de conservation des corps, Cassie et Carl poussèrent jusqu'au camion à café sur le parking de l'hôpital.

— Alors, à ton avis, qu'est-ce qui s'est passé avec M. Hardwick ? lui demanda Carl pendant que la machine à expresso sifflait.

Elle se détourna du comptoir et répondit à voix basse.

— On a dû l'enlever. Je vois pas d'autre explication. Y a que nous et les brancardiers qui ayons accès à l'intérieur.

— Comment tu crois qu'ils sont entrés ?

— Aucune idée. Y a aucune trace d'effraction.

Ils emportèrent leurs cafés à la table de jardin installée à côté de la camionnette. Assise face à Carl, Cassie voyait la morgue à une centaine de mètres derrière lui, recroquevillée derrière son écran de conifères étiques, son revêtement en PVC brun années 1970 tout écaillé sur la façade au soleil. Rien, dans la structure de plain-pied, ne laissait deviner sa fonction, preuve de la manière dont les vivants fuyaient les morts, se protégeaient de tout ce qui pouvait leur rappeler leur propre mortalité.

— Qu'est-ce qu'on peut bien vouloir à un vieux monsieur comme Harry ? dit-elle.

— Est-ce qu'on aurait pu l'enlever pour prélever ses organes ?

Elle eut une moue sceptique.

— La durée de vie des organes est très courte, et même s'il a été embarqué dès vendredi soir, ça faisait déjà au moins vingt-quatre heures qu'il était mort.

— Y a pas certaines parties qui survivent plus longtemps ? Tu te souviens de ce scandale aux États-Unis, des croque-morts qui vendaient des morceaux de cadavres en pièces détachées ?

Carl avait raison. Quelques années plus tôt, la police américaine avait démantelé un trafic lucratif de fragments de corps humains. Les criminels payaient des entrepreneurs de pompes funèbres pour récupérer des os, des ligaments, des tendons et même des valves cardiaques sur les dépouilles confiées à leurs soins, puis ils les revendaient à des chirurgiens qui les utilisaient dans des opérations. Afin d'éviter de se faire repérer, les embaumeurs étaient allés jusqu'à remplacer des fémurs ou des tibias par des tuyaux en plastique, un outrage aux défunts qui donnait la chair de poule à Cassie.

Toutefois, elle se souvenait aussi que plus la victime était jeune, plus les parties de son corps valaient cher.

— Il y avait une demi-douzaine de personnes plus jeunes que Harry dans les chambres froides. Pourquoi un voleur de cadavres choisirait un octogénaire atteint de diabète et d'un souffle au cœur ?

Carl fixa son gobelet d'un air sombre, les épaules voûtées. Il semblait accuser le coup.

Se représentant Mme E allongée dans sa cellule mortuaire, Cassie frissonna à l'idée que les voleurs auraient pu emporter son corps à elle.

Elle finit son café.

— Quelle merde ! Surtout quand la HTA va le découvrir.

L'Autorité des tissus humains, qui régit le transport, la conservation, l'utilisation et l'élimination des restes humains, avait une réputation redoutable – et le pouvoir de faire fermer une morgue pour la perte d'un seul échantillon de tissu, alors un corps entier...

Elle remarqua les doigts de Carl qui s'agitaient autour de son gobelet, décollaient nerveusement le film plastique du carton.

— Qu'est-ce que t'as, Carl ?

— Faut que je cherche un nouveau boulot ? Je suis le dernier à l'avoir vu, non ?

Carl était devenu agent de chambre mortuaire après s'être fait licencier du garage où il bossait comme mécano. S'il était reconnu fautif, son poste était en jeu.

— T'as rien fait de mal, Carl.

Elle chercha ses yeux.

— Ni toi ni moi. Et Doug défend son équipe.

— C’est vrai.

Il lui jeta un regard malicieux.

— Mais bon, je vais peut-être quand même remplir quelques grilles de loto de plus cette semaine, au cas où.

— Bonne idée. Jette ton fric par les fenêtres, t’en as tellement.

Bien qu’elle n’ait que quelques années de plus que lui, Cassie se sentait parfois comme sa vieille tantine raisonnable.

9

Lorsqu'ils regagnèrent la morgue, ils y trouvèrent un policier en uniforme en train de sonner à l'entrée. La vingtaine, des traces de rasoir sur les joues.

— Je suis là pour votre disparu, fit-il avec un large sourire qui révéla à Cassie avec quel sérieux il prenait la situation.

Il lui expliqua qu'un enquêteur arrivait et accepta sa proposition de boire un thé en attendant.

— Je parie que c'est qu'un micmac quelque part dans la paperasse, lança-t-il en s'étalant sur le plan de travail de la cuisine comme s'il était chez lui. Je veux dire, les macchabs disparaissent pas comme ça, non ? Genre « je vais faire un tour au pub ».

Il rigola par-dessus sa tasse.

Cassie dut se retenir de lui balancer son thé dans l'entrejambe.

— Je vois pas comment c'est possible, en effet. Et on préfère parler de « corps ».

L'agent la reluqua sous sa blouse.

— Drôle de métier, surtout pour une fille. Vous découpez vraiment les corps et… tout ça ?

— Han han.

Il mima un frisson compliqué.

— Ça vous fout pas les jetons ?

Toujours la même chose. Personne ne lui posait jamais de questions un tant soit peu intéressantes sur son boulot.

— On s'y fait.

La réponse qu'elle donnait aux imbéciles.

— Ah ouais ? Y en a qui prennent leur pied avec la mort, les crânes, tout ça.

Le regard du mec, intéressé, passa du piercing d'arcade sourcilière de Cassie à ses piercings labiaux.

— Z'êtes un peu gothique, non ? Z'avez bien dû dormir sur une tombe ou l'autre, à l'occasion.

Certaines personnes semblaient penser que son look les autorisait à se montrer indiscrètes. Incapable de s'arrêter, elle se rapprocha.

— Dormi, nan, jamais, lui souffla-t-elle à l'oreille. En revanche, baisé, oui. Avec des mecs *et* des nanas. Tu devrais essayer.

— Ah ah !

L'air paniqué, il reposa sa tasse dans un bruit sec.

— Ouais. Bon, faut que j'appelle le poste.

Et il déguerpit sans demander son reste.

Ce départ précipité amusa Cassie, mais son sourire s'évanouit quand elle repensa à son premier accrochage avec la police, lors de l'expulsion du squat de Hawley Road. Un flic d'une quarantaine d'années au visage rubicond l'avait poussée sans ménagement dans le panier à salade, puis il s'était servi de son corps pour la plaquer au sol pendant le trajet jusqu'au commissariat, alors même qu'elle ne cessait de protester qu'elle ne se débattait pas.

Elle se souvenait encore de ce qu'il lui avait chuchoté, son haleine chaude sur son oreille : *Tu sais, tu serais pas mal si tu virais toute cette ferraille de ton visage.* Pire encore, l'horrible prise de conscience que ce qu'elle sentait contre sa cuisse n'était pas sa radio. Tournant la tête pour le regarder dans les yeux, elle avait annoncé calmement : *Si tu dégages pas ta petite bite tout de suite, je vais gueuler si fort que ça arrêtera la circulation.* Ça avait fonctionné, mais ses bras en avaient gardé des bleus qui avaient mis une semaine à s'estomper. Sa méfiance envers la police, elle, n'avait jamais disparu.

En sortant de la cuisine, elle tomba sur Deborah, la secrétaire, qui accompagnait une visiteuse : une grande femme guindée, si visiblement flique qu'elle aurait aussi bien pu être coiffée d'un gyrophare bleu.

Après s'être présentée comme la « lieutenante Flyte », sans prénom ni sourire, elle dit à Cassie :

— J'aimerais visiter les lieux, et il semblerait que vous soyez la mieux placée pour m'expliquer le fonctionnement des différents systèmes.

Flyte portait ses cheveux blonds comme les blés tirés en chignon serré et quand elle se percha sur une jambe le temps d'enfiler des surchaussures, l'ourlet remonté de son pantalon révéla de jolies chevilles. Cassie aurait même pu la trouver sexy, si elle n'avait pas été flique.

En franchissant le seuil de la salle d'autopsie, Cassie sentit Flyte tressaillir et se rappela la première fois qu'elle l'avait senti : ce mélange effroyable d'eau de Javel, de sang et de fluides corporels, comme une boucherie mâtinée d'urinoir, avec un soupçon de sueur pour couronner le tout.

— Attendez dix minutes, lui dit-elle. Croyez-le ou non, on s'habitue.

Malgré un sourire crispé, Flyte était manifestement très mal à l'aise – une réaction à laquelle Cassie aurait pu s'attendre de la part d'une civile, mais qui lui parut étrange venant d'une flique.

Dix minutes plus tard, Flyte consultait son calepin, sourcils froncés.

— Vous et votre collègue Carl avez déclaré que toutes les fenêtres étaient fermées et verrouillées à votre arrivée. Le personnel administratif assure qu'il en allait de même de l'autre côté du bâtiment. Ça ne laisse donc que l'entrée principale et la porte latérale côté hôpital, qui sont toutes les deux sous digicode, exact ?

Les yeux de Flyte étaient d'un bleu pâle singulier, la couleur d'un ciel d'hiver. Quel âge avait-elle ? Difficile à estimer sous son maquillage impeccable, mais Cassie décida qu'elle ne devait pas avoir plus de trente-cinq ans.

— C'est ça. On a tous un code individuel qui change tous les mois.

— Et personne n'a vu le corps en question depuis vendredi après-midi ? C'est normal, ça ?

Une pointe d'accusation dans le ton.

— On n'ouvre pas les compartiments sans raison, ça fait monter la température de la chambre froide, expliqua Cassie.

Pipeau. Mais révéler la boulette de Carl à une flique n'aiderait pas à retrouver M. Hardwick.

Flyte nota quelque chose, dans une écriture que Cassie remarqua soignée mais scolaire, peut-être parce qu'elle tenait son stylo avec raideur et à un angle bizarre.

— Combien de personnes ont accès à ces codes ?

Ses voyelles, à l'instar de tout le reste, étaient précises – un peu trop, comme si on l'avait entraînée à « bien » parler. Pas une enfant de la haute, comme Archie Cuff.

— Je dirais cinq, voire même moins.

— Voire moins, rectifia Flyte dans un murmure, à moitié pour elle-même, tout en notant.

Cassie la dévisagea.

— Mais vous n'accueillez pas seulement les personnes décédées à l'hôpital, n'est-ce pas ? Qu'en est-il de celles déclarées mortes ailleurs ?

— Si c'est en dehors des heures ouvrées, l'employé d'astreinte vient les enregistrer.

— Et à votre connaissance, personne n'a mis les pieds ici depuis vendredi en dehors des horaires réglementaires ?

— Exact.

La lieutenante Flyte étudia la salle, et Cassie prit soudain conscience des coulées de rouille sur la peinture des murs en parpaings, des carreaux cassés au sol, du néon tremblotant qui n'avait toujours pas été remplacé.

— Vous devriez avoir une caméra de surveillance, ici, vous savez, fit Flyte, comme si Cassie était responsable de cette omission.

— Vous croyez ? rétorqua-t-elle. On n'arrête pas de demander une modernisation du système de sécurité, mais la direction nous envoie balader. Coupes budgétaires, apparemment.

Dans la salle de conservation des corps, ne restait du passage de la police scientifique que quelques traces de poudre dactyloscopique sur l'acier brossé des chambres froides.

— M. Hardwick reposait là.

Cassie indiqua la cellule n° 16, aux initiales du défunt.

— Et il n'y a jamais de décalage entre vos dossiers et les corps stockés ici ?

Essayant de passer outre le mot « stockés », Cassie répondit :

— Ben, ça peut arriver, mais j'aime à croire qu'on repère la moindre erreur assez rapidement.

Flyte ne l'écoutait pas. Elle contemplait d'un air sombre le grand frigo blanc dans le coin, qui aurait paru davantage à sa place dans une cuisine.

— La chambre des fœtus, expliqua Cassie. C'est là qu'on conserve les bébés qui ne sont pas arrivés à terme.

Un frémissement de dégoût traversa le visage de Flyte, puis elle se pencha pour ranger son calepin dans son sac. Encore une marque d'émotivité que Cassie n'aurait pas attendue d'un flic débutant, et encore moins d'une lieutenante.

Flyte souleva la bandoulière de son sac par-dessus sa tête, prête à partir.

— Alors à votre avis, qu'est-ce qui est arrivé à M. Hardwick ? demanda Cassie.

Regard pénétrant de la flique.

— Je pense qu'un ou plusieurs individus non identifiés ont pénétré dans l'établissement, sans doute pendant le week-end, et l'ont emporté.

Bon Dieu, cette bonne femme parlait comme un robot. Enfin, au moins elle ne croyait pas à un embrouillamini administratif comme ce crétin d'agent de tout à l'heure. L'hypothèse de Carl, selon laquelle M. H aurait été volé par des trafiquants d'organes, lui revint à l'esprit. Sauf que ça ne tenait toujours pas debout : avec onze défunts plus jeunes que lui en chambre froide, pourquoi choisir le plus âgé ?

Et puis, quelque chose fit tilt : et si le mot-clé, c'était justement « choisir » ?

Consciente de sortir de son rôle, elle lança :

— M. Hardwick était trop vieux pour que ses organes vaillent grand-chose. Peut-être que son ou ses ravisseurs ne cherchaient pas n'importe quel corps.

Flyte pivota d'un coup.

— Pourquoi vous dites ça ?

Cassie s'approcha de la porte.

— Quand on pénètre dans la salle, la première colonne sur laquelle on tombe est celle des cellules 1 à 4.

Elle commença à remonter le mur de chambres froides.

— Pourtant, les voleurs la laissent passer… et celle d'après… et la suivante…

Arrivée à 4 ou 5 mètres de l'entrée, elle montra les initiales sur la dernière colonne.

— Ils *choisissent* la case marquée HAH.

— Continuez.

Flyte avait suivi ses moindres gestes, avec une expression indéchiffrable.

— Peut-être qu'ils cherchaient Harold Albert Hardwick en particulier.

— Vraiment. Et pourquoi ciblerait-on un vieillard inoffensif ?

— J'en sais rien. C'était peut-être une forme de… représailles ?

— De représailles ?

Les sourcils parfaits de Flyte clamaient son incrédulité.

— Pourquoi pas ? Il y a bien des animalistes qui ont exhumé une vieille dame pour punir sa famille d'élever des cobayes de laboratoire.

Tout en prononçant ces mots, Cassie se rendait compte que c'était débile. Un vieux veuf malade qui avait bossé toute sa vie au service technique du métro londonien faisait un bien piètre candidat pour une vendetta haineuse.

— J'y penserai, lâcha sèchement Flyte. Mais pour le moment, je vais m'abstenir de tirer aucune conclusion hâtive afférente au mobile – cobayesque ou non.

Devant sa formulation ampoulée et son petit sourire supérieur, Cassie se demanda comment elle avait pu la trouver sexy ne serait-ce qu'un instant.

Elle croisa les bras.

— Alors allez-y, vous, dites-moi pourquoi on irait voler le corps d'un diabétique de quatre-vingt-un ans atteint d'un souffle au cœur.

Flyte eut un petit mouvement convulsif, un peu comme Macavity quand il était énervé.

— Il est trop tôt pour le dire, cingla-t-elle. Mais il y a des gens qui ont un goût malsain pour la mort et les cadavres.

Sous-entendu : *Des gens comme toi, avec tes piercings et ta coupe zarbi.*

— Eh bien, je suis heureuse de savoir que vous gardez *l'esprit ouvert.*

L'insistance de Cassie sur les derniers mots était claire.

Deux taches roses étaient apparues sur les pommettes pâles de Flyte. Elle se tourna pour s'en aller, mais au moment où elles sortaient de la salle, Cassie surprit le regard qu'elle jetait par-dessus son épaule. Un regard qui semblait évaluer la distance entre le pas de la porte et la cellule 16.

FLYTE

La lieutenante Phyllida Flyte décida de prendre au plus court et de rentrer au poste en longeant le canal.

Au froncement de sourcils appuyé qu'elle adressait au chemin de halage, un passant aurait pu la croire en colère, alors qu'en réalité, elle essayait juste de tenir le choc, de se focaliser sur l'enquête en cours : la disparition du corps de Harold Hardwick. Si elle n'avait pas voulu l'admettre devant l'espèce de jeune gothique de la morgue, l'hypothèse du trafic d'organes paraissait effectivement peu probable vu l'âge du disparu, sauf qu'elle ne voyait pas du tout quel pouvait être le mobile du vol. L'utilisation rituelle de fragments humains serait peut-être une meilleure piste – après tout, il n'y avait que quelques années de ça, on avait repêché dans la Tamise un buste d'enfant étêté et démembré, victime de pratiques de sorcellerie africaines.

Malgré tous ses efforts pour se concentrer, ses pensées ne cessaient de revenir en arrière, les images et les odeurs de la morgue l'inondaient, menaçaient de la submerger. Elle n'avait pas mis les pieds dans une chambre mortuaire depuis plus de deux ans mais n'avait pas bronché quand son nouveau patron, le capitaine Bellwether, lui avait confié l'affaire Hardwick. Camden était censé représenter un nouveau départ et elle s'était sincèrement crue à même de faire face, désormais, sûre que son professionnalisme l'aiderait à surmonter l'épreuve. Sauf que, forcément, ça avait fait ressurgir des émotions enfouies – l'impression d'évoluer au bord d'un abîme, risquant de glisser au moindre faux pas. Et toujours cette tentation de lâcher prise, de se laisser sombrer dans cette nuit sans fin. Pour que ça s'arrête.

Stop !

La fille de la morgue avait insisté pour lui exposer sa petite théorie selon laquelle les voleurs auraient ciblé Harry Hardwick pour des raisons fantaisistes de représailles – un peu trop insisté, peut-être ? Les agents de service mortuaire étaient connus pour être des désaxés et des marginaux – ça allait avec la fonction – et Cassie Raven disposait d'un code qui lui donnait accès aux locaux vingt-quatre heures sur vingt-quatre. Si elle n'avait rien à se reprocher, pourquoi se souciait-elle tant de la disparition du corps d'un vieillard inconnu ?

Avant de gravir l'escalier remontant de la berge à la rue, Flyte sortit son miroir de sac et retoucha son maquillage, traçant d'abord le contour de ses lèvres au crayon avant de les remplir de son rose pâle préféré. Elle avait acheté trois tubes de la même teinte, car elle s'était déjà fait avoir par l'insupportable tendance des fabricants de cosmétiques à renouveler constamment leur gamme. Elle détestait cette manie de la nouveauté, du changement, qui infectait tous les aspects de la vie moderne.

Ce rouge à lèvres était parfait, hormis son nom débile : *Risette.*

Ses yeux se posèrent sur le portrait vulgaire d'une Amy Winehouse à moitié nue, le regard noir sous sa choucroute, que quelque « artiste » local avait barbouillé sur le mur en brique du canal, l'un des nombreux hommages à la chanteuse décédée disséminés dans le quartier. C'était du Camden tout craché, ça, de se choisir une victime de la drogue et de l'alcool comme sainte patronne et de la commémorer sous forme de graffitis. Ça lui rappela le look de Raven : le visage criblé de piercings, la coupe saugrenue qui laissait voir son crâne à moitié rasé, le haut d'un tatouage qui sortait de son décolleté, criard sur sa peau blanche. Pourquoi diable une jeune femme mignonne par ailleurs s'infligerait ça ? C'était un look calculé pour tendre un doigt d'honneur aux gens normaux et propres sur eux – et qui, dans les rues de Camden, semblait presque de rigueur.

Il y avait deux mois, une semaine et trois jours que Flyte avait emménagé ici pour prendre son poste à la PJ, et rien encore n'avait su démentir son aversion initiale. Elle avait vu Camden comme une échappatoire, une page blanche loin de Winchester et du bonheur enfui. Elle regrettait la tranquillité verdoyante, le rythme indolent, les bonnes manières sans chichis dont chacun faisait preuve – mais pas les souvenirs tapis à chaque coin de rue, prêts à lui sauter dessus. Là-bas, la seule vue de tel banc dans un parc ou de telle table en terrasse suffisait à faire ressurgir une image de Matt et elle, penchés l'un vers l'autre autour d'une bouteille de vin, faisant des projets d'avenir. Une félicité qui avait pris fin brutalement lorsque la tragédie avait fait irruption dans leur vie, cruelle et imprévisible.

Après le drame, la police du Hampshire lui avait permis de prendre un long congé sabbatique, mais quand elle avait fini par réintégrer son poste à la Crim' – un boulot qu'elle adorait –, elle avait dû se rendre à l'évidence : elle n'était tout simplement plus de taille. Voir des corps de victimes de meurtres – ou pire, interroger leurs familles en deuil – était au-dessus de ses forces. Sa visite d'aujourd'hui à la morgue l'avait assommée alors qu'elle n'avait même pas entrevu un seul cadavre.

Flyte coupa à travers le marché qui se déployait au nord de l'écluse. Les puces de Camden étaient un aimant à touristes, pourtant elle n'y voyait qu'un bazar anarchique bourré de camelote : bijoux d'importation bon marché, sandales en cuir orange, T-shirts imprimés d'injures et de grossièretés, sans compter toutes les chichas, balances de précision et autres attirails dont pouvait rêver le consommateur de cannabis accompli. L'endroit était en pleine effervescence, elle entendit même le bongo frénétique d'une espèce de hippie, bande-son dégénérée parfaitement appropriée à la scène. Elle joua des coudes à travers le troupeau de touristes à moitié endormis, faillit piétiner un mendiant dreadlocké assis en tailleur par terre à côté d'un chien affublé d'un bandana rouge, puis dépassa une femme à la figure tatouée et à la démarche robotique des accros au crack. Elle déboucha enfin sur la rue principale, où elle dut contourner deux jeunes sans-abris vautrés l'un sur l'autre sous un pont de chemin de fer, cramponnés à des canettes de bière blonde extraforte.

Affreux. Mais ça lui rappela aussi le seul point en faveur de Camden : ça n'avait rien à voir avec Winchester.

Quand elle se dégagea de la cohue en bifurquant dans une rue secondaire, quelque chose attira son attention. Deux hommes se tenaient dans l'entrée d'une librairie abandonnée, tête baissée, trop près l'un de l'autre. Le plus jeune – noir – jeta un coup d'œil trop désinvolte par-dessus l'épaule du plus âgé – chauve, blanc –, qui tournait le dos à Flyte. Reniflant aussitôt l'autorité à l'approche, le jeune fit demi-tour et mit les bouts. Le temps qu'elle arrive, le dealer était loin, son malheureux client resté planté là, à faire de son mieux pour avoir l'air de rien.

— Donnez-moi ça, monsieur, fit Flyte en montrant son entrejambe.

Pendant un moment, elle crut qu'il allait refuser d'obtempérer, mais elle le fixa sans ciller et au bout d'une seconde ou deux il soupira, plongea dans la ceinture de son jean et déposa un petit sachet de marijuana tiède dans sa main.

— J'espère que vous allez pas me mettre en retard au boulot, lança-t-il, adoptant ce qu'elle commençait à reconnaître comme l'attitude bravache du Londonien moyen dégoûté.

— Si vous voulez appeler votre patron, je me ferai un plaisir de lui expliquer, répliqua-t-elle, impassible.

Cinq minutes plus tard, elle le présentait à Dave, au bureau d'accueil du commissariat.

Après les formalités d'usage, Dave demanda à un collègue de conduire le prévenu en salle d'interrogatoire. Elle s'apprêtait à leur emboîter le pas lorsqu'il posa ses deux coudes sur le comptoir et lui fit signe d'approcher.

— C'est ta deuxième interpellation en une semaine, non ?

Le ton amical, intime.

— En neuf jours. La dernière, c'était il y a neuf jours.

— OK, neuf jours. C'est pas marrant, Phyllida, mais le mec que tu viens de serrer, c'est qu'un consommateur.

Il leva le sachet entre deux doigts et arqua un sourcil.

— Un tout petit pochon comme ça ? Pour une première infraction, en général, on se contente de confisquer et de faire un rappel à la loi.

Elle sentit sa colonne se raidir.

— Tu veux dire que si je vois quelqu'un vendre de la drogue au grand jour sur la voie publique, je devrais… passer mon chemin ?

— Coince le dealer, vas-y. Mais encombrer le poste avec des fumeurs de spliffs du dimanche comme Jeremy…

Il fit un signe de tête en direction de la salle d'interrogatoire.

— J'aurais cru que vous aviez mieux à faire, au troisième. Des affaires sérieuses à résoudre.

Elle sentit une rougeur lui monter au visage.

— Je suis officière de police avant d'être enquêtrice. Si je suis témoin d'actes de délinquance, je continuerai à faire respecter la loi.

Elle savait qu'elle sonnait comme une collégienne chargée de la discipline.

— Comme tu voudras, fit-il dans un haussement d'épaules chaleureux.

En se dirigeant vers la salle d'interrogatoire, elle regrettait déjà d'être montée sur ses grands chevaux. En toute honnêteté, c'était en partie une réaction instinctive au look de Dave. Son ancien commissariat exigeait une présentation irréprochable. Elle avait beau croiser Dave régulièrement depuis deux mois, elle n'arrivait pas à se faire à l'idée d'un policier barbu.

10

Cassie arriva à la morgue à 7 heures le lendemain matin, une heure avant sa prise de service officielle. Owen Edwards avait appelé l'après-midi précédent pour venir voir sa mère et elle voulait avoir tout son temps pour rendre Mme E présentable.

Doug était réticent à ce que ce soit elle qui se charge de la présentation, mais elle avait réussi à le convaincre. Quand il arriva à 8 heures, il lui rappela la condition qu'il avait posée :

— N'oublie pas, pas un mot sur le fait que tu as été l'élève de sa mère.

Elle acquiesça.

— Des nouvelles de la police, pour Harry Hardwick ?

Doug secoua la tête.

— Que dalle. Je viens de quitter la lieutenante Flyte au commissariat. Ils ont regardé les vidéos de surveillance de l'hôpital samedi soir, mais apparemment, y a pas de caméra assez proche de l'entrée de la morgue.

— Il doit y en avoir d'autres sur la rue, non ?

— Je peux pas leur dire comment mener leur enquête, Cassie.

Il haussa les épaules d'un air las.

— C'est plus de notre ressort, maintenant.

Après avoir sorti le corps de Mme E de son compartiment, Cassie constata que les paupières s'étaient ouvertes pendant la nuit, effet du relâchement des muscles orbiculaires quand la rigidité cadavérique disparaît.

— Si je me contente de vous fermer les yeux, ils vont sûrement se rouvrir, lui murmura-t-elle. Ce qui ne serait pas très agréable pour Owen. Mais ne vous en faites pas, on peut arranger ça.

Elle attrapa quelques brins de coton à l'aide d'une pince à épiler, les déposa sur la rétine, tira délicatement la paupière supérieure par-dessus puis répéta l'opération pour l'autre œil : un vieux truc de thanatopracteur qui crée juste assez de friction pour maintenir les paupières fermées.

La coiffure était une autre paire de manches. La chevelure avait été mouillée quand Cassie avait lavé le corps après l'autopsie, elle était maintenant toute plaquée sur son crâne. Armée d'un sèche-cheveux, la jeune femme travailla les épaisses mèches brunes poignée par poignée. Elle les disposa harmonieusement autour du visage de Mme E et les fixa avec un peu de laque.

Quand on la prévint qu'Owen Edwards était là, elle sentit son cœur se serrer, comme à chaque visite des familles. Éviscérer un cadavre était un jeu d'enfant comparé aux émotions à vif d'un parent en deuil, surtout en cas de mort prématurée et inopinée comme celle de Mme E. Si le terme « condoléances » peut sembler compassé et vide de sens, Cassie se rappelait souvent qu'il dérivait du très beau verbe latin *condolere* : souffrir avec l'autre.

Grand, chauve, obèse et en nage dans son costume bon marché, Owen Edwards ne pouvait pas avoir plus d'une trentaine d'années compte tenu de l'âge de Mme E, pourtant il en paraissait une bonne dizaine de plus. Il n'eut pas l'air de reconnaître Cassie suite à sa visite malavisée à Patna Road : par chance, il ne l'avait vue que de dos, et sa blouse devait contribuer à donner le change.

Dans l'antichambre de la salle de présentation, Cassie le prépara à ce qu'il allait découvrir, puis demanda :

— Vous avez déjà vu une personne décédée ?

— Non.

Il se tourna vers elle – première fois qu'il la regardait en face – comme si elle l'accusait de quelque chose. Elle flaira le relent d'acétone de l'alcool non métabolisé dans son haleine – il avait clairement abusé la veille, ce qui pouvait se comprendre puisqu'il venait de perdre sa mère.

— Enfin, à la télé, quoi. Dans des reportages de guerre et tout ça.

Il avait hérité du nez aquilin de Mme E, mais pas de sa grâce naturelle, et l'accent gallois si éloquent et passionné sur les lèvres de la mère prenait des inflexions belliqueuses sur celles du fils.

— Sachez juste que vous aurez peut-être besoin d'un peu de temps pour la reconnaître.

Les gens avaient souvent du mal à associer le visage inanimé à la personne qu'ils avaient connue et aimée.

Il hocha la tête, l'air impatient, comme s'il avait un rendez-vous bien plus important ailleurs. Mais Cassie savait que le chagrin pouvait induire des comportements inattendus.

Elle ouvrit les rideaux, en le surveillant discrètement au cas où il tomberait dans les pommes - ce qui arrivait fréquemment, y compris aux hommes. *Surtout* aux hommes. D'après son expérience, les grands airs virils ne résistaient guère à la vue d'un cadavre.

Mme E reposait paisiblement, la couverture grenat remontée assez haut pour dissimuler le circuit de points de suture avec lesquels Cassie avait recousu l'incision thoracique. Owen ne manifestait aucune réaction visible. Au bout de quelques instants, un léger cliquetis brisa le silence. D'abord déstabilisée, Cassie finit par comprendre qu'il faisait tinter des pièces de monnaie dans sa poche.

— Est-ce que vous avez des questions ?

La voix basse, rassurante.

— Vous savez comment elle est morte ?

Cassie lui expliqua que le certificat indiquerait la noyade comme cause immédiate du décès, mais que l'origine de son malaise ne pourrait être confirmée qu'après avoir réalisé une batterie de tests sanguins, urinaires et tissulaires.

— J'espère que vous insinuez pas que ma mère était shootée aux médocs ?

Il tourna vers elle ses yeux globuleux.

— Parce que je peux vous le dire tout de suite : elle a jamais rien pris, même pas un cachet de paracétamol.

Aux taches de sang dans son œil droit, Cassie déduisit qu'il souffrait d'hypertension sévère.

— Non, non, bien sûr que non. C'est juste que quand on ne trouve pas de cause évidente, on doit réaliser des analyses toxicologiques de routine pour exclure tout autre facteur. Le médecin pense que votre mère a très bien pu s'évanouir dans un bain brûlant.

— C'est vrai qu'elle se plaignait parfois de vertiges, fit-il lentement en regardant le plafond.

— Vraiment ? Ce n'était pas précisé dans son dossier médical.

— Ben... Elle allait pas trop chez le docteur.

La nuance défensive avait réapparu. Cassie attrapa la poignée de la porte vitrée.

— Vous voulez entrer, passer un moment avec elle ?

— Non, non.

Il loucha vers la sortie.

— J'ai vu le corps, ça me suffit.

Nouveau tintement dans sa poche.

— Et j'ai rendez-vous avec le notaire. Je suis son exécuteur testamentaire, vous voyez.

Cassie laissa retomber sa main.

— Bien sûr. C'est un moment difficile, il y a tellement à faire. Est-ce que je peux vous être utile en quoi que ce soit d'autre ?

— Je peux prévoir l'incinération bientôt ?

— Dès que le coroner aura signé le permis d'inhumer, ce qui prendra quelques jours. Après ça, vous aurez toute latitude.

Owen zyeuta la porte, comme pour s'assurer de son issue de secours.

— Je voulais vous demander, lança-t-elle alors qu'il s'apprêtait à partir. Vous savez si quelqu'un d'autre va venir la voir ?

— Quelqu'un d'autre ?

Owen la dévisagea. C'était l'imagination de Cassie ou il avait l'air fuyant, tout à coup ?

— D'autres membres de la famille, par exemple, ou des amis proches ?

Il détourna les yeux.

— Non. Y a que moi.

Et sans un dernier regard pour la femme qui lui avait donné la vie, Owen Edwards fila comme un client qui part sans payer.

Cassie consulta l'horloge. Pendant les quatre ou cinq minutes qu'avait duré la visite, le mec avait à peine jeté un coup d'œil à sa mère, et n'avait eu aucune des réactions émotives qu'elle avait l'habitude de voir chez les proches des défunts : tristesse, culpabilité, colère même, parfois. Et elle ne se souvenait pas avoir jamais entendu quiconque dire « le corps » pour parler de sa mère ; c'était toujours « maman » ou « elle ».

— Je sais pas quoi penser de votre Owen, Mme E. Peut-être qu'il fait simplement partie de ces gens qui ont peur de la mort et des cadavres.

Elle tira les côtés de la housse glissée sous Mme E afin de la refermer.

— J'aurais voulu pouvoir lui dire comment vous êtes morte.

Elle venait de remonter la fermeture éclair quand elle le sentit. Un crépitement dans l'air, comme de l'électricité statique avant l'orage. Rouvrant la housse, elle fixa le visage inanimé de Geraldine Edwards. Les lèvres étaient immobiles – une ligne pâle, figée. Pourtant, l'écho des mots qu'elle avait entendus avec clarté flottait encore dans l'air.

Cassandra. Ce n'est pas encore mon heure.

11

Comme elle avait commencé tôt, Cassie était chez elle dans le milieu d'après-midi. Elle en profita pour commencer à travailler sur l'écureuil que sa grand-mère lui avait offert, qu'elle avait mis à décongeler au réfrigérateur. Sa tête bouillonnait encore de ce qui s'était passé pendant la journée et elle espérait que cette simple activité manuelle lui éclaircirait un peu les idées.

Elle posa l'animal sur une planche à découper, incisa selon les instructions du tutoriel puis entreprit de le dépecer avec précaution. Elle avait acheté ce cours de taxidermie en ligne sur un coup de tête alors qu'elle vivait encore avec Rachel, mais avait dû s'interrompre quand cette dernière avait piqué une crise en tombant sur une souris morte à côté des yaourts dans le frigo. Maintenant, elle avait hâte de voir comment se présentait l'anatomie interne de l'écureuil par rapport à celle de l'être humain.

Elle n'arrêtait pas de repenser au moment où elle avait entendu Mme E « parler ». L'expérience avait été aussi fugace qu'à l'ordinaire, même si cette fois elle était arrivée d'un coup, sans le traditionnel état second annonciateur, et que Mme E avait aussitôt replongé dans un silence inaccessible et énigmatique.

En général, elle n'examinait pas ces instants de trop près, de peur qu'un excès d'analyse n'altère le précieux fil qui la reliait aux défunts. Cette fois pourtant, elle chercha à comprendre d'où ça sortait. Rationnellement – *scientifiquement* –, elle savait bien qu'un corps sans vie ne pouvait pas parler. Alors, ces « messages » n'étaient-ils que ses propres déductions subconscientes projetées sur les morts ?

Ce n'est pas encore mon heure.

Après tout, c'était le genre de propos auquel Cassie pouvait s'attendre de la part d'une femme décédée à cinquante et un ans. Pourtant, quelque chose l'empêchait d'exclure totalement l'idée que ces mots sous-entendaient bien davantage : que sa mort n'avait pas été naturelle.

Elle revit l'attitude étrangement défensive d'Owen, son regard fuyant, sa hâte presque indécente à s'échapper. Le souvenir évolua peu à peu en une vision nauséeuse de sa figure bouffie et suintante tandis qu'il poussait sa mère sous l'eau.

Elle tira la peau de l'écureuil par-dessus sa tête sans avoir fait un seul accroc inutile. Tenant la carcasse en place du bout du doigt, elle reprit le scalpel et l'ouvrit du cou à l'aine, imitation de l'incision thoracique qu'elle pratiquait une douzaine de fois par semaine. À l'intérieur, elle trouva les principaux organes disposés à peu près comme chez l'être humain, mais à échelle miniature : le cœur était gros comme un haricot rouge, les poumons, deux amandes minuscules. Le cerveau, en revanche, n'avait rien à voir : plus rose et plus souple que le nôtre, sans bourrelets ni replis. Elle se creusait les méninges pour retrouver le nom latin de ces circonvolutions cérébrales quand on sonna à la porte.

Elle venait d'ouvrir lorsque la réponse lui revint : les *gyri* et les *sulci*. Perdue dans ses pensées, il lui fallut plusieurs secondes pour remettre la femme aux yeux bleu glacier qui se tenait devant elle.

— La morgue m'a dit que vous étiez rentrée. Je vous ai appelée, mais ça bascule sur la boîte vocale.

Le regard de la lieutenante Flyte se posa sur ses gants ensanglantés.

— Je vous dérange ?

Apparemment, elle s'attendait à ce que Cassie les invite à entrer, elle et le flic en uniforme qui l'accompagnait.

— Il s'est passé quelque chose à la morgue, lieutenante ?

— Non, on ne fait que poursuivre notre enquête concernant la dépouille disparue de Harold Hardwick. On m'a dit que vous aviez fini votre journée. On peut entrer ?

Cassie les fit passer en leur indiquant la cuisine avant d'enlever ses gants en nitrile. C'est donc ça, être pris la main dans le sac, pensa-t-elle avec ironie.

Elle regarda Flyte inspecter la pièce, enregistrer le poster en pied d'un jeune Iggy Pop nu, les crânes d'animaux blanchis sur le rebord de la fenêtre... Soudain, elle se rappela le sachet d'herbe au fond du tiroir de la cuisine.

Calme-toi. Si la flique intransigeante avait une commission rogatoire, elle te l'aurait déjà collée sous le nez.

Les billes inquisitrices de Flyte butèrent sur l'écureuil éviscéré étalé sur la planche à découper, à côté de son petit tas d'organes.

— C'est un lapin ?

La voix teintée de dégoût.

— Un écureuil.

Cassie se sentit à découvert. Elle alla ranger la planche au frigo.

— Vous mangez *de l'écureuil* ?

Se souvenant de ses réactions à la morgue, Cassie se dit que Flyte s'était trompée de métier : elle aurait fait un excellent agent de la circulation.

— Non, je suis végétarienne, répondit-elle sans pouvoir réprimer un large sourire, mais j'apprends la taxidermie.

Flyte resta de marbre.

— Vous ne voyez pas assez de cadavres dans votre travail ?

Cassie décida de ne pas leur proposer de thé.

— Alors, en quoi je peux vous aider ?

— La piste que nous privilégions dans l'affaire Hardwick est celle d'un vol par une personne ayant un... intérêt malsain pour les cadavres.

Elle regarda Cassie et cette fois, le sous-entendu ne faisait aucun doute : *quelqu'un comme vous.*

La jeune femme laissa glisser.

— Si vous voulez parler d'intérêt sexuel, je dirais que vous faites fausse route. Tous les cas de nécrophilie dont j'ai entendu parler concernaient des corps de personnes jeunes, généralement des femmes. Sans vouloir offenser M. Hardwick, les vieux bonshommes de quatre-vingts ans suscitent assez peu d'excitation.

Flyte concocta un sourire, sans lâcher Cassie des yeux.

— Quelle que soit la forme de cet intérêt, je considère que c'est la piste la plus prometteuse. Ce n'est pas nécessairement sexuel.

Elle visa le petit cairn de crânes sur le rebord de la fenêtre.

— Vous n'êtes pas sans savoir que certaines parties du corps sont utilisées en sorcellerie, dans des rituels sataniques, etc.

— Et donc, en quoi je peux vous aider ? Je veux autant que vous récupérer ce pauvre M. H.

Flyte tira un document de son sac à main, les yeux toujours rivés sur Cassie.

— La société de sécurité nous a fourni le relevé de tous les accès aux portes sous digicode de la morgue. Comme vous le savez, chaque employé autorisé a son code personnel.

— En effet.

Cassie remarqua que les iris bleu glacier de Flyte étaient cernés d'un anneau cornéo-limbique inhabituellement foncé, comme chez le loup arctique.

— Le système indique que vous êtes arrivée à 6 h 50 vendredi dernier et repartie vers 15 heures. Pouvez-vous confirmer que vous étiez d'astreinte ce week-end-là ?

— Oui.

Le passage de Flyte en mode interrogatoire fit monter la tension de Cassie.

— Vous êtes souvent appelée à la morgue en dehors de vos heures de travail ?

Cassie détourna le regard.

— De temps en temps. Parfois, la police a besoin de faire venir quelqu'un pour identifier un corps. Ou bien c'est un proche qui veut absolument voir un défunt. On essaie toujours de faciliter les choses, quelle que soit l'heure.

— Mais vous m'avez dit ne pas y être retournée après votre départ ce vendredi-là.

— Exact.

Où est-ce qu'elle veut en venir ?

La lieutenante Flyte lui tendit le document.

— Voici le relevé des passages à l'entrée principale pour la nuit en question.

Flyte posa un ongle ovale verni de rose devant une des lignes.

— Comme vous pouvez le constater, il montre que vous êtes revenue samedi soir tard.

— Quoi ? Mais non !

Et pourtant, c'était écrit là : *Entrée 23:58, code 4774.*

Est-ce qu'elle était retournée à la morgue ce soir-là ? Non, non, sa dernière « incartade » en dehors des heures d'ouverture remontait à plusieurs mois.

— Peu importe ce que dit le système, j'ai pas mis les pieds à la morgue le week-end dernier.

Elle tenta de se rappeler ce qu'elle avait fait samedi soir.

— J'étais au Kaos, un bar à concerts à Camden Lock.

— Quelqu'un peut attester de votre présence là-bas vers minuit ?

Cassie réfléchit : elle avait bien croisé quelques copains, mais ils étaient tous partis en boîte vers 23 heures.

— Le barman me connaît. Tito. Il s'en souviendra.

Sauf qu'en revoyant Tito ce soir-là, en train de danser derrière le bar, les yeux vitreux, elle n'en fut plus si sûre.

— Enfin, il devrait.

Flyte prit note, puis remit Cassie sur le gril.

— Il paraît que vous parlez aux cadavres.

C'est pas vrai... Quelqu'un connaissait donc son secret. Qui donc l'avait débinée ? Certainement pas Carl, ni Doug, ni aucun des anapaths – comme s'ils étaient du genre à le remarquer, tiens.

Elle haussa les épaules.

— Je savais pas que c'était un crime.

— Ça rime à quoi ? Il y a beaucoup de croque-morts qui papotent avec les cadavres ?

Le ton sarcastique, clairement destiné à la chatouiller.

— « Croque-mort » s'applique aux pompes funèbres, répliqua Cassie. À la morgue, on parle d'agent de service mortuaire ou de technicien en anatomopathologie.

— Ça ne répond pas à ma question. Quel intérêt de parler à un cadavre ? Ce n'est pas un peu une conversation à sens unique ?

Le policier en uniforme, jusqu'ici muet et impassible, réprima un sourire. Cassie se sentait à deux doigts d'exploser.

— Je parle pas aux corps. Je parle à la personne qu'ils étaient avant.

— Pardon ? Je ne comprends toujours pas.

— Comme c'est étonnant.

La lieutenante Flyte pinça les lèvres. Ce rouge à lèvres rose pâle n'arrange pas son teint hâve, se dit Cassie.

— Vous savez que certains de vos collègues pensent que vous êtes un peu… obsédée par les cadavres ?

Sûrement un coup de ce con de chef brancardier, Darrell Fairweather. Dès le départ, il avait bien fait comprendre qu'il ne l'aimait pas, uniquement à cause de son look. Peut-être qu'un de ses gars l'avait entendue en venant mettre un patient en chambre froide. Elle l'imaginait très bien en train de la dénigrer auprès de Flyte : *À votre place, j'interrogerais l'autre gothique de la morgue, c'est une vraie tarée.*

— Les brancardiers adorent ragoter.

Les yeux plantés dans ceux de Flyte, qui les détourna, confirmant son intuition.

Devait-elle tenter d'expliquer ce qu'elle ressentait pour les corps confiés à ses soins ? Qu'elle se voyait parfois comme une prêtresse ou un Charon des temps modernes, chargée de leur faire franchir le Styx pour gagner les enfers ? Et puis, elle imagina la réaction de Flyte.

— Qu'est-ce qui vous fait rire ? demanda la policière.

— On a terminé ? J'ai un écureuil à farcir, moi.

— Non, on n'a pas « terminé ».

Les joues d'albâtre de Flyte s'enflammèrent.

— J'ai vérifié vos antécédents. Vous êtes fichée pour possession de stupéfiants.

Reste calme.

— Un peu d'herbe et une pincée de poudre quand j'avais *dix-sept* ans ! De toute façon, quel rapport avec la disparition d'un défunt ?

— Vendre des corps serait un moyen de financer une addiction. Vous consommez toujours ?

— Seulement les drogues en vente libre. Comme la vodka.

Sous son air détendu, le souvenir de sa soirée avec Tish-Tash lui faisait battre le cœur – et pas dans un sens positif. Indépendamment de l'herbe dans le tiroir de la cuisine, elle était incapable de se rappeler ce qu'elle avait bien pu faire du pochon de coke du club. L'avait-elle jeté dans les toilettes ou se trouvait-il encore dans la poche du jean qu'elle avait mis dans le panier à linge, attendant d'être reniflé par un chien policier ?

— Est-ce que vous avez précisé vos antécédents judiciaires quand vous avez postulé à la morgue ?

— Oui. Ils ont considéré ça comme une erreur de jeunesse. Ce qui était exactement le cas.

Avec un regard de défi.

Flyte l'étudia longuement avant de refermer son calepin, apparemment à court de munitions.

Cassie poussa un soupir prudent. La seule utilisation de son code d'accès ne devait pas suffire à justifier son arrestation. N'empêche, si Flyte remontait plus loin et découvrait les fois où elle avait passé la nuit à la morgue sans la moindre raison officielle… mieux valait ne pas y penser.

L'acolyte en uniforme demanda :

— Je peux utiliser vos toilettes ?

— Au bout du couloir à droite.

La lieutenante Flyte rangea son calepin et fit claquer la boucle de son sac.

— C'est tout pour le moment, mais on aura d'autres questions.

Elle était à la porte quand son collègue sortit des WC.

— Lieutenante, vous devriez venir voir.

Cassie les suivit à la salle de bains où il montra Ziggy, posé à sa place habituelle sur l'armoire au-dessus du lavabo.

— C'est un crâne humain ?

Flyte avait dit ça comme si de rien n'était, mais Cassie perçut la nuance d'excitation dans sa voix.

Elle acquiesça tout en haussant les épaules.

— Je présume que vous avez les papiers nécessaires ?

Les orbites vides de Ziggy sur ses mâchoires souriantes semblaient toiser Cassie d'un air sardonique.

— Les papiers ? Mais il est super vieux…

— Très bien. J'ai juste besoin de voir le certificat attestant de son âge.

Pour la première fois depuis qu'elles se connaissaient, Flyte avait l'air heureuse. Le cœur de Cassie se remit à tambouriner.

— J'en ai pas. Je l'ai acheté dans un vide-grenier à Hackney, bordel !

— Alors je suis au regret de vous informer que la possession de restes humains est un délit, à moins de pouvoir prouver qu'ils ont plus de cent ans.

Si la voix de Flyte était restée factuelle, son visage pâle arborait une mine triomphante.

12

Le lendemain matin, Cassie fonça directement dans le bureau de Doug sans prendre le temps d'ôter son blouson, pour lui dire que son code d'accès avait été utilisé et que Flyte lui avait confisqué son crâne, « dans l'attente d'une enquête plus approfondie ».

— Je l'ai acheté il y a des années, avant même de bosser ici ! Le mec du vide-grenier m'a dit qu'il datait du XIXe siècle, qu'il venait d'une ancienne école de médecine. Il m'est jamais venu à l'idée que j'avais besoin d'un certificat !

— La police t'inculpe ?

Bien qu'extérieurement calme, Doug ne cessait de faire les cent pas dans son petit bureau.

— Pas encore. Flyte a dit que ça pouvait prendre des semaines pour déterminer l'âge du crâne.

Elle fit jouer son piercing labial.

— Si jamais je suis inculpée, j'imagine que tu devras en informer la HTA ?

Une agente de chambre mortuaire reconnue coupable de possession illégale de restes humains serait sûrement virée direct.

— Ne nous emballons pas, fit Doug en passant une main sur sa calvitie.

— Le pire, c'est que pendant que cette peau de vache perd son temps à me chercher des poux, elle cherche pas les salauds qui ont embarqué ce pauvre M. Hardwick.

— Ce que je comprends pas, c'est comment on a pu se procurer ton code d'accès ? Tu crois que quelqu'un a pu te voir le saisir ?

Elle plissa les yeux, se repassa mentalement son arrivée quotidienne au travail.

— Il faudrait qu'il soit tout près. Je m'en serais rendu compte, si quelqu'un me soufflait dans le cou.

Doug se redressa de tout son mètre quatre-vingts.

— Écoute, je vais appeler le capitaine Bellwether, lui dire que sa lieutenante est complètement à côté de la plaque. Je vais pas laisser mon personnel se faire harceler comme ça.

Dans la salle de conservation des corps, Cassie vérifia que Mme E et ses autres messieurs-dames étaient tous présents - depuis la disparition de M. Hardwick, elle s'était mise à effectuer elle-même tous les inventaires. Là-dessus, on lui passa un appel des pompes funèbres Penney & Sons.

— Salut, miss Foldingue, dit la voix nonchalante de Luca.

— Salut, mister Ducon. T'élèves toujours des insectes dans ta barbe immonde ?

Le grand rire de Luca lui remontait le moral à tous les coups. Ils avaient eu une aventure quelques années plus tôt, et elle se surprenait parfois à regretter que la relation ait tourné court - *comme toutes tes histoires*, ajoutait une petite voix perfide dans sa tête. Pour travailler, comme elle, avec les morts, Luca savait combien ce pouvait être éprouvant de recevoir tous les jours des proches en deuil. Contrairement à Rachel, il comprenait le besoin de mettre les sujets sensibles de côté une fois la journée de boulot terminée.

— Écoute, Cass, j'ai un certain Owen Edwards sur le dos, il demande quand on peut venir récupérer sa mère.

Le regard de Cassie bondit vers la cellule de Mme E.

— Déjà ? Il t'a appelé quand ?

— Euh... hier, en fin de matinée. Et à nouveau il y a dix minutes.

Cassie fit un rapide calcul : Owen avait dû contacter le funérarium juste après son passage à la morgue la veille.

— Alors, je lui dis quoi ? demanda Luca.

— On n'a même pas encore reçu le permis d'inhumer, pourquoi il est si pressé ?

— Il a parlé d'un déplacement professionnel à l'étranger. Il a besoin de régler les obsèques avant de pouvoir réserver ses billets d'avion.

Cassie contemplait les initiales de Mme E sur la porte en acier. Elle entendait encore les mots qu'elle avait prononcés juste après le départ d'Owen.

— *Ce n'est pas encore mon heure.*

— Pardon ? fit Luca.

— Rien. Je me parlais à moi-même. Écoute, Luca…

— Ouiii ?

Du temps où ils sortaient ensemble, il devinait toujours quand elle s'apprêtait à lui demander un service.

— Tu pourrais… le faire patienter ? C'est juste que… on est un peu en retard niveau paperasse.

— C'est pas ton genre, ça. Ça va pas ?

— Eh ben, c'est un peu une semaine de dingue.

— Pas de problème. Je sais pas pourquoi il est tellement pressé. D'habitude, les gens mettent des plombes à trouver une date à laquelle toute la famille soit dispo.

Luca accepta de dire à Owen Edwards que le crématorium n'avait pas de place et qu'il le recontacterait à la première date disponible.

Cassie fut soulagée d'avoir gagné du temps. Son mauvais pressentiment sur la mort de Mme E et sur son fils à l'air louche ne s'était pas dissipé, et son instinct profond lui disait de retenir le corps le plus longtemps possible. La police pouvait encore découvrir des éléments qui justifieraient de rouvrir le dossier, quelque chose qui déclencherait une vraie autopsie médicolégale avant qu'il soit trop tard.

Vœu pieux.

Il n'y avait qu'un seul moyen de savoir si elle se laissait emporter par son imagination ou si la mort de Mme E était véritablement suspecte : partir elle-même à la chasse aux preuves.

FLYTE

Le lendemain de sa visite chez Cassie Raven, la lieutenante Flyte avait passé la matinée à essayer de voir son supérieur, le capitaine Bellwether. En vain. Alors quand elle le vit en train de faire la queue à la cafétéria pour déjeuner, elle sauta sur l'occasion.

Pendant qu'ils poussaient leurs plateaux sur les rails, elle lui raconta avoir découvert que le code d'accès de Raven avait été utilisé pour s'introduire dans la morgue la nuit de l'enlèvement du corps de Harry Hardwick.

— Frites ou purée avec la quiche ? demanda la serveuse.

— Frites, soupira Bellwether. C'est en train de devenir un jour comme ça…

Même de profil, Flyte voyait bien que l'expression de Bellwether, lugubre dans le meilleur des cas, s'était encore assombrie à mesure qu'elle le mettait au courant.

— C'est une bonne nouvelle, hein, capitaine ?

— Quoi, qu'il y ait des frites aujourd'hui ?

— Euh, non, avoir une suspecte pour le vol du corps de Harold Hardwick.

À son œillade en coin, elle comprit, trop tard, qu'il la taquinait.

— On parle bien de la morgue à côté de l'hôpital ? reprit-il en poussant son plateau vers la caisse. Elle a été construite du temps où Barry White caracolait en tête des hit-parades. Les accès sécurisés ne doivent pas vraiment être dernier cri.

Flyte récupéra son assiette de ratatouille-salade, sans vinaigrette, que lui tendait la dame derrière le comptoir.

Bellwether poursuivit :

— Je me fierais pas trop aux registres d'entrée, moi. On peut contourner ces vieux systèmes avec un bête trombone.

— Et les ossements humains que Raven a dans sa salle de bains ? Franchement, quelle nana a envie d'être matée par un crâne en prenant sa douche ?

Le regard de Bellwether lui apprit qu'elle s'était peut-être montrée un peu trop véhémente.

— Vous l'avez dit vous-même, Phyllida, ces employés de la morgue peuvent être un peu… excentriques, mais son directeur ne tarit pas d'éloges à son sujet. Si vous êtes convaincue qu'elle est impliquée, il va falloir trouver quelque chose de plus concret pour l'inculper.

Flyte se tança intérieurement : donner à sa critique de Raven une tournure personnelle était tout sauf professionnel. Mais quelque chose chez cette fille lui hérissait le poil.

Après être passé en caisse, Bellwether s'arrêta au coin des couverts, où elle le rejoignit sous peu.

— Capitaine, si j'avais un ou deux agents, on pourrait mener une vraie enquête de voisinage. Le voleur a dû venir en fourgonnette et se garer sur le parking de la morgue, qui longe la rue. Même à minuit, quelqu'un aurait pu voir quelque chose.

Il s'arrêta et la regarda réellement pour la première fois.

— On a eu quatre agressions au couteau en dix jours, la direction et la presse nous ont dans le collimateur. C'est là-dessus qu'on doit mettre le paquet – pas sur un crime contre un homme qui était déjà mort.

Il hocha la tête à quelqu'un dans la salle derrière elle.

— Bouclez-moi ce dossier en vitesse, ajouta-t-il en s'éloignant. J'ai besoin que vous reveniez vous occuper des vivants.

Vingt dieux ! Plantée là, au milieu de bras qui se tendaient pour attraper des couverts, elle comprit combien elle avait été idiote. Si Bellwether l'avait envoyée à la morgue, c'était uniquement pour la forme, pour faire plaisir au coroner. Il s'attendait à ce qu'elle prenne quelques dépositions, remplisse la paperasse et mette discrètement l'affaire au placard.

D'un côté, elle savait qu'il avait raison : il y avait des crimes bien plus graves dans tout Camden qui réclamaient leur attention. De l'autre, elle ne pouvait se résoudre à abandonner un vieil homme sans défense qui avait connu une fin aussi indigne.

Harry Hardwick n'avait peut-être pas de famille pour le défendre, mais il lui restait Phyllida Flyte.

13

L'immense squelette de baleine bleue se déployait au-dessus de sa tête et Cassie redevint une gamine intimidée de quatorze ans. La dernière fois qu'elle avait visité le musée d'histoire naturelle, lors d'une sortie scolaire, c'était Dippy le diplodocus qui l'avait fascinée, même si elle n'avait pas tardé à s'éclipser avec ses potes pour partager une cigarette illicite dans le parc.

Exceptionnellement, la jeune femme s'était octroyé une longue pause déjeuner pour foncer à South Kensington retrouver Eleni Petrides, une ancienne camarade des cours du soir de Mme E en biologie. Elles s'étaient perdues de vue quand Eleni était partie poursuivre des études de zoologie dans le Nord, mais une petite enquête en ligne avait appris à Cassie qu'elle travaillait maintenant au département recherche du musée.

À l'époque, Eleni était une petite nana maigrichonne qui observait le monde à travers le paravent d'une frange trop longue ; désormais, elle arborait une élégante coupe pixie et un air plus assuré.

— Toujours le look gothique qui déchire, à ce que je vois, lança Eleni avec admiration. T'as encore ton tatouage maison ?

Cassie tira son col sur le côté pour exhiber son tout premier encrage, qui lui couvrait l'épaule : une araignée sur sa toile, tracé par une fille de son premier squat. Pas mal, pour du boulot d'amateur.

— Tu te souviens, t'essayais toujours de me persuader de m'en faire un !

Eleni rigola.

— T'as fini par changer d'avis ? Même les filles bien ont de jolis tatouages, de nos jours.

C'était vrai : quand elle s'était fait faire son premier, ce n'était pas encore très bien perçu. Désormais, c'était aussi transgressif qu'une escapade insolite à Glastonbury.

— Mon père en ferait une maladie !

Eleni éclata de rire, couvrant sa bouche de sa main comme à son habitude. Ça fit sourire Cassie, la manière dont elles étaient retombées dans leurs rôles d'avant : elle la rebelle plus âgée, Len la plus jeune, mi-scandalisée, mi-fascinée.

Au café du musée, elles firent le point sur ces cinq dernières années. Eleni vivait toujours chez ses parents, où sa mère, d'origine chypriote, peinait à s'accoutumer au régime végétalien que la jeune chercheuse venait d'embrasser – exactement comme Babcia quand Cassie avait arrêté de manger de la viande.

Après avoir échangé des histoires de repas désastreux, le sourire de Cassie s'effaça pour annoncer à son amie la mort de Mme E. Trois jours déjà s'étaient écoulés depuis qu'elle avait ouvert la housse mortuaire sur ce visage tant aimé, pourtant le souvenir de cet instant lui coupait encore le souffle.

— Mme E ?

L'expression de Len lui donnait l'air d'une gamine dépitée.

— Mais… elle était pas vieille ! Enfin, pas vieille, *vieille*, quoi. C'était un cancer ?

Quand elle sut de quelle manière Cassie avait appris la nouvelle, Len joignit les mains devant sa bouche, comme en prière.

— Misère, ma pauvre, quelle horreur !

Cassie avait oublié la réticence attachante de Len à jurer, héritage de son éducation grecque orthodoxe.

— Je l'ai vue il y a quelques mois, ajouta Eleni en secouant la tête.

— C'est vrai ?

En fait, Mme E avait emmené un groupe d'élèves au musée pendant l'été ; elle avait contacté Eleni pour lui demander de leur servir de guide.

— Mais elle avait déjà pris sa retraite, fit Cassie.

— Je sais ! Elle a dit que c'était son baroud d'honneur.

Elles échangèrent un sourire triste.

— Et son fiancé, il le prend comment ?

Cassie la dévisagea.

— Son quoi ?

— Tu savais pas ? Mme E était fiancée. On a pris un café après la visite et j'ai remarqué sa bague.

Cassie repensa à la fois où elle avait aperçu Mme E au supermarché et s'étonna de ne pas avoir repéré de bague à son doigt. C'était le genre de chose qui ne lui échappait pas, d'ordinaire.

— Qu'est-ce qu'elle t'a dit de lui ?

— Pas grand-chose. Juste qu'il s'appelait… Christian ? Oui, je suis presque sûr que c'était ça.

— Pas de nom de famille ?

Eleni secoua la tête. Ferma les yeux.

— Elle a dit qu'ils envisageaient d'aller vivre à l'étranger, mais elle s'est refermée assez vite et elle a changé de sujet. Tu sais comme elle pouvait être secrète.

— Ouais, elle a toujours bien caché son jeu.

Même en dehors des cours, Mme E n'avait jamais beaucoup parlé de sa famille ou de sa vie privée.

Eleni posa sur Cassie des yeux noisette humides.

— Elle paraissait vraiment… heureuse. Rayonnante, tu vois ? J'arrive pas à croire qu'elle soit morte.

Cassie se tut. C'était bizarre que le fiancé n'ait pas contacté la morgue pour organiser une visite. D'après son expérience, les proches veulent presque toujours voir le défunt, surtout en cas de mort soudaine et inattendue. Qu'avait répondu Owen, déjà, quand elle avait demandé si quelqu'un d'autre voudrait voir sa mère ? *Y a que moi.*

— Len, tu te souviens d'avoir entendu Mme E parler d'un fils, du nom d'Owen ?

— Un fils ? Non, je l'ai toujours crue sans enfants.

Cassie acquiesça. Rétrospectivement, c'était curieux que sur toutes les heures qu'elles avaient passées à bavarder à la table de la cuisine de Patna Road, Mme E n'ait évoqué son fils unique qu'une seule fois, et encore, presque par hasard.

— C'était la seule prof qu'on appelait « Madame » E et pas par son prénom, fit Len. J'imagine que maintenant, tu sais comment elle s'appelle… s'appelait ?

— Geraldine. Geraldine Olwyn Edwards.

— Oh !

Eleni venait de se souvenir d'un truc.

— Elle m'a dit qu'elle était sur Facebook – son petit ami doit sûrement apparaître sur son fil d'actualité ?

Cassie secoua la tête.

— Elle y est restée que deux mois.

— J'ai du mal à imaginer Mme E sur les réseaux sociaux. Tu te souviens de son vieux Nokia avec sa sonnerie préhistorique ? Et de sa manière de parler ? Toujours « restaurant » au lieu de « resto », « télévision » au lieu de « télé »…

— Grave, confirma Cassie avec un large sourire. Et elle disait jamais « au revoir »…

— Toujours « ciao ciao » !

Elles rirent, mais en mineur.

— Je m'en remets pas, reprit Eleni. Et toi, t'étais beaucoup plus proche d'elle que moi. Comment tu te sens ?

Len posa la main sur la sienne et Cassie se sentit se raidir.

— Moi ? Très bien.

Les contacts physiques impromptus la mettaient toujours sur les nerfs – encore une bonne grosse pomme de discorde avec Rachel, qui se plaignait souvent de ce qu'elle appelait le « pare-feu émotionnel » de Cassie.

Elles regagnèrent lentement le hall d'entrée et s'arrêtèrent sous l'énorme crâne de la baleine bleue. Ayant remarqué un léger boitillement dans la démarche d'Eleni, Cassie demanda :

— T'as quelque chose à la jambe ?

— Oh, c'est rien. Je me suis tapé crève sur crève et je suis encore un peu KO, avec des douleurs partout.

Cassie se souvint avoir noté qu'elle posait une main sur la table du café pour se relever – le genre de chose que ferait une personne nettement plus âgée.

— Tu le sais, que t'étais sa grande préférée, hein ? reprit Eleni avec un regard chaleureux.

— Sérieux ?

— Mince, oui alors ! Je crois même que certains étaient jaloux de l'attention qu'elle te portait.

La joie qu'en eut Cassie fut de courte durée.

— Eh ben, je le méritais pas. Je… Je l'ai perdue de vue il y a quelque temps. Entièrement ma faute. J'arrêtais pas de me dire que j'allais la rappeler. J'imagine que je pensais qu'elle serait toujours là, comme Dippy.

— T'as jamais été douée pour garder le contact, fit Eleni, en adoucissant ses mots d'un sourire. T'as plus répondu à un seul de mes messages après mon départ pour la fac.

— *Mea maxima culpa.*

Cassie était tristement consciente de son incapacité à cultiver ses vieilles amitiés - à vrai dire, il lui semblait parfois plus facile d'en nouer de nouvelles.

— Eh ben, maintenant que t'as mon numéro, t'as plus d'excuse.

Eleni lui adressa un regard faussement sévère. À travers la verrière, un rayon de soleil éclaira son visage, révélant des cernes profonds.

Cassie ferma les yeux contre la lumière. *Une série de crèves qui avaient laissé sa copine « KO, avec des douleurs partout ». Ce boitillement…*

Faiblesse musculaire, fatigue, système immunitaire bégayant…

— Len, depuis quand t'es devenue végétalienne ?

— Il y a cinq ou six mois.

— Tu prends des vitamines ou des compléments alimentaires ?

Eleni secoua la tête.

— Je pense que t'es carencée en vitamine D à cause de l'arrêt des produits laitiers. Faut que t'arranges ça, sinon tu risques d'avoir de l'ostéoporose précoce.

Avant de se séparer, Cassie lui extorqua une promesse : qu'elle irait consulter pour se faire prescrire des analyses.

14

De retour à la morgue, Cassie n'eut pas le temps de s'appesantir sur la révélation des projets de mariage de Mme E.

Dans la salle de conservation des corps, elle ouvrit la cellule marquée JMH. Jordan Hewlett, 19 ans, s'était tué au petit matin dans une collision frontale en faisant la course avec un pote sur une route de banlieue. Comme il le doublait dans un virage, il avait percuté la Volvo d'un couple d'infortunés quinquas qui arrivait dans l'autre sens. Le conducteur était mort sur le coup ; sa femme se trouvait en soins intensifs avec des blessures qui, dans le meilleur des cas, bouleverseraient sa vie.

— Bonjour, Jordan, fit Cassie avec douceur, en observant le masque de sang séché autour de ses yeux. Je vais te débarbouiller, que tu sois prêt pour le docteur. Et il faut que tu sois beau pour ta mère quand elle viendra te voir.

Sauf qu'elle venait à peine de commencer à lui éponger le front qu'elle s'arrêta, la main en suspension, transpercée par une émotion inattendue. *Colère.* Inattendue parce qu'elle mettait un point d'honneur à traiter tout le monde exactement de la même manière. Elle ne jugeait jamais ceux qui avaient fait du mal à d'autres – pas même le type qui avait bidouillé son pot d'échappement pour s'asphyxier avec ses deux filles en bas âge en guise de représailles implacables contre son ex-femme.

Jusqu'ici. Car en Jordan, elle voyait l'adolescent imprudent qui lui avait arraché sa mère et son père à l'âge de quatre ans, lui volant vingt et un ans d'éducation parentale et la privant de l'amour et de l'attention qui allaient de soi pour tous les autres.

Pour la première fois de son existence, elle était consumée de fureur face à cette injustice absolue. Mais pourquoi maintenant ? Jordan n'était pas le premier chauffard meurtrier dont elle ait à s'occuper. Elle se força à se calmer et reprit la toilette, malgré un rythme cardiaque toujours accéléré.

— On doit découvrir ce qui t'a tué, Jordan, murmura-t-elle en faisant un effort pour s'exprimer normalement. Ça peut paraître évident, mais le coroner voudra connaître la cause précise du décès.

Sous la croûte de sang, Jordan avait à peine une égratignure, et ses traits trahissaient encore la surprise sourde qui avait dû l'envahir dans le virage lorsqu'il avait vu la mort dans son pare-brise. Plus bas, c'était une autre histoire : apparemment, le volant lui avait écrasé la poitrine avec une telle force qu'il avait les deux épaules disloquées.

— T'avais pas mis ta ceinture, hein, Jordan ?

Elle se pencha plus près mais n'entendit rien sortir de ses lèvres pâles. Les corps des jeunes lui « parlaient » rarement. C'était peut-être un taiseux. Ou bien la colère de Cassie avait coupé court à toute chance de communication.

Elle commença à le retourner en douceur, bassin et membres inférieurs d'abord. Elle en était à faire pivoter le buste lorsqu'elle s'interrompit, électrisée par la découverte de la cause du décès.

— Pas besoin de me dire quoi que ce soit, Jordan, chuchota-t-elle en lui tapotant l'épaule. Ton corps a parlé pour toi.

Archie Cuff avait beau n'avoir qu'une seule journée d'autopsies à son actif, à sa façon de débarquer on aurait cru un vieux routard.

— Salut la compagnie ! Qu'est-ce que vous avez pour moi aujourd'hui ?

Cassie échangea un coup d'œil avec Carl, qui préparait un patient de l'autre côté de la salle. Elle avait prévu de faire un nouvel effort avec Cuff, mais son air de supériorité de droit divin avait le don de l'horripiler.

— Notre premier patient est un AVP, répondit-elle. Collision frontale à grande vitesse vers 3 heures du matin. Jeune homme de dix-neuf ans, en bonne santé. Déclaré mort sur les lieux.

— Un fou du volant ?

Le regard qu'elle lui adressa disait : *Sans déc', Sherlock.*

Elle attendit de voir s'il allait évoquer les résultats toxicologiques de Kate Connery, qui, selon un copain du labo, lui avaient été envoyés la veille. Apparemment, ils montraient un taux explosif de tryptase, une substance libérée par le système immunitaire lors d'un choc anaphylactique. Mais Cuff se contenta de :

— Bien, jetons un coup d'œil à ce corps.

Lui demanderait-il au moins son avis, cette fois-ci ?

Tu parles ! Après un examen externe de deux ou trois minutes max, Cuff déclara :

— Avec un tel traumatisme thoracique, je parie sur une rupture myocardique.

Comme il s'éloignait, Cassie réprima un sourire amer. Eh bien, puisqu'il se fichait de son avis, elle n'était pas près de le lui donner !

Une demi-heure plus tard, Cuff avait perdu son assurance. Debout à la table de dissection, il fronçait les sourcils sur le cœur démembré de Jordan. Il secoua la tête, réexamina le foie en marmonnant dans sa barbe. Carl accrocha le regard de Cassie depuis l'autre bout de la salle.

Elle attrapa une serpillère et s'attela à nettoyer le sang autour du plan de travail.

— Vous en avez encore pour longtemps, Dr Cuff ? J'aimerais bien reconstituer Jordan assez vite, sa mère vient le voir.

Imperturbable, il s'essuya le front du revers de sa main gantée, laissant une traînée de sang au-dessus d'un sourcil.

— C'est pas un cas si évident, finalement ? insista-t-elle, toute innocence.

Du coin de l'œil, elle vit Carl se détourner, à deux doigts d'exploser de rire.

— Le cœur et les poumons sont intacts, lâcha Cuff, surtout pour lui-même. Et tous les principaux vaisseaux aussi.

En le voyant pâle et tendu comme un enfant de douze ans devant une interro cauchemardesque, Cassie eut pitié de lui.

— Quand le professeur Arculus ne trouve pas de cause évidente dans les organes, en général, il rebikave le corps, avança-t-elle.

— *Rebikave* ?

Il la dévisageait, mystifié.

— Il le réexamine, quoi, expliqua-t-elle.

C'était sorti d'où, ça ? Elle n'avait jamais parlé argot de sa vie. Au bord de sa vision périphérique, les épaules de Carl tremblaient en silence.

— Ah, oui. Oui, bien sûr.

Il s'approcha d'un pas raide de la dépouille éviscérée de Jordan... et resta là, à la contempler, les bras ballants.

Cassie leva les yeux au ciel. *C'est pas possible !*

Elle alla se poster derrière la tête de Jordan, posa une main sur chaque épaule et leur imprima un petit mouvement de balancier, ce qui fit osciller le crâne à la manière d'une marionnette désarticulée, exactement comme quand elle l'avait retourné tout à l'heure.

— Je suis pas anapath, mais je dirais que c'est une fracture de la colonne cervicale, ça.

L'expression d'illumination de Cuff était presque comique.

Le certificat de décès de Jordan Hewlett indiquerait comme cause immédiate une insuffisance respiratoire aiguë résultant d'une fracture de C1. Autrement dit, la décélération violente de la collision à grande vitesse lui avait brisé la nuque. Au moins, Cassie pourrait annoncer à sa mère que Jordan était mort sur le coup.

Une fois Cuff parti, Carl et Cassie reconstituèrent les corps puis les remirent dans leur lit réfrigéré. Ils faisaient le ménage quand Cassie entendit Carl pouffer discrètement. Elle leva les yeux.

— *Bikave* ? lança-t-il. Depuis quand tu causes argot, toi ?

— Oh, je pénave couramment, moi. Surtout en teboi. Après quelques binouses.

— La tronche qu'il tirait !

Carl secoua la tête.

— Tu veux dire la chetron.

— Il t'a remerciée, au moins, de lui avoir montré la fracture ? fit-il en s'appuyant sur le manche de sa serpillière.

— À ton avis ?

— Ouais, question idiote.

— C'est pas le premier anapath à rater une fracture cervicale. Ce qui me soûle, c'est quand ils sont trop fiers pour demander.

Pendant qu'elle rangeait les prélèvements de Jordan au frigo, Cassie ressentit un écho de sa fureur du matin. C'était peut-être étrange, mais jusqu'ici, elle n'avait jamais trop pensé à la mort de ses parents, et encore moins au chauffard bourré qui les avait tués. Les perdre si jeune, avant d'avoir engrangé beaucoup de souvenirs, lui avait toujours fait l'effet d'une sorte de bénédiction, en lui épargnant le traumatisme infini de leur disparition.

La mort de Mme E avait ébranlé cette conviction réconfortante, s'aperçut-elle. Rachel avait peut-être raison, finalement : elle était trop jeune pour réellement faire son deuil, et sous la surface lisse de sa vie se déployait un iceberg de chagrin caché.

FLYTE

Samedi matin, Phyllida Flyte, debout à sa fenêtre au premier étage, sirotait un darjeeling dans une tasse en porcelaine. Elle observait la circulation qui s'écoulait sur la voie à sens unique en se demandant pour la énième fois si elle n'avait pas eu tort de venir s'installer à Camden.

Au début, elle avait trouvé l'appartement plein de cachet, avec son parquet brut et sa cheminée en marbre, mais à l'usage, les fenêtres à guillotine s'entrechoquaient chaque fois qu'un bus ou un camion passait. Pire encore, le loyer de son deux-pièces et quelques pompait près de 40 % de son salaire mensuel.

Après avoir lavé et essuyé sa tasse, elle la rangea dans le placard, avec un pincement au cœur devant la rangée de verres à vin inutilisés qu'elle avait achetés à son emménagement. À l'époque, elle s'était imaginé organiser des soirées pour le cercle de nouvelles amies raffinées que lui apporterait sa vie londonienne. En réalité, ses collègues de la PJ étaient presque tous des hommes et leur conception d'une soirée se résumait à faire la tournée des pubs crasseux de Camden en rivalisant de blagues de plus en plus graveleuses pour terminer par un gyros dégoulinant dans un des restos grecs du quartier. Elle avait supporté deux de ces sorties avant de décliner les invitations suivantes aussi diplomatiquement que possible.

Malgré tous ses espoirs déçus, Flyte savait qu'elle n'avait pas le choix. Autant elle adorait Winchester, autant cette ville représenterait toujours le passé, reflet de tout ce qui aurait pu être.

Après que le destin – ou un dieu malveillant – avait anéanti tous leurs projets d'avenir, Matt et elle avaient encore passé quatorze mois à essayer de sauver leur couple ; ils s'étaient même offert des « vacances de rêve » à Bali, mais elle pensait qu'à ce stade, ils savaient déjà tous les deux que c'était fini. Après leur séparation, près d'un an plus tôt, elle s'était encore accrochée à Winchester un certain temps avant de réaliser : si elle ne partait pas, elle resterait coincée là pour toujours, son chagrin la paralysant comme l'ambre embaume l'insecte.

Au moins, à Camden – si elle faisait correctement la police à ses pensées –, il était plus facile de laisser fermée la porte du passé.

Elle vérifia sa montre : elle prenait son service à 13 heures, où elle était attendue à la station Camden Town pour participer à une grande opération de fouille du public à la recherche d'armes blanches. Ils confisqueraient et rappelleraient à la loi plutôt que d'arrêter, l'objectif étant de réduire le nombre de lames en circulation. Bien que la dernière agression mortelle ait eu lieu dans le cadre d'un conflit entre dealers, la majorité d'entre elles étaient liées à des guerres de secteur : des jeunes qui se faisaient poignarder pour une simple incursion dans le « mauvais » quartier. Là où la loi est impuissante – ou hors de propos –, comme c'est le cas dans de vastes portions du centre de Londres, il lui semblait que les jeunes gens redevenaient très vite des animaux territoriaux.

En consultant un plan du district, elle calcula qu'elle pouvait consacrer un peu de temps à l'affaire Harry Hardwick. Naturellement, quand le capitaine Bellwether lui avait ordonné de « boucler le dossier en vitesse », il entendait par là qu'elle le laisse tomber sans bruit dans les oubliettes. Alors, qu'est-ce qui l'empêchait de le faire ?

Ce n'était pas bien difficile à comprendre : elle avait besoin de retrouver le corps de Harry Hardwick pour s'assurer que lui, au moins, aurait droit à des obsèques en bonne et due forme.

Flyte commença par se rendre à la station-service sur la très fréquentée Highfield Road, juste en face de l'entrée du parking de la morgue. Le gérant était un quadra de type indien ou pakistanais.

— Lieutenante Flyte, PJ de Camden.

Elle lui montra sa carte.

— Je vois que vous avez une caméra de sécurité qui couvre la sortie.

— Trop de clients qui se tirent sans payer, ma petite dame. La police s'en fiche, alors je dois traîner ces enfoirés en justice moi-même.

Malgré la grossièreté, il n'y avait aucun reproche dans son ton.

— Vous avez encore les images du week-end dernier ?

Elle lui décocha un regard qui lui conseillait de ne pas tenter de louvoyer, mais le type semblait prêt à collaborer. Il la fit entrer dans son bureau tout en lui relatant sa bataille incessante contre les mauvais payeurs.

— 700 livres de pertes le mois dernier, ma petite dame, sans compter les honoraires de ces salauds d'avocats.

Il semblait joyeusement inconscient de l'agression que pouvait représenter son langage de charretier aux oreilles de Flyte. Elle se demanda si elle s'habituerait jamais à cette tendance des Londoniens à employer les gros mots comme une sorte de condiment à la conversation.

Il alluma un PC qui n'avait pas l'air tout jeune, au ventilateur aussi bruyant qu'un petit réacteur d'avion.

— Samedi soir dernier, vous dites, ma petite dame ? fit-il en triant divers fichiers .mov.

Ce « ma petite dame » commençait à sérieusement horripiler Flyte. Quand il trouva la vidéo voulue, elle sentit son cœur bondir : comme elle l'avait espéré, l'angle de la caméra ne couvrait pas seulement la sortie de la station-service, mais aussi l'entrée de la morgue de l'autre côté de la rue.

— On peut regarder à partir de 23 h 30 ?

Le code d'accès de Cassie Raven avait été saisi deux minutes avant minuit.

En avance rapide, Flyte ignora le flux de voitures sortant de la station-service pour se concentrer sur la morgue, où elle s'attendait à moitié à voir arriver tranquillement la silhouette élancée et la coupe de cheveux caractéristique de Raven.

— Stop !

Elle le fit reculer puis repasser une séquence image par image.

À 23 h 54, un van bleu manifestement cabossé ralentissait, se déportait sur la file du milieu et patientait pour tourner à droite en direction de la morgue. Puisqu'elle avait déjà vérifié que ce virage ne conduisait nulle part ailleurs, c'était forcément le ou les voleurs de cadavre. Le véhicule restait immobile quelques secondes, de profil par rapport à la caméra, la vitre passager ne formant qu'un rectangle noir, puis redémarrait dès que la circulation sur la voie opposée le lui permettait.

— OK, là.

Flyte se pencha si près que son nez touchait presque l'écran, les yeux rivés sur l'arrière du van.

— Reculez de quelques images. Stop.

À la forme, c'était un Ford Transit. Le carré blanc de la plaque d'immatriculation était visible, mais le numéro lui-même restait flou.

— Avance rapide, s'il vous plaît.

Il y aurait une autre occasion quand le van quitterait les lieux.

— Ma petite dame…

— Et appelez-moi lieutenante Flyte, s'il vous plaît.

Il haussa les épaules et appuya sur avance rapide. Au bout de quelques secondes, l'écran devint noir - alors que le van se trouvait toujours sur le parking de la morgue.

— Qu'est-ce que… ?

Il montra le time-code, qui s'était arrêté à 00 h 01, et prit un air navré.

— Désolé, ma petite dame lieutenante, la station ferme à minuit.

— Scrogneugneu ! s'écria-t-elle, ce qui lui valut un regard mystifié du gérant.

À mi-chemin de la sortie, elle s'arrêta ; elle s'en voulait, non seulement de s'être emportée contre lui, mais aussi de l'échec continuel de la police à le protéger de ce qui était du vol pur et simple. Devrait-elle aller trouver le capitaine Bellwether et lui suggérer d'organiser un grand coup de filet dans tout le district afin d'arrêter et de juger les mauvais payeurs ? Montrer que la police prenait ce délit au sérieux pourrait dissuader d'autres candidats. Une initiative pareille avait donné de bons résultats à Winchester.

Sauf qu'elle entendait déjà la réponse type de Bellwether : *On n'est pas à Winchester, Phyllida.*

— Écoutez, dit-elle. Ce n'est pas l'idéal, je sais, mais je dois pouvoir vous dénicher une silhouette de policier en carton. Comme moyen de dissuasion. Certains commerçants ne jurent que par eux.

Le sourire omniprésent du gérant s'estompa.

— On en a eu un, ma petite dame lieutenante.

— Ça a marché ?

— Le deuxième jour, un jeune y a foutu le feu.

Elle fit ensuite un saut au bar du nom de Kaos, histoire de vérifier le prétendu alibi de Cassie Raven pour le samedi soir précédent. L'endroit était un vrai bouge : murs en plâtre nu ornés des sempiternels graffitis qui passent pour des œuvres d'art à Camden, odeur aigre de bière éventée dans l'air. Les seuls clients étaient un couple de touristes allemands et une punk à crête bleue qui sirotait une pinte au comptoir et qui l'accueillit d'un regard noir. La serveuse, à l'accent d'Europe de l'Est, dit à Flyte que le barman que Raven avait désigné comme son alibi venait d'arriver pour prendre son service.

Tito écarquilla les yeux quand Flyte lui demanda s'il connaissait Cassie.

— Elle va bien ?

Accent espagnol. Évidemment. Ayant passé presque toute sa vie d'adulte dans une Winchester en très grande majorité blanche et anglaise, le melting-pot de Camden avait encore le pouvoir de donner à Flyte la sensation que c'était elle, l'étrangère. Ça lui rappelait quand elle était enfant et qu'elle devait tout recommencer dans une nouvelle école chaque fois que son père était affecté ailleurs. Elle avait surmonté ces bouleversements incessants en s'attachant à conserver le maximum de choses inchangées. Sa mère ne cachait pas son exaspération quand elle devait agrandir les deux seules robes qu'une Phyllida de dix ans acceptait de porter ou quand la même Phyllida s'obstinait à vouloir le même panier-repas pour déjeuner jour après jour : fromage et chutney sur du pain blanc, guimauve au chocolat, pomme – une granny smith et rien d'autre. Si jamais elle était remplacée par une golden, la pomme revenait à la maison intacte après l'école.

— Elle va très bien, répondit-elle à Tito. Simple enquête de routine. Elle dit qu'elle était ici samedi dernier, en fin de soirée.

Il réfléchit un moment, baissa les yeux sur le comptoir en béton.

— Exact, elle était ici.

— Elle est partie à quelle heure ?

Nouveau moment de réflexion.

— Vers 23 h 30, minuit.

— Vous êtes sûr ?

— Pas à cent pour cent, mais je crois qu'elle a continué dans un club après.

Peut-être vit-il quelque chose dans les yeux de Flyte, car il ajouta :

— J'étais un peu pompette, alors je peux pas le jurer. L'heure à laquelle elle est partie, je veux dire.

Flyte sourit. Le créneau d'une demi-heure était clairement destiné à aider Raven, mais il n'avait fait que souligner la faiblesse fatale de son alibi.

Elle demanda à passer aux toilettes et quand elle ressortit, Tito la héla. Il montra la fille à la crête bleue, occupée à tapoter sur son téléphone.

— Lexy a quelque chose à vous montrer.

La fille tendit l'appareil à Flyte avec un sourire mauvais. L'écran affichait une photo prise dans le bar le samedi précédent, les murs graffités faiblement éclairés. Attablée au centre de l'image, en T-shirt des Ramones, Cassie Raven levait une margarita en direction de l'objectif.

L'horodatage indiquait 00:06. Six minutes après minuit, dimanche matin.

Flyte lorgna la punkette : est-ce qu'elle aurait pu pirater les métadonnées de l'application appareil photo pour modifier l'heure ? Possible, mais elle devait bien reconnaître que c'était assez peu vraisemblable.

Au moment où on volait la dépouille de Harry Hardwick à la morgue, Cassie Raven se trouvait à un kilomètre de là, à se soûler dans un des innombrables bars interlopes de Camden.

15

Comme c'était samedi et qu'elle était de repos, Cassie fit la grasse matinée, mais en dépit du poids apaisant d'un Macavity ronronnant sur sa poitrine, sa tête bouillonnait. Plus elle y réfléchissait, plus elle trouvait ça bizarre : depuis cinq jours que Mme E était morte, ni la morgue ni les pompes funèbres n'avaient entendu parler du mystérieux Christian, son futur mari.

Eleni avait dit que le couple projetait de s'installer à l'étranger. Christian était-il déjà expatrié ? C'était peut-être une relation à distance – ce qui lui inspira une pensée horrible : et s'il ignorait encore la mort de Mme E et commençait à paniquer qu'elle ne réponde pas au téléphone ?

Elle déplaça Macavity sur la couette – ce qui lui valut un miaulement de reproche –, attrapa son ordinateur portable et rouvrit la page Facebook de Geraldine Edwards avec l'espoir d'y découvrir un indice sur l'identité du mystérieux fiancé. Une demi-heure plus tard, rien. La brève incursion de Mme Edwards sur les réseaux sociaux n'avait pas passé l'été et aucun Christian ne figurait parmi ses quelques dizaines d'« amis ».

Lesdits amis comprenaient une collègue enseignante de Mme E, Maddy O'Hare. Cassie lui envoya un message privé disant qu'elle était une ancienne élève de Geraldine, est-ce qu'elles pouvaient se voir ? Elle resta délibérément vague sur la raison, au cas où elle non plus n'aurait pas été au courant du décès.

Puis, curieuse de voir ce que la maison de Patna Road pouvait valoir sur le marché immobilier délirant de Camden, elle lança une recherche – et fut choquée de découvrir que le pavillon avait déjà été mis en ligne. Sous une photo de la façade, on pouvait lire : *Bientôt disponible ! Une occasion unique d'acquérir une magnifique demeure victorienne de cinq pièces dans une rue prestigieuse au cœur de Camden.* À en juger par des biens similaires, la baraque pouvait atteindre dans les 3 millions d'euros : assez pour permettre à Owen Edwards d'arrêter de bosser demain et de s'acheter une rue entière à Rhyl.

L'empressement d'Owen à encaisser son héritage rappela à Cassie combien il lui avait paru insensible quand il était venu voir le corps. Et pourquoi, pendant toutes leurs années d'amitié, Mme E avait-elle tant répugné à évoquer son fils unique ? Est-ce qu'ils étaient en froid ? À couteaux tirés ? Assez pour qu'il la tue ?

Son regard se posa sur la photo de profil de Mme E, une bouteille de vin rouge et deux verres sur une table en extérieur, dans une lumière dorée qui la situait bien au sud de Camden. Le second verre appartenait sans doute au fiancé. En arrière-plan s'étendait une eau bleu pétrole, trop calme pour être la mer, et à l'horizon se détachait une drôle de forme, comme une pièce montée.

En zoomant, elle zyeuta l'étiquette de la bouteille. *Bardolino.* Un vin italien. Les grands lacs du nord de l'Italie ? En bordure du cadre, on distinguait la tête et les épaules tronquées d'une statue d'homme, un peu floue mais clairement de style romain, avec une chevelure exubérante et bouclée.

Une recherche d'images sur les « îles des lacs italiens » donna un résultat. La tache au loin était Isola Bella, sur le lac Majeur, un îlot qu'un oligarque de la Renaissance avait entièrement remodelé avec des couches et des couches de terrasses en pierre compliquées.

Après avoir consulté une vingtaine de sites d'hôtels, Cassie en retint trois qui semblaient présenter la bonne perspective. Son regard accrocha sur l'hôtel Bacchus Gardens et un grand sourire s'épanouit sur ses lèvres. *Bacchus.* Elle réexamina la statue romaine en bordure de la photo de profil. Ses cheveux ? Ce n'étaient pas des boucles, mais des grappes de raisin, la coiffure traditionnelle du dieu du vin.

Elle remercia les dieux d'avoir choisi l'histoire ancienne aux A-levels et se récompensa d'une deuxième bière.

Quelques minutes plus tard, elle débitait son boniment à Domenica, la réceptionniste du Bacchus Gardens.

— Donc, j'étais sur votre charmante terrasse quand j'ai entendu Geraldine parler de l'excursion à Isola Bella, et je lui ai demandé si elle connaissait les horaires des bateaux.

Elle s'était présentée comme une jeune femme ayant effectué avec son mari leur premier voyage en Italie, et prétendait avoir connu « Christian et Geraldine » en déjeunant un jour à la terrasse de l'hôtel.

— Un couple si charmant ! Vous savez comme parfois le courant passe tout de suite ? On a fini par dîner avec eux tout le reste de notre séjour.

Domenica, qui devait s'ennuyer à mourir dans un hôtel hors saison, paraissait apprécier la distraction.

— Bref, on est à Londres pour quelques jours et on meurt d'envie de les revoir.

Cassie entendait son intonation devenir de plus en plus snob - si elle ne calmait pas le jeu, elle finirait par parler comme la reine.

— Malheureusement, mon mari a trouvé le moyen d'égarer le numéro de Christian… et on ne connaît pas le nom de famille de Geraldine. Alors vous comprenez, vous êtes notre seul espoir !

Domenica réfléchit quelques instants avant de répondre :

— Oui, je m'en souviens, Geraldine parlait un peu italien. Une dame adorable. Mais… malheureusement, nous ne sommes pas autorisés à transmettre les coordonnées de nos clients.

— Oh… !

Cassie mit un monde entier de déception dans cette seule syllabe.

Après un silence, Domenica baissa la voix.

— *Aspetti*… Je peux peut-être leur transmettre vos coordonnées par mail ?

Bingo ! Cassie venait juste de lui dicter son numéro de portable lorsqu'elle entendit un timbre grave au ton interrogateur au bout de la ligne.

— Je peux vous aider, madame ? Je suis le directeur.

Une voix aussi riche et onctueuse que le tiramisù, mais avec des inflexions de fer. Cassie lui servit une version abrégée de son histoire, mais il était clair que le signor directeur n'était pas dupe. Lorsqu'il argua de la redoutée « politique de l'établissement » et expliqua qu'il ne pouvait pas permettre « l'invasion de la vie privée de nos clients », elle comprit qu'elle perdait son temps.

Après avoir raccroché, elle bascula la tête en arrière et éructa tous les jurons de son répertoire, dont quelques-uns en polonais particulièrement salés. De son poste d'observation sur l'accoudoir du canapé, Macavity ouvrit un œil pour évaluer la situation, puis le referma.

Et là, un message Facebook apparut : Maddy O'Hare avait répondu.

16

Il y avait dix minutes de bus pour rejoindre Palmerston College, le centre de formation pour adultes où Cassie avait préparé ses A-levels. Le week-end, Maddy y donnait des cours pour les étudiants étrangers et serait heureuse de la rencontrer pour parler de « notre pauvre Geraldine », ce qui indiquait clairement qu'elle, au moins, était au courant.

Cassie n'était pas retournée à Palmerston depuis ses examens finaux en histoire et civilisations anciennes. Elle avait choisi ce sujet après avoir commencé à travailler à la morgue, en partie parce que l'anatomie humaine se racontait en grec et en latin, mais surtout parce que la mythologie tissée autour de la mort par les Grecs et les Romains de l'Antiquité la fascinait.

En poussant la porte en chêne de l'édifice victorien en brique rouge, elle fut frappée par son odeur familière – poussière et électricité vétuste, avec toujours la même surcouche de soupe aux champignons et de chocolat chaud du distributeur. Ces effluves déclenchèrent une cascade de souvenirs : sa terreur tremblante la première fois qu'elle avait franchi ce seuil et les trésors de volonté qu'elle avait dû déployer pour se traîner jusqu'ici les premiers temps, alors qu'elle se sentait condamnée à l'échec – sentiments qui avaient peu à peu cédé la place à une anticipation enthousiaste.

En s'approchant de la vitre du bureau d'accueil, elle leva les yeux pour tomber sur le regard vif de Mme Edwards. Se sentant vaciller, elle se retint au bord du comptoir.

— Je…

— Tout va bien, mademoiselle ?

Cassie ferma plusieurs fois les paupières – et constata que le regard n'appartenait pas à Mme E, mais à une dame asiatique.

— Oh, pardon. Je viens voir…

Elle n'eut pas le temps de terminer sa phrase qu'une voix résonna dans son dos.

Maddy O'Hare approchait de la cinquantaine, l'allure un peu hippie avec ses longs cheveux grisonnants et son gros collier ethnique.

— Tu dois être Cassie, lança-t-elle en lui prenant la main. Geri était très fière de toi, tu sais.

Cassie se contenta d'acquiescer, le souffle encore un peu coupé après son… comment décrire ça ? Son hallucination ?

— Ça m'a fait un tel choc, fit Maddy après l'avoir conduite dans une salle vide. Je ne l'avais pas vue depuis plusieurs semaines, mais elle avait l'air tellement en forme depuis qu'elle avait pris sa retraite ! Elle faisait de longues promenades au parc, allait à la piscine tous les jours. Penser qu'à son âge, elle ait pu…

Elle porta une main à sa bouche.

— Oui… Écoutez, je pensais à son fiancé, Christian.

Maddy tamponna ses larmes à l'aide d'un mouchoir en papier.

— Oui, ça doit être terrible pour lui, de voir leur nouvelle vie ensemble lui être… arrachée comme ça.

— Vous croyez qu'il pourrait ne pas être au courant, pour sa mort ?

— Oh, il doit forcément le savoir ! s'écria Maddy, horrifiée. À moins qu'il soit en déplacement dans un pays lointain ?

Elle expliqua qu'il était architecte, basé en Europe – quelque part en Allemagne, pensait-elle – et qu'il voyageait énormément pour son travail.

— Vous avez un moyen de le contacter, histoire d'être sûres ?

La question suscita un petit rire désabusé.

— Je ne connais même pas son nom de famille. Geri avait tendance à garder ses amis dans des cases séparées, si vous voyez ce que je veux dire.

— Et son fils, Owen ? Il aura sûrement réussi à le joindre pour lui annoncer la nouvelle ?

— Owen ?

Maddy écarquilla les yeux.

— J'en doute fort. Geri et lui ne se parlaient pas beaucoup. Il n'appelait ou ne venait la voir que quand il avait besoin de quelque chose.

Cassie remarqua que Maddy serrait les lèvres, comme pour s'empêcher de développer davantage.

— Vous savez comment elle a connu Christian ?

— Sur un site de rencontres.

— Waouh, totalement improbable pour Mme E !

— Comme tu dis ! Surtout qu'il avait cinq ou six ans de moins qu'elle.

Maddy lui raconta qu'ils s'étaient mis ensemble au printemps, peu de temps avant que Geraldine prenne sa retraite. Cassie revit les photos de son ancienne prof fêtant sa liberté : une femme qui entamait un nouveau chapitre de sa vie et cherchait l'amour. *Bravo, Mme E !*

— Ç'a été une sorte de coup de foudre, à ce que j'ai pu comprendre, ajouta Maddy. Le boulot de Christian compliquait les choses, mais ils ont quand même réussi à se prendre des vacances quelque part en Italie. Ils adoraient tous les deux voyager. Elle envisageait de vendre sa maison et de réaliser tout ce qu'elle rêvait de faire avant de mourir.

Cassie se demanda si Owen savait comment sa mère comptait dépenser son héritage.

— La maison doit valoir une petite fortune aujourd'hui, poursuivait Maddy. Alors que selon elle, c'était une ruine quand elle l'avait achetée dans les années 1990.

Cassie essaya de se figurer un monde dans lequel une simple prof avait les moyens de s'offrir une maison – ou même un F1 – à Camden.

— Et pour vous, Maddy ? Ça a marché, les rencontres en ligne ?

— Je n'ai eu qu'un seul rendez-vous. Il m'a relaté par le menu ses vacances de golf à Marbella pendant une heure.

Elles échangèrent une grimace.

— Ça m'a suffi.

Cassie marqua un temps d'arrêt, réfléchissant à la meilleure façon d'aborder ses doutes sur le fils de Mme E.

— Et Owen, comment il a réagi au fait que sa mère ait rencontré quelqu'un ?

Maddy fronça les sourcils, le regard perdu dans le lointain. Cassie attendit. Des années de travail avec les familles en deuil lui avaient appris le pouvoir d'un silence compatissant.

Finalement, l'enseignante reprit la parole.

— Tu sais, si Geri était encore de ce monde, je ne dirais rien : elle était très à cheval sur sa vie privée. Mais elle m'a confié certaines choses. Owen est alcoolique, ce qui veut dire qu'il ne garde jamais un emploi bien longtemps. Chaque fois qu'il se faisait virer, et à ce que j'ai compris il finissait *toujours* par se faire virer tôt ou tard, il se pointait chez Geri pour qu'elle le renfloue.

— Et elle le faisait ?

Maddy acquiesça.

— Jusqu'à récemment. Quand elle a pris sa retraite, elle m'a dit : *C'est fini, Maddy. Si je ne lui dis pas non maintenant, il ne se débrouillera jamais tout seul.* Elle devait fixer des limites.

— Ça a dû être dur pour elle.

— Oh, oui. Et ça n'a pas raté : il y a quelques mois, il a à nouveau débarqué en espérant qu'elle le tire d'affaire. Mais quand Geraldine a pris une décision, elle n'en démord plus.

Maddy secoua la tête, mi-triste, mi-admirative.

— Apparemment, il a reproché à Christian de l'avoir « montée contre lui ». Il était hors de lui.

— Violent ?

— Pas exactement, mais il s'est montré hyperagressif envers elle. Heureusement, Christian était là, il est intervenu et l'a jeté dehors.

Sous ses airs calmes, Maddy avait complètement déchiqueté son mouchoir en papier depuis qu'elle avait commencé à évoquer l'hostilité d'Owen.

— Il y a autre chose, hein ? demanda Cassie.

Maddy hocha la tête.

— Il y a deux ou trois semaines, comme je passais à côté de chez elle, je suis allée frapper à tout hasard. Elle s'apprêtait à sortir, alors je ne suis pas restée. Mais elle n'était pas dans son assiette.

— Comment ça ? Souffrante ?

— Non, elle paraissait… distraite. En m'éloignant, j'ai jeté un coup d'œil en arrière et je l'ai vue à une fenêtre de l'étage.

Maddy fit le geste d'écarter un rideau.

— Elle surveillait quelque chose dans la rue. Il y avait un truc qui clochait, mais impossible de mettre le doigt dessus.

— Et maintenant, vous croyez avoir compris.

Elle se tut et regarda Cassie.

— Je crois… qu'elle avait peur.

— D'Owen ?

— C'est la première personne à laquelle j'ai pensé.

Maddy se mordit la lèvre inférieure.

— Mais ce n'est qu'une impression. Le plus terrible, c'est que c'est la dernière fois que je l'ai vue.

Sa voix baissa d'un coup.

— J'aurais dû l'appeler, après ça. Si ça se trouve, elle était effectivement souffrante. J'aurais peut-être pu la convaincre d'aller consulter et elle serait encore parmi nous.

Cassie lui dit tout ce qu'il fallait pour la rassurer, mais si son travail lui avait appris quelque chose, c'était qu'il n'existe aucune parole capable d'apaiser les regrets des vivants envers les morts.

17

En arrivant à la morgue le lundi, Cassie trouva un ouvrier en train d'installer un nouveau système de contrôle d'accès par carte magnétique. Apparemment, le vol de Harry Hardwick avait fait réagir les autorités là où des années de harcèlement avaient échoué.

Doug lui mit le grappin dessus avant qu'elle ait eu le temps de se changer. À présent, elle se tenait dans son bureau, les deux mains sur les joues.

— Pauvre M. Hardwick !

Dans la nuit, la police avait repêché dans le canal un ballot enveloppé de sacs-poubelle noirs, qu'un promeneur de chiens avait repéré flottant contre le vantail de l'écluse. Le ballot contenait le corps d'un vieil homme pourvu d'un bracelet d'hôpital, détrempé mais encore lisible, au nom de Harold Albert Hardwick.

Doug ajouta que M. Hardwick avait été conduit à la morgue de King's Cross où il avait été examiné par l'anapath d'astreinte.

— Il n'était pas… mutilé ou autre, hein ?

— Non, Dieu merci, le corps était intact, hormis les dégâts prévisibles au bout de plus d'une semaine dans l'eau. La police pense que les voleurs l'ont jeté dans le canal juste après l'avoir embarqué, et ils n'ont même pas pris la peine de le lester correctement puisque les gaz de décomposition l'ont fait remonter à la surface.

— Je suis soulagée qu'on l'ait récupéré.

Elle s'en voulait d'avoir relégué Harry Hardwick à l'arrière-plan ces derniers jours, toute préoccupée qu'elle était de Mme E. Le savoir retrouvé la libérait physiquement d'un poids, rassurée qu'il n'ait pas été volé pour un trafic d'organes ni par les satanistes sortis tout droit de l'imagination malsaine de la lieutenante Flyte.

— La police a des pistes sur les ravisseurs ou le mobile ?

— Elle y pige rien. Le capitaine Bellwether pense que c'était peut-être juste une bande de jeunes qui ont fait ça pour déconner. Un genre de défi ou de farce d'Halloween.

— Halloween était plus d'une semaine avant sa disparition. Et de toute façon, comment ils se seraient procuré mon code d'accès ?

— Ce qui compte, c'est qu'on l'ait retrouvé.

Doug poussa un soupir semblable au bruit de la cocotte-minute de la grand-mère de Cassie. Puis il sourit, pour la première fois depuis la disparition de Harry Hardwick.

— Je viens d'avoir la HTA au téléphone. Ils ont décrété qu'on n'était pas responsables, puisqu'on a plusieurs fois demandé un renforcement de la sécurité. Maintenant que M. Hardwick a été retrouvé, on est sortis de l'ornière.

— Tant mieux.

Cassie tripota son piercing labial.

— Mais, Doug, t'as pas envie de savoir qui l'a enlevé et pourquoi ils l'ont... balancé direct ?

— Je sais que c'est une sale affaire.

Doug détourna les yeux.

— L'idée que quelqu'un soit entré ici et ait emporté un de nos patients... Crois-moi, je veux voir le coupable puni autant que toi. Mais l'inspecteur Bellwether m'a dit, à titre officieux, qu'on ne le coincerait sans doute jamais.

Puis, d'un ton confidentiel :

— Si ça se tasse, au moins, cette lieutenante revêche va te lâcher la grappe.

Cassie haussa tristement les épaules. Évidemment, il avait raison.

Doug se leva de derrière son bureau et posa une main paternelle sur son épaule :

— Je crois qu'on devrait tirer un trait sur cette histoire et passer à autre chose.

Elle hocha la tête.

— Tu sais quoi ? reprit-il. Je vais dévaliser le budget formation pour inviter toute l'équipe à déjeuner.

À midi, au resto grec du coin, à coups de grandes lampées de retsina bien frais autour d'une ribambelle d'assiettes de mezze, de gros rires gras résonnèrent, manifestation tangible de soulagement parmi les collègues de Cassie. Malgré ses efforts pour s'associer à l'ambiance festive, elle n'arrivait pas à se départir de la sensation qu'il y avait un fantôme à leur table.

Doug tapota son verre de son couteau.

— Je tiens à vous remercier pour votre professionnalisme durant l'épisode dramatique qu'on vient de traverser. Vous avez tous été géniaux – comme je m'y attendais.

Il leva son verre.

— À nous, toujours la meilleure morgue de Londres.

Après un moment d'indécision, Cassie leva son verre aussi.

— Et à Harold Albert Hardwick.

Tout le monde lui emboîta le pas et murmura le nom avec respect, mais au silence gêné qui s'ensuivit, elle avait clairement cassé l'ambiance.

À la fin du repas, les administratifs partirent les premiers et Cassie et Carl restèrent seuls à table pendant que Doug réglait l'addition. Carl, qui avait déjà plus que profité du vin à l'œil, allait se resservir quand Cassie accrocha son regard.

— J'aime pas jouer les rabat-joie, mais je veux pas que tu manipules des instruments à moitié bourré.

— T'as sûrement raison.

Avec un lent sourire, il se remplit un verre d'eau. Elle hésita un moment avant d'ajouter :

— Doug a l'air carrément soulagé que la HTA laisse tomber l'enquête.

— Ben, il risquait son poste, quand même, s'ils avaient eu besoin d'un bouc émissaire.

— C'est vrai.

Une pensée perturbante lui était venue : si quelqu'un pouvait mettre la main sur les codes d'accès des techniciens, c'était bien le directeur de la morgue.

Pile à ce moment-là, Doug revint à la table.

— C'est parti, les enfants ?

Devant son visage souriant rougi par le vin, la jeune femme eut honte d'avoir pu envisager une seule seconde que Doug puisse commettre un acte aussi vil.

Ce soir-là, Cassie alla dîner chez sa grand-mère, mais elle mangea sans appétit. Et ce n'était pas le mezze du déjeuner qui le lui avait coupé.

Weronika pencha la tête d'un air interrogateur.

— Tu es bien silencieuse, ce soir, *tygrysek*. Qu'est-ce qui t'arrive ?

Cassie lui raconta le vol et la réapparition tarabiscotée de M. Hardwick.

Weronika étudia sa petite-fille, toujours aussi perspicace.

— Mais il y a autre chose qui te préoccupe, oui ?

Cassie contempla les poivrons rouges enchevêtrés sur sa fourchette.

— Je t'ai parlé de Mme Edwards, tu te souviens ?

— Bien sûr, c'était ta prof de sciences à l'institut. Une Écossaise.

— Galloise.

Grand-mère balaya cette distinction insignifiante d'un geste.

— Elle est morte.

— Non !

Weronika posa ses couverts et se signa.

— Paix à son âme. Mais elle était encore jeune ! Qu'est-ce qui s'est passé ?

Cassie visualisa le courriel du professeur Arculus contenant les résultats des analyses de Mme E. Aucun signe de pathologie sous-jacente n'avait été découvert et la toxicologie n'avait rien révélé, à part une alcoolémie plus de deux fois supérieure à la limite autorisée pour conduire, ce qui semblait confirmer la première hypothèse du professeur.

— Apparemment, c'est pas très difficile de s'évanouir et de se noyer dans un bain chaud, surtout quand on a bu un verre.

— C'est terrible...

Babcia mit une main sur le bras de Cassie.

— Je sais que vous étiez très proches.

— Oui. J'imagine que je pensais qu'elle serait toujours là.

Cassie baissa les yeux. Elle n'avait pas parlé à sa grand-mère de sa brouille avec Mme E – en fait, elle lui confiait rarement quoi que ce soit de personnel. Elle avait réussi à lui dissimuler la vie de squat et la drogue, et pour ce qui était de ses amours compliquées, elle pouvait difficilement s'attendre à ce qu'une vieille catholique comprenne. Elle avait donc toujours requalifié ses maîtresses d'« amies », et Rachel de « colocataire ». Si une de ses aventures féminines finissait par devenir sérieuse, évidemment, elle serait bien obligée d'être plus explicite, mais cette perspective ne l'enchantait guère.

Elle repoussa son assiette.

— Babcia... Il y a autre chose. J'ai des doutes sur sa mort.

— Des doutes ? Quel genre de doutes ?

— Eh ben... C'est son fils, je le sens pas. J'ai l'impression qu'il a quelque chose à cacher.

— Mais le docteur a dit que c'était une mort naturelle ?

— Ces choses-là ne sont pas toujours très claires.

Les gens aiment à penser que l'anatomopathologiste a toutes les réponses, comme à la télé, seulement les facteurs conduisant au décès sont souvent insaisissables, quoi qu'indique le certificat.

— Elle était veuve, c'est ça ? Quel dommage qu'elle ne se soit pas remariée.

Cassie ne put se résoudre à préciser que Mme E s'était récemment fiancée.

Weronika tapota la nappe, perdue dans un souvenir.

— Je regrette parfois de ne pas m'être remariée, moi, après la mort de ton grand-père.

Cassie ne parvint pas vraiment à cacher l'horreur que lui inspirait cette idée.

— Tu l'as envisagé ? Sérieusement ?

— Pourquoi pas ? Je n'avais pas soixante ans.

Sa bouche se courba en un sourire mélancolique.

— J'ai bien eu une histoire, je crois qu'on peut dire ça, avec un veuf de la paroisse.

— Mais… c'est pas allé plus loin ?

Weronika sourit pour elle-même.

— On a fait l'amour, si c'est de ça que tu parles.

Beurk. Cassie avala un peu d'eau.

— Alors, qu'est-ce qui t'a empêché… de l'épouser ?

— Je n'étais pas un très bon parti.

— Mais enfin, *pourquoi* ?

La gêne de Cassie avait viré à l'indignation.

— Parce que je devais m'occuper d'une gamine de sept ans capricieuse qui faisait une fixation sur les animaux morts.

Elle regarda sa petite-fille.

— Je crois qu'il trouvait ça difficile, de savoir qu'elle passerait toujours en premier.

Cassie était abasourdie : elle n'avait jamais réellement pensé à tous les sacrifices que sa grand-mère avait dû faire pour l'élever. À sa grande honte, elle s'était peut-être même considérée comme une sorte de lot de consolation pour une femme qui avait perdu sa seule enfant.

En se levant pour débarrasser la table, Cassie jeta un coup d'œil à la photo de sa mère posée comme une icône sur la cheminée, figée à jamais dans sa jeunesse. Petite, elle se représentait ses parents comme des prince et princesse de conte de fées plutôt que comme des personnes réelles. À l'adolescence, cette conception avait dégénéré en un ressentiment irrationnel. Un jour où sa grand-mère lui avait dit que « sa maman au ciel » voudrait qu'elle se tienne mieux en classe, Cassie avait rétorqué : *Eh ben elle avait qu'à pas mourir, alors !*

Cassie côtoyait des personnes en deuil depuis assez longtemps pour savoir que la colère était la sœur jumelle du chagrin, mais elle avait toujours pensé que perdre ses parents si jeune lui avait permis d'échapper à l'épreuve. Aujourd'hui, elle devait se rendre à l'évidence : la mort de Mme E avait fait remonter des sentiments tapis dans l'ombre depuis le début, comme les blessures sous-cutanées que seule l'autopsie peut détecter.

En remplissant le lave-vaisselle, elle demanda :

— Dis, Babcia, elle cuisinait bien, maman ? Je me rappelle pas.

La question lui valut un regard étonné de sa grand-mère : Cassie s'intéressait rarement à ses parents.

— Oh, elle était bien plus aventureuse que moi en cuisine. Elle faisait son mélange de curry indien intégralement toute seule, à partir des épices. Enfin bon, tu n'en mangeais pas pour autant, tu étais d'un difficile !

— C'est vrai ? Et papa, il cuisinait beaucoup ?

Là, le terrain était plus glissant : Weronika n'avait jamais caché son antipathie pour son gendre, Callum, au point de préférer faire comme s'il n'avait pas existé. Du coup, Cassie ne savait rien de lui, à part que c'était, selon l'expression dédaigneuse de sa grand-mère, un « touche-à-tout ». Entre des boulots dans le bâtiment ou sur les marchés, il était chauffeur de « minicab ». Né en Irlande mais coupé de sa famille restée au pays, il était beau et avait transmis à Cassie ses cheveux presque noirs et ses yeux bleu foncé, une information qu'elle ne pouvait que croire sur parole puisque sa grand-mère prétendait ne pas posséder une seule photo de lui.

— Lui ? Cuisiner ? Ça m'étonnerait, répondit Weronika d'un ton sec. Bon, tu as le temps de boire un café ?

Après l'avoir quittée, Cassie s'interrogea sur ce que son père avait bien pu faire pour susciter une animosité aussi tenace chez sa belle-mère. Était-il infidèle ? Alcoolique ? Ou juste un peu flemmard ? Si ça se trouve, c'était juste qu'un vendeur de fruits et légumes ne pouvait pas être assez bien pour Katherine, la fille unique adorée de Weronika.

Cassie quitta la rue éclairée pour bifurquer en direction du canal. En général, elle ne prenait pas le chemin de halage pour rentrer chez elle après la tombée de la nuit, mais ce soir elle avait quelque chose à faire. En été, les berges étaient bondées de gens qui débordaient des pubs et des bars autour de Camden Lock ;

à cette saison, les seules personnes qu'elle vit furent un cycliste tous feux éteints qui la doubla ventre à terre et deux nanas ivres qui se disputaient pour décider dans quel pub aller.

Elle s'arrêta à quelques mètres de l'écluse où Harry Hardwick avait été repêché et attendit que les voix des deux filles s'estompent, pour ne laisser que le bourdonnement de la ville et le clapotis paresseux de l'eau contre les briques. Un ruban de brouillard presque solide flottait juste au-dessus de la surface. Elle s'agenouilla, défit le film en cellophane des œillets blancs qu'elle avait achetés, ôta l'élastique et les déposa par deux ou trois sur l'eau noire.

— Je suis vraiment désolée qu'on n'ait pas su vous protéger, Harry, murmura-t-elle. On est tous très heureux de vous savoir en sécurité, maintenant.

Cassie avait accepté l'idée que le voleur ne serait sans doute jamais coincé, mais elle voulait croire que ce petit geste sanctifierait le lieu où le corps de Harry Hardwick avait échoué.

Les fleurs dérivèrent, leurs pétales blancs trouant la pénombre telles des bougies allumées, emportées vers l'aval par un courant invisible, tout comme l'avait été ce pauvre vieil Harry.

Les œillets tournoyèrent lentement, puis le dernier finit par disparaître, éteint par l'obscurité.

— *Requiescat in pace*, M. H. Reposez en paix.

Elle rebroussa chemin et avait presque atteint le pont ramenant à l'artère principale, percevait déjà le rythme de house music qui s'échappait du pub donnant sur l'écluse, lorsqu'elle l'entendit : le chuintement de pédales d'un vélo lancé à plein régime qui déboulait derrière elle. À l'instant où elle se rendait compte que le cycliste allait passer trop près, elle reçut un coup à l'épaule gauche. Puis la sangle de sa besace dévala son bras. Il y eut une fraction de seconde où elle aurait pu – aurait dû – la laisser glisser par-dessus son poignet, mais un réflexe lui fit plier le coude. La lanière se tendit brusquement et une violente secousse l'entraîna en avant. Elle chancela, réussit malgré tout à se maintenir debout en plantant ses Doc Martens bien écartées dans le sol, et le vélo dérapa, son conducteur contraint de mettre pied à terre.

Il l'agonit d'injures et tira sur le sac de toutes ses forces. Cassie tomba mais ne lâcha pas prise. Bombardée de coups de pied dans les côtes, elle se roula en boule tout en frappant à l'aveuglette de son bras libre. Son poing percuta un truc mou, qui arracha un hurlement à son agresseur. Des cris retentirent un peu plus loin et elle entrevit deux mecs qui se précipitaient vers eux depuis le pont. L'agresseur redressa son vélo et posa un pied sur la pédale, sans cesser de tirer sur la besace. Cassie tendit la main et harponna la roue arrière, déséquilibrant la bicyclette.

Les cris s'étaient rapprochés. En jurant, son agresseur laissa tomber le sac, mais Cassie se cramponnait toujours à la roue. Soudain, sa mâchoire se referma brutalement. Il lui avait balancé un coup de talon dans le menton. Sa vision s'obscurcit puis… plus rien.

18

— Je vous remercie beaucoup de vous être occupés de moi, mais sincèrement, je vais bien, maintenant.

Cassie se tortilla jusqu'au bord de son lit d'hôpital et tendit la main vers son blouson en cuir. Au passage, elle remarqua avec agacement ses coudes éraflés lors de sa chute sur le chemin de halage.

— Quand un patient a perdu connaissance, comme vous, on préfère le garder en observation un moment, au cas où il aurait une commotion cérébrale ou un autre problème qui surviendrait à postériori.

C'était le même infirmier sérieux qui l'avait examinée quand un de ses sauveurs l'avait amenée aux urgences, disparaissant avant qu'elle ait pu le remercier comme il faut.

Elle enfila une manche, puis l'autre ; grimaça lorsque la douleur lui transperça l'épaule.

— Ils ont dit que j'étais restée inconsciente une minute max. Si je vois que ça va pas, je reviens direct, promis.

— Vous ne devez vraiment pas être toute seule ces prochaines vingt-quatre heures, au cas où votre état s'aggraverait.

— OK.

Elle lui décocha son sourire le plus charmeur, mais dut l'interrompre quand des éclats de douleur lui lardèrent le menton.

— Ça va faire mal un certain temps, expliqua l'infirmier. Vous avez eu de la chance d'échapper à la fracture.

— Ouais, je suis connue pour avoir la peau dure. Et la tête aussi.

En remuant prudemment la mâchoire, elle fit remonter l'origine de son tourment à l'articulation temporo-mandibulaire droite, là où le coup de pied de l'agresseur lui avait écrasé le maxillaire contre la base du crâne. Heureusement que le mec était en baskets.

Elle allait sortir de la pièce lorsqu'elle vit deux flics en uniforme, un homme et une femme, foncer droit sur elle. *Génial.*

Une demi-heure plus tard, elle leur avait fait sa déposition – *totalement inutile.* Tout ce qu'elle pouvait leur dire sur son assaillant, c'était qu'il avait les yeux marron, le teint asiatique ou métis ou méditerranéen, et qu'il savait faire du vélo. Il avait le bas du visage dissimulé sous un foulard cramoisi et portait un sweat à capuche noir, comme 90 % des jeunes de Camden. Non, elle ne pensait pas être en mesure de l'identifier si elle le revoyait.

Les policiers étaient compréhensifs mais leur attitude montrait bien que, comme elle, ils agissaient machinalement : un délit avait été signalé, une déposition enregistrée, et les statistiques de délinquance à Camden augmenteraient d'un cran.

— On aurait plus de chances de le coincer s'il vous avait pris votre sac, fit la nana, l'air vaguement déçue que Cassie ait résisté. S'il s'était mis à flamber avec vos cartes, on aurait pu être alertés.

Cassie dut paraître sceptique, car son collègue ajouta :

— La semaine dernière, on a serré un mec qui avait réglé un dîner chez Nando avec une carte sans contact volée. Le gérant a flairé l'embrouille et on a débarqué juste au moment où le type se faisait resservir de la glace au yaourt.

Le lendemain matin, alors qu'elle émergeait lentement de plusieurs épaisseurs de sommeil, Cassie fut prise de l'étrange conviction que la moitié supérieure de son corps avait été coulée dans du béton pendant la nuit. Elle ouvrit les yeux et essaya de bouger. *Aucune réaction.* La panique hurla dans sa gorge. Ses membres finirent par répondre, mais elle avait les épaules si raides qu'elle se découvrit incapable de lever complètement les bras.

Elle s'accrocha aux montants du lit pour se hisser à la verticale et se traîna jusqu'au miroir de la salle de bains. Une bande violette, similaire à la lividité d'un cadavre d'un jour, s'étirait du menton quasiment jusqu'à l'oreille. Tandis qu'elle s'appliquait une couche de fond de teint puis de poudre pour camoufler l'hématome, elle s'accabla de reproches. Qu'est-ce qui lui avait pris d'aller se balader au bord du canal en pleine nuit ? *Quelle conne !* Quant à son attaquant, la rage qu'elle éprouvait à son égard était trop insondable pour seulement y penser.

Un instant, elle songea à téléphoner à quelqu'un, puis elle se ravisa. Qui appellerait-elle ? La seule personne qui s'apparentait un tant soit peu à un ami, s'aperçut-elle, ce devait être Carl.

Au moins, elle était de repos, ce qui voulait dire qu'elle pouvait flemmarder toute la journée à mater des films si ça lui chantait. Sauf qu'au bout d'une demi-heure, elle eut besoin de sortir.

Il n'y avait presque personne sur les berges – il était trop tôt pour les touristes, quoique les sans-abris qui y dormaient de plus en plus nombreux soient manifestement déjà levés, leurs sacs de couchage vides abandonnés tels des cocons d'insectes sortis de leur chrysalide.

Soudain, une voix retentit.

— Cassie Raven ? C'est toi ?

Sous un bonnet de laine, deux yeux vitreux la regardaient par-dessus le bord d'un duvet bleu crasseux.

— Kieran ? Comment tu vas ?

— Au top !

Comme il se tortillait pour s'asseoir, l'odeur dériva jusqu'à elle : un cocktail musclé de fringues sales, mauvais cidre et patchouli.

Kieran et elle avaient été camarades de squat, dans un immeuble de bureaux désaffecté puis dans un pub abandonné, en compagnie d'un groupe mouvant de musiciens, plasticiens, gothiques et autres hippies new age. Elle fut horrifiée de constater qu'il avait vieilli d'une bonne dizaine d'années depuis leur dernière rencontre – le visage grisâtre, strié de crasse et criblé de plaies –, même s'il paraissait toujours aussi enjoué. Il avait beau se débattre avec ses deux démons personnels, l'alcool et la kétamine, Kieran avait toujours été un de ces mecs éternellement solaires que tout le monde aimait côtoyer.

— Et toi, Cass ? Toujours à charcuter des macchabs ?

— Eh ouais.

Mal à l'aise de lui parler de haut, elle s'accroupit prudemment, les côtes vrillées de douleur là où son agresseur l'avait attaquée à coups de pied.

Kieran grimaça avec compassion.

— Tu t'es fait mal.

— Ouais. Je me suis fait agresser hier soir près du pont.

— Tu déconnes !

Kieran avait l'air outré.

— Ils sont où, les condés, quand on a besoin d'eux, hein ?

Il montra un abri de carton déserté à quelques mètres de là.

— Mon pote s'est fait tabasser par des connards bourrés l'autre jour. C'est pas sûr, par ici, la nuit.

— Pas comme à Hawley Road, fit Cassie.

Le squat de Hawley Road, un ancien pub du XVIIIe laissé à l'abandon, était légendaire. Grâce à un accord avec le propriétaire pour l'occuper jusqu'à obtention du permis de rénovation, ils avaient vécu là pendant près d'un an. Ils avaient orné les murs intérieurs de fresques et cultivé tomates et salades dans le jardin à l'arrière. Cet été caniculaire était la période la plus heureuse de la vie de Cassie.

— Ouais. C'était le bonheur.

Un air mélancolique envahit les traits de Kieran.

— Tous les vieux squats du coin ont été démolis, maintenant. Ils construisent un nouveau quartier bling-bling. Camden a changé.

Cassie n'avait pas besoin de lui demander comment il s'était retrouvé à dormir dans la rue : avec les tarifs immobiliers délirants, les locaux commerciaux restaient rarement vides assez longtemps pour les squatter. Et en même temps que le sans-abrisme explosait, le nombre de places en foyer d'hébergement dégringolait.

De toute façon, la plupart des foyers interdisent les drogues et l'alcool. Et vu sa tête, Kieran n'avait pas décroché.

— T'as revu des gens de la bande, dernièrement ? demanda-t-il.

— Ça fait une éternité, reconnut-elle avec une bouffée de nostalgie au souvenir de l'esprit d'intense camaraderie associé à l'appartenance à un clan de marginaux.

Kieran hocha la tête avec philosophie. Ils savaient tous les deux qu'à partir du moment où elle avait quitté la vie de squat et trouvé un boulot régulier, elle était entrée dans un univers parallèle, un monde où les gens bossaient de neuf à cinq, allaient au resto, organisaient des dîners… Brusquement, Cassie éprouva le besoin pressant de lui expliquer qu'elle se sentait toujours comme une usurpatrice dans la société « normale », comme si elle n'y était pas vraiment à sa place – et que ce serait sans doute à jamais le cas.

Kieran se mit debout, laissant tomber son duvet et les couches isolantes de journaux dans lesquelles il s'était enveloppé.

— Allez, je fais un petit bout de chemin avec toi, qu'on puisse tailler une bavette.

— OK.

Cassie loucha sur ses croûtes au visage et ses fringues crados et se surprit à espérer qu'ils ne croisent personne de sa connaissance – puis elle se ressaisit. *Fais pas ta salope, Cassie Raven, c'était un bon pote, dans le temps.*

Ils longèrent le canal en se remémorant les belles années ; Kieran s'éloignait parfois pour ramasser le moindre mégot qui laissait présager ne serait-ce qu'une pincée de tabac récupérable, comme Cassie elle-même l'avait fait par le passé.

Arrivés à l'endroit près du pont où elle avait été agressée, elle ralentit le pas.

— Ça s'est passé ici ? demanda Kieran.

Il avait toujours eu l'esprit vif, du moins quand il n'était pas défoncé.

Elle hocha la tête.

— Pourquoi t'es revenue ? T'espérais qu'il ait laissé tomber quelque chose ?

— Non.

Elle contempla l'eau huileuse pendant un moment.

— Je suis revenue parce que je refuse qu'on me dise où je peux me balader ou pas.

— Toujours la bonne vieille Cassie Raven, lança Kieran en souriant. Tu te souviens de ton surnom, au squat ?

— Non… ?

— Téflon. Tout glissait sur toi.

Téflon. C'est ce que les autres pensaient d'elle ? Qu'elle était dure ? Dépourvue d'émotions ? Elle eut envie de lui dire : *Tu devrais me voir avec les morts.*

De l'autre côté du pont, ils arrivèrent à un café.

— Tu m'accompagnes ?

Cassie s'efforça de ne pas regarder les traces de ketchup séché - ou de sang - sur le devant de la veste en jean de Kieran.

— Je t'offre un café, un sandwich ?

Le rire du garçon révéla une gencive d'où pointaient quelques chicots clairsemés.

— Nan, t'inquiète. Je ferais qu'effrayer la clientèle.

D'une main, il acheva de se confectionner une roulée à base de mégots, puis passa sa langue sur le bord gommé du papier.

— Je vais y aller, j'ai du lait sur le feu.

Il lui adressa un demi-clin d'œil.

Autrement dit, il allait chercher du matos - et qui était-elle pour juger ?

— Tiens.

Elle glissa un billet de 20 dans sa poche de poitrine.

— Ça m'a fait plaisir de te voir, Kieran.

— Dieu te bénisse, Cassie Raven, répondit-il avec un grand sourire. Fais attention à toi, hein.

La jeune femme le regarda s'éloigner ; sa démarche guillerette qui n'arrivait pas à dissimuler un boitement évoquait un Long John Silver sur un navire branlant. Kieran ne devait pas avoir plus de, quoi, vingt-huit ? Vingt-neuf ans ? Pourtant, il aurait de la chance s'il fêtait son quarantième anniversaire.

En attendant son café, Cassie essaya de se rappeler le charme bohème qu'une existence comme celle de Kieran représentait pour elle à dix-sept ans. Bien sûr, la camaraderie d'alors lui manquait, parfois, mais huit ans plus tard, elle était quelqu'un d'autre - un peu comme la grande sœur exaspérée de cette ado naïve.

Voir Kieran lui avait bien fait prendre conscience d'une chose : si Mme E ne s'était pas attachée à revenir bavarder avec la petite vendeuse du journal des sans-abris, si elle ne l'avait pas poussée à retourner en cours, si elle n'était pas allée jusqu'à la cornaquer pour ses A-levels, Cassie aurait bien pu se retrouver à dormir au bord du canal ce soir, en s'appuyant sur l'alcool et la kétamine pour repousser le froid.

Cassandra, ce n'est pas encore mon heure.

Elle avait une dette envers Mme E, et elle devait faire tout ce qui était en son pouvoir pour découvrir si sa mort n'avait été qu'un dramatique accident… ou autre chose de plus sombre.

19

De retour au travail le lendemain, Cassie décida de ne rien dire de son agression : le maquillage cachait bien les bleus et elle n'avait aucune envie de raconter sa mésaventure à ses collègues une demi-douzaine de fois, avec le mélange de compassion et de fascination généré par le traumatisme qu'on n'a pas soi-même vécu.

Elle était en train de déposer un cerveau dans un seau de formol afin de raffermir les tissus souples pour la dissection lorsque son portable sonna. *Numéro inconnu.* Elle faillit ne pas décrocher, et puis quelque chose la poussa à enlever son gant et à répondre.

— Vous êtes Mlle Raven ?

Une voix d'homme inconnue, bien éduquée.

— Qui la demande ?

— Je m'appelle Christian Maclaren.

Elle mit une bonne seconde à imprimer.

— Oh, bonjour ! lança-t-elle enfin. Où est-ce que vous avez eu mon numéro ?

Un rire doux sortit du téléphone.

— Une jeune femme secourable du Bacchus Gardens m'a écrit. Pour m'expliquer que vous aviez hâte de « reprendre contact » ?

Bravo, Domenica ! Visiblement, la réceptionniste avait bravé son boss. Et à en croire le ton pince-sans-rire de Christian, il avait joué le jeu du bobard de Cassie.

— Je suis désolée pour la méthode façon roman d'espionnage, fit-elle avec un rire gêné. C'est tout ce que j'ai trouvé pour obtenir vos coordonnées. En fait… c'est à propos de Geraldine Edwards.

Elle attendit, impatiente de jauger sa réaction.

— Geraldine ? Pourquoi donc ?

Christian ne paraissait que vaguement surpris, pas du tout le ton d'un homme dont la fiancée vient de mourir inopinément.

— Je… Je peux pas en parler au téléphone. Vous êtes à Londres en ce moment ?

— Presque. J'arrive à Heathrow en début de soirée.

Ils convinrent que Christian lui enverrait un SMS pour lui fixer rendez-vous.

N'empêche, il y avait un truc qui ne collait pas. Ça faisait plus d'une semaine qu'on avait retrouvé le corps de Mme E. S'il était resté sans nouvelles depuis aussi longtemps, Christian aurait dû dire : *Je suis mort d'inquiétude, je n'arrive pas à la joindre.*

Peut-être est-ce à cause de ces pensées obsédantes qu'elle piqua une crise contre Carl dans la matinée. Joseph Chivers, un anatomopathologiste qu'ils surnommaient Joe le crado, avait laissé son hommage habituel à Jackson Pollock à base de sang et de fragments de tissus sur toutes les surfaces accessibles de la salle d'autopsie. Cassie aidait Carl à nettoyer quand elle tomba sur un bout de ce qui ressemblait à un rein dans un flacon non étiqueté à l'extrémité du plan de travail.

— Putain, Carl ! Et si je l'avais pas repéré ? Il aurait atterri au frigo et se serait mélangé avec les autres.

— J'allais m'en occuper.

La pointe d'agressivité dans la voix de son collègue la mit hors d'elle.

— Mon cul ! Tu sais très bien qu'on laisse *jamais* un tube de prélèvements non étiqueté, même pas deux secondes. Imagine s'il était parti en histopat avec le reste. On aurait jamais pu confirmer la cause du décès de M. Lyttleton.

— Ça va, c'est bon. Désolé.

Carl leva les mains en signe de reddition, toute hargne disparue.

Le jeune homme était généralement au taquet, mais Cassie se souvint de l'inventaire manqué qui aurait permis de découvrir la disparition de Harry Hardwick plus tôt.

— Écoute, Carl, fit-elle en baissant la voix. Après l'incident Harry Hardwick, on nous a à l'œil, alors il faut qu'on soit irréprochables sur les protocoles, d'accord ? À partir de maintenant, on vérifie et on revérifie.

Elle l'étudia, nota les paupières rougies, le léger relent d'alcool qui suintait de ses pores.

— Laisse-moi deviner, t'as picolé toute la nuit ?

Haussement d'épaules contrit.

— J'y suis peut-être allé un peu fort.

— T'es en état de bosser aujourd'hui ? Je veux pas que tu touches un scalpel si tu te sens mal assuré.

S'il se blessait en éviscérant un corps potentiellement porteur d'une maladie de Creutzfeldt-Jakob ou d'un VIH non diagnostiqués, ça pourrait avoir des conséquences catastrophiques.

— Je me sens nickel. En fait, j'allais te demander si je pourrais pas faire quelques heures sup cette semaine.

— T'as encore trop tiré sur la carte bleue ?

Il lui adressa un sourire penaud.

Se pointer avec la gueule de bois pour bosser n'était pas terrible, mais Carl n'était pas coutumier du fait – en plus, Cassie pouvait difficilement lui faire la leçon après sa nuit de débauche avec Tish-Tash.

L'hôpital qui se moque de la charité. Une expression pas du tout polonaise, mais l'une des préférées de sa grand-mère.

Dans l'après-midi, le secrétariat lui transmit un message dangereusement laconique de la lieutenante Flyte lui demandant de passer au poste après son service.

Flyte cherchait-elle toujours à lui faire porter le chapeau pour l'enlèvement de M. Hardwick ? Ou allait-elle l'inculper pour possession illégale de Ziggy le crâne ? Doug n'étant pas joignable car en conférence, Cassie ne put en savoir davantage sur ce que lui réservait la flique de marbre. Dans un cas comme dans l'autre, ça pouvait signifier la fin de son travail.

Le hall du commissariat la ramena aussitôt à sa dernière visite ici, après la méchante expulsion où elle avait été malmenée par ce sale flic misogyne. Aussi n'en revint-elle pas quand l'officier du bureau d'accueil apparut, tout sourire et avec une vraie barbe de hipster.

On la conduisit dans une salle d'interrogatoire, déjà occupée par une silhouette familière.

— Professeur Arculus ! Qu'est-ce que… ?

Il pouffa.

— Une lieutenante de police m'a appelé pour m'informer qu'elle avait confisqué un crâne humain à une jeune personne passionnée d'anatomie. Le bureau du coroner l'avait instruite que j'étais l'heureux titulaire d'une maîtrise en paléoanthropologie - l'étude des vieux ossements, entre vous et moi.

La lieutenante Flyte fit son entrée avec Ziggy dans une poche à scellés, qu'elle posa sur la table avec un sourire pincé peu convaincant.

— Il s'agit d'une audition informelle à visée informative. Cassandra Raven n'est pas mise en examen, cet entretien ne sera donc pas enregistré.

Elle fixa Cassie d'un regard glacial.

— Comme je vous l'ai expliqué, posséder des restes humains de moins de cent ans est un délit. Le professeur Arculus a gentiment accepté de nous faire bénéficier de son expertise pour déterminer l'âge de l'objet.

Flyte poussa le crâne ensaché vers le professeur. À cette occasion, Cassie observa que, si ses ongles étaient impeccablement manucurés et vernis, elle avait un peu de peau à vif au pouce droit, où elle s'était arraché la cuticule. Une minuscule fissure dans la façade robotique.

— Puis-je ?

Le professeur sortit Ziggy du sac et le tourna dans tous les sens, sous l'œil scrutateur de la lieutenante Flyte. En surface, elle paraissait aussi maîtresse de soi qu'à son habitude, mais Cassie constata qu'elle clignait des yeux à un rythme accéléré et montrait une immobilité anormale.

— Intéressant, finit par souffler Arculus.

Flyte leva son stylo au-dessus de son calepin. Sa poitrine était totalement statique : elle retenait son souffle.

La vache, elle doit vraiment me détester, songea Cassie avec désarroi.

— J'ai bien peur que notre ami ait décidément bien moins de cent ans, poursuivit le professeur Arculus.

L'angoisse étreignit Cassie.

Il mit Ziggy de face.

— Il est récent. Très récent.

— Vous êtes sûr ? demanda Flyte.

Elle serrait le stylo si fort qu'on voyait luire les articulations sous sa peau.

Cassie se perdit dans la contemplation des doigts longs et effilés de la lieutenante et se rappela un moyen mnémotechnique pour les os de la main qu'elle avait trouvé en ligne : ***Salut pétasse, tu te crois hot ?*** Une petite phrase qui n'avait fait que confirmer l'opinion de « branleurs sexistes » dans laquelle elle tenait la plupart des étudiants en médecine. Elle visualisa la forme unique de chaque os et se les énuméra mentalement : *scaphoïde, lunatum, triquetrum, pisiforme, trapèze, trapézoïde, capitatum... Mince, c'était quoi, déjà le h de « hot » ?*

Le professeur avait ouvert un canif et gratté un fragment à la base de la calotte crânienne, qu'il examina à travers le bas de ses lunettes.

Cassie se représenta le dernier os de la main, avec son crochet sur le bord extérieur. *Hamatum ! C'est ça. Et son crochet,* hamulus, *« petit crochet » ou « hameçon » en latin.*

— Tout à fait sûr, répondit le professeur. La technologie permettant de fabriquer un crâne aussi réaliste n'est apparue que dans les années 1980.

Il fallut un moment pour que les mots impriment.

— Vous voulez dire que c'est un... faux ?

La voix de Flyte monta sur le dernier mot, incrédule.

— Exactement, confirma le professeur avec un sourire radieux.

Il reposa le crâne sur la table et rempocha son canif.

— Sans doute une importation chinoise, mais de qualité très impressionnante. Je ne serais pas surpris qu'il ait été destiné à une faculté de médecine.

— Vous êtes absolument sûr ?

Déjà pâle en temps normal, Flyte était devenue blême, ce qui faisait ressortir une fine constellation de taches de rousseur autour de son nez.

Le professeur la regarda par-dessus ses bésicles.

— Eh bien… J'ai *un peu* d'expérience en anatomie humaine, en tant qu'anatomopathologiste pour le ministère de l'Intérieur depuis trente-cinq ans.

Il était resté affable, mais Cassie savait reconnaître une gifle cinq étoiles.

Le professeur sortit, et Cassie s'apprêtait à le suivre quand Flyte l'arrêta à la porte, la mine aussi chaleureuse et rassurante qu'un refroidisseur industriel.

— Un témoin a confirmé votre présence au Kaos samedi soir dernier.

Cassie sentit tous ses muscles se détendre.

— Bien sûr, il n'en reste pas moins que *quelqu'un* a utilisé votre code personnel pour pénétrer illégalement dans les locaux et voler le corps de Harold Hardwick.

— Je vous l'ai dit, je comprends pas comment les intrus se le sont procuré.

— L'enquête suit son cours.

Flyte s'arracha un sourire pincé.

— Nous recherchons aussi le mobile du vol.

Mais Cassie perçut une infime craquelure dans son aura de certitude sans faille.

— Je suis contente que vous insistiez, lança-t-elle, effleurant la craquelure pour voir ce que ça donnait. J'avais peur qu'on vous incite fortement à abandonner une fois le corps de M. Hardwick retrouvé. Coupes budgétaires, tout ça…

Le spasme brut qui traversa la figure de Flyte apprit à Cassie qu'elle avait deviné juste : les flics avaient plus urgent que de s'occuper de la dépouille perdue puis retrouvée d'un vieux monsieur esseulé. En apercevant l'horloge murale, elle s'avisa avec un pincement de cœur qu'à ce moment même, Harry Hardwick était inhumé au cimetière de Chingford.

Bon vent, M. H.

Devant son adversaire qui s'éloignait dans le couloir, raide comme un piquet, Cassie se sentit partagée : Flyte avait beau être son ennemie, elle éprouva une vague de respect pour la manière dont l'austère lieutenante refusait de lâcher une affaire que tous les autres voulaient enterrer.

Elle trouva le professeur qui l'attendait dans la rue.

— Tout va bien, je présume ? Vous ne risquez plus d'être incarcérée au plaisir de Sa Majesté ?

— On dirait bien que je suis une femme libre, grâce à vous.

Il évacua la gratitude d'un geste.

— Mais peut-être pourriez-vous me remercier en satisfaisant ma curiosité sur un point. Votre nom complet, Cassandra...

Il fit rouler les syllabes comme une gorgée de porto avec des noix.

— Auriez-vous par hasard été baptisée ainsi en référence à la prophétesse de l'*Orestie* ?

— J'ai bien peur que non, professeur. La référence tenait plutôt à la copine de Rodney dans la série *Only Fools and Horses*.

— Quel dommage ! J'avais espéré que les serpents vous murmurassent des augures à l'oreille.

Le professeur héla un taxi et fit un signe de tête vers Ziggy, que Cassie avait oublié tenir à la main.

— Quant à notre ami, vous feriez sans doute mieux de le ranger dans votre sac. Il ne faudrait pas effrayer le chaland.

Et avec un signe d'adieu il monta en voiture, laissant Cassie qui contemplait le crâne telle une Hamlette des temps modernes.

FLYTE

— Attendez, que je sois sûr d'avoir bien compris, disait le capitaine Bellwether. Vous voulez *étendre* les investigations sur le vieux monsieur enlevé à la morgue ?

Flyte voyait l'incrédulité lui plisser le front, pourtant quelque chose la poussa à continuer.

— Oui, patron.

— On en a déjà discuté, Phyllida. Le corps a été retrouvé il y a deux jours, non ?

— Oui, mais l'affaire n'est toujours pas résolue et on n'a plus aucune piste.

— Exactement ! Votre seule piste, l'agente mortuaire qui détenait un crâne dans sa salle de bains, elle ne vient pas de vous exploser à la figure ?

Flyte sentit une rougeur lui monter au cou.

— Je sais, patron, et je me suis déjà excusée de m'être un peu précipitée. Mais si on y ajoute le fait que son code d'accès a été utilisé…

— Son alibi tient la route, non ?

Flyte enfonça ses ongles dans sa paume. Se focaliser sur Raven comme unique suspecte du vol du corps de Harry Hardwick avait été une grave erreur, qui conduisait Bellwether à remettre en question toutes ses décisions. Avec le recul, elle se rendait compte qu'elle s'était laissé trop influencer par le look bizarre de cette fille et son appartement flippant rempli de crânes et d'animaux éventrés.

Dix semaines à exercer dans les rues de Camden auraient dû

lui faire comprendre une chose : ici, l'anomalie, c'était Phyllida Flyte, pas Cassie Raven.

— Toute cette histoire me fait l'effet d'une blague de mauvais goût, reprit Bellwether. Je suis même surpris que personne n'ait posté un selfie avec le pauvre homme sur Instagram.

Il jeta un coup d'œil à l'écran de son ordinateur, manifestement impatient de retourner à ce qu'il faisait avant qu'elle frappe à sa porte.

— Écoutez, Phyllida, on a fait le maximum dans ce dossier.

Il se mit à compter sur ses doigts.

— La scientifique n'a rien trouvé. Personne n'a vu ni entendu quoi que ce soit. Les images de vidéosurveillance d'une camionnette entrant dans la morgue étaient trop floues pour fournir ne serait-ce qu'une partie de la plaque d'immatriculation… J'ai raté un point important ?

Flyte secoua la tête.

— Mais si vous pouviez me confier un ou deux agents pour interroger le voisinage, voir si quelqu'un a repéré cette camionnette…

Bellwether leva une main pour lui intimer le silence, un sourire incrédule au visage.

— Vous étiez présente à la réunion de vendredi. Quand j'ai parlé des priorités pour ce trimestre.

— Oui, patron. Réduire le nombre de crimes à l'arme blanche.

— En effet. Depuis le reportage de *Crimewatch* sur le meurtre d'Hanif Hassan, la direction me tanne sur l'augmentation des agressions au couteau.

Hanif Hassan avait été victime de cette recrudescence, poignardé à mort quelques semaines plus tôt dans une guerre de territoire entre trafiquants de drogue. En soi, ça n'avait rien d'exceptionnel pour Camden, seulement Hassan était un brillant étudiant en informatique et un petit prodige des échecs à qui le maire avait remis un prix devant les caméras, alors sa mort avait été très largement médiatisée.

Flyte savait qu'elle avait intérêt à se taire, pourtant elle ne put s'empêcher d'insister.

— Mais on ne peut quand même pas fermer les yeux sur tous les crimes moins graves, patron ?

Il la foudroya du regard.

— Si j'ai besoin d'un cours de rattrapage sur la police positive, je saurai à qui m'adresser.

Son expression s'adoucit.

— Écoutez, Phyllida, vous êtes encore en train de prendre vos marques. Je sais que vous voulez faire bonne impression, mais parfois, il faut juste reconnaître qu'on a échoué et passer à la suite. En attendant qu'une bonne fée vienne agiter sa baguette pour doubler notre budget, on doit choisir nos batailles.

Flyte fixa le sol, incapable de lui dire la vérité : elle avait peut-être accepté l'innocence de Cassie Raven, mais elle ne pouvait se résoudre à lâcher l'affaire Harry Hardwick, même maintenant qu'on l'avait retrouvé et qu'il reposait en paix. L'inhumation ne lui avait pas permis de tirer un trait, comme elle l'avait espéré : son besoin de voir les coupables punis demeurait intact. Hors de question d'essayer d'expliquer pourquoi à Bellwether, il l'enverrait directement voir le psy du travail. Une perte de temps inutile.

— Vous êtes une enquêtrice dévouée et diligente, poursuivit Bellwether. Mais, ne le prenez pas mal, j'ai l'impression que vous pouvez parfois vous montrer un peu… obsessionnelle ?

Elle se mordit la lèvre ; ce n'était pas la première fois qu'elle entendait cette accusation. Et elle avait conscience que ce que les mauvaises langues appelaient sa « contrôlite aiguë » n'avait fait que croître depuis son arrivée à Londres. Elle comprit soudain pourquoi elle s'était prise d'une telle antipathie pour Cassie Raven : cette fille symbolisait tout ce que Flyte détestait à Camden et dans sa nouvelle vie ici. Peut-être même, par extension, tout ce qu'elle avait perdu avant de déménager.

— Phyllida ? Le demi-sourire confiant de Bellwether l'invitait à se ranger à son avis.

— Peut-être un peu, patron.

Et c'est là qu'elle aurait dû s'arrêter.

— Mais si vous pouviez m'affecter ne serait-ce qu'un agent…

— L'affaire est close, lieutenante, trancha Bellwether en se reportant sur son écran. Fermez la porte en sortant.

Dans le couloir, Flyte proféra le plus gros juron qu'elle se soit jamais permis.

— *Crotte.*

20

Le texto de Christian proposait à Cassie de se retrouver au bar de l'hôtel de Fitzrovia où il était descendu.

La façade du Gainsborough ressemblait à une falaise en stuc, son entrée gardée par un portier en livrée. À l'intérieur, Cassie découvrit un hall flanqué de colonnes de marbre hautes comme un autobus à impériale, surmontées de chapiteaux finement décorés. Derrière, le bar était une mer de cuir pâle où des serveurs vêtus de noir ondulaient au son raffiné d'un piano jazz. Heureuse d'avoir fait l'effort de rentrer chez elle pour se changer, elle rajusta son unique veste d'adulte, celle qu'elle avait achetée chez Next pour son entretien d'embauche à la morgue il y a cinq ans.

Lorsqu'elle se présenta à la réception, on la conduisit à une banquette de cuir crème où un monsieur dans les quarante-cinq, cinquante ans, mince et élégant, se leva pour l'accueillir. Cheveux clairs et teint hâlé, Christian Maclaren portait un costume de bonne qualité et des lunettes rétro à l'allure onéreuse.

— Trop classe, cet endroit ! lança-t-elle en levant les yeux vers le lustre imposant au plafond. Vous logez ici ?

— Oui, c'est délicieusement kitsch, non ? fit-il en riant. Il n'y a pas de colonnes doriques à l'hôtel ibis.

Un serveur apparut et Cassie demanda un Schweppes-rondelle.

— Deux, s'il vous plaît, embraya Christian. Et mettez-les sur ma note, je vous prie.

Depuis qu'elle avait appris que Mme E et lui s'étaient connus sur un site, Cassie s'était dit qu'il avait peut-être de bonnes raisons d'être difficile à trouver. Tout le monde sait que les applis de rencontres sont un terrain de chasse pour les *catfish*, ces arnaqueurs qui créent de faux profils pour cibler les utilisateurs confiants dans le but de les escroquer.

Jusqu'ici, Christian lui semblait assez authentique. Son air d'autorité tranquille dans ce cadre raffiné, le parfum subtil de produits de toilette de luxe qu'il dégageait, le logo Cartier discret qu'elle avait repéré sur une branche de ses lunettes : tout concordait avec la description d'architecte prospère que Maddy avait faite de lui.

C'étaient son sourire facile et son attitude détendue qui la troublaient : il ne donnait pas l'impression d'un homme resté sans nouvelles de sa fiancée depuis une bonne semaine.

— Alors, comment vous avez connu Geraldine ? demanda-t-il.

— J'ai été une de ses élèves.

— Oh, vous êtes un de ses petits poussins !

Ses yeux se plissèrent.

— Maintenant que j'y pense, elle m'a parlé de vous, et même plusieurs fois.

Ils gardèrent le silence pendant que le serveur déposait leurs boissons et un bol de cacahuètes épicées sur la table.

— Alors…

Le sourire de Christian céda la place à un air un peu perplexe.

— Geraldine sait que vous êtes là ?

Donc, il ignore tout.

— Vous n'êtes pas au courant ?

Cassie cherchait à gagner du temps, à repousser le moment de vérité.

Il parut déconcerté.

— Vous savez que… on est séparés ?

— Euh… non. Je peux vous demander depuis quand ?

— Environ un mois et demi.

Une nouvelle qui lui facilitait un peu la tâche.

— Christian, j'ai une bien triste nouvelle. La semaine dernière, Geraldine a été retrouvée morte chez elle.

Elle s'attendait à l'émotion, au chagrin – réactions parfaitement naturelles face à la mort soudaine, même d'une ex. Mais pas d'une telle ampleur.

— *Non !*

Il la dévisagea les yeux écarquillés, devint pâle comme un vieux journal, se leva à moitié, fiévreux.

Cassie bascula en mode professionnel : elle bondit pour lui prendre le coude.

— Asseyez-vous, murmura-t-elle, en le repoussant doucement dans son siège. Vous êtes en état de choc.

Voyant le serveur s'approcher d'un air affairé, elle le renvoya d'un geste rassurant.

Une fois que Christian eut récupéré un peu, elle lui tendit son Schweppes.

— Par petites gorgées. Essayez de respirer.

Au bout de quelques minutes, il commença à reprendre des couleurs - mais il paraissait cinq ans de plus.

— Je suis vraiment désolé, fit-il d'une voix enrouée. Je ne m'y attendais pas du tout. Vous êtes absolument sûre ?

Ses yeux fouillèrent ceux de Cassie à la recherche d'une autre explication.

— Hélas, oui.

Cassie lui expliqua qu'elle avait vu le corps de Mme E et de quelle manière ils pensaient qu'elle était morte.

— Noyée dans son bain ? Je n'arrive pas à y croire. Geraldine était tellement… pleine de vie ! Je ne l'ai jamais vue ne serait-ce qu'un peu patraque.

Il fronça les sourcils.

— Vous ne croyez pas qu'il y a quelque chose de… louche, hein ?

— Pourquoi vous dites ça ?

— Sinon, pourquoi vous donner tant de mal pour me retrouver ?

Question logique. Cassie pressa les doigts sur ses tempes.

— Écoutez, je gamberge sûrement un peu trop parce qu'elle comptait énormément pour moi. La police ne considère pas sa mort comme suspecte…

— Mais… ?

— Vous avez rencontré le fils de Geraldine ?

— Juste une fois.

La tête de Christian révélait son opinion d'Owen.

— Il a débarqué chez elle complètement ivre, j'ai dû le sortir manu militari.

— Qu'est-ce qui s'est passé ?

Il fit tourner son verre sur la table.

— Je l'ai fichu dehors. Je n'appréciais guère la façon dont il parlait à Geraldine.

Cassie dut réprimer un sourire ; il s'exprimait comme un personnage de vieux film. Elle prit une décision.

— Écoutez, Christian, je n'ai aucune raison de soupçonner Owen d'être impliqué dans la mort de sa mère, mais… vous pouvez me parler de leur relation ?

— Il n'arrêtait pas d'essayer de lui soutirer de l'argent. Le soir où il est passé, je me suis éclipsé pour qu'ils puissent discuter en privé, mais tout à coup j'ai entendu une chaise tomber. Je me suis précipité dans la cuisine. Il l'avait acculée dans un coin et la menaçait.

— C'est là que vous l'avez viré ?

— Après une petite séance de lutte un peu embarrassante, oui.

Il remua l'épaule, geste inconscient de quelqu'un qui se rappelle une contusion.

— Après, Geraldine m'a dit qu'il voulait la convaincre de le suivre dans une opération lucrative qu'il avait imaginée.

— Quel genre ?

— C'était en rapport avec la maison. Il la poussait sans arrêt à déménager dans plus petit - pour lui extorquer davantage, évidemment. C'est tout ce que je sais. Elle était secouée, elle n'est pas entrée dans les détails.

— Elle l'a envoyé sur les roses.

— Tout net. Ensuite, j'ignore si elle a tenu bon. On… On a rompu peu de temps après.

À la soudaine baisse de volume sur cette dernière phrase, il était évident que la décision ne venait pas de lui.

— Je suis navrée.

— Peut-être que ça ne devait pas marcher. Geraldine était beaucoup trop bien pour moi.

Il fixait le sol, le dos voûté, perdu dans ses pensées.

— Je suis vraiment désolée d'avoir dû vous annoncer une nouvelle aussi terrible. Je vous laisse tranquille, maintenant.

Elle lui toucha l'épaule en guise d'adieu.

— N'hésitez pas à m'appeler, d'accord ?

Dans le hall, elle marqua une pause près des immenses colonnes et regarda en arrière. Christian était toujours avachi dans son fauteuil, la tête baissée, une main sur le front. Il y avait quelque chose de si… affligé dans son attitude qu'elle en eut les larmes aux yeux.

En émergeant dans la nuit londonienne, elle fut accueillie par le ronflement hargneux de la circulation et la piqûre de la pluie. Pendant qu'elle patientait au passage piéton, les paupières à demi-closes face au temps de cochon, un autobus à impériale s'arrêta devant le trottoir d'en face. Elle parcourut distraitement les silhouettes floues derrière les vitres dégoulinantes : une femme en niqab penchée sur son portable ; un ouvrier endormi contre la fenêtre ; un quidam dissimulé derrière ce qui semblait être l'*Evening Standard*. Au moment où le bus redémarra, le quidam baissa son journal et regarda par la fenêtre – droit dans les yeux de Cassie.

C'était Mme Edwards, les lèvres trop rouges sur son visage blanc et les sourcils froncés, mais avant que le cerveau de Cassie puisse seulement confirmer ce qu'elle voyait, le bus soupira et s'éloigna.

21

Cassie eut bien du mal à s'endormir ce soir-là : elle revenait constamment à l'instant où elle avait vu Mme E dans le bus.

Cette vision ou apparition, quel que soit le nom qu'on veuille lui donner, l'avait chamboulée. Malgré ses moments de communion avec les défunts, aucun de ses protégés ne lui était jamais apparu hors de la morgue. Elle ne croyait pas aux fantômes, plutôt en phase avec la conception des Grecs de l'Antiquité selon laquelle la mort était un aller simple à travers le Styx pour une obscurité dont nul ne revenait.

Mais, et si Mme E flottait dans les limbes, son trajet vers les enfers encore inachevé ?

Foutaise ! aurait ponctué l'enseignante. Cassie se rappela qu'il n'était pas rare que les personnes ayant récemment perdu un proche « voient » leur cher disparu. Comme la dame qu'elle avait accueillie peu de temps auparavant, qui avait reconnu la silhouette caractéristique de son époux à la caisse du Marks & Spencer. Elle était tellement convaincue que c'était lui qu'elle l'avait suivi jusqu'au métro. Elle ne l'avait rattrapé que sur le quai, où elle avait découvert... un parfait inconnu. Pour la première fois, Cassie saisissait à quel point pareil mirage pouvait paraître réel.

Elle finit par sombrer dans le sommeil, seulement pour être réveillée par son bipeur au milieu de la nuit. La tonalité stridente aurait effrayé n'importe quel chat normal ; Macavity, lui, se contenta d'observer sa maîtresse sans sourciller depuis l'oreiller voisin. Son regard sardonique semblait dire : *Tu fais vraiment un boulot de con* – un sentiment qu'à cet instant, Cassie ne pouvait certes pas contester.

Le temps d'arriver à la morgue en taxi, le fourgon noir inscrit *Pompes funèbres Penney & Sons* était déjà là, moteur en marche pour garder ses occupants au chaud – du moins, ceux qui étaient en vie. En frappant à la fenêtre conducteur, elle vit le profil barbu de son ex-petit ami.

— Salut, Luca. Dis-moi que t'as un truc simple et sympa pour moi.

Il réfléchit.

— Qu'est-ce que tu dirais d'une vieille dame atteinte d'un cancer en phase terminale qui s'est éteinte paisiblement en récitant son chapelet ?

— Ce serait parfait.

Luca secoua tristement la tête.

— Désolé, je crains que vous ayez échoué à la question banco et perdu le voyage à Vegas. La bonne réponse, c'est une jeune junkie qui a fait une overdose dans une cage d'escalier de la cité Fairfax.

Cassie soupira.

— Tu sais si sa famille arrive ?

— Non, c'est une mademoiselle X, mais on vient de recevoir un appel du poste, un flic est en route.

Génial. Cassie dit adieu à tout espoir d'un simple enregistrement avec retour au lit direct.

Après avoir poussé la nouvelle arrivante jusqu'aux chambres froides, Luca lança :

— Au fait, Owen Edwards m'a encore pris la tête. Il voulait savoir pourquoi on n'avait pas encore récupéré le corps de sa mère.

— Les obsèques sont pour quand ? demanda-t-elle, priant pour que ce ne soit pas trop tôt.

— Mercredi prochain, apparemment.

Dans six jours.

— Alors qu'est-ce qui le presse ?

— Il aime pas savoir sa mère à la morgue, il la préférerait au funérarium.

— Ça change quoi, qu'elle soit dans une de nos chambres froides ou dans une des vôtres ?

— C'est à peu près ce que je lui ai dit, en termes un peu plus diplomatiques.

Luca sourit.

— Alors, elle est prête pour le transfert ?

Devait-elle laisser partir Mme E ? Owen était peut-être un sale type, un parasite alcoolique et feignant qui rudoyait sa propre mère, mais sans éléments solides pour persuader la police que la mort était suspecte, il n'y avait aucun espoir d'obtenir une autopsie judiciaire. L'idée de laisser tomber ses tentatives hasardeuses de mener l'enquête pour revenir à la normale lui parut soudain tentante.

Ses yeux dérivèrent vers la colonne de chambres froides où reposait Mme E et elle se rappela la promesse qu'elle lui avait faite. Ici, la température des cellules ne dépassait jamais 4 °C ; une fois qu'elle aurait été transférée dans le vieux frigo pourri de Penney & Sons, son corps se détériorerait plus vite et toute preuve d'acte criminel risquait d'être perdue.

— Luca…

Il lui jeta un regard résigné.

— Tu peux pas lui sortir que de notre côté, tout est OK pour le transfert, mais que vous avez pas de place chez vous ?

— Je lui ai déjà dit qu'on pourrait la récupérer dès qu'on aurait votre feu vert.

— Eh ben…

Cassie se mordilla la lèvre.

— Si tu prétextais que vous avez reçu quelques urgences et que vous manquez de personnel pour venir la chercher ?

— Des *urgences* ?

Luca leva les yeux au ciel.

— On est un funérarium, pas DHL.

Cassie eut un éclair de génie.

— T'as qu'à lui dire que vous avez des cérémonies musulmanes à assurer.

La doctrine islamique exige que les défunts soient inhumés le jour même ou, au pire, le lendemain avant la tombée de la nuit - un agenda respecté chaque fois que possible dans la mesure où aucune autopsie n'était nécessaire.

— Mais les musulmans ne viennent pas chez nous, ils ont leurs propres services de pompes funèbres.

— Il le sait pas, ça. Il débarque de Rhyl !

Luca se gratta la barbe, puis la regarda d'un air interrogateur.

— Je sais pas ce que tu fricotes, Cassie Raven, et je veux surtout pas le savoir. Mais d'accord, je vais le faire patienter encore un peu.

— T'es un pote. Je te dois un dîner, cuisiné rien que pour toi.

— Rosbif et Yorkshire pudding ?

— Vendu.

Elle pouvait serrer les dents et préparer de la viande pour la bonne cause.

Il leva les paupières de façon suggestive.

— Et après ?

— Pousse pas trop.

D'une main sur l'épaule, elle le propulsa vers la sortie.

De retour auprès de la nouvelle venue, elle ouvrit la housse pour révéler la figure d'une adolescente de dix-sept ou dix-huit ans. La peau mate, elle avait été jolie avant que la mort ne lui confère un teint de pâte à pain. Ses billes noisette semblaient désorientées, comme si elle s'était endormie dans le métro et venait de se réveiller bien après sa station.

En tournant la main gauche de la défunte vers le haut, Cassie découvrit le creux de son coude criblé de traces d'injections récentes. Soudain, elle eut l'impression de se voir elle-même à dix-sept ans, de contempler son propre bras, les marques de piqûres la ramenant au moment où elle s'était pris un fix d'héro. C'était un mec du squat dont le nom lui échappait qui l'avait piquée. Sa ceinture noire tranchait sur le bras pâle de Cassie ; un filet de sang fusait dans le liquide transparent, d'une beauté inattendue, alors qu'il s'assurait d'être dans la veine. Ensuite, l'euphorie qui lui emplafonnait le cerveau tel un poids lourd en barbe à papa, puis cette sensation de flotter à travers des nuages d'une infinie douceur, en apesanteur, baignée de soleil, toute gêne et toute anxiété évaporées.

C'était la première et la dernière fois qu'elle avait touché à l'héroïne ; elle ne se faisait pas du tout confiance face à un truc aussi bon. Quelques semaines plus tard, elle rencontrait Mme E et bientôt, elle laissait derrière elle le squat et ses tentations.

Elle pressa l'épaule de la jeune fille morte, détecta un résidu de chaleur sous sa peau déjà froide.

— Tu es en sécurité, maintenant, ma belle. Tu n'as plus à t'inquiéter de rien.

L'inconnue lui renvoya un regard interrogateur et, dans l'air soudain alourdi et l'embrasement des néons, Cassie entendit un seul mot.

Pourquoi ?

L'instant fut anéanti par un miroitement de lumière bleue traversant la fenêtre pour venir jouer sur le plastique blanc de la housse mortuaire. Cassie scruta le visage de la jeune fille et jura tout bas. Le lien était rompu.

Elle gagna la porte d'entrée, vérifia le retour caméra et jura plus violemment devant les traits trop familiers qui s'affichaient à l'écran.

— On ne peut pas continuer à se voir comme ça, lança la lieutenante Flyte d'un ton pince-sans-rire – la première fois que Cassie l'entendait tenter une plaisanterie.

— Qu'est-ce qu'y a de si urgent que ça puisse pas attendre demain matin ? demanda Cassie.

Sous l'abord revêche, elle paniquait intérieurement : est-ce que Flyte la soupçonnait toujours pour Harry Hardwick ? Était-elle remontée plus loin dans le registre des accès à la morgue ? Si oui, ça pouvait augurer de sérieux problèmes.

— Je veux jeter un coup d'œil à la jeune femme retrouvée cité Fairfax, fit Flyte.

Ouf ! Cassie suivit le dos raide comme un piquet au bout du couloir.

— Vous avez déjà dû la voir sur la scène de crime.

Dans la salle de conservation des corps, Flyte se tourna vers Cassie, une rare lueur d'incertitude au visage.

— Ce sont des agents qui s'en sont occupés, et ils n'ont pas jugé bon d'informer la PJ. Je ne l'ai appris qu'il y a une demi-heure.

Un tressaillement lui parcourut le buste, expression de sa désapprobation.

— Comment ça se fait ?

— La victime avait l'air d'être une sans-abri et ils n'ont trouvé aucun indice de mort suspecte, alors ils ont conclu à une overdose pure et simple.

— Et vous pensez qu'ils se sont trompés ?

Flyte haussa les épaules.

— Sans doute pas. Elle avait encore une ceinture autour du bras et une seringue traînait à côté d'elle. Mais les bonnes pratiques exigent que toute mort inexpliquée soit suivie par un enquêteur.

La vache, elle manquait pas d'air, celle-là. Il y a cinq minutes elle accusait Cassie d'avoir volé un corps et maintenant elle trouvait ça normal de débarquer en pleine nuit pour demander un service.

Cassie croisa les bras.

— Donc, vous êtes juste venue pour la forme.

— Écoutez, ils auraient dû m'appeler quand ils l'ont découverte.

La lieutenante paraissait fatiguée, elle avait les yeux plus sombres aujourd'hui. Couleur silex.

— Mais… je crois que l'agent en question en a plein le dos des overdoses de camés.

Ou des enquêtrices constipées. Cassie allait lui suggérer de revenir le matin quand son regard se posa sur le visage de la défunte. Quels que soient les défauts de Flyte, elle entrerait sûrement le profil de l'inconnue dans le fichier des personnes disparues plus rapidement que le poulet moyen, ce qui voulait dire que les parents connaîtraient plus vite le sort de leur fille.

— Vous pourriez l'examiner en vitesse ? reprit la flique. Voir s'il y a quoi que ce soit qui permettrait de l'identifier ?

Cassie décroisa les bras et dégagea entièrement le corps de la housse en plastique blanc. La morte portait un jean bien coupé mais d'apparence crasseuse, un T-shirt noir marqué « Trapstar » en caractères gothiques et un bomber léger. Elle avait le teint étonnamment clair, sans aucune des croûtes et écorchures que développent les usagers de longue date à force de gratter la démangeaison incessante induite par les opiacés.

Cassie souleva le T-shirt pour étudier le torse.

— Pas d'ecchymoses ni autres blessures visibles.

Elle montra à Flyte les traces d'injections sur le bras gauche.

— Elles sont toutes assez récentes. Sûrement une nouvelle consommatrice qui a mal évalué la dose. On voit beaucoup de morts parmi les néophytes, surtout quand il y a des substances puissantes en circulation.

Cassie sentit le regard de Flyte sur elle, sans doute avec ses antécédents de possession de drogue en tête.

— On dirait que c'est celle-ci qui lui a été fatale.

Elle montra une piqûre fraîche dans la veine principale au dos de la main droite. Puis elle observa les jambes et les pieds de l'adolescente. Aucune trace de ce côté-là, mais elle découvrit autre chose à sa cheville droite.

— Tenez, ça devrait vous aider à l'identifier.

C'était un tatouage : deux cœurs entrelacés enveloppés de barbelés, juste au-dessus de la malléole.

Cassie repéra une légère rougeur sur le pourtour.

— Il ne doit pas avoir plus d'une semaine. Je vous donnerai les noms des salons de tatouage du coin.

Le blouson de l'inconnue commença à glisser de la table et elle le rattrapa au vol. Confectionné en satin fin, il était très abîmé dans le dos mais le logo noir et blanc dans le col attira son attention.

— Ouah ! Moschino.

Flyte se pencha pour voir.

— Sûrement faux ou volé.

Les yeux de l'inconnue s'étaient ternis, leur dernière trace d'expression envolée. Cassie lui ferma les paupières.

— Vous savez, on reçoit plein de junkies, ici, et la plupart du temps, ils sont sans-abri. Elle, non.

— Quoi, parce qu'elle met du Moschino ?

Flyte prit un air sceptique.

— Elle m'a l'air bien cracra.

— Non, vous n'y êtes pas.

Cassie revit Kieran émergeant de son cocon de journaux au bord du canal.

— Quand on dort dans la rue à cette saison, on met plein de couches de fringues. Si elle avait passé la nuit dehors habillée comme ça, elle serait morte d'hypothermie. Vu ses vêtements de marque et les points d'injection récents, je dirais que c'est une petite bourgeoise qui s'encanaillait. Ses parents doivent être en panique.

Glissant son sac sur son épaule, Flyte semblait déjà passée à autre chose dans sa tête.

Toute l'antipathie de Cassie remonta d'un coup.

— Je suppose que vous n'avez pas d'enfants, lâcha-t-elle sèchement en considérant la veste en laine d'un noir immaculé boutonnée jusqu'au col, le chignon dont pas un cheveu ne dépassait, le rouge à lèvres rose mat impeccable. Tout ça à 3 heures du mat.

Un frémissement sur les lèvres de Flyte lui fit aussitôt regretter ses paroles. Est-ce que la lieutenante avait essayé d'avoir des enfants sans y parvenir ? C'était assez fréquent chez les femmes approchant de la quarantaine.

— Bref, reprit Cassie. Si on en a terminé, je dois mettre cette demoiselle au lit. Et aller retrouver le mien.

Comme elle replaçait la jeune femme dans sa housse, elle remarqua quelque chose. Elle tâta le col du T-shirt, puis les cheveux mi-longs sous la tête.

— Qu'est-ce que vous faites ? s'enquit Flyte, déjà à mi-chemin de la porte.

— Son T-shirt, ici et dans le dos : il est mouillé. Et ses cheveux aussi, derrière.

— Vous êtes sûre ?

— Elle a été trouvée en intérieur, vous dites ?

Cassie tenta d'imaginer ses derniers instants.

— Je crois pas qu'elle ait fait une overdose dehors. Ça s'est passé à l'intérieur et on a essayé de la réanimer.

— En lui jetant de l'eau sur la figure ?

Cassie acquiesça, de plus en plus sombre à mesure qu'elle déroulait le scénario.

— On n'a pas réussi à la réveiller, alors on l'a traînée et abandonnée dans la cage d'escalier.

— Bon sang ! lança Flyte avec une moue de dégoût.

Cassie était écœurée. Il y avait une règle irrévocable, du temps du squat : en cas d'overdose, on appelait une ambulance, même si ça voulait dire qu'on risquait de voir débarquer les flics.

Flyte regardait la jeune fille.

— Je m'en souviendrai, finit-elle par déclarer, si jamais on découvre son identité.

Avant de sortir, elle marqua une pause devant la porte entrouverte. Cassie remarqua qu'elle se tripotait les cuticules, la peau encore plus rouge qu'avant.

— Merci de m'avoir laissée la voir. Je veux que sa famille soit informée au plus vite, dit la lieutenante.

Baissant la tête, elle s'affaira à enfiler des gants en daim noirs qui soulignaient encore la longueur de ses doigts.

— Écoutez, pour l'affaire Harold Hardwick, on a exploré toutes les pistes possibles. À titre officieux, sachez que l'enquête n'est plus active.

— Ça veut dire que je suis tranquille ?

— Je dirais que c'est une supposition raisonnable.

Flyte leva les yeux vers elle et Cassie fut surprise d'y déceler une sorte d'excuse, sans doute pour l'avoir soupçonnée.

Au soulagement qui l'envahit succéda une vague de culpabilité. Alors voilà, la police n'engagerait pas davantage de ressources pour tirer au clair l'enlèvement d'un vieux monsieur – surtout d'un vieux monsieur qui n'a pas de famille pour exiger des réponses en son nom.

Mais en plus de la contrition, Cassie lut autre chose dans l'expression de Flyte : du regret. Elle aussi, elle déplorait que les voleurs du corps de Harry Hardwick n'aient plus aucune chance d'être punis.

22

Le temps que Cassie rentre chez elle en Uber, la lumière du soleil gravissait son immeuble, dont il repeignait les fenêtres de son or illusoire.

Trouver un peu de sommeil réparateur après ces appels nocturnes était un cauchemar. Elle somnola par intermittence, secouée de spasmes au fil de rêves macabres. Dans l'un d'eux, la jeune junkie revenait à la vie et tambourinait contre les parois de sa cellule réfrigérée, une cacophonie infernale qui finit par réveiller Cassie.

Clignant des yeux dans la pénombre, elle aperçut la silhouette menue d'une dame en combinaison de soie occupée à se mettre du rouge à lèvres à la table de la coiffeuse. La dame se retourna, sa bouche d'un vermillon saisissant sur sa peau blanche comme la craie. *Mme E.* Une crémaillère de sutures noires partait de la racine du cou pour disparaître sous la combinaison.

Il n'y a pas de temps à perdre, Cassandra, dit-elle.

Cassie se réveilla en sursaut, pour de bon cette fois, entortillée dans son drap comme dans un linceul humide. La chambre était déserte à l'exception de Macavity qui faisait sa toilette au bout du lit. La lumière froide du jour et le bruit de la circulation filtraient à travers le mince rideau, la chaudière s'échauffait dans la cuisine. Cassie était de repos, aujourd'hui, et en temps normal elle aurait essayé de dormir un peu plus, mais avec les obsèques de Mme E qui approchaient, le message du rêve mettait dans le mille : le temps était vraiment compté.

Elle donna à manger au chat et prit une douche. Le temps de s'essuyer, elle savait ce qu'elle avait à faire.

Sans s'attarder à réfléchir au risque qu'elle allait prendre, elle enfila la veste et le pantalon Next qu'elle avait mis pour voir Christian, enleva tous ses piercings et se coiffa pour dissimuler les zones rasées de son crâne. Après avoir appliqué assez de maquillage pour couvrir les dernières traces de son hématome, elle vérifia son apparence et hocha la tête avec satisfaction. Elle ferait illusion.

Au bord du canal, la brume matinale enveloppa son visage d'une main moite. Elle s'en voulut de secouer doucement les dormeurs de la rue. Les premiers, apparemment originaires des Balkans ou du Moyen-Orient, parlaient à peine anglais, et aucun d'entre eux ne semblait connaître Kieran. Finalement, elle trouva un mec du cru qui lui indiqua quelques endroits où il aurait pu roupiller.

Dix minutes plus tard, elle tomba sur le fameux sac de couchage bleu calé dans l'entrée d'un immeuble de bureaux.

— Kieran ? murmura-t-elle en s'accroupissant.

L'espace d'un instant terrible, elle le crut mort : elle voyait beaucoup trop de sans-abris sur sa table à la morgue. Et puis un bonnet à pompon émergea du sac, suivi d'une paire d'yeux chassieux.

— Cassie Raven ?

La voix encrassée de sommeil.

— C'est quoi ? Room service ?

Il se redressa tant bien que mal et lui prit le sachet en papier taché de graisse pendant qu'elle ouvrait la thermos pour lui servir un café.

— Bacon et sauce HP, fit-il la bouche pleine. T'as bonne mémoire !

— Il doit être un peu froid, maintenant. Je t'ai d'abord cherché près du canal.

— Nan, j'ai déménagé. Un Roumain m'a piqué mon spot préféré. Je me plains pas, hein, il était encore moins bien loti que moi, le pauvre. De toute façon, ça commence à vraiment peler, sur les berges.

Il remarqua son tailleur-pantalon.

— T'es drôlement sapée, Cassie Raven. Enterrement ou comparution au tribunal ?

— Très drôle. Écoute, Kieran, j'ai besoin d'un service.

— Vas-y, fit-il en avalant une gorgée de café. Oh, de la gnôle ! T'essaies de me soûler ?

Il frétilla des sourcils de manière suggestive.

— T'avais un kit de crochetage, dans le temps. Tu m'avais même montré comment m'en servir.

Il posa son sandwich et plongea la main dans son sac de couchage, tâtonna à l'intérieur, la ressortit avec un mince portefeuille en plastique.

— Le voilà. Je m'en suis pas servi depuis deux ans. Y a plus d'endroits où squatter, par ici.

Il tira un cadenas et offrit à Cassie un petit cours de rattrapage sur le crochetage de serrures. Elle se révéla un peu rouillée au début, mais au bout de quelques minutes à trifouiller et tourniller le tenseur et à essayer les différentes tailles de crochets, elle reprit le pli. Finalement, le cadenas s'ouvrit.

— Bien joué ! T'es une cambrioleuse née, fit Kieran avec un clin d'œil.

— Je peux t'emprunter le kit, juste pour aujourd'hui ?

— Ben oui. Mais te fais pas toper, et si ça arrive, dis que tu l'as acheté sur Amazon pour passer le temps.

— C'est illégal ?

— Ah, oui. Le simple fait d'avoir ça sur toi, c'est être « équipé pour cambrioler ».

Il rigola, montrant ses chicots épars.

— Te revoilà devenue une hors-la-loi, Cassie Raven.

Au bout de la rue, elle se retourna pour lui faire signe. Il lui répondit d'un pouce levé et elle s'aperçut soudain qu'il ne lui avait même pas demandé ce qu'elle comptait faire avec son matériel. Ça lui fit du bien, comme une sorte de réadmission temporaire dans la confrérie de la rue. Malgré les épreuves, la vie de squat lui donnait encore l'impression d'être la seule période de son existence où elle se soit réellement sentie à sa place.

En pénétrant dans la ruelle pavée qui conduisait à l'entrée du jardin de Mme E, elle ressentit son premier tiraillement de doute. La dernière fois qu'elle était venue, les arbres en pleine floraison abritaient la porte. À présent, leurs branches d'hiver dénudées la laissaient cruellement exposée. Après s'être assurée que la rue était déserte, Cassie inséra le tenseur dans la vieille serrure Yale pour en élargir l'orifice, puis introduisit le crochet de sa main libre. Si quelqu'un lui demandait ce qu'elle fabriquait, elle prétendrait travailler pour Jarvis Jones, l'agence immobilière chargée de la vente, et s'être trompée de trousseau de clefs.

La serrure était un peu rouillée, mais Cassie entendit bientôt le *clic* gratifiant de la dernière goupille qui cédait. Dans sa tête, un Kieran tout sourire lança *Bingo !*

Une fois entrée, elle longea le sentier à travers les arbres. Lorsque les bâtisseurs victoriens avaient construit Patna Road, la disposition singulière des maisons mitoyennes avait créé une parcelle inoccupée dans le prolongement du jardin du numéro 12, presque aussi grande que le jardin lui-même. Mme E avait choisi d'y laisser prospérer un bosquet naturel. Elle disait y venir souvent tôt le matin pour écouter les chants des oiseaux.

Cassie était relativement en sécurité ici, sous le couvert des branches de hêtre et de bouleau blanc, mais lorsque le tapis de feuilles dorées sous ses pieds fit place au chemin de brique, elle prit conscience de sa vulnérabilité : si un voisin l'apercevait depuis une fenêtre à l'étage, il risquait d'appeler la police.

Arrivée à l'arrière de la maison, elle fut soulagée de constater que le vieux boîtier d'alarme hors service était toujours là : elle avait craint que Mme E n'ait décidé de le remplacer. À la porte de la cuisine, où elle était à l'abri des regards, elle ressortit le kit de crochetage. La première serrure céda facilement ; la Chubb, plus récente, présentait *cinq* goupilles à manœuvrer séparément. Le temps de s'attaquer à la cinquième, elle avait les doigts en sueur, ce qui ne facilitait pas les choses. Enfin, elle perçut le petit *clic* d'ouverture.

Elle poussa le battant et se pencha, mi-dedans, mi-dehors, l'oreille aux aguets. Le seul son qui lui parvint était le faible tic-tac de la pendule électrique sur la table, cette même vieille table en bois dépoli où elle s'était si souvent installée avec Mme E pour bavarder autour d'un café.

L'odeur familière des lieux lui serra le cœur, mais elle n'avait pas le temps d'être sentimentale : elle avait une mission – même si Dieu seul savait laquelle. S'attendait-elle vraiment à trouver des preuves accablantes contre Owen disséminées à droite à gauche ?

Elle remisa ses incertitudes et fit rapidement le tour du rez-de-chaussée – rien d'intéressant – avant de monter au premier. Des photos encadrées ornaient le mur de l'escalier : de vieux portraits studio en noir et blanc d'ancêtres au visage sévère, mais aussi un mariage – sans doute celui des parents de Mme E, à en juger par le style vestimentaire. La première photo en couleur représentait un petit garçon debout sur le seuil d'une maisonnette blanchie à la chaux, l'air boudeur dans un blazer strict : on pouvait y reconnaître un Owen d'onze ou douze ans. Venaient ensuite des clichés plus récents d'autres marmots, sûrement des enfants d'amis.

En haut des marches, la dernière photo montrait Cassie brandissant les résultats de ses A-levels, un air de triomphe et d'incrédulité au visage. Mme E avait tiré le portrait de toute la classe à l'aide d'un vieil appareil argentique, mais seul celui de Cassie avait pris place sur le mur. En s'apercevant que Mme E ne l'avait pas décroché malgré leur brouille, Cassie éprouva un sentiment de culpabilité mêlé de joie.

À l'étage, elle commença par la chambre principale, avec sa baie vitrée donnant sur le jardin. On aurait cru que Mme E venait juste de la quitter : une paire de chaussures à côté du lit, comme ôtées quelques minutes plus tôt ; un livre ouvert posé à l'envers sur la table de chevet ; et, sur la coiffeuse, un pinceau à maquillage auréolé de poudre.

Quand le regard de Cassie tomba sur la combinaison de soie crème jetée sur le dossier d'un fauteuil en rotin peint en blanc, elle s'assit lourdement sur le bord du lit. *À quoi tu joues, putain ? Que dirait Mme E si elle te voyait ici ?*

Un léger craquement ; Cassie aperçut quelque chose dans sa vision périphérique. Un peu d'électricité grésilla au-dessus de son crâne et une certitude puissante l'envahit : si elle pivotait la tête de quarante-cinq degrés, elle verrait Mme E assise sur le fauteuil en rotin, à portée de main.

Elle retint son souffle, écartelée entre l'envie de se tourner et la peur de ce qu'elle pourrait voir.

Puis elle sentit un infime souffle d'air, comme une exhalaison, accompagné d'un parfum ô combien familier – suave et boisé. Elle pivota, le cœur battant à tout rompre. Le fauteuil était vide, mais la combinaison posée sur le dossier gisait maintenant en boule par terre. Elle la ramassa et la porta à son visage. Encore ce parfum – *Calèche,* d'Hermès, le préféré de Mme E – et une chaleur fugace, comme si la combinaison venait juste d'être enlevée.

Cassie sourit pour elle-même : il n'était pas vraiment surprenant que le parfum de Mme E flotte dans sa propre chambre. Quant à la chaleur résiduelle de la combinaison, ne se trouvait-elle pas sous un rayon de soleil à son arrivée ?

N'empêche : l'instant lui donna le sentiment que sa présence ici avait la bénédiction de son amie.

Les tables de chevet de part et d'autre du lit king size n'offrirent rien d'intéressant : l'une contenait des collants, des bandeaux et autres attirails féminins, plus un livre dont Cassie n'avait jamais entendu parler – *Le Mage*, de John Fowles. L'autre était vide, ce qui était prévisible puisque Mme E et Christian avaient rompu.

Une photo encadrée était accrochée près du lit. Sur le minuscule polaroid, une Mme E incroyablement jeune et gauche, assise dans un lit d'hôpital, tenait dans ses bras un nouveau-né coiffé d'un bonnet de crochet rose – sûrement Owen. Même si elle souriait consciencieusement à l'objectif, son regard exprimait une anxiété qui ne lui ressemblait guère.

N'ayant rien trouvé d'intéressant dans les tiroirs de la coiffeuse, Cassie passa à l'énorme armoire ornementée – peut-être un héritage des ancêtres gallois de l'enseignante. Contre toute attente, elle y découvrit des fringues très haut de gamme : un manteau en lin bleu marine griffé Agnès b., une robe asymétrique Whistles, diverses autres marques chic sans être tape-à-l'œil. Une grande veste rouge de style militaire provoqua un pincement de souvenir : c'était la veste d'hiver favorite de Mme E.

Les sacs cartonnés et enrubannés correspondant à toutes ces affaires étaient soigneusement pliés dans le pied de la penderie, ce qui fit sourire Cassie : Mme E détestait le gaspillage. Une série de boîtes à chaussures s'empilait sur l'étagère supérieure, trop haut pour que Cassie puisse les atteindre. Elle approcha le fauteuil en rotin et, juchée dessus, en tira une, tapissée de velours façonné vert sapin. Outre que c'était un fort bel objet en soi, la boîte n'était pas vide.

Cassie renversa le contenu sur le lit. Une fleur séchée – à vue de nez, une bougainvillée –, un foulard en soie d'un bleu canard éclatant, un bouchon de champagne, une carte postale représentant une mosaïque médiévale dans une ville du nom de Ravenne et, fixée au trombone au verso, une photo de Mme E et Christian.

Ils étaient à une table de restaurant ensoleillée, sûrement pendant leurs vacances en Italie, avec dans le sourire une pointe de gêne du type « dépêchez-vous, qu'on en finisse ». Mme E rayonnait, le foulard bleu canard autour de son cou formait le contrepoint parfait à ses cheveux noirs et à son teint mat. Cassie sentit soudain ses yeux la piquer – pas exactement à cause de la mort de son amie, mais du fait déchirant qu'elle ait retrouvé l'amour à l'automne de sa vie et que ça n'ait pas marché. Cela dit, sa propre incursion dans la jungle des rencontres en ligne lui avait appris que les relations numériques avaient tendance à accélérer trop vite pour s'achever en un crash spectaculaire.

La pièce voisine semblait être le bureau de Mme E. Haute de plafond et tapissée de livres, principalement scientifiques et historiques, elle n'était meublée que d'une table et d'un fauteuil à l'air robuste. Les tiroirs contenaient agrafeuse, trombones et compagnie, mais aucun document ou correspondance. Assise sur le vieux fauteuil pivotant, Cassie s'aperçut que, si les quatre ou cinq rayonnages du haut croulaient sous les bouquins, l'étagère la plus basse à côté du bureau était nettement moins chargée, au point que certains ouvrages s'adossaient les uns aux autres tels des poivrots. En y regardant de plus près, elle vit de fines lignes dans la poussière, qui s'étiraient jusqu'au bord de la planche. Il devait y avoir eu là des classeurs remplis de paperasse que quelqu'un avait embarqués – sans doute Owen. Puis il avait réparti les livres pour boucher le trou.

Il n'y avait pas trace d'ordinateur – même si, quand elle démêla les fils à l'arrière de la vieille imprimante, elle découvrit un câble USB. Donc, Owen avait aussi pris le portable de sa mère. Mais bon, et alors ? En tant que plus proche parent, il en avait sûrement le droit.

Cassie s'approcha de la bow-window, heureuse que les voilages et les arbres bordant la rue la protègent de tout voisin curieux. C'était sûrement là que Maddy avait vu Mme E épier au rideau, l'air effrayé.

Ses yeux retombèrent sur la vieille imprimante et quelque chose la poussa à l'allumer. L'appareil produisit des bips et des grognements pendant une éternité, puis une diode se mit à clignoter en rouge et le petit écran afficha « Bourrage papier ». Cassie sortit le bac et lorgna dans les entrailles de la machine, en vain. Il lui fallut un certain temps pour localiser le levier, mais lorsqu'enfin elle put ouvrir l'arrière de l'engin, elle trouva une feuille A4 pliée en accordéon dans les rouages.

En lissant le papier sur le bureau, elle vit qu'il s'agissait d'une page extraite d'un site de généalogie, le genre dont on se sert pour reconstituer l'arbre familial. La page recensait le mariage, deux ans plus tôt, de Julia Geraldine Torrance et Barry Dennis Renwick. L'union avait été célébrée à Chester, dans le Cheshire. Si ses repères géographiques étaient justes, c'était tout près du nord du pays de Galles, où Mme E avait grandi.

Cassie fixa le papier jusqu'à ce que sa vision se brouille. *Geraldine*. Le prénom de Mme E et le deuxième prénom de la mariée. Un lien de parenté ? Sinon, pourquoi avait-elle voulu l'imprimer ?

Empochant le document, elle retourna dans la chambre et, assise sur le lit, jeta un nouveau coup d'œil au polaroid encadré de Mme E avec Owen bébé. Ce devait être la dernière chose que voyait l'enseignante en se couchant et la première sur laquelle elle posait les yeux à son réveil. N'était-ce pas étrange, étant donné la façon dont il la traitait ?

Et ce bonnet rose… Drôle de couleur pour un garçon, surtout

à l'époque. Mme E paraissait aussi d'une jeunesse folle, presque une ado. Soudain, une idée : et si ce bébé n'était pas Owen, mais un précédent enfant ?

Se pouvait-il que la mystérieuse Julia Geraldine Torrance soit en réalité la fille naturelle de Mme E, née avant son mariage et donnée à l'adoption, ce deuxième prénom l'unique survivance du lien avec sa mère biologique ? Au début des années 1980, il n'était pas rare pour les très jeunes « filles mères » d'être poussées à abandonner leur enfant, surtout dans les campagnes galloises.

Peut-être que Mme E était tombée sur cette preuve de mariage en recherchant sa fille perdue, devenue adulte. Owen était-il au courant ? Il aurait pu considérer une demi-sœur comme une rivale potentielle pour l'amour de sa mère – et surtout, pour son argent.

Cassie prit une photo du cliché, puis regarda l'heure – et constata avec effroi qu'elle était déjà là depuis cinquante minutes.

Néanmoins, il lui restait une dernière tâche à accomplir.

Devant la porte de la salle de bains, elle hésita quelques instants avant de saisir la poignée. Une baignoire droite de style victorien ornée de pieds griffus dominait la pièce – ce lieu où l'existence de Mme E s'était arrêtée dix jours plus tôt.

Il faisait frisquet, ici : la fenêtre du haut était restée ouverte pour aérer. Flairant des relents de moisi émanant du tapis de bain, elle s'accroupit et en souleva le coin, qui lui renvoya une odeur de champignons rances. Le dessous était encore légèrement humide. Avait-il été trempé quand on avait sorti le corps de la baignoire ? Ou lors d'une lutte tandis que Mme E se débattait avec quelqu'un qui essayait de la noyer ?

Prise du besoin irrépressible de s'immerger dans les derniers instants de Mme E, Cassie ouvrit le robinet d'eau chaude à fond. Comme des volutes de vapeur commençaient à s'élever, elle passa la main sous le jet – pour la retirer illico : la température devait être réglée sur bouillant. Si Mme E s'était sentie mal dans l'eau trop chaude, elle aurait eu toutes les peines du monde à escalader la falaise d'émail blanc, même sans personne pour lui maintenir la tête sous la surface.

Elle ferma le robinet, ouvrit la bonde et, le regard perdu dans le tourbillon du liquide qui s'écoulait, lança tout haut :

— Qu'est-ce qui s'est passé, Mme E ?

Embrassant la pièce des yeux, elle se figea. La condensation avait révélé un message tracé du bout du doigt sur le miroir embrumé.

Cassie se leva. Distingua deux mots en lettres capitales mal assurées :

SUIS SUIVIE

23

Cassie contemplait toujours la glace, essayant de comprendre pourquoi Mme E avait écrit ces mots, lorsqu'elle entendit un bruit. Le cliquetis inimitable d'une clef tournant dans la serrure de l'entrée.

Elle resta là, pétrifiée, jusqu'à ce que le murmure de voix masculines, suivi du bruit sourd de la porte qui se refermait, la tire en sursaut de sa paralysie. Elle repoussa discrètement la porte de la salle de bains puis s'écrasa contre le mur du côté des gonds : ainsi, elle resterait cachée si quelqu'un se contentait de jeter un rapide coup d'œil.

Le volume de la conversation faiblit quand les hommes – ils étaient deux – se rendirent dans la cuisine à l'arrière de la maison. Mais ils revinrent presque aussitôt dans l'entrée.

Qui c'est, bordel ? Sûrement l'agent immobilier avec un acheteur potentiel, auquel cas elle devrait trouver une meilleure planque avant qu'ils montent. Sauf que déjà, les voix se faisaient plus fortes : ils étaient dans l'escalier.

Trop tard. Que faire ? Se présenter comme la femme de ménage ? Pas dans cette tenue, pensa-t-elle en baissant les yeux sur son tailleur.

Une marche grinça tout près – et la suite lui coupa le souffle.

— Vous en aurez une très bonne vue, d'ici.

Les inflexions d'un accent gallois, à 2 mètres à peine. *Owen Edwards.*

Cassie retint sa respiration. Entendit ces messieurs passer devant la salle de bains pour gagner la chambre de Mme E.

— Comme vous pouvez le voir, ça fera une belle parcelle, une fois les arbres abattus.

Le timbre d'Owen, avec ce ton contrarié et agressif qu'elle reconnaîtrait entre tous.

— Et les services de l'urbanisme vous ont dit quoi, exactement ?

Celui de l'autre était plus grave, plus professionnel.

Ils s'éloignèrent encore et Cassie ne distingua plus que des bribes : *pas d'objection de principe... programme locatif... six lots.*

D'un coup, elle pigea. Il devait s'agir de l'opération lucrative à laquelle Owen tentait de contraindre sa mère le jour où Christian l'avait fichu dehors. Il voulait vendre le petit bois chéri de Mme E à un promoteur immobilier pour y construire des appartements, et maintenant qu'elle était morte, il était libre de mener son plan à bien. *Enfoiré.*

Si Owen avait amené le mec pour mieux lui montrer la parcelle et non pour une visite complète, Cassie n'aurait qu'à patienter sans bouger jusqu'à ce qu'ils s'en aillent. Soudain, elle pensa à son portable, plongea dans sa poche pour le mettre en silencieux.

Nada.

Elle tâta l'autre poche. Puis se rappela l'avoir sorti dans la chambre pour prendre une photo du polaroïd.

Merde. Elle avait dû l'oublier là-bas. Si Owen le repérait, il fouillerait la baraque sitôt débarrassé du promoteur – et elle préférait ne pas imaginer ce qui se passerait quand il la trouverait.

Après ce qui lui parut une éternité, elle les entendit revenir sur le palier. Encore quelques secondes et ils auraient dépassé la salle de bains pour redescendre au rez-de-chaussée. Si Owen n'avait pas remarqué son portable, elle pouvait encore s'échapper ni vu ni connu.

Sauf que les pas s'arrêtèrent juste devant la porte, les deux hommes à présent si proches qu'elle pouvait sentir l'après-rasage musqué de l'un des deux.

— Vous permettez que j'aille aux toilettes ? demanda le promoteur.

Cassie sentit tout son corps se raidir.

— Je vous en prie, répondit Owen.

La poignée commença à tourner, et une remontée acide brûla le fond de la gorge de Cassie.

Puis, la voix d'Owen revint.

— En fait, il vaut mieux utiliser les WC d'en bas, ceux-ci sont un peu capricieux.

Quelques minutes plus tard, la chasse d'eau du rez-de-chaussée résonna, suivie du claquement de la porte d'entrée. Elle tendit longuement l'oreille : Owen était-il resté là pour enquêter sur le mystérieux téléphone dans la chambre de sa mère ?

Jamais silence n'avait été aussi doux. Elle se laissa glisser le long du mur jusqu'au sol.

La brume sur le miroir de la salle de bains s'était dissipée, il n'y avait plus trace des mots qu'elle y avait entrevus.

Pas le temps de s'attarder. Elle devait récupérer son portable et foutre le camp.

Dans la chambre, elle trouva l'appareil posé sur le lit et remercia Fortuna, déesse romaine de la chance, qu'Owen ne l'ait pas repéré.

24

Même une fois en sécurité chez elle, Cassie surfait encore sur la vague d'adrénaline suscitée par son escapade, une excitation qui lui rappelait l'effet de la cocaïne.

En quittant son déguisement d'agente immobilière, elle commença à se calmer, à évaluer ce que son imprudence lui avait réellement permis d'apprendre. Le prénom « Geraldine » dans cette mystérieuse trace de mariage signifiait-il quelque chose ? Ou bien sa théorie sur l'enfant de Mme E n'était-elle que le fruit de son imagination débridée ? Quant au projet d'Owen de laisser un promoteur immobilier bétonner le bosquet de sa mère, tout cruel qu'il soit, il était sans doute parfaitement légal.

SUIS SUIVIE

Mme E avait dû griffonner ces mots pendant qu'elle faisait couler son bain, mais pourquoi les écrire sur le miroir au lieu d'appeler la police ? Peut-être se doutait-elle qu'on la balaierait d'un revers de main – une femme seule, probablement sujette à la paranoïa… Pourtant, *quelque chose* l'avait poussée à consigner ses craintes, même de façon éphémère, juste avant de mourir.

Les réflexions de Cassie furent interrompues par des coups frappés à sa porte. Sur le seuil, elle découvrit sa grand-mère emmitouflée dans son vieux manteau d'astrakan, un béret rouge sur la tête. Un jeune Asiatique que Cassie n'avait jamais vu l'accompagnait, l'air penaud, chargé d'un grand sac fourre-tout à motifs floraux.

— Babcia ? Qu'est-ce que tu fais là ?

Pour ne pas inquiéter sa grand-mère, elle avait prévu de rester à distance jusqu'à ce que les contusions de l'agression aient complètement disparu. Elle l'avait appelée pour lui dire qu'elle souffrait d'un mauvais rhume et qu'elle ne passerait peut-être pas la voir avant quelques jours. En jetant un rapide coup d'œil dans le miroir de l'entrée, elle fut soulagée de constater que son maquillage accomplissait toujours son travail de camouflage.

— Donne une livre à ce gentil jeune homme, veux-tu, Cassandra ? fit Weronika, l'air de ne pas remarquer la mine coupable de sa petite-fille.

Sur l'instruction de la vieille dame, le jeune déposa le gros sac sur la table de la cuisine. Puis, refusant avec courtoisie les deux livres que Cassie tentait de lui donner, il décampa.

— C'était un chauffeur de taxi ? demanda Cassie.

— Chauffeur de taxi ? Comme si j'avais de l'argent à gaspiller en taxis !

Weronika entreprit de déballer le contenu du fourre-tout : un chou, un sac de pommes…

— Je suis arrivée sans problème par le bus 29, mais comme l'ascenseur était en panne, j'ai demandé à ce brave garçon de m'aider à monter.

Cassie attrapa une des boîtes en plastique que sa grand-mère venait d'empiler sur la table.

— Il y a de quoi manger pour un mois, j'ai raté l'alerte nucléaire ?

— Tu m'as dit que tu étais malade et je ne voulais pas que tu te nourrisses de cochonneries, alors je t'ai préparé des plats végétariens à congeler.

Elle observa sa petite-fille.

— Tu as bonne mine, ça commence à aller mieux ?

Cassie acquiesça d'un air penaud.

— Je suis juste encore un peu fatiguée.

Weronika brandit un bocal de cornichons.

— Tes préférés, en saumure. Bourrés de vitamine C.

— C'est adorable, mais c'est moi qui devrais faire tes courses, pas l'inverse.

Cassie s'en voulait de plus en plus de son pieux mensonge.

— Assieds-toi, Babcia, je vais nous préparer à dîner et on pourra regarder un peu la télé. Après, je te commanderai un Uber pour rentrer chez toi - *c'est moi qui paie*. Pas de discussion.

Se penchant, elle embrassa la joue fripée à l'odeur agréable de sa grand-mère.

— J'ai bien fait d'apporter du chou, fit cette dernière.

— Quoi, je mange pas assez de légumes ?

La vieille dame lui jeta un regard décapant.

— Si, mais tu as besoin d'un cataplasme de feuilles de chou sur ton hématome.

La main de Cassie fusa à sa mâchoire en maudissant les yeux de lynx de la vieille dame.

Après avoir été mise au courant de l'agression, Weronika resta longtemps silencieuse.

— Alors le *skurwysyn* qui t'a fait ça, tu crois que tu le reconnaîtrais si tu le croisais ?

Malgré son niveau de polonais quasi nul, Cassie savait que *skurwysyn* était un des pires gros mots, qu'elle n'avait d'ailleurs jamais entendu de la bouche de sa grand-mère.

— J'en doute. Il avait un genre de foulard sur la bouche.

— Un bandana, ça s'appelle un bandana. Certains gangs s'en servent de signe de reconnaissance. Il était de quelle couleur ?

— Rouge.

— Hmm. Peut-être les Castlehaven Boyz. Mais je crois que les Barclay Road Crew ont du rouge aussi.

Cassie n'en revenait pas.

— Comment tu sais tout ça ?

Sa grand-mère tira un mouchoir de sa manche, mais ce n'était que pour tenter de gagner du temps.

— Alors ?

— Tu te souviens de ce gamin que j'ai attrapé en train de vendre des saletés aux jeunes de mon immeuble ?

Weronika lui apprit que, quelques jours après avoir passé un savon au dealer, elle avait reçu une visite.

— Un autre jeune homme s'est présenté chez moi, il m'a dit

que si je n'arrêtais pas de me mêler des affaires des autres, il m'arriverait des bricoles.

— Non ! Qu'est-ce que t'as fait ? demanda Cassie, les yeux écarquillés d'inquiétude.

— Je l'ai invité à entrer et je lui ai donné de la kremówka.

— T'as invité un gangster à manger du millefeuille ?

— Pourquoi pas ? Il était tout maigre.

La vieille dame haussa les épaules.

— Il est resté une heure. Il m'a parlé de sa babcia qui est morte l'an dernier et il a pleuré un petit peu. On s'est quittés bons amis.

— Vous vous êtes quittés b… Putain, Babcia !

— Ne jure pas, Cassandra. C'est laid pour une femme.

— Pourquoi tu m'as pas raconté ça avant ? Un de ces jours, tu risques d'avoir de sérieux ennuis.

— Mais non, fit la vieille dame en levant le menton. Je n'ai pas survécu à six mois dans une prison communiste pour vivre en esclave dans un pays libre.

Ayant entendu cet argument sous diverses formes toute sa vie, Cassie n'insista pas.

Un petit sourire satisfait se dessina sur les lèvres de sa grand-mère.

— Depuis ce jour-là, je n'ai jamais revu un dealer vendre de la drogue dans mon immeuble. Pas un seul.

Cassie secoua la tête, sans voix.

— Je le croise encore de temps en temps dans la cité, poursuivit-elle. Si tu veux, je peux lui demander pour le bandana… ?

— Non ! N'y pense même pas.

Weronika eut un geste résigné.

— Maintenant, fit Cassie, je vais nous préparer des pierogis aux champignons. Et après, on regardera *Danse avec les stars* comme des gens normaux.

Sa grand-mère partie, Cassie se posa à la table de sa cuisine et passa en revue ce qu'elle savait d'Owen Edwards. Quand Mme E avait refusé son idée d'opération immobilière, il l'avait menacée. Quelques mois plus tard, elle mourait inopinément. Et aujourd'hui, sans même attendre qu'elle soit incinérée, il ressuscitait son projet de fourguer la parcelle du bosquet à un promoteur.

Dans six jours, le corps de Mme E partirait en fumée, et avec lui toute preuve susceptible d'établir qu'elle avait été assassinée. Et Cassie ne pouvait rien faire pour empêcher ça.

Du moins, pas toute seule.

Elle fit les cent pas dans son appartement, chercha une alternative à ce qu'elle s'apprêtait à faire.

Il n'y en avait pas. Elle tira la carte de visite de son sac et composa le numéro.

— Lieutenante Flyte.

En entendant le timbre de l'enquêtrice crisser comme du gravier froid, Cassie faillit raccrocher. Solliciter l'aide d'une flique lui donnait à moitié envie de vomir.

— C'est Cassie Raven.

L'anxiété fit monter sa voix d'une demi-octave.

— Je me demandais si on pourrait se voir.

25

Puisque Cassie avait refusé tout net de lui parler de quoi que ce soit au téléphone, Flyte avait finalement accepté un rendez-vous le lendemain matin. Cassie avait proposé un café à près d'un kilomètre de la morgue : si un collègue la voyait bavarder avec la police, ça susciterait des tas de questions gênantes. Un légiste peut parler directement aux flics ; un technicien, jamais.

— Alors, qu'est-ce qui se passe ?

Flyte la fixait de ses yeux pâles.

Comme Cassie l'avait laissée voir la jeune junkie en pleine nuit, elle avait espéré pouvoir lui demander un renvoi d'ascenseur, mais maintenant qu'elles étaient face à face, elle se sentait moins assurée.

— On peut discuter à titre officieux ? Mon patron ne sait pas que je vous vois.

Flyte avala une gorgée de thé - Earl Grey nature avec une tranche de citron.

— Tant que vous n'êtes pas sur le point d'avouer un crime odieux.

Elle sortit son presque-sourire pince-sans-rire.

— Ça concerne le corps d'une dame qui est arrivé il y a un peu plus d'une semaine. Vous - enfin, la police, quoi - ne considérez pas la mort comme suspecte, mais…

— Mais vous avez des doutes.

Cassie exposa les circonstances du décès soudain de Geraldine Edwards, sans évoquer leur relation, en partant du principe que si elle restait sur un plan strictement professionnel, Flyte prendrait ses soupçons plus au sérieux.

Lorsqu'elle eut terminé, un petit pli était apparu entre les sourcils parfaits de Flyte.

— Mais l'anatomopathologiste pense qu'elle a perdu connaissance et s'est noyée, puisqu'il n'a rien trouvé de louche à l'autopsie. Vous voulez dire que quelque chose lui a échappé ?

— Non, non. Vous avez rencontré le professeur Arculus, c'est un des meilleurs, mais vous savez ce que c'est, une autopsie de routine : c'est bouclé en quarante-cinq minutes max. Rien à voir avec une autopsie médicolégale.

Le hochement de tête de Flyte semblait prendre la chose en considération.

— Je suppose qu'il n'y avait rien d'inhabituel dans son sang, sinon on en aurait déjà été informés.

Cassie secoua la tête.

— Uniquement de l'alcool. Mais encore une fois, hors autopsie judiciaire, les analyses toxico sont assez limitées. Il y a littéralement des centaines d'autres substances et poisons qui ne peuvent être détectés que par une recherche spécifique.

— Compris. Mais vous ne pouvez pas escompter qu'on débourse 4 000 livres d'argent public pour une autopsie médicolégale alors qu'on n'a pas l'ombre d'une piste.

Flyte avala une gorgée sans se presser.

— Qu'est-ce qui vous fait penser qu'il y a quelque chose de suspect dans sa mort, exactement ?

Cassie marchait sur des œufs : Flyte ne verrait pas d'un bon œil qu'elle ait mené sa petite enquête perso, et encore moins sa petite incartade dans l'effraction de domicile.

— Ça a commencé quand son fils, Owen, est venu voir le corps. Je l'ai vraiment pas senti.

— *Pas senti* ?

Flyte arqua un sourcil.

— Écoutez, j'ai vu des centaines d'endeuillés, mais lui ? J'ai eu la nette impression qu'il était bien content d'être débarrassé d'elle.

— C'est possible. Beaucoup d'enfants détestent leurs parents.

Cassie vit pratiquement le scepticisme de Flyte s'insinuer entre elles comme un écran de plexiglas.

— Oui, et j'en ai croisé un paquet, mais ils ne se comportent pas comme lui, insista-t-elle.

Fascinée par la parfaite empreinte de lèvres rose que Flyte avait laissée sur le rebord de sa tasse en porcelaine blanche, Cassie peina à trouver les mots justes.

— Il y a toujours une émotion. Colère, culpabilité, auto-apitoiement… *quelque chose.*

— Et c'est tout ? Vous croyez que le fils est un assassin parce qu'il n'a pas manifesté de grande émotion devant le cadavre de maman ?

Le ton moqueur.

— Pas seulement. Elle possédait une grande baraque victorienne qu'il a mise en vente direct…

— Ce qui est son droit le plus absolu s'il est l'exécuteur testamentaire, tant qu'aucun contrat n'est signé avant authentification.

Cassie fut tentée de lui révéler qu'Owen voulait céder le bosquet de sa mère à un promoteur, mais elle ne trouva pas de raison crédible d'être au courant. Idem pour ce *SUIS SUIVIE* que Mme E avait inscrit sur le miroir de la salle de bains.

— Écoutez, je n'ai jamais vu personne aussi impatient de récupérer le corps pour le faire incinérer.

À ce stade, Cassie était penchée par-dessus la table, comme si, en réduisant la distance entre elles, elle pouvait faire changer Flyte d'avis.

— Je vous assure, il y a quelque chose de pas net dans tout ça !

Elle écrasa sa paume sur la table avec une force qui fit trembler la vaisselle.

Dans le silence qui s'ensuivit, Flyte tira la tranche de citron de sa tasse vide et en arracha la chair avec ses dents - un geste étonnamment primitif pour quelqu'un d'aussi maître de soi. Puis elle déposa la peau sur sa soucoupe, s'essuya le bout des doigts sur une serviette en papier.

— Cette Geraldine Edwards, vous la connaissiez d'où ?

Cassie se rassit d'un coup. Donc, Flyte savait depuis le début qu'elle cachait quelque chose, l'avait sciemment provoquée. *Du flic tout craché, ça.*

— C'était ma prof de sciences.

Elle s'attendait à ce que sa révélation mette fin à la conversation, mais à la place, Flyte posa les coudes sur la table et joignit ses longs doigts sous son menton.

— Elle devait beaucoup compter pour vous, pour que vous m'appeliez.

Il y avait quelque chose dans sa voix que Cassie n'avait encore jamais entendu : une empathie sincère.

— Oui, beaucoup. C'était... comme un membre de ma famille.

— OK.

Flyte acquiesça avec bienveillance.

— Maintenant qu'on est au clair, si vous me racontiez tout ?

Cassie lui exposa ce qu'elle avait découvert : Owen était alcoolique, il tapait régulièrement du fric à sa mère, ils s'étaient disputés peu avant le décès de Mme E. Et l'impression de Maddy que son amie avait peur de quelqu'un à la fin, probablement de son fils.

— Vous dites que votre Mme E était veuve depuis longtemps. Pas de nouveau compagnon ?

Cassie secoua la tête ; elle avait décidé de ne pas parler de Christian. La nouvelle lui avait clairement fait un choc terrible. À la morgue, elle avait vu des gens simuler le chagrin pour la galerie, et elle était certaine de pouvoir distinguer la fausse affliction de la vraie. Sachant que les flics considèrent systématiquement le conjoint ou ex-conjoint comme le suspect n° 1 dans toute affaire d'homicide, elle ne voulait pas que Flyte perde un temps précieux qui devait être consacré au vrai suspect.

— Je sais que ça peut paraître un peu fumeux, les mauvaises vibrations que j'ai reçues d'Owen, dit-elle. Mais mon boulot consiste à remarquer des choses, et il paraît que je suis douée à ce jeu-là.

— Vraiment ? Vous pourriez peut-être me donner un exemple.

Un demi-sourire sceptique flotta sur les lèvres de Flyte.

— D'accord... Vous écrivez de la main droite, mais de manière un peu malhabile, comme si ce n'était pas naturel. Vous êtes une gauchère contrariée. Ça, plus votre... rigueur langagière, je suis prête à parier que ça veut dire que vous n'avez pas été scolarisée dans le public. Donc, école privée – et à l'ancienne. Dans un coin paumé, peut-être ?

Flyte se tortilla sur sa chaise.

— En même temps, votre accent ne me paraît pas typiquement rupin et j'y décèle un mélange de régions, dont… le nord-est ? Alors je sais pas, peut-être que vos parents déménageaient souvent pour le boulot et que vous avez fréquenté pas mal d'écoles différentes ?

Après l'avoir dévisagée un moment, Flyte dit calmement :

— Mon père était dans l'armée, ce qui veut dire que j'avais changé quatre fois d'école avant l'âge de dix ans. Quand il a été affecté à Chypre, on m'a envoyé en pension en Northumbrie.

— J'ajouterais que vous êtes divorcée depuis peu…

— Séparée, jappa Flyte. Qu'est-ce qui vous le fait supposer ?

— Vous êtes allée en vacances dans un pays chaud juste avant votre séparation.

Cassie montra sa main gauche.

— On distingue encore une très légère marque de bronzage sur votre annulaire.

Elle s'interrompit, soudain consciente que c'était peut-être un sujet douloureux, surtout si sa supposition de l'autre fois était juste et que Flyte et son mari aient essayé en vain d'avoir un enfant.

— OK, d'accord, vous remarquez des choses, concéda Flyte en cachant sa main sous la table. Bon, supposons que cet Owen Edwards ait effectivement tué sa mère : comment s'y serait-il pris, selon votre opinion professionnelle ?

— J'en sais rien.

Cassie se revit en train de crocheter la vieille serrure de la porte du jardin de Mme E.

— Il avait peut-être encore la clef. Il aurait pu se glisser à l'intérieur pendant qu'elle prenait son bain et lui maintenir la tête sous l'eau. Il est assez costaud.

— Si elle s'était débattue, vous auriez trouvé des blessures défensives. Des bleus, par exemple.

— Pas forcément. Les contusions récentes peuvent être invisibles en surface, c'est pour ça qu'on enlève un peu de peau dans les autopsies médicolégales.

Flyte passa le bout de sa langue entre ses dents. Elle avait des incisives particulièrement pointues, remarqua Cassie, ce qui renforçait le côté lupin de ses yeux.

— C'était une mort inattendue, donc un enquêteur a dû se rendre sur place, murmura-t-elle, à moitié pour elle-même. OK, je vais jeter un coup d'œil au rapport d'intervention.

— Génial.

— Mais si tout me semble en ordre, comme je l'imagine, ça s'arrête là. Compris ?

Le regard que Flyte lui adressa indiqua à Cassie que quelque chose avait changé entre elles : la relation flique-suspecte avait disparu, remplacée par un respect prudent.

Cassie hésita – pas longtemps. Elle ne pouvait guère espérer davantage.

— Très bien, mais vous devez savoir qu'il ne reste plus beaucoup de temps. Il a réservé l'incinération pour mercredi prochain.

La lieutenante rangea son calepin dans son sac et tâta son chignon impeccable, qui sembla réussir l'épreuve.

Cassie se surprit à imaginer sa tête au saut du lit, barbouillée de sommeil, les cheveux détachés.

— Au fait, lança Flyte, vous aviez raison pour la jeune victime d'overdose de la cité Fairfax.

— Comment ça ?

— Elle n'était pas SDF. Elle s'appelait Rosie Harrison. Dix-sept ans, bonne famille, excellente élève. Elle s'était disputée avec sa mère après être rentrée avec son tatouage à la cheville. Elle est partie en claquant la porte pour aller chez son petit ami, qui se trouve être un héroïnomane domicilié un étage au-dessus du lieu où on l'a découverte.

Elles échangèrent un regard, se rappelant l'intuition de Cassie selon laquelle, après l'overdose, on avait déposé l'adolescente dans l'escalier pour la laisser mourir.

— Et bien sûr, il ne sait rien du tout de l'overdose ? rebondit Cassie.

— Il prétend l'avoir vue se faire un shoot, mais qu'elle allait très bien quand il est sorti peu après. Et qu'en voyant qu'elle n'était plus là à son retour, il s'est dit qu'elle avait regagné ses pénates. On pense que c'est peut-être même lui qui lui a injecté l'héroïne, mais on ne peut pas le prouver.

Cassie revit les éraflures au dos du blouson Moschino de la fille.

— Et au lieu d'appeler les pompiers, il l'a traînée dans l'escalier et l'a abandonnée là, toute seule dans le froid glacial. Pour sauver sa peau.

— Apparemment. J'adorerais l'inculper pour homicide involontaire mais comme il n'y a pas de caméras de surveillance, ce sera difficile à prouver.

Qui ferait un truc pareil ? Soudain, l'unique mot que lui avait dit la fille lui revint : *Pourquoi ?* Les lèvres de Cassie se figèrent en une ligne. Rosie aimait ce garçon.

Fermant les paupières, elle se projeta mentalement sous les néons de la morgue. Le regard perplexe de la fille aux yeux noisette, les diverses traces de piqûres sur son bras gauche… et la marque fraîche au dos de sa main. De sa main *droite.*

Flyte dit :

— Qu'est-ce qui vous arrive ?

Cassie remonta à la surface, rouvrit les paupières pour croiser le regard interrogateur de Flyte.

— Il n'y a que dix pour cent d'individus qui soient gauchers, comme vous.

— Je ne vous suis pas…

— Rosie avait des traces de piqûres dans le bras gauche, mais la marque la plus récente, celle de sa toute dernière injection, se situait sur le dos de sa main *droite.* Rien d'inhabituel, les toxicos changent de point d'injection pour éviter la cicatrisation des veines. Sauf que si elle était droitière, ça devait lui être presque impossible de se piquer à cet endroit, surtout pour une novice.

— Ah bon ?

— Je vous assure. J'ai vu des tas de gens se shooter : c'est pas facile, même avec la main dominante.

Flyte plissa les yeux.

— Montrez-moi.

Cassie fit le geste de tendre un garrot autour de son bras droit et le maintenir serré contre ses côtes. De sa main gauche, elle pointa une seringue imaginaire sur la veine du dos de sa main droite, fermée en poing.

— Il faut introduire la pointe de l'aiguille dans la veine sans la traverser. Puis tirer le piston d'une seule main pour aspirer le sang et s'assurer qu'on est bien dans le vaisseau.

Elle illustra la précision qu'exigeait la manœuvre.

— Après, il faut enfoncer le piston avec précaution : bougez l'aiguille de plus d'un millimètre ou deux, elle sort de la veine pour pénétrer dans le muscle.

— Et le shoot est raté ? demanda Flyte.

Cassie hocha la tête.

— Si Rosie était droitière et s'est piquée toute seule, pourquoi elle l'a pas fait dans la main gauche ?

Flyte la fixa un moment. Puis un sourire s'épanouit sur son visage, qui lui conféra soudain une beauté saisissante.

— Je vais vérifier auprès de sa mère. Si vous avez raison, on pourra soutenir que c'est le petit ami qui lui a fait l'injection, et qu'il a menti dans sa déposition.

26

— Qu'est-ce qui te rend si jouasse ? demanda Carl à Cassie en l'entendant siffloter ce matin-là.

Alertée par le ton grincheux, elle leva les yeux, remarqua les cheveux sales et les paupières rougies. Encore une soirée bière, à en juger par son apparence. Cependant, elle se sentait trop optimiste pour le sermonner.

En allant chercher un patient, elle s'approcha de la cellule de Mme E et toucha ses initiales, GOE, écrites en noir sur la surface en acier brossé.

— Il y a une enquêtrice sur le coup, Mme E, chuchota-t-elle.

Flyte découvrirait-elle quelque chose à temps ? Une piste qui permettrait à son amie de bénéficier d'une véritable autopsie médicolégale ? Cassie devait le croire.

De petits coups pressants retentirent sur la vitre de la salle d'autopsie. C'était Doug. Sans sourire, il hocha la tête vers elle avant de pointer un index sur Carl.

Traduction : *Tous les deux, dans mon bureau, tout de suite.*

Quelques minutes plus tard, ils se tenaient devant lui, Carl cloué sur place par le regard déçu de Doug.

— Je viens de me faire passer un savon par Roger, du crématorium. Une idée de la raison, Carl ?

— Non, patron.

Carl paraissait aussi cool que d'habitude, sauf que le talon de sa botte droite martelait le lino.

— Alors je vais t'éclairer. C'est bien toi qui as éviscéré Pauline Palmer mercredi dernier ?

— Le nom me dit quelque chose…

— Mme Palmer a été incinérée ce matin. Rien particulier chez elle ?

Cassie eut soudain une terrible intuition sur la tournure de la conversation.

Le pied de Carl cessa de battre.

— Elle… Elle avait un pacemaker.

— Et qu'est-ce qui arrive à un pacemaker soumis à une température de 1 000 degrés ?

— Les batteries au lithium explosent, patron.

Cassie ferma les yeux : l'idée qu'un corps confié à leurs soins explose dans la fournaise du crématorium la rendait physiquement malade.

— C'est pas vrai… lança-t-elle. Ça n'a pas pété alors que la famille était encore là, hein ?

— Non, par chance, les proches étaient déjà partis. Mais Roger est furax. Et je sais pas par quel miracle ça n'a pas endommagé le four, sinon ça aurait coûté une fortune à réparer.

Reportant son attention sur Carl, Doug dit :

— Comment t'as pu oublier d'enlever un pacemaker, bordel ? C'est pas compliqué, c'est le b.a.-ba de l'autopsie !

Carl marmonna des excuses. En le regardant, Cassie vit qu'il était sincèrement navré.

— D'accord, fit Doug en secouant la tête, sauf que pour une faute aussi grave, s'excuser est loin d'être suffisant. J'ai bien peur de devoir envisager une sanction disciplinaire.

Après avoir congédié Carl, Doug se comprima le haut de l'abdomen : apparemment, l'événement avait provoqué une nouvelle crise de reflux.

— Je t'apporte un Alka-Seltzer ? proposa Cassie.

Mais Doug reprit comme s'il ne l'avait pas entendue.

— J'aurais vraiment pas cru ça de Carl, lui qui est toujours tellement au taquet !

Cassie se sentait pétrie de culpabilité. Carl buvait beaucoup ces derniers temps ; les gueules de bois à répétition avaient sans doute contribué à sa bavure, mais en tant que technicienne senior, elle aurait dû s'en rendre compte. En temps normal, elle mettait un point d'honneur à s'assurer que tous les pacemakers et défibrillateurs avaient été extraits des corps prêts à partir, seulement elle ne se souvenait pas d'avoir vérifié Mme Palmer. Depuis le décès de Mme E, elle s'était relâchée au travail, s'aperçut-elle.

— Il a que vingt-deux ans, Doug. Tu peux pas laisser passer, rien que cette fois ?

Doug gonfla les joues et exhala longuement.

— Peut-être. Mais il faut que tu le tiennes à l'œil, Cassie. D'abord le fiasco Harry Hardwick, maintenant ça, on va finir par avoir une sale réputation.

Quand elle regagna la salle d'autopsie, elle trouva Carl en train de récurer le plan de travail avec une vigueur punitive. En la voyant, il s'interrompit ; elle n'en revint pas de le voir aussi dévasté.

— Cassie, je suis vraiment désolé. Je suis trop con. Je me souviens même m'être dit : *Faut que j'enlève ce pacemaker avant qu'ils viennent récupérer Mme P à 14 heures.*

Il tournait et retournait la brosse à récurer dans ses mains.

— Et après… j'ai complètement zappé.

Cassie était déchirée entre la colère que lui inspirait sa bourde, sa propre culpabilité de n'avoir pas repéré une faute aussi grave, et l'envie de le consoler.

— Écoute, Carl, ça sert à rien de te flageller pour ça. J'ai pas vraiment été Miss Efficacité non plus, dernièrement.

Il la regarda avec reconnaissance, les lèvres serrées par l'émotion. Elle se demanda si sa consommation d'alcool accrue cachait autre chose que la phase d'hyperalcoolisation par laquelle passe presque tout le monde à son âge.

Elle lui posa une main sur l'épaule :

— Carl, je te trouve moins enjoué, depuis un moment. Tu veux qu'on discute ? Entre potes ?

Il secoua la tête et se détourna, mais elle avait eu le temps de repérer un détail perturbant : l'éclat de larmes dans ses yeux.

FLYTE

— Lieutenant Sloman.

— Bonjour, Steve, c'est Phyllida Flyte. Comment tu vas ?

S'efforçant d'insuffler à sa voix ce qu'elle espérait passer pour de la chaleur.

— Bien, merci.

Le ton était neutre – ou franchement hostile ? À défaut de voir son expression, Flyte avait du mal à le dire, mais elle avait décidé que son petit mensonge pour la bonne cause passerait mieux au téléphone qu'en face à face.

— Je voulais faire appel à tes lumières pour un décès récent dont tu t'es occupé, sur Patna Road.

— Ah ouais ? Et pourquoi ça ?

La méfiance de Sloman était palpable.

Elle était quasi sûre que se pencher sur la mort de l'ancienne prof de Cassie Raven serait une perte de temps : l'investissement affectif de la jeune femme était évident, or l'expérience de Flyte lui avait appris que l'affect nuisait à la lucidité – nuisait à bien des choses, en fait. Et fourrer son nez dans l'affaire avait toutes les chances d'être interprété comme une remise en cause du travail d'un collègue – d'où le ton hérissé de Sloman. N'empêche, une promesse était une promesse.

— Je dois faire un topo à des stagiaires sur la gestion d'une mort inattendue non suspecte et j'ai eu vent de la dame décédée dans sa baignoire... Je me suis dit que ça ferait une étude de cas intéressante, tu vois, la procédure à suivre, les questions à poser en tant qu'enquêteur, tout ça...

Elle tenta un gloussement.

— Bizarrement, c'est le seul type de scène auquel je n'aie jamais été confrontée.

Le grincement de la chaise de Sloman lui indiqua qu'il se laissait aller en arrière.

— Alors tu veux, quoi, leur exposer le processus d'investigation ?

— Exactement.

Le ton du lieutenant s'était dégelé de quelques degrés, sa vanité manifestement flattée à l'idée que ses perles de sagesse soient transmises à un groupe de stagiaires fraîchement émoulus de l'école de police.

Il marqua une pause.

— Et t'en profiteras pour leur expliquer la bonne procédure quand on tombe sur un crâne dans une salle de bains ?

Un sourire narquois dans la voix.

Flyte exhuma un rire à cette piètre plaisanterie. Bon sang, les railleries ne cesseraient-elles donc jamais ? Hier encore, un comique avait suspendu à son écran un crâne en plastique dans un cache-sexe en cuir. Elle s'était plaqué un sourire au visage, mais s'était sentie plus isolée que jamais.

— Très bien, pas de pro, lâcha-t-il enfin. T'as de quoi noter ?

Il lui détailla la conduite qu'il avait tenue sur place le matin de la découverte du corps de Geraldine Edwards, Flyte interjetant quelques questions faussement anodines ainsi qu'un commentaire laudateur par-ci par-là.

— Bien, reprit-elle lorsqu'il eut terminé. Et juste pour que je puisse leur expliquer le raisonnement, quels éléments t'ont conduit à exclure une mort suspecte ?

— Y avait aucune trace de lutte ni d'effraction, les portes étaient toutes fermées à double tour de l'intérieur et les voisins n'avaient rien vu ni entendu d'insolite. On a trouvé une bouteille de whisky et un verre à côté de la baignoire, et le rapport toxico a confirmé un niveau d'alcoolémie explosif.

Il baissa la voix comme en confidence.

— Verdict évident : la vieille fille a fait un malaise dans son bain après s'être enfilé un whisky de trop. *Game over.*

— OK.

Elle parvint à se retenir de souligner que Geraldine Edwards était veuve, pas « vieille fille » - comme si son statut marital avait la moindre importance.

— Et le plus proche parent ?

— Un fils dans le nord sauvage du pays de Galles. Un agent a contacté le commissariat local et c'est eux qui sont allés lui annoncer la nouvelle.

— J'imagine que tu as établi où il se trouvait au moment du décès ? Pour info, bien sûr.

Un temps d'arrêt, puis :

— C'est vraiment juste pour ton topo aux bleus, hein ?

Une pointe de suspicion était réapparue dans sa voix.

— Absolument. Mais tu me connais, j'aime bien tout baliser !

— On peut le dire comme ça.

Le rire teinté de sarcasme.

— De mémoire, il assistait à un congrès ce soir-là. À Bristol, je crois.

Après avoir raccroché, Flyte se demanda si son petit subterfuge risquait de lui retomber dessus. À quoi elle jouait, à se mouiller comme ça pour Cassie Raven ? D'accord, elle lui devait un renvoi d'ascenseur : le matin même, la mère de Rosie Harrison, la jeune victime d'overdose, avait confirmé que sa fille était droitière, ce qui donnait à Flyte une bonne raison de convoquer le copain camé pour le réinterroger.

Cependant, elle devait bien admettre qu'il n'y avait pas que ça. Malgré l'attitude revêche, les tatouages et les piercings de Cassie Raven, la douceur avec laquelle elle avait manipulé le corps de Rosie avait profondément marqué Flyte. C'était la manière dont tout parent voudrait qu'on traite son enfant.

Elle secoua la tête pour couper court au fil de cette pensée.

Elle avait aussi été impressionnée par la méticulosité de son examen de l'adolescente, relevant des détails qui auraient aisément pu être négligés. Flyte respectait les gens consciencieux dans leur travail. À ce qu'elle avait pu constater, ils n'étaient que trop rares… et vu ce qu'il venait de lui rapporter, le lieutenant Steve Sloman n'en faisait pas partie.

Elle relut ses notes et dressa la liste des insuffisances de son collègue. Sa description de la scène était vague et manquait de détails cruciaux ; son entretien avec la femme de ménage de Geraldine Edwards, qui l'avait découverte, se révélait à tout le moins superficiel. Il n'avait interrogé les voisins directs que d'un côté de la maison : les autres étaient absents et il n'avait pas pris la peine de renvoyer un agent plus tard.

Sa conclusion : Sloman avait décidé presque aussitôt que le décès n'était qu'un pur et simple accident et le reste de son enquête, si on pouvait l'appeler ainsi, s'était limité au minimum syndical.

Une partie d'elle brûlait d'envie de se plonger dans ce dossier, notamment parce que le travail expéditif de Sloman offensait sa conscience professionnelle.

Mais concrètement, qu'est-ce qu'elle pouvait faire ? Le capitaine Bellwether l'avait déjà étiquetée « obsessionnelle » parce qu'elle ne voulait pas lâcher l'affaire Harry Hardwick. Quels que soient ses doutes, elle ne pouvait pas risquer de le mettre en colère en demandant la réouverture d'une affaire banale au seul prétexte que quelqu'un avait bâclé les premières constates.

27

Cassie resta travailler tard ce jour-là, à rattraper la paperasse qu'elle avait laissée s'accumuler et à élaborer une méthode pour éviter que se reproduise l'infamie subie par la pauvre Mme Palmer au crématorium.

Tout de même, elle se sentait nerveuse, préoccupée, et sur le chemin du retour, elle céda à l'impulsion d'appeler la lieutenante Flyte : ça ne pouvait pas faire de mal de lui demander si elle avait avancé.

— J'ai parlé au lieutenant qui s'est rendu chez votre ancienne prof quand on l'a découverte. Et j'ai épluché le PV de constatations.

Le ton inhabituellement enjoué mit la puce à l'oreille à Cassie, comme s'il n'était qu'une façade enjôleuse.

— Et ?

Elle sentit son cœur s'accélérer.

— J'ai bien peur qu'il n'ait absolument rien trouvé qui laisse supposer un acte criminel.

— C'est tout ? J'aurais pu vous le dire, ça.

— Je ne sais pas ce que vous attendez de plus. Je vous ai promis de vérifier son rapport pour m'assurer que rien d'important n'avait été négligé, et c'est exactement ce que j'ai fait.

Elle paraissait irritée, mais surtout sur la défensive.

— Donc, vous estimez qu'il a fait tout le nécessaire ?

Une micropause.

— Ce n'est pas à moi de le dire.

— Donc, non.

Cassie serra le téléphone de toutes ses forces.

— Je n'ai pas dit ça, répliqua Flyte. Juste que… ce n'est pas à moi de juger le travail d'un collègue.

— Mais vous auriez procédé autrement.

Un soupir d'impatience.

— Ce n'est pas ce que…

— Vous savez ce que je crois ?

Cassie se laissa submerger par un accès de rage.

— Vous pensez qu'il a laissé passer des trucs, mais vous êtes pas prête à faire des vagues.

Elle raccrocha sans laisser à la lieutenante le temps de répondre. La convaincre d'enquêter sur la mort de Mme E était sa dernière carte – son ultime chance de lui décrocher une autopsie judiciaire. Et elle avait échoué. En visualisant le corps étendu dans sa cellule réfrigérée, un picotement lui brûla les yeux.

Elle fit demi-tour et fonça droit vers Camden, direction le Vibe. Elle méritait un sérieux remontant et, qui sait, peut-être même qu'elle croiserait Tish-Tash. *Et merde*, une ligne ou deux ne feraient pas de mal non plus…

Soudain, elle ralentit, peu à peu envahie d'une sensation intense. Elle n'était pas seule. Il n'y avait personne en vue mais elle était certaine que Mme E marchait silencieusement à ses côtés, présence invisible et rassurante.

Un souvenir lui revint. Le cours de chimie où Mme E avait montré ce qui se passait quand potassium et eau se rencontraient. Le morceau de métal argenté avait pétillé un moment dans le bécher avant d'éclater en une pluie d'étincelles suivie d'une flamme, ce qui avait provoqué les cris et les rires de la classe.

Vous m'avez enflammé l'esprit, murmura Cassie.

Un quart d'heure plus tard, au lieu de se soûler au Vibe, elle était allongée à plat ventre sur la table de tatouage du salon Ink-Stains, le dos nu. Elle tendit son portable pour montrer une image à Kobe, son tatoueur attitré depuis des années.

— C'est l'équation d'une réaction chimique, expliqua-t-elle.

— OK, donc… H_2O, c'est l'eau, mais K, c'est quoi ?

— Le potassium. Quand tu le mets dans l'eau, ça enflamme les molécules d'hydrogène. Hyperspectaculaire.

— Cool. Et tu veux ça le long de ta colonne, c'est ça ?

— Oui. Avec les initiales GOE en gothique en dessous.

Il fallait compter deux heures et comme Kobe, Dieu merci, n'aimait pas bavarder en travaillant, ça lui laissait tout loisir de réfléchir.

Les vertèbres étaient si proches de la peau que le pistolet descendant le long de son échine lui faisait un mal de chien, mais Cassie s'en fichait. Ça en valait la peine pour porter dans sa chair le souvenir indélébile de la dame qui avait enflammé son esprit. Bientôt, les hormones antidouleur entrèrent en action et, bercée par le ronronnement du pistolet, une idée dérangeante prit forme : pourquoi n'avait-elle jamais pensé à rendre hommage à ses parents de cette façon ? Ou même à leur rendre hommage tout court, en fait ?

Certes, elle se rendait sur la tombe de sa mère avec sa grand-mère deux fois par an, pour les anniversaires de sa naissance et de sa mort, mais c'était un rituel auquel elle se pliait davantage par devoir que par besoin personnel. Quant à son père, il n'était jamais célébré – Babcia le disait enterré dans une concession familiale quelque part en Irlande, elle ne savait même pas où, et face à son ressentiment inébranlable, Cassie n'avait jamais insisté.

Aujourd'hui, elle voulait en savoir plus – sur ses deux parents.

— Désolée de débarquer si tard.

Cassie suivit sa grand-mère dans l'appartement surchauffé et se débarrassa de sa veste, heureuse de soulager la pression sur les brûlures de son tatouage tout frais.

— Tard ? Il n'est même pas dix heures ! Je regardais un film.

Elles passèrent au salon, où Cassie vit John Wayne en chapeau de cow-boy figé sur le téléviseur : apparemment, Babcia se matait *La Prisonnière du désert* pour la centième fois au moins.

Scrutant l'expression de sa petite-fille, Weronika proposa :

— Je te fais un choco-crème ? Avec un peu d'eau-de-vie, peut-être ?

La première fois que Babcia lui avait préparé un chocolat à la crème fouettée, c'était le jour où, âgée de dix ans, elle était rentrée bredouille et en larmes d'une journée de compétitions sportives à l'école. Weronika n'ayant pas pu s'absenter de son travail au supermarché, Cassie s'était retrouvée la seule élève sans un parent pour l'encourager. Toutefois, à la déception s'était mêlé le soulagement coupable que sa grand-mère ne soit pas venue.

En grandissant, la honte de voir les cheveux gris permanentés et le tweed démodé de sa grand-mère à côté des jeans troués et des talons compensés des mères de ses copines lui était devenue presque insupportable. Au collège, les petites pestes se foutaient ouvertement d'elle, raillaient l'accent à couper au couteau de Weronika et faisaient mine de vomir devant les pierogis et les golombki du panier-repas de Cassie.

La situation avait atteint le point de non-retour lorsqu'elle avait surpris une fille dans le couloir, chaussettes baissées, en train d'imiter la démarche de vieille dame affairée de Babcia. Cassie l'avait collée au mur et lui avait flanqué une raclée qui ne s'était arrêtée que quand un prof passant par là l'avait éloignée. Elle s'était obstinément refusée à révéler la raison de l'attaque, qui lui avait valu un mois d'exclusion, mais jamais plus personne ne s'était moqué de sa grand-mère.

En apportant leurs boissons chaudes au salon, elle dit :

— Babcia… on peut regarder tes photos de maman ?

L'air de surprise ravie de sa grand-mère lui donna mauvaise conscience : combien de fois avait-elle esquivé ce qu'elle avait toujours considéré comme « l'épreuve de l'album photo » ?

Weronika posa par terre un grand carton défraîchi, en tira un album et l'ouvrit sur leurs genoux.

— Ah, voilà ta maman toute belle pour sa première fête : son cinquième anniversaire.

C'était une petite fille habillée à l'ancienne, en robe de soie bleu pâle dont la jupe s'évasait tout droit à partir de la taille ; elle avait les yeux grands ouverts, remplis d'excitation.

— Trop classe, la robe !

— *Classe* ? Je te remercie ! s'exclama sa grand-mère en riant. Je l'avais confectionnée dans un coupon de tissu d'ameublement trouvé au marché.

Elle tapota l'album.

— C'est ton portrait craché au même âge.

— Ah bon ?

Cette drôle d'enfant avec ses tresses et ses chaussettes blanches jusqu'aux genoux paraissait tellement rétro, tellement *différente* qu'elle aurait pu être téléportée depuis une autre planète.

L'une des dernières photos de sa mère, elle, lui sauta aux yeux, franchissant les décennies sans effort. Elle montrait la jeune Katherine au marché de Camden un jour d'été. Elle devait avoir dans les dix-neuf, vingt ans, ce qui situait le cliché au début des années 1990. Les ombres étaient tranchantes, les zones lumineuses surexposées, même l'air paraissait chaud. Son short en jean coupé laissait voir de longues jambes fines, et le soleil faisait briller des reflets auburn dans ses cheveux ondulés jusqu'aux épaules. Son expression – heureuse et rieuse mais gênée d'être photographiée – était du genre qu'on ne destine qu'à un amoureux.

— Celle-ci, ça doit être papa qui l'a prise, fit Cassie.

Sa grand-mère se pinça les lèvres, et Cassie sentit une fois de plus l'éternelle chape de plomb qui s'abattait à la moindre évocation de son père.

— Grand-mère, je sais que tu penses qu'il n'était pas assez bien pour maman, hasarda-t-elle. Peut-être que tu as raison, qu'il était un peu fumiste et compagnie, mais c'était quand même mon père.

La bouche de la vieille dame s'étira en une ligne, pourtant quelque chose poussa Cassie à insister.

— Tu lui en veux pour l'accident, c'est ça ?

Est-ce qu'il y avait davantage que ce qu'on lui avait toujours raconté, le jeune chauffard dans une voiture volée ?

— L'accident était la faute de papa ? Il avait bu ?

Weronika secoua légèrement la tête et referma l'album – mais Cassie était lancée.

— J'ai même pas une photo de lui, enfin ! Tu dois bien avoir une petite idée pour contacter sa famille ? Je devrais au moins aller sur sa tombe.

— Je ne sais rien de sa famille, ni de sa sépulture.

Babcia se détourna. Elle replaça l'album dans sa boîte, caressa la couverture avant de la refermer.

— Cassandra, *tygrysek*… C'est normal que tu sois curieuse de ton père, je le comprends.

Elle la regarda dans les yeux et lui serra la main si fort que Cassie en eut mal aux jointures.

— Mais tu dois me croire sur parole : tu as eu de la chance de ne pas le connaître.

Devant la mine farouche de sa grand-mère, Cassie comprit qu'il était inutile de s'acharner.

Qu'est-ce que son père avait bien pu faire pour s'attirer une telle hostilité ? Ou n'était-ce que l'agressivité mal placée d'une femme convaincue que son enfant chérie serait toujours en vie si seulement elle n'avait jamais croisé son futur mari, n'était jamais montée en voiture avec lui ce soir-là ? C'était une tournure d'esprit que Cassie voyait constamment chez les endeuillés : une litanie torturante de « et si » et de « si seulement », un écheveau infini d'événements ou de choix alternatifs qui auraient pu éviter la mort de l'être aimé.

Elle revit son père en train de faire l'avion avec une cuillerée de nourriture, cette fois avec un nouveau détail : sa tête bouclée penchée sur l'assiette d'un air concentré, en train de remplir la cuiller.

Quand Weronika revint après avoir rangé l'album, un silence pesant s'installa, que la vieille dame fut la première à rompre.

— Je vois bien que quelque chose te tracasse dernièrement, *tygrysek*.

D'un ton radouci.

— C'est en rapport avec cette professeure, ton amie qui est décédée ?

— Parfois, je crois entendre les morts me parler.

Cassie fut surprise de ses propres paroles : elle avait tenu ses moments de communion secrets cinq années durant et voilà qu'en l'espace de quelques jours, elle en avait parlé à Tish-Tash, une parfaite inconnue, et maintenant, à sa grand-mère !

— Ça m'est arrivé avec Mme Edwards, poursuivit-elle. Sauf qu'elle, en plus, je continue à la voir. *En dehors* de la morgue.

Si Weronika était effarée, elle le cachait bien. Au bout d'un long moment, elle dit :

— Quand une personne que tu aimes disparaît, elle reste toujours avec toi.

Elle se frappa doucement la poitrine du poing.

— Je veux dire *vraiment* avec toi. Trois jours après la mort de ta maman, je l'ai vue assise à la place où tu te trouves, en train de tresser ses beaux cheveux.

Cassie baissa les yeux sur le coussin du canapé et frissonna. Pour la première fois depuis des années, elle vit le sourire de sa mère, et en éprouva un sentiment de perte si violent qu'il lui vrilla le ventre.

Le décès de Mme E avait-il ouvert la bonde à son chagrin et fait remonter comme un raz-de-marée le souvenir de la mort de ses parents ? Est-ce que c'était pour ça qu'elle avait ces visions ?

— C'est comme si Mme E essayait de m'avertir que quelque chose clochait, qu'elle n'aurait pas dû mourir. Ça paraît complètement dément ?

— Non, pas dément. Pas quand on aime quelqu'un.

Le regard de sa grand-mère se posa sur le portrait de sa fille sur la cheminée.

— Tu sais, ça fait vingt ans que j'ai perdu ma Katherine, eh bien, elle me parle encore, parfois. Et quand ça se produit, c'est un merveilleux cadeau.

Cassie songea, sans le dire : Est-ce qu'il lui arrive de te parler de moi ?

28

Le lendemain, samedi, Cassie avait accepté d'aller à la morgue en fin de journée pour préparer une autopsie médicolégale prévue lundi matin aux aurores. Comme les conclusions de ce type d'autopsie peuvent déterminer le sort d'un tueur entre la prison et la liberté, chaque étape de la procédure doit être irréprochable.

Vers 17 heures, elle retrouva Deborah, la secrétaire, elle aussi venue spécialement, pour s'occuper des formalités administratives.

— Défunt : Hanif Hassan, né le 7 avril 2001, lut Deborah à l'écran.

Claquement de langue.

— La vache, le même âge que mon dernier. C'est le meurtre dont ils ont parlé à la télé, non ?

Cassie acquiesça. C'était elle qui était d'astreinte deux semaines plus tôt, la nuit où les flics avaient amené le corps de Hanif. Son assassin lui avait couru après sur plus d'un kilomètre, du nord du district jusqu'à la tour où Hanif vivait avec sa mère. Les caméras de surveillance avaient filmé presque toute la poursuite, y compris le moment où l'assaillant avait suivi le garçon à l'intérieur de l'immeuble. L'agression elle-même s'était déroulée hors champ et sans témoin. Hanif avait reçu un unique coup de couteau à la cuisse, qui lui avait été fatal.

Les images de vidéosurveillance avaient conduit à l'arrestation de Regis Kane, un chef de gang de la cité Castlehaven, de triste renommée. Kane attendait maintenant dans une cellule de Wormwood Scrubs d'être jugé pour homicide.

— Drogue, je suppose ? soupira Deborah.

— Ouais. C'est une histoire assez triste, en fait.

Cassie lui répéta ce que les flics lui avaient raconté. Hanif Hassan semblait promis à un grand avenir en informatique, il avait récemment remporté le titre d'étudiant de l'année, remis par le maire en personne. Malheureusement, Hanif finançait en partie ses études en dealant un peu d'herbe. Il ne vendait qu'à des connaissances, mais ce jour-là, il avait été repéré sur le territoire de Kane, qui était apparemment à la tête de tout le trafic de drogue autour de la cité Castlehaven.

Repensant à sa soirée avec Tish-Tash, où elle s'était fournie auprès d'un des jeunes Somaliens qui traînaient devant le Vibe, Cassie sentit le rouge lui monter au cou. Elle n'avait payé son sachet de coke que 20 livres, mais elle savait que tous ces billets de 20 alimentaient un commerce sanglant.

Occupée à chercher un courriel, Deborah ne remarqua pas son malaise.

— Ah, voilà. Donc, le légiste de la défense sera un certain M. Anton Ferriman.

Le professeur Arculus avait procédé à l'autopsie judiciaire de Hanif, laquelle avait confirmé que le coup de couteau à la cuisse, qui avait perforé l'artère fémorale, était la cause du décès. Kane avait été inculpé de meurtre, mais son avocat exerçait son droit à faire pratiquer une contre-autopsie par un légiste indépendant.

Deborah prit un air sceptique.

— Pourquoi ils font tout ça ? Un meurtre est un meurtre, non ?

— On pourrait le croire, mais tout ce que le légiste de la défense a à faire, c'est instiller une pointe de doute.

Elle se rappelait un cas où le légiste désigné par la défense avait soutenu que la victime, tuée lors d'un passage à tabac, souffrait d'une pathologie cardiaque qui était la cause sous-jacente du décès. Sa déposition avait conduit à l'acquittement de l'accusé.

— C'est dingue, non ? soupira Deborah.

Cassie venait de quitter la secrétaire en train d'éteindre son ordinateur lorsqu'elle reçut un appel impromptu de Carl.

— Je me demandais si tu voudrais boire un coup quand t'auras terminé.

— J'adorerais, sauf que j'ai encore la salle d'autopsie judiciaire à préparer.

— Mais tu vas pas y passer la soirée ?

Elle regarda l'heure sur son téléphone.

— Non, je devrais être sortie à 20 heures max, mais je crois qu'après, je vais pas faire de vieux os.

Carl paraissait un peu à cran, et Cassie s'avisa qu'il voulait sûrement discuter de la procédure disciplinaire qui lui pendait au nez.

— Doug t'a dit ce qu'il comptait faire après la cata du pacemaker ? demanda-t-elle.

— Il m'a convoqué lundi à la première heure.

Sa voix baissa d'un coup.

— T'as une idée de ce qu'il me réserve ?

Cassie hésita : elle ne pouvait pas lui dire qu'elle avait convaincu leur patron de passer du blâme à l'avertissement verbal.

— Pas vraiment, mais te bile pas trop, d'accord ?

— OK. Merci, Cass.

— Et lundi, te pointe pas parfumé à la Guinness !

Distraite par les problèmes de Carl, Cassie se retrouva dans la grande salle d'autopsie médicale alors que c'était la plus petite à l'arrière, celle réservée aux autopsies judiciaires, qu'elle devait préparer.

Elle déverrouilla la porte et entra, assaillie par l'odeur âcre du formol qui lui râpa les narines et lui fit monter les larmes aux yeux. Elle ouvrit la chambre froide, qui ne comptait ici que six cellules, et contrôla que les noms et date de naissance figurant sur l'étiquette de Hanif correspondaient bien à ceux des documents administratifs.

— Ce sera plus très long, Hanif, le rassura-t-elle à travers la housse mortuaire. On te rendra à ta mère dès que possible.

Cassie ne s'attendait pas à ce que Hanif réponde ; elle n'avait jamais entendu « parler » aucun de ses patients médicolégaux – peut-être parce que ce n'était pas elle qui pratiquait l'éviscération dans ces cas-là ? Le légiste serait la seule personne autorisée à toucher le corps de Hanif lundi, afin d'éliminer tout risque de contamination des preuves. Elle ne serait présente que pour lui tendre les instruments et les flacons à prélèvements.

N'empêche, elle était toujours emballée à la perspective d'une autopsie judiciaire. Si le médecin le jugeait nécessaire, il détachait la peau du corps, révélant alors toute la machinerie des muscles, des tendons et des vaisseaux, comme un mannequin d'anatomie. Un jour qu'elle essayait d'expliquer à sa grand-mère l'étrange frisson que lui procurait cette vue, Cassie peinait à trouver les mots quand, après un moment de réflexion, Weronika avait déclaré : *Ça doit être un peu comme entrevoir l'esprit de Dieu*, ce qui n'était pas loin.

Sa première mission consistait à dégager la table de dissection encombrée de seaux blancs fermés contenant des cerveaux mis à tremper dans du formol – un procédé qui raffermit les tissus mous pour faciliter la dissection. Comme ils pesaient une tonne, il fallait les transporter un par un à deux mains, et une fois qu'elle les eut tous déplacés à l'autre bout de la pièce, elle avait mal au dos. Elle n'avait pas encore commencé le ménage proprement dit que son téléphone sonna. Deborah. La secrétaire allait partir quand un vieux monsieur dont la femme s'était éteinte à l'hôpital dans la journée avait appelé pour demander s'il pouvait venir la voir.

— Je lui dis de passer lundi ?

Cassie se représenta un homme âgé, à peine sorti de l'hébétude d'avoir perdu la compagne de toute une vie, étreint par le besoin urgent de la voir.

— Non, non.

Cassie regarda l'heure. Une demi-heure pour préparer le corps de la défunte, une autre, disons, pour la présentation. Elle pourrait s'occuper de la salle d'autopsie judiciaire après. Elle allait bien y passer la soirée, finalement.

— Dis-lui 20 heures, ça devrait me laisser largement le temps de la préparer.

Maurice, un octogénaire à l'élocution soignée, arriva avec une demi-heure de retard. S'il avait le regard vide d'une personne assommée par la disparition d'un être aimé, il s'était manifestement fait beau pour la visite. Cassie remarqua ses chemise et cravate fraîchement repassées, l'odeur de cirage émanant de ce qui était sans doute ses chaussures les plus élégantes, la minuscule tache de sang d'une coupure de rasoir sous sa mâchoire.

Elle s'assit auprès de lui à côté de sa défunte épouse, Naomi, tandis qu'il se remémorait leurs cinquante-trois années d'existence commune. Il était hors de question de le presser, et deux bonnes heures s'écoulèrent avant qu'il finisse par accepter sa suggestion tout en douceur d'aller faire une bonne nuit de sommeil pour revenir voir Naomi le lendemain matin.

La visite avait tellement retardé Cassie sur son programme que le temps que la salle de médecine légale soit nettoyée et prête à l'emploi, il était minuit passé. Elle en était à la dernière vérification des instruments et bocaux stérilisés lorsqu'elle l'entendit.

Le ronflement d'un moteur diesel qui s'arrêtait devant l'entrée.

29

D'abord, Cassie se dit qu'elle avait dû rater un message des pompes funèbres l'avertissant d'une livraison tardive. Mais lorsqu'elle plongea dans sa poche pour consulter son portable, elle s'aperçut qu'elle l'avait oublié dans la salle de présentation.

La salle d'autopsie judiciaire n'ayant pas de fenêtres, elle décida d'aller dans le bureau, qui donnait sur le parking. Sauf qu'à peine sortie, elle sentit un souffle d'air froid lui caresser le visage.

Quelqu'un avait ouvert la porte d'entrée. Mais qui ? Les pompes funèbres n'avaient pas de passe.

Quand elle entendit le bruit sourd de la porte se refermant, son cuir chevelu se contracta, la sueur perla à sa lèvre supérieure : son amygdale lui disait ce que son cortex frontal avait plus de mal à admettre. Il y avait un intrus dans l'établissement. Tendant l'oreille, elle perçut un murmure persistant dans le vestibule.

Disons des *intrus, au pluriel.*

L'ouïe en hyperalerte, elle distingua un grincement de baskets sur le lino du couloir. Elle replongea dans la salle médicolégale et tourna le verrou aussi discrètement qu'elle put.

Coincée là sans aucune issue de secours, elle fut prise d'un bref mouvement de panique avant de se raisonner : il y avait une bonne grosse porte bien solide entre elle et les visiteurs. Des junkies, à tous les coups, en quête de médicaments ou de menue monnaie. Et le couloir leur offrait des tas de portes non fermées à clef.

Cette pensée rassurante fut démentie par des chuchotis pressants juste de l'autre côté du battant. Deux hommes, dont l'un paraissait plus jeune que l'autre. Elle discerna des bribes de leur conversation :

— ... faut pas se planter.

Prononcé par la voix plus grave, plus âgée.

— Cet endroit me fout les jetons.

Les accents geignards du plus jeune. Puis à nouveau le plus vieux :

— Passe-moi ça, gros.

Un choc, suivi d'un crissement, la fit sursauter.

Putain de merde. Ils essayaient de dégonder la porte ! Le bois gémit. Il tenait bon, mais pour combien de temps ?

Elle décida d'annoncer sa présence.

— Les flics arrivent, lança-t-elle d'un ton calme et autoritaire. Si j'étais vous, je foutrais le camp.

L'assaut contre la porte s'arrêta et il y eut un silence, puis une dispute en sourdine : le plus jeune, affolé, voulait décamper ; l'autre l'envoyait bouler. Il pouffa :

— Elle mythonne, c'te salope.

Puis s'adressa directement à elle.

— Écoute, toi. Toute façon, on va entrer, alors tu nous ouvres et on te fait pas chier, OK ?

Cassie ne s'autorisa pas à s'attarder sur la promesse froide énoncée par ce timbre chaud et indifférent. Elle recula dans la salle pour chercher une arme. Un instant plus tard, un nouvel impact sinistre retentit, accompagné d'un couinement métallique. Elle passa en revue l'arsenal de scalpels, scies et autres ciseaux à os alignés sur la table de dissection. Ils paraissaient peut-être dangereux, mais à cet instant précis, elle aurait volontiers troqué le kit complet contre une batte de baseball.

Un craquement résonna comme un coup de feu quand la charnière inférieure lâcha, suscitant des cris de joie des deux intrus.

Les yeux de Cassie bondirent vers le mécanisme de verrouillage. Si elle capitulait et leur ouvrait, ils ne lui feraient peut-être pas de mal ? *Mais oui, bien sûr...*

Quelques secondes plus tard, la porte achevait de céder et

s'écrasait par terre. De part et d'autre du chambranle, les mecs passèrent la tête pour fouiller l'obscurité de la pièce.

— Où qu'elle est passée, putain ? grommela le plus jeune.

Le plus âgé fit un pas vers le seuil, pied-de-biche levé à hauteur d'épaule.

Il vit une lueur blanche lui foncer dessus et une figure terrifiante hérissée de métal. La figure s'ouvrit en un hurlement tandis qu'elle balançait la chose blanche dans sa direction. Une grande langue fluide jaillit du seau, resta suspendue en l'air une fraction de seconde… et se déversa sur lui – en même temps qu'un objet lourd lui percutait la poitrine.

Il lâcha son arme et tira sur son sweat, essayant désespérément d'essuyer le liquide qui lui brûlait le visage.

— De l'acide ! La salope m'a cramé !

Là, son regard tomba sur la chose qui l'avait frappé, venue se nicher entre ses baskets.

Il cligna deux fois des paupières avant de comprendre ce que c'était. *Un cerveau humain.*

Cassie apparut dans l'encadrement de la porte, un autre seau chargé dans les mains, mais les deux mecs avaient déjà détalé, dérapant sur le lino mouillé.

30

Son appel à police secours rameuta trois véhicules de patrouille à la morgue, sirènes hurlantes. Les flics trouvèrent la porte ouverte et Cassie à genoux dans le couloir, en train de déposer tout doucement un cerveau humain dans un seau en plastique blanc. Comme ils le raconteraient à leurs collègues en rentrant au poste, elle lui parlait tout bas, comme on cajole un chat ou un chien blessé.

À présent, elle était assise dans le bureau, où Doug la forçait à avaler du thé sucré pendant que les policiers rubalisaient toutes les zones où les intrus avaient mis les pieds.

— Arrête de t'en vouloir pour le cerveau, Cassie, t'as fait ce qu'il fallait.

Elle se balançait d'avant en arrière, les bras autour des genoux.

— Mais si ça empêche le labo d'effectuer un prélèvement correct ?

— Ça ira, les cerveaux sont plus costauds que tu ne crois. Entre nous, j'en ai fait tomber un dans un escalier, une fois.

Elle paraissait dubitative.

— Et ils ont quand même pu récupérer un échantillon utilisable ?

— Oui. Allez, bois ton thé. Tu te sens capable de manger un petit gâteau ?

Elle secoua la tête.

— T'es encore toute blanche. J'ai limite envie de te renvoyer chez toi en taxi et de leur dire qu'ils devront attendre demain matin pour t'interroger. Il est pas loin d'une heure, tu sais.

— C'est bon, je préfère être ici.

Rentrer chez elle en laissant Mme E et ses autres protégés seuls et sans défense après l'effraction était tout bonnement impensable.

À travers son brouillard mental, elle reconnut les inflexions inimitables de la lieutenante Flyte dans le couloir, qui gourmandait sèchement un des agents pour quelque négligence.

L'enquêtrice débarqua furax, mais sa colère s'envola lorsqu'elle vit Cassie serrant sa tasse de thé, recroquevillée dans un fauteuil. Elle tira un siège à côté d'elle.

— Comment vous vous sentez ?

— Ça va.

— On dirait que vous leur avez fichu une sacrée frousse. Bien joué.

La froideur rugueuse de Flyte avait entièrement fondu - comme le givre sur une rose de Noël, songea soudain Cassie. Ses yeux ne contenaient plus que compassion.

— Cassie, est-ce que vous êtes en état d'en parler pendant que c'est encore frais dans votre esprit ?

La jeune femme acquiesça. Tandis que Doug s'éclipsait pour aller refaire du thé, elle s'efforça de se remémorer tout ce qu'elle pouvait sur l'effraction. *S'efforça*, car bien que l'événement ait eu lieu moins d'une heure plus tôt, sa mémoire avait décomposé l'épisode en une série d'images aléatoires à partir desquelles il était difficile d'établir une chronologie précise.

— Commençons par les intrus, dit Flyte. Vous croyez que vous pourriez les reconnaître dans une parade d'identification vidéo ?

Cassie souleva une épaule.

— Je suis pas sûre du tout. Je les ai vus qu'une fraction de seconde. Tout est un peu flou, en fait.

Elle les décrivit du mieux qu'elle put : le plus vieux devait avoir dans les vingt-huit ans, métis ; son acolyte, pas plus de dix-huit, avec les grands yeux et les traits délicats d'un Somalien ou d'un Érythréen.

— Ne vous inquiétez pas, dit Flyte. Vous êtes encore en état de choc. Ce produit chimique que vous leur avez balancé... Ils auront besoin de se faire soigner pour des brûlures ?

— C'était du formol – du formaldéhyde dilué. Non, tant qu'ils le nettoient rapidement.

La déception plissa brièvement les traits de Flyte.

— Vous avez une idée de ce qu'ils pouvaient chercher ?

Cassie secoua la tête.

— La salle d'autopsie judiciaire est la seule à être équipée d'une serrure de sécurité. Peut-être qu'ils pensaient y trouver des médicaments ?

Un agent frappa puis poussa la porte.

— La scientifique est là, lieutenante.

Flyte lui adressa un vague signe avant de revenir à Cassie.

— Vous vous souviendrez peut-être d'autre chose quand vous aurez dormi. Je vais vous faire raccompagner chez vous.

— Je… Je veux pas partir, après… ce qui s'est passé.

— Je comprends, fit Flyte en l'observant. Écoutez : je vous promets de rester ici jusqu'à ce que la société de sécurité vienne remettre le système en route. Même si ce n'est pas avant demain matin.

Cassie acquiesça puis se leva, encore chancelante. À la porte, elle se retourna.

— Merci, lieutenante Flyte.

— Pas de quoi.

Une rougeur colora ses joues pâles.

— Et appelez-moi Phyllida.

31

Cassie se réveilla en sursaut, cligna des yeux dans l'éclat éblouissant d'un soleil d'hiver : elle était tombée dans son lit tout habillée en oubliant de tirer les stores. Après quelques instants de confusion, les événements de la nuit lui revinrent en mémoire.

C'étaient sans doute les grattements pitoyables à la porte de sa chambre qui l'avaient réveillée. L'heure du petit-déj de Macavity était largement dépassée.

Même debout, elle se sentit encore étourdie, incapable de se remémorer clairement l'effraction. Elle ne se rappelait que de fragments épars, comme le grincement d'agonie de la charnière de la porte.

Après une tasse de café bien corsé, sa tête commença à se désembrumer et elle eut comme un flash.

Deux effractions à la morgue en quinze jours, ça ne peut pas être une coïncidence.

Les intrus de la veille devaient être les mêmes qui avaient enlevé le corps de Harry Hardwick. Ce qui excluait du même coup deux hypothèses : d'abord, il ne s'agissait pas d'une farce isolée ; ensuite, ils ne visaient pas M. Hardwick en particulier. Alors qu'est-ce qu'ils cherchaient ?

Peut-être que Carl avait raison depuis le début, que c'étaient des voleurs de cadavres spécialisés dans le trafic de fragments humains. Le commanditaire avait dû demander un corps plus jeune et plus valorisable, mais ses sbires s'étaient plantés : ça expliquerait pourquoi ils s'étaient débarrassés de ce pauvre vieux Harry dans le canal. Et étaient revenus hier soir pour une nouvelle tentative.

Une bribe de leur conversation refit surface, un truc à propos de « pas se planter » – dans le sens où ils ne devaient pas se planter *cette fois-ci* ?

Sauf que… quelque chose ne collait pas dans ce scénario, même si elle n'arrivait pas à mettre le doigt dessus, son cerveau trop embrouillé pour le formaliser. Après s'être changée, elle tomba sur le kit de crochetage emprunté à Kieran, toujours posé sur le plan de travail. Avec Flyte qui risquait de débarquer pour l'interroger, mieux valait le rendre à son propriétaire.

Au bord du canal, l'air froid et vivifiant l'aida à s'éclaircir les idées. Si l'intrusion de la nuit dernière lui avait flanqué le trouillomètre à zéro – forcément ! –, elle se consolait en sachant que les mecs ne s'attendaient manifestement pas à croiser âme *qui vive* ; elle s'était simplement trouvée au mauvais endroit au mauvais moment.

Elle aperçut une tache familière bleu vif un peu plus loin sur le côté du chemin de halage. Assis dans son sac de couchage, Kieran penchait sa tête hirsute sur la cigarette qu'il était en train de rouler.

— J'espérais te voir, Cassie Raven, fit-il en lui offrant son sourire édenté.

— Excuse-moi.

Elle tira le kit de sa poche.

— Je comptais te le rapporter plus tôt.

— Ah, t'inquiète, c'était pas pour ça.

Il jeta un coup d'œil alentour avant de l'inviter à venir plus près.

Elle s'accroupit. Kieran gigota pour se rapprocher, son sac de couchage libérant d'épais remugles.

— Y a quelques jours, j'ai entendu une rumeur intéressante.

Son visage pétillait d'intrigue.

— Un gang qu'avait un cadavre à se débarrasser.

— Sérieux ? répondit Cassie en essayant de ne manifester qu'un intérêt superficiel.

— Paraît qu'ils l'ont piqué à la morgue.

— Ah bon ?

— T'as perdu personne, alors ?

Avec un sourire interrogateur.

Elle réussit à rire.

— Aux dernières nouvelles, ils étaient tous là !

Ce qui était vrai.

— Ouais, je me disais bien que ça devait être des conneries. Qui c'est qu'irait piquer un macchabée ?

Il humecta le bord du papier du bout de sa langue.

— Et c'était qui, ces soi-disant voleurs de cadavre ? demanda Cassie en arquant un sourcil sceptique.

— Les Castlehaven Boyz. Des petits enculés de Kentish Town.

Les Castlehaven Boyz...

— Connais pas. Et il lui serait arrivé quoi, à ce prétendu cadavre volé ?

— Honnêtement, j'ai pas su.

— J'ai l'impression que tu t'es fait mener en bateau, conclut-elle, soulagée que la découverte de M. H au petit matin ait évité que la presse en fasse ses choux gras.

— Ouais, on s'amuse comme on peut, ici, reconnut joyeusement Kieran avant d'allumer sa roulée dans un grand geste théâtral.

La conversation avait mis le cerveau de Cassie en ébullition. Les Castlehaven Boyz avaient-ils été mandatés par un trafiquant d'organes pour s'introduire à la morgue ? C'est à ce moment qu'elle pigea ce qui la turlupinait tout à l'heure dans cette théorie : s'ils revenaient pour voler un corps plus jeune, pourquoi ne pas retourner à la salle de conservation principale, où ils n'avaient que l'embarras du choix ?

Et pourquoi s'attaquer à la porte verrouillée de la salle médico-légale ?

En arrivant à l'écluse où le corps de Harry avait été retrouvé, elle s'arrêta net.

Il n'y avait qu'un seul corps dans la chambre froide de cette salle : celui de Hanif Hassan, assassiné par le chef de gang Regis

Kane. Puisque Kane chapeautait le trafic de drogue autour de la cité Castlehaven, les Castlehaven Boyz devaient être son gang.

Attrapant son téléphone, elle appela Deborah. Après avoir répondu à ses questions angoissées sur les événements de la nuit passée – oui, elle allait bien, etc. –, Cassie finit par réussir à en placer une.

— Écoute, Deborah, je suis désolée de t'embêter un dimanche, mais ça me tracasse depuis ce matin. Tu sais, notre jeune protégé, Hanif, qui doit subir une autopsie judiciaire… Quand on a rempli les formulaires, on a bien mis son nom complet dans la case, hein ?

— Ah, t'es trop gentille ! Tu devrais pas te soucier de ce genre de trucs après ce qui t'est arrivé ! Doug a reporté l'autopsie à la semaine prochaine.

Cassie leva les yeux au ciel.

— Je sais que c'est idiot, mais comme je te disais, ça me tarabuste. Je sais que tu peux accéder au système à distance, alors je me demandais si tu voudrais bien y jeter un coup d'œil vite fait, juste histoire de me rassurer ?

N'importe quel autre jour, Deborah aurait pu se la jouer règlement-règlement ; aujourd'hui, c'était Madame Coopération. Un instant plus tard, elle reprit :

— J'ai le dossier sous les yeux, tout est bien rempli, t'en fais pas.

— Ah, ouf. Dis, tu veux bien me rappeler son deuxième prénom ?

— Hmm… Aziz.

Cassie éprouva le même frisson qu'elle ressentait, enfant, quand elle donnait le dernier tour pour terminer son Rubik's Cube.

32

Le temps que la lieutenante Flyte arrive à la morgue une heure plus tard, la stratégie de Cassie était prête.

— Quelque chose vous est revenu concernant l'effraction ? demanda Flyte en passant la porte.

Cassie fut amusée de constater que son unique concession au relax du week-end était une veste un peu moins stricte que d'habitude et une tunique ras du cou au lieu d'un vrai chemisier.

— Pas exactement, répondit-elle en se faisant la réflexion qu'elle avait encore du mal à la considérer comme « Phyllida ». En revanche, je sais ce qu'ils cherchaient, et pour qui.

Puisqu'elles n'étaient que toutes les deux, Cassie pouvait parler librement.

— Comment ça ?

La jeune femme fut surprise par l'intensité perfide du regard de l'enquêtrice : apparemment, la Flyte empathique entrevue au milieu de la nuit avait été remisée au fond de sa niche.

Elle leva la tête.

— Je vous ferai part de mes... réflexions, à une condition : que vous relanciez l'enquête sur la mort de Geraldine Edwards. Et pour de bon, cette fois.

Les lèvres roses de Flyte s'entrouvrirent d'étonnement.

— Vous voulez marchander avec moi ?

Cassie croisa les bras, sentit le battement rapide mais régulier de son cœur contre son sternum.

— Je préférerais parler... d'échange de bons procédés.

La révélation qu'elle avait eue sur le chemin de halage était son unique levier, et elle était bien décidée à en jouer afin d'obtenir justice pour Mme E.

Flyte plissa les yeux, soupesant sans doute l'opportunité d'avancer la bonne vieille « obstruction à l'enquête ». Finalement, elle dit :

— Ce n'est pas si facile, vous savez. Je ne peux pas… mettre mon nez comme ça dans l'affaire d'un collègue.

Cassie haussa les épaules, butée.

— Vous ne comprenez pas, insista Flyte. Il me faudrait une autorisation expresse de mon patron.

— Demandez-la-lui.

Leurs regards se croisèrent. Ce n'était pas leur premier affrontement, seulement cette fois Cassie eut l'impression que le duel était empreint de respect mutuel.

Flyte ouvrit une main, signe qu'elle hésitait.

— Bon, il va sûrement m'envoyer paître…

— Mais… ?

— Mais si vous pouvez vraiment me donner de quoi résoudre l'affaire Harry Hardwick et l'effraction de la nuit dernière - j'entends par là des éléments substantiels - très bien, je lui demanderai. Si on est bien d'accord qu'en cas de refus de sa part, je suis coincée.

N'importe quel autre flic l'aurait envoyée sur les roses, notamment parce que le vol du corps d'un vieil homme ne valait pas la peine de se décarcasser ; mais les antennes de Cassie avaient capté quelque chose : pour une raison inconnue, Phyllida Flyte était investie dans l'affaire Harry Hardwick.

Cassie se mit en marche le long du couloir et invita Flyte à la suivre.

— Les mecs de la nuit dernière, c'est forcément la même bande qui a embarqué le corps d'Harry Hardwick il y a quinze jours.

— Continuez.

Vu son expression, Flyte était déjà arrivée à la même conclusion.

Cassie atteignit la porte marquée *Salle de conservation des corps.*

— Imaginez, vous débarquez ici et vous cherchez un corps, c'est le premier endroit où vous iriez, non ?

Elle pénétra à l'intérieur et se dirigea vers la vaste chambre froide dont les portes en acier portaient les initiales des occupants inscrites au feutre noir.

— Vous vous souvenez du système ? Quand un nouveau corps est enregistré, on marque la cellule où il va être entreposé.

Flyte hocha la tête, impatiente. Cassie montra les initiales PJF, ouvrit la trappe correspondante et tira la civière pour révéler le haut du corps sous housse. Elle localisa une petite étiquette sur le côté du sac mortuaire et fit signe à Flyte de s'approcher.

Flyte lut :

— « Peter James Fenner. »

— Voilà. Maintenant, imaginez que vous êtes un visiteur nocturne hyperpressé. L'étiquette n'est pas si facile à trouver, non ?

Elle repoussa la trappe et tapota sur les grandes initiales noires.

— Je pense qu'en voyant ça, vous vous dites que le corps à l'intérieur sera celui que vous recherchez.

Flyte était tout ouïe.

— Quel était le nom complet d'Harry Hardwick ?

— Harold Albert Hardwick.

— Donc, pour la première effraction, vous pensez qu'ils voulaient quelqu'un dont les initiales étaient HAH…

Cassie hocha la tête.

— … mais qui n'était pas Harry Hardwick.

Elle secoua la tête.

Flyte grommela, son impatience revenue.

— Vous allez me dire qui ils cherchaient ou quoi ?

— Vous vous souvenez de ce gamin asiatique, le dealer à la petite semaine poignardé il y a deux semaines ?

Cassie sortit le dossier de la poche de sa blouse.

— Il est dans la chambre froide médicolégale depuis tout ce temps. Il devait subir une contre-autopsie demain, à la demande de l'avocat de la défense de son assassin.

Flyte lui arracha pratiquement le formulaire des mains et le parcourut avidement. Puis, sa tête se redressa d'un coup, ses lèvres rose pâle formant un O parfait.

— Exact, fit Cassie. C'est après Hanif Aziz Hassan qu'ils en avaient depuis le début.

FLYTE

Flyte savourait un moment rare : elle avait l'attention exclusive de son patron, le capitaine Bellwether, qu'elle avait appelé sur son portable. D'abord agacé d'être dérangé un dimanche, il avait changé de ton en écoutant son histoire.

— Donc, selon votre théorie, Regis Kane a envoyé des hommes de main voler le corps de Hanif Hassan pour empêcher la contre-autopsie demandée par sa propre défense ?

— Oui, patron. Kane a passé ces dernières semaines au trou à ruminer la perspective de prendre perpète, et avec un paquet d'années incompressibles. D'après moi, il a échafaudé un plan : si le corps de Hanif venait à disparaître, il serait privé de son droit légal de le faire réexaminer par un légiste indépendant.

Kane savait bien que les images de vidéosurveillance le montrant en train de pourchasser Hanif Hassan le plaçaient sur le lieu du crime, mais l'absence de témoin oculaire du meurtre lui-même lui permettait une certaine créativité avec les faits.

— Si j'étais Kane, je soutiendrais que c'est Hanif qui a sorti le couteau, poursuivit Flyte, et que, dans un corps à corps désespéré, il a reçu un coup de sa propre lame.

— Pour pouvoir prétendre avoir agi en légitime défense, sans intention de tuer ?

— Exactement. Rappelez-vous, le couteau porte leurs empreintes à tous les deux. Et la défense pourrait argumenter qu'à défaut de contre-autopsie sur le corps de Hanif, la version de Kane n'a pas pu être vérifiée avec la position et l'angle du coup.

— Je ne veux pas croire qu'un jury serait assez bête pour tomber dans le panneau.

Elle entendit le capitaine se laisser aller en arrière dans son fauteuil.

— Cela dit, je vois bien l'avocat de Kane s'en donner à cœur joie sur le fait que le corps de Hanif était l'élément de preuve le plus important. Et certaines personnes pourraient hésiter à condamner un jeune homme à perpétuité dans ces circonstances.

— Absolument. Au minimum, ça aurait semé la confusion. Dans tous les cas, vu ce qu'il risque, Kane a dû se dire qu'il n'avait rien à perdre.

— Admettons que vous ayez raison et que Kane ait commandité les deux effractions à la morgue. S'il a envoyé ses nervis enlever un jeune Asiatique de dix-sept ans, comment ils se sont retrouvés avec un vieux Blanc de quatre-vingt-un balais ?

Flyte lui exposa la théorie de Cassie Raven : les hommes de Kane pénètrent dans la mauvaise salle, voient les initiales HAH écrites sur la porte et emportent la housse mortuaire en supposant qu'elle contient le corps de Hanif Aziz Hassan.

— Imaginez la scène, patron : deux jeunes voyous dans une morgue à minuit avec leur portable pour seule lampe de poche. Ils n'ont pas envie de traîner.

— Bien vu. Alors ils embarquent le corps à l'arrière de leur camionnette et s'aperçoivent plus tard qu'ils ont pris la mauvaise commande.

— Et Kane les envoie retenter le coup hier soir, à la veille de la seconde autopsie.

Bellwether se tut un moment, puis dit :

— OK. On met la morgue sous surveillance permanente au moins jusqu'à la contre-autopsie, au cas où les gars de Kane se diraient que la troisième sera la bonne.

Ça horripilait Flyte de ne toujours pas savoir comment les intrus avaient pénétré dans l'établissement. D'autant plus que cette fois, la société de sécurité déclarait n'avoir aucun enregistrement de passe magnétique à l'heure des faits.

— Vu le lien avec le meurtre de Hanif Hassan, vous allez devoir informer les collègues de la Crim', continuait Bellwether. Et puisque c'est eux qui suivent Kane et ses Boyz, ils devraient aussi reprendre l'enquête sur les deux effractions.

Il marqua un temps d'arrêt, s'attendant peut-être à ce qu'elle proteste. Devant son silence, il poursuivit :

— Bravo, Phyllida. Bon travail.

Le ton laissait entendre sans l'ombre d'un doute qu'il considérait la conversation terminée. Toutefois, comme elle ne raccrochait pas, il hasarda :

— Il y avait autre chose ?

Flyte aurait préféré traquer elle-même les hommes qui avaient profané le corps de Harry Hardwick, mais elle se satisfaisait de savoir l'enquête relancée. À présent, elle devait remplir sa part du marché conclu avec Cassie Raven.

— Oui, patron. Je voudrais réexaminer une mort subite dont Steve Sloman s'est occupé il y a onze jours. Une dame de cinquante et un ans retrouvée dans son bain. Le décès a été classé comme non suspect, mais il y a deux, trois petites choses que j'aimerais vérifier.

— Vous en avez parlé à Steve ?

— Oui, mais j'ai bien peur de ne pas lui avoir tout dit. En fait, j'ai eu un tuyau confidentiel.

Un silence surpris.

— Qu'a dit l'autopsie ?

— Mort par noyade. L'anapath pense qu'elle a pu s'évanouir, mais d'après son dossier médical, elle était en parfaite santé jusque-là.

— Et votre informateur… dit qu'il y a anguille sous roche ?

— Oui. Ça n'aboutira peut-être à rien, mais j'aimerais réinterroger la femme de ménage qui a découvert le corps, au cas où.

Pendant qu'elle attendait anxieusement la réponse du capitaine, Flyte se rendit compte que quelque chose s'était installé insidieusement en elle : pour une raison qui lui échappait, il était important pour elle de ne pas décevoir Cassie Raven.

Bellwether soupira à l'autre bout de la ligne.

— Bon, très bien, Phyllida. Vous l'avez mérité. Coup de bol, Steve vient de partir en congé paternité, vous allez pouvoir enquêter sans le mettre en rogne. Mais gardez ça pour vous. Et si vous trouvez quoi que ce soit d'anormal, vous venez m'en parler directement.

33

Cassie rentrait chez elle après son entrevue avec Flyte quand son téléphone couina. Un texto de Carl – pas trop tôt ! Vu qu'il devait déjà être au courant de l'intrusion à la morgue depuis un moment, elle s'était sentie un peu vexée qu'il ne l'appelle pas pour prendre de ses nouvelles. Même là, son message restait sibyllin : *Suis au Hawley. Faut que je te parle.*

Le pub était à cinq minutes. Dès qu'elle le vit, voûté sur une pinte sur le toit-terrasse, elle comprit que quelque chose n'allait pas.

— Qu'est-ce qui t'arrive, Carl ?

Elle fut troublée de voir ses yeux fuir les siens.

— Tu sais, ça m'a toujours impressionné comment t'es investie dans ce boulot, lança-t-il. Je veux dire, ça compte vraiment pour toi, hein ?

Comme il n'avait pas l'air de se moquer, Cassie mi-hocha la tête, mi-haussa les épaules. *Où est-ce qu'il voulait en venir ?*

— Même ta manière de parler aux corps. Au début, je trouvais ça un peu… chelou. Et puis après, j'ai compris. Tu les vois toujours comme des personnes, pas juste comme des cadavres.

La surprise de Cassie fut de courte durée : au bout d'un an à partager le même espace de travail, il était inévitable que Carl l'ait entendue s'adresser à ses protégés. Mais il avait manifestement un sac plus lourd que ça à vider.

— Le truc, Cassie, c'est que je suis pas comme toi, moi. J'ai pas ton… dévouement. Pour moi, c'est qu'un job.

— Carl, si tu t'inquiètes pour le pacemaker oublié…

Il s'enfila une grande lampée de bière.

— Tu sais combien j'ai lâché dans la machine à sous en bas avant de t'envoyer mon texto ?

La voix chargée de dégoût.

— 60 livres.

Il tira la chaîne d'une chasse d'eau invisible.

— *Pfiout*, à la baille.

Cassie se souvint qu'il avait évoqué des soucis d'argent dernièrement. S'il tentait de les résoudre à coups de machine à sous, il devait être plus aux abois qu'elle ne l'avait cru.

— Carl, écoute, si t'as des problèmes de trésorerie, je peux peut-être t'aider ? Tu peux venir squatter mon canap quelque temps, économiser le loyer…

— Arrête ! explosa-t-il. Pardon, Cassie, mais je peux pas supporter que tu sois sympa avec moi après ce que j'ai fait.

Ce qu'il avait fait ?

C'est alors que tout s'imbriqua en un effroyable renversement de perspective.

— Ils t'ont payé combien, Carl ?

Elle se sentait… chancelante, comme si elle s'engageait sur un lac gelé.

Sans décoller les yeux de la table, Carl lui déballa tout dans un murmure rauque – comment une grille de loto ou de loto sportif par-ci par-là avait dégénéré en bien plus grave : une dépendance aux terminaux de paris à cote fixe, qui permettent de miser jusqu'à 100 livres toutes les vingt secondes.

— Si je perdais, je rejouais davantage pour récupérer ma mise, et si je gagnais, je rejouais davantage parce que j'étais sûr d'être en veine. Un jour, j'ai perdu 700 livres en vingt minutes. *700 boules !*

Un spasme de dégoût déforma son visage.

— Le même jour, un mec m'aborde à la machine à café. Il me demande si je veux me faire un peu de thune.

— Il t'observait, il t'a vu t'enfoncer dans un gros trou.

Carl la regarda.

— J'imagine. À ce stade, j'avais pas loin de 12 000 livres de dettes. On va boire un coup et il s'avère qu'il est au courant que je bosse à la morgue, va savoir comment. Il me sort qu'il pourrait avoir un job pour moi, qui rapporterait gros sans que j'aie à lever le petit doigt. Il me file même 1 000 balles d'avance en liquide. « Prime de bienvenue », il a dit.

L'esprit de Cassie turbinait à plein régime. *Bien sûr !* Elle revit son index frappant son code d'accès sur le clavier de la morgue, Carl dans son dos, casque de moto sous le bras – une scène qui s'était répétée quantité de fois. Quand elle avait dit à Flyte que personne ne pouvait s'approcher d'assez près pour relever son code, elle n'avait même pas pensé à Carl.

— Ils voulaient que tu leur permettes d'entrer à la morgue de nuit, fit-elle, surprise de son calme.

Carl porta ses deux mains à ses yeux – comme on bande ceux d'un condamné à mort, songea Cassie.

— Je comptais me désister, les rembourser. Sauf qu'après avoir perdu les 1 000 livres qu'ils m'avaient passées, ils me tenaient par les couilles. J'avais explosé le plafond de mes cartes de crédit et deux mois de loyer en retard.

— Alors, c'est quoi, le tarif actuel pour un code d'accès à la morgue ?

La colère lui serrait la voix.

— 15 000.

Dans un murmure honteux.

Que dalle pour un gangster comme Regis Kane.

— Et après, quand ils se sont plantés et qu'ils ont embarqué M. Hardwick, ils m'ont mis la pression en disant qu'ils voulaient récupérer leur fric. Comme si c'était ma faute !

Cassie revit Carl au café après la disparition de Harry Hardwick, ses doigts qui arrachaient le carton de son gobelet. Et la série de cuites qu'il avait enchaînées. *Pas étonnant.*

— Le mec s'est pointé chez moi…

Carl, d'ordinaire si placide, avait soudain l'air d'un enfant qui a vu le croquemitaine sortir de son armoire.

— Y déconnait pas, Cassie.

— Alors tu les as aidés à revenir.

Jusque-là, il avait évité son regard ; à présent, il l'implorait des yeux.

— T'étais pas censée être là. Y devait y avoir personne. J'avais vérifié…

— C'est pour ça que tu m'avais demandé si j'allais rester tard.

Elle le dévisagea.

— Tu savais qu'ils allaient revenir. Mais entre-temps, on avait eu les cartes magnétiques, alors comment… ?

— J'ai trouvé un moyen d'empêcher la porte de se refermer complètement.

Cassie réfléchit : le battant était équipé d'un ralentisseur, ce qui voulait dire qu'elle n'aurait sûrement rien remarqué si elle était partie à l'heure.

— Et si je m'en étais rendu compte, que je l'aie bien bloquée en partant ?

— Ils avaient mon passe en dernier recours.

Il se pencha par-dessus la table.

— Écoute, Cassie, je sais que ça rachète rien, mais quand j'ai su ce qui t'était arrivé hier soir, j'ai appelé mon contact et je lui ai dit : ça suffit, j'arrête.

— Et ?

— Il a répondu : pas de problème. Et il m'a donné la semaine pour rembourser les 15 000 balles.

Son sourire sardonique ramena l'ancien Carl l'espace d'un moment, comme si rien de tout ça n'était réel.

— J'ai besoin d'un remontant, déclara Cassie en se levant.

Pendant qu'elle patientait pour commander au bar, elle repensa à la manière dont Regis Kane et ses Castlehaven Boyz avaient coincé Carl, comme des chacals encerclant un animal blessé. Elle était désolée pour lui, mais surtout en colère qu'il ait été prêt à sacrifier un corps confié à leurs soins, et en leur filant son code à elle, en plus !

— Ça va ?

La barmaid fronçait les sourcils d'un air inquiet.

Cassie balaya la question et demanda une grande vodka. Elle venait de tilter. Sa grand-mère avait précisé que la couleur des Castlehaven Boyz était le rouge… et son agresseur du canal portait un bandana écarlate. Agression qui avait eu lieu pile le jour où elle avait récupéré son passe.

Carl avait dû informer son contact quand ils avaient reçu leurs cartes magnétiques, sans imaginer une seconde que le gang la suivrait pour lui piquer son sac et son passe, probablement en guise de plan B au cas où Carl changerait d'avis. Elle envisagea de lui en parler, puis décréta qu'il se sentait déjà assez mal comme ça.

Elle ne s'était même pas encore rassise qu'il lança :

— Ce que ces enfoirés t'ont fait, la seule idée qu'ils auraient pu te faire du mal… Cassie, tu peux pas savoir comme je regrette. C'est entièrement ma faute. Je m'en veux à mort.

Il cligna des yeux.

— Ça m'a fait prendre conscience qu'il fallait que je m'en sorte. Ce matin, j'ai appelé une des lignes d'aide pour les accros au jeu.

— C'est un bon début.

Cassie descendit la moitié de sa vodka, sentit sa morsure brûlante commencer à atténuer la douleur des aveux de Carl.

— Tu crois que tu pourras… me pardonner ?

— Pour ce qui m'est arrivé à moi ? Oui.

Elle secoua un peu la tête.

— Mais pas pour ce qui est arrivé à Harry Hardwick. On était censés veiller sur lui.

Carl acquiesça d'un air piteux.

— Qu'est-ce que tu vas faire ? s'enquit-elle.

— Je reste pas ici. J'ai un pote à… euh, vaut mieux pas que je te le dise, mais loin. Il retape des motos de collection. Il a trop de boulot alors il m'a demandé de lui filer un coup de main.

Carl était mécano moto avant de se reconvertir en agent de chambre mortuaire. Cassie allait l'avertir que s'il prenait la fuite, la police ferait le rapprochement, mais elle se ravisa. S'il restait à Camden, les flics seraient le cadet de ses soucis.

FLYTE

— Ça va faire onze ans que je travaille pour elle. Une dame charmante, dit Imelda à la lieutenante Flyte.

On était lundi matin et elles se tenaient toutes les deux dans la cuisine de Geraldine Edwards, Flyte dominant la femme de ménage, une petite Portugaise robuste d'une soixantaine d'années.

— Quand je suis arrivée, je ne parlais pas votre langue, alors Geraldine m'a donné des cours deux fois par semaine, gratuitement. Et si je ne faisais pas mes devoirs, elle me disait, l'air sévère : *On n'a rien sans rien, Imelda !*

Son sourire n'effaçait pas la tristesse dans ses yeux.

— Vous avez connu son fils, Owen ?

— J'appelle pas ça un fils, moi.

Elle fit la moue.

— Depuis tout le temps que je travaille ici, il n'a jamais envoyé une carte d'anniversaire ou de Noël. Elle n'aimait pas en parler, je voyais bien qu'il lui avait brisé le cœur.

— Geraldine a évoqué des visites de sa part ? Notamment juste avant sa mort ?

— Non.

Imelda fronça les sourcils.

— Mais quelques semaines plus tôt, elle m'avait recommandé de ne jamais laisser entrer *qui que ce soit* chez elle en son absence.

— Et vous pensez qu'elle parlait d'Owen.

Hochement de tête.

Une carte de serrurier posée sur le plan de travail laissait entendre que Geraldine s'inquiétait de la sécurité de son domicile, mais vu que les serrures des portes de devant et de derrière ne dataient pas d'hier, elle n'avait manifestement pas eu le temps de les faire changer avant son décès. Et Imelda ignorait si Owen en possédait un trousseau.

Au premier étage, Imelda s'arrêta devant la salle de bains et secoua la tête.

— Je suis désolée. Je n'y suis pas entrée depuis que c'est arrivé.

— Je comprends combien ce doit être difficile, je vous assure.

Flyte s'accrocha au regard de la dame plus âgée.

— Mais vous pourriez vous rappeler un détail qui vous aurait échappé la première fois, tellement vous étiez bouleversée. Un détail important.

Redressant les épaules, Imelda poussa la porte.

La baignoire droite de style victorien était parfaitement conçue pour s'y noyer, si Geraldine Edwards s'était bel et bien évanouie.

— Quand vous avez découvert Mme Edwards, est-ce qu'elle était complètement immergée ?

Imelda hocha la tête en silence, un poing sur la poitrine, les lèvres serrées pour retenir ses larmes.

— Le rapport fait état d'une bouteille de whisky et d'un verre vide… Ici ?

Flyte désigna une petite table à portée de main de la baignoire.

Imelda détourna les yeux, sans doute gênée que son employeuse ait bu de l'alcool dans son bain, puis acquiesça.

— Je me souviens que le policier les a pris pour les renifler.

— Et où sont-ils passés ?

— J'ai lavé le verre et mis la bouteille au recyclage.

Flyte tenta de dissimuler son irritation : les deux objets auraient dû être mis sous scellés au cas où la mort se révélerait suspecte ; à présent, il n'y avait plus aucune chance d'y relever des empreintes ou d'analyser leur contenu.

— Est-ce que tout le reste est comme vous l'avez trouvé ce jour-là ?

Flyte embrassa la pièce du regard, invitant Imelda à faire de même.

— Oui, je crois. À part le sandwich.

— Le sandwich ?

— Juste là, à côté du verre. Un sandwich au fromage. Je l'ai jeté après le départ de la police, je ne voulais pas que des rats envahissent la maison de cette pauvre Geraldine.

— Ne vous inquiétez pas, vous avez fait ce qu'il fallait.

Flyte réussit à sourire, mais en son for intérieur elle fulminait contre Sloman : d'abord un verre et une bouteille disparus, et maintenant, un sandwich.

Elle s'accroupit pour examiner le tapis de bain, qui sentait le moisi, et demanda :

— Est-ce que par hasard vous auriez remarqué si le tapis était mouillé quand vous l'avez trouvée ?

Imelda plissa les paupières, fouillant sa mémoire.

— Quand je suis arrivée, je me suis précipitée et je me suis mise à genoux pour essayer de sortir sa pauvre tête de l'eau…

Ses traits se crispèrent avant de pouvoir reprendre.

— Non, je pense que je l'aurais remarqué, si le tapis avait été mouillé.

Donc, il avait dû être trempé pendant le déplacement du corps plutôt que lors d'une lutte à la vie à la mort.

— Vous avez déclaré à mon collègue que Geraldine vous avait appelée vers 22 heures la veille du jour où vous l'avez découverte. Pour quelle raison ?

— Oh, rien d'important. Juste pour me demander d'apporter de la javel le lendemain matin.

— Vous pouvez essayer de vous rappeler les termes exacts de votre conversation ?

Imelda ferma les yeux à demi.

— Elle s'est excusée d'appeler si tard. Elle avait oublié d'acheter de la javel et voulait savoir si j'aurais la gentillesse de passer en prendre en chemin. Elle était toujours très polie. Après, elle a dit qu'elle devait couver un rhume. Elle avait des frissons, elle allait prendre un bon bain pour se réchauffer avant d'aller se coucher.

Flyte détecta un regain de la gêne qu'Imelda avait manifestée vis-à-vis du whisky.

— Elle vous a paru comment ?

— Je l'ai trouvée… fatiguée.

Imelda se détourna, ostensiblement pour attraper une serviette.

— Imelda. Vous l'avez vraiment trouvée juste fatiguée… ou autre chose ?

— Eh bien… elle aimait bien s'offrir un petit verre le soir.

Puis, le menton levé, sur la défensive :

— Mais je ne veux pas que vous pensiez qu'elle… buvait.

L'instinct protecteur d'Imelda envers sa défunte employeuse était aussi touchant qu'exaspérant. Si Geraldine Edwards était à moitié ivre quand elle était entrée dans son bain, la mort accidentelle par noyade n'en serait que plus plausible.

Flyte ouvrit le meuble à miroir pour jeter un coup d'œil à l'intérieur. L'étagère du bas regorgeait d'articles de toilette féminins ; celle du haut, elle, ne contenait rien.

— Ça a toujours été comme ça ? L'étagère du haut laissée vide ?

Encore une fois, Imelda se détourna.

— Je sais pas trop…

Sauf que le rose qui s'épanouit sur ses joues disait le contraire.

— Vous vous êtes souvenue de quelque chose, fit Flyte en la regardant fixement.

— Mme Edwards, c'était quelqu'un de très discret…

Elle tripota la croix qui pendait à son cou.

— Imelda, la vie privée ne compte pas pour les morts. Je dois m'assurer que rien de suspect ne nous a échappé. Vous teniez manifestement beaucoup à Geraldine, alors je suis sûre que vous voulez m'aider.

Un silence.

— J'ai bien vu des… affaires d'homme dedans, une fois. Un rasoir, de la mousse à raser… Mais la dernière fois que je l'ai ouvert, il y a un ou deux mois, il n'y avait plus rien.

— Très bien, donc Geraldine avait un petit ami. Vous savez comment ils se sont connus ? Elle vous a parlé de lui ?

— Non ! On n'abordait jamais ce genre de sujet.

Imelda avait les yeux écarquillés ; de toute évidence, l'idée qu'une quinquagénaire puisse avoir une vie sexuelle la mettait profondément mal à l'aise.

— Je comprends. Est-ce que vous avez eu l'impression qu'il dormait souvent ici ? Il laissait des vêtements, par exemple ?

— Non. Mais j'ai trouvé un mouchoir d'homme, une fois.

— Vous avez mentionné l'existence de ce compagnon ou ex-compagnon au lieutenant Sloman ?

Imelda n'eut pas besoin de répondre, son expression le fit pour elle : elle avait tu la scandaleuse affaire de l'amant de Geraldine Edwards.

Est-ce que Cassie Raven était au courant ? *Sûrement.* Une prise de conscience qui perturba Flyte plus qu'elle ne s'y attendait.

— Une dernière chose. Je suppose que Geraldine possédait un ordinateur, mais je n'en ai pas vu.

Imelda haussa les épaules.

— C'est peut-être son fils qui l'a pris ?

— Possible. Il y a d'autres choses qui ont disparu ?

Imelda secoua la tête.

— Rien. Sauf une photo.

— Quelle photo ?

— Une de Geraldine très jeune, avec son bébé. Elle était accrochée au mur près du lit, mais aujourd'hui, *pouf !*, envolée.

34

— Owen dit qu'il n'attend qu'une demi-douzaine de personnes, expliquait Luca. Comme quoi un petit enterrement intime, c'est « ce qu'elle aurait voulu ».

— Le bâtard ! explosa Cassie. Elle était prof, putain ! Elle a eu des centaines d'élèves et je sais qu'elle aurait voulu qu'ils soient là.

Cassie venait d'arriver à la morgue quand Luca l'avait appelée pour la tenir au courant des dernières dispositions concernant les obsèques de Mme E, prévues à 16 h ce mercredi – dans deux jours à peine.

Elle eut beau essayer de se concentrer sur son travail, elle ne pouvait s'empêcher de regarder l'horloge, de constater le mouvement implacable de la trotteuse en sachant que dans quarante-huit heures, le corps de Mme E serait réduit à quelques poignées de cendres et d'os.

Phyllida Flyte tenait-elle sa promesse ? Ou avait-elle eu tort de lui faire confiance ?

Pour la première fois de son existence, Cassie vivait le travail comme une corvée plutôt que comme un privilège. Elle n'avait pas échangé trois mots avec le pauvre suppléant venu remplacer Carl, qui s'était fait porter pâle. Elle n'arrêtait pas de se représenter son collègue avalant les kilomètres à moto pour s'exiler au fin fond du pays. Chaque étape de la routine mortuaire lui rappelait amèrement tous les rires qu'ils avaient partagés, les lamentations sur la paperasse, les blagues idiotes entre eux… autant de souvenirs que sa traîtrise avait salis à jamais.

La voix de Deborah dans le haut-parleur lui annonça la lieutenante Flyte au téléphone.

— Vous saviez que Geraldine Edwards avait un petit ami ? lança celle-ci de but en blanc.

— *Ex*-petit ami. Ex-fiancé, même.

— Et je peux savoir pourquoi vous ne m'avez pas transmis cette information ?

Le ton sec, tranchant.

— Euh… parce qu'ils se sont séparés il y a des plombes ?

— Peu importe. Il aurait dû être entendu.

— Pourquoi ?

Flyte émit un soupir agacé.

— Dans toute mort inexpliquée, la procédure veut qu'on interroge le conjoint ou amant.

— C'est Owen que vous devriez interroger ! Christian s'est complètement effondré quand il a appris la mort de Mme E.

Il y eut un blanc glacial.

— Vous voulez dire que vous l'avez rencontré ?

Oups.

— Oui. Et au bout de cinq ans à recevoir des gens qui ont perdu un être aimé, je sais reconnaître la vraie douleur.

Les mots de Flyte s'abattirent comme une pluie de mitraille.

— Ah oui ? Et vous avez interrogé combien d'assassins, au juste ?

— Écoutez, je vous jure, il *savait pas* que Mme E était morte.

Cassie eut un flash du visage de Christian se vidant de son sang.

— Il est pratiquement tombé dans les pommes quand je lui ai dit. Il pouvait pas simuler, c'est impossible.

— Votre foi en votre intuition est hautement rassurante.

Le sarcasme fit exploser Cassie.

— Pourquoi vous courez pas après Owen ? C'est lui qui va se faire des millions sur la mort de sa mère. Et les obsèques sont pour après-demain !

— Je crains que vous ne deviez me laisser diriger les investigations comme je l'entends. Et pour l'instant, je veux les coordonnées de ce Christian ainsi que tout ce que vous savez de leur relation.

Le silence fut si long qu'il commença à coaguler.

— Écoutez, Cassie.

Dans un effort apparemment surhumain, Flyte adoucit le ton.

— Si vous voulez que j'examine convenablement cette affaire, vous devez m'aider.

Cassie n'avait pas le choix : si elle ne lui disait pas ce qu'elle voulait savoir, Flyte laisserait simplement tomber.

Dix minutes plus tard, elle raccrochait avec une vision déplaisante derrière la porte vitrée : la frange molle de ce petit con d'Archie Cuff – au-dessus de sa veste Barbour bleu marine, évidemment. Elle songea avec un pincement au cœur au regard qu'elle aurait échangé avec Carl à cette seconde.

— Bonjour, Cassie.

— Salut, marmonna-t-elle avant de lui tourner le dos.

Un instant plus tard, elle jeta un coup d'œil derrière elle pour le retrouver planté là comme un imbécile.

— Je tenais à vous présenter mes excuses, déclara-t-il en se raclant la gorge. L'autre jour, quand je n'arrivais pas à déterminer la cause de la mort de cet AVP. Le jeune homme à la fracture cervicale.

Elle acquiesça, revit Cuff échouant à identifier la fracture au cou de Jordan avant qu'elle se décide à abréger ses souffrances.

— Je voulais juste vous dire que c'était… arrogant de ma part de ne pas vous solliciter. Nos profs nous répètent toujours qu'il est important de demander l'avis du technicien. J'ai conscience que les gens comme vous connaissez bien votre métier…

Les gens comme vous ? Dommage que Carl ne soit pas là pour entendre ça.

— Je veux dire, vous avez vu des centaines, voire des milliers de corps de plus que moi, et participé à un paquet d'autopsies. Vous aviez raison pour le choc anaphylactique, en fait. Et le professeur Arculus vous tient en très haute estime, il vous a même qualifiée de *primus inter pares*, ce qui signifie…

— Première parmi ses pairs.

La tête de Cuff lui rappela une expression polonaise que sa grand-mère affectionnait : « Comme un chien à qui on a montré un tour de cartes ».

— J'ai appris un peu de latin pour mes A-levels d'histoire ancienne, précisa-t-elle.

Puis, les bras croisés :

— OK, alors pourquoi vous l'avez pas fait ? Me solliciter ?

Il en resta comme deux ronds de flan – la réaction de Cassie ne devait pas correspondre au « scénario d'excuses » qu'on lui avait enseigné à Harrow.

Il passa une main dans sa tignasse rousse, adressa une grimace au plafond.

— Sans doute parce que c'est la première fois que je travaille dans une morgue. Et honnêtement… je crois que je me sens un peu dépassé.

Waouh. Sacré aveu de la part d'un maître de l'univers.

— Excuses acceptées, fit-elle en pivotant pour se remettre au travail.

— Attendez.

Il fouilla dans son sac et en tira une bouteille de Chopin, sa vodka polonaise préférée – et hors de prix.

— Le calumet de la paix. J'ai demandé à Douglas quel était votre poison favori.

Lorsqu'elle prit la bouteille, il lui sourit de toutes ses dents et elle ne put s'empêcher de lui rendre la pareille. Peut-être qu'elle l'avait mal jugé, finalement.

Les deux heures suivantes, ils procédèrent en bonne entente aux autopsies du jour, et échangèrent même quelques blagues.

Après le départ de Cuff, Cassie se repassa sa conversation avec Flyte. Avait-elle eu tort de ne pas lui parler de Christian ? Tout à coup, elle se mit à douter de son instinct. Après tout, est-ce qu'elle n'était pas allée un peu vite en collant à Cuff l'étiquette de fils à papa arrogant tout en étant prête à confier sa vie à Carl ?

Elle décida d'appeler Christian. Il avait quand même le droit de connaître les détails des obsèques de son ex-fiancée.

Il décrocha à la deuxième sonnerie.

— Je suis heureux de votre appel. Est-ce qu'on pourrait se retrouver autour d'un verre ou d'un café ce soir ? La mort de Geraldine m'a fait un choc terrible, mais pouvoir parler à quelqu'un qui lui était proche… ça m'a fait beaucoup de bien.

Cassie accepta. Revoir l'ex de Mme E en direct l'aiderait à déterminer si elle s'était complètement plantée sur son compte.

En quittant la morgue en fin de journée, elle passa devant le véhicule de police désormais posté là vingt-quatre heures sur vingt-quatre, et se surprit à échanger des sourires avec les deux agents à l'intérieur. C'était bien la première fois que la vue d'un uniforme la rassurait au lieu de l'inquiéter.

Sur le chemin de son appartement, cependant, le sentiment de sécurité s'évanouit, remplacé par la désagréable sensation d'être épiée. Repensant au *SUIS SUIVIE* tracé sur le miroir de la salle de bains de Mme E, elle jeta un coup d'œil désinvolte par-dessus son épaule afin de sonder la rue derrière elle, mais n'y vit qu'une dame élégante concentrée sur son téléphone derrière ses lunettes de soleil et un monsieur d'une cinquantaine d'années promenant son chien. Elle s'enfonça dans une cité dont elle connaissait par cœur le plan labyrinthique, prit quelques virages serrés et finit par émerger dans une ruelle qui la conduirait chez elle.

Ce n'était sûrement qu'une crise de parano consécutive à l'intrusion à la morgue, mais après avoir aspergé deux gangsters de formol, pas la peine de prendre des risques.

FLYTE

Flyte le savait : découvrir quoi que ce soit qui puisse décemment être qualifié de piste – dans l'idéal avant que le corps ne soit incinéré dans deux jours – était mission quasi impossible.

Et Cassie Raven ne lui avait pas facilité les choses en décrétant que l'ex de Geraldine n'était pas suspect, comme ça, par caprice personnel ! En même temps, si la jeune femme ne s'était pas montrée aussi têtue, Flyte ne serait pas en train de réenquêter sur une mort qui aurait pu être classée comme accidentelle un peu hâtivement.

Quelques jours plus tôt, elle avait surpris un agent en train de la décrire sur un ton moqueur comme « la reine des causes perdues » du service, sous prétexte qu'elle avait du mal à laisser tomber l'affaire Harry Hardwick. Ça l'avait d'abord contrariée, d'entendre ce que ses nouveaux collègues pensaient d'elle, et puis la contrariété avait bientôt cédé la place à une sorte de fierté perverse de ne rien lâcher. Elle avait peut-être des points communs avec Cassie Raven, finalement.

Enquêter sur la mort de Geraldine Edwards lui avait aussi fait prendre conscience d'autre chose : les investigations criminelles lui manquaient. Son boulot à la PJ tendait à se répartir en deux catégories : les affaires stériles (témoin les heures qu'elle avait perdues à l'hôpital à tenter de persuader de jeunes membres de gangs de révéler qui les avait poignardés) et les inintéressantes (en dix semaines, elle avait dû enregistrer une bonne vingtaine de plaintes de victimes de fraude à la carte bancaire).

Après avoir laissé un message sur la boîte vocale de Christian

Maclaren pour lui demander de la rappeler, elle lança une recherche en ligne sur lui. Son site web présentait des photos de ses ouvrages d'architecture, principalement des tours de bureaux quelconques en Europe de l'Est. Il disposait également d'un profil sur LinkedIn qui cadrait avec la description que Cassie lui en avait faite. Toutefois, Flyte voulait recueillir davantage d'éléments avant de l'interroger.

Après avoir consulté la page Facebook de Maddy O'Hare, la collègue et meilleure amie de Geraldine, elle appela le numéro que Cassie lui avait transmis, expliquant qu'elle avait encore quelques questions avant de clore le dossier. Maddy confirma la relation houleuse de « Geri » avec Owen et, sans trop se faire prier, lui répéta la même chose qu'à Cassie : que son amie semblait redouter quelque chose – ou quelqu'un – peu avant sa mort.

— Qu'est-ce que vous pouvez me dire sur le site de rencontres où vous vous étiez inscrites et où Geraldine a connu Christian ?

— Ocean ? Eh ben, d'abord, c'était pas donné ! Geri le trouvait « d'une cherté rassurante ». En tout cas, ça paraissait très pro.

— Et au niveau de la sécurité ? Ils effectuaient des vérifications d'identité ?

— Oui. J'ai été épatée de tout ce qu'ils contrôlaient. C'était même un peu pénible.

Ocean n'avait pas l'air d'être le pauvre site bas de gamme vulnérable aux arnaques sentimentales, mais on ne savait jamais.

— Une dernière chose, demanda Flyte : Geraldine n'avait pas de smartphone et je n'ai pas trouvé d'ordinateur chez elle, alors comment elle se connectait ?

— Ah, mais elle possédait un ordinateur, je lui avais passé mon ancien portable. C'était un vieux coucou, mais il faisait le job.

Chez Ocean, Flyte fut mise en relation avec la secrétaire de direction, qui sembla toute disposée à collaborer… jusqu'à ce qu'elle lui demande le profil complet et l'historique de Maclaren. Là, la jeune femme refusa catégoriquement de divulguer quoi que ce soit sans l'autorisation de la directrice, Lucy Halliwell, qui était « en conférence ».

Voyant se profiler des jours entiers de ping-pong par téléphone et courriel – jours dont elle ne disposait pas –, la lieutenante décida d'aller directement trouver ladite Halliwell : la vue d'une carte de police pouvait être un puissant persuasif.

Ocean occupait le rez-de-chaussée d'un immeuble de bureaux des années 1960 à proximité d'Euston Square. Quelques minutes après son arrivée, Flyte était installée avec un café dans une salle de réunion. Elle n'eut pas à patienter bien longtemps avant d'être rejointe par la patronne, qui achevait une conversation sur son portable. La quarantaine séduisante, Lucy Halliwell portait un pantalon palazzo noir profond, un petit pull bleu canard à manches courtes et un collier en métal alambiqué qui paraissait onéreux : le genre de look décontracté chic qui coûte une fortune à réussir.

— Je vous demande pardon, dit-elle après avoir raccroché. J'espère qu'on s'est occupé de vous ?

La diction élégante, elle irradiait un air d'autorité tranquille.

— J'enquête sur la mort inopinée d'une de vos membres.

— Oh, mais c'est affreux.

Ses sourcils tentèrent de s'arquer de tristesse – en vain. Botox, sans doute.

— Elle a connu un homme par l'intermédiaire de votre site de rencontres, je suis donc très intéressée de découvrir les procédures de sécurité appliquées à vos candidats.

— Nous préférons parler de service de relations premium, rectifia gentiment Halliwell. La qualité de notre offre repose essentiellement sur un contrôle exhaustif. Tout postulant doit fournir des références bancaires et accepter de se soumettre à une batterie de vérifications d'identité, y compris concernant son activité professionnelle.

— Mais un fraudeur décidé trouverait sûrement moyen de contourner tout ça ?

Halliwell secoua légèrement la tête en souriant.

— Nos protocoles sont conçus pour garantir que nos membres sachent exactement avec qui ils communiquent.

— Est-il juste de dire que votre segment de marché est celui des actifs d'âge mûr ?

La directrice opina.

— Ce qui doit représenter une cible de choix pour les escrocs numériques, reprit Flyte. En général, il n'y a pas grand-chose à voler auprès des jeunes.

— Je pense que vous pourrez constater que nos adhérents nous choisissent précisément parce qu'ils ont conscience du risque et souhaitent le limiter.

Flyte avait remarqué que le placage de la table s'écaillait sur les bords, et que le papier peint autrefois à la mode se décollait çà et là. Une sécurité digne de ce nom, ça se paie, et les entreprises cherchent toujours à diminuer les coûts. Les allégations d'Halliwell n'étaient-elles que de la com d'entreprise ?

— Par curiosité, combien de candidats refusez-vous ? demanda-t-elle.

Un frémissement agacé ondula le front anormalement lisse d'Halliwell.

— Assez peu, mais c'est justement parce que nos protocoles de sécurité dissuadent les fraudeurs.

Ouvrir une brèche dans le speech autosatisfait d'Halliwell revenait à essayer de fissurer du verre trempé à la cuiller en plastique. Flyte sortit son calepin.

— Il me faut le dossier d'un de vos anciens adhérents, Christian Maclaren. Et l'historique de tous ses échanges sur le site.

— Vous n'êtes pas sans savoir que ces renseignements sont couverts par la loi sur la protection des données, répondit Halliwell avec un sourire attristé. Il nous faudrait un mandat officiel pour y accéder.

Flyte soutint son regard.

— Et vous n'êtes pas sans savoir que nous n'aurions aucun mal à obtenir la réquisition nécessaire, si nous étions contraints d'en passer par là.

Sans la quitter des yeux, Halliwell tapota un ongle brillant sur la table.

— Vous dites que ce Maclaren est un suspect dans votre enquête ?

Flyte hésita.

— C'est l'une des pistes que nous suivons.

Le sourcil imparfaitement arqué d'Halliwell montra qu'elle n'y croyait pas.

Flyte jura intérieurement : avec les obsèques de Geraldine Edwards qui approchaient, pas question de perdre du temps à déposer une requête en vertu de la loi sur la régulation des pouvoirs d'investigation. Elle se pencha en avant et adopta un ton confidentiel :

— Les arnaques à la romance suscitent toujours beaucoup d'intérêt dans les médias. Si nous devions découvrir qu'un escroc a profité d'une faille dans vos systèmes… ma foi, il serait bon de pouvoir préciser que nous avons bénéficié de votre entière collaboration dès le départ.

Flyte sentit son pouls s'accélérer : les menaces voilées n'étaient pas vraiment son style.

Le bout de la langue d'Halliwell fit une brève apparition entre ses lèvres au maquillage naturel.

— J'ai une confiance absolue dans l'intégrité de nos protocoles de sécurité, mais… en tant qu'entreprise, nous nous devons de traiter toute demande émanant des forces de l'ordre avec le plus grand sérieux.

Flyte dut serrer les dents pour s'empêcher de sourire.

Elles descendirent un escalier miteux débouchant au sous-sol sur un bureau bas de plafond éclairé au néon.

Des affiches de vieux films imprimées sur papier A4 tapissaient les murs pour tenter de dissimuler la peinture cloquée par l'humidité.

— C'est ici que nous cachons le service informatique, murmura Halliwell, une pointe d'excuse dans la voix.

Des disques durs et autres moniteurs usagés s'entassaient par terre à côté de cartons surchargés ; un haut-parleur portatif braillait du rock cacophonique.

— Dan est notre analyste de l'information, poursuivit Lucy en s'approchant d'un jeune barbu concentré sur son ordinateur.

Lorsqu'il ferma une fenêtre avec une nonchalance exercée,

Flyte se demanda ce qu'il était en train de regarder – Facebook ? Ou Pornhub ?

— Dan, où est Beth ?

— Oh, salut, Lucy, fit-il avec un sourire hypocrite. Elle est dans le cagibi.

Il indiqua une porte à proximité.

À l'intérieur du minuscule bureau, une brune de trente-cinq, quarante ans était assise derrière un ordinateur. Sur le mur au-dessus d'elle, une autre affiche de film : Audrey Hepburn et Gregory Peck juchés sur une Vespa. *Vacances romaines.*

— Beth est en charge du service des inscriptions, expliqua Halliwell. Tu peux fournir certaines informations à la lieutenante Flyte ? Dans les limites dont on a parlé.

Avec un regard entendu qui n'échappa pas à Flyte.

— Bien sûr, Lucy. Avec plaisir.

L'expression prudente de Beth suggérait qu'Halliwell était le genre de patronne qu'il fallait constamment apaiser.

Lucy partie, Flyte rapprocha une chaise.

— Vous travaillez ici depuis longtemps ?

— Euh… environ huit mois.

Beth paraissait déconcertée d'avoir une flique assise dans son espace de travail.

— Ce bureau est un peu un cul-de-basse-fosse, non ? murmura Flyte pour tenter de la mettre à l'aise.

Un sourire s'insinua sur le visage de Beth.

— Un rafraîchissement serait bienvenu, mais comme on n'est pas en frontal avec la clientèle…

— Et comment marchent les affaires ?

D'un ton léger.

— Pas mal, je crois…

Beth leva les deux mains pour coincer ses cheveux mi-longs derrière ses oreilles, dont l'une arborait un piercing hélix.

— …vu qu'il s'ouvre pratiquement un nouveau site de rencontres chaque semaine, acheva-t-elle.

Son look était ce que les gens de Camden nomment « grunge » et que Flyte appelait « débraillé ».

Le regard de la lieutenante tomba sur un tableau en liège où étaient punaisées des photos de mariage : une quinzaine de couples, tous d'âge plus ou moins mûr, rayonnant sur des perrons d'églises et d'hôtels de ville.

— Ça doit faire plaisir, quand ça matche.

Beth acquiesça en souriant.

— C'est ce qu'il y a de plus chouette dans ce boulot : voir se trouver des gens qui sont faits l'un pour l'autre.

— J'avais déjà deviné que vous étiez une incorrigible romantique, fit Flyte en montrant Hepburn et Peck.

— J'adore ce film !

Beth pressa une main sur son cœur telle une ado en mal d'amour.

— Ces deux-là étaient faits pour être ensemble, mais le monde ne le permettait pas.

Légèrement surprise de lui voir les yeux humides, Flyte s'abstint de signaler que l'idylle des personnages reposait sur une imposture – Hepburn l'innocente princesse se faisant passer pour une touriste, Peck le journaliste sans scrupules entrant dans son jeu dans l'espoir d'un scoop. Ce serait presque un embryon de catfishing, songea-t-elle, si le personnage de Peck ne se rachetait pas dans la scène finale.

— Alors, voilà le profil du type qui vous intéresse, fit Beth en orientant l'écran vers Flyte. C'est ce que les autres membres d'Ocean ont pu voir pendant qu'il était inscrit chez nous.

Maclaren y était décrit comme un architecte de quarante-cinq ans possédant son propre cabinet, jamais marié, sans enfant, aimant l'art, les voyages, le cinéma, le théâtre et les activités de plein air. Ses photos étaient banales, à part une où il posait à la barre d'un voilier, beau et sûr de lui, en pull à grosses mailles et avec une montre de luxe au poignet : *le* cliché glamour qui garantissait un maximum de touches sur un site de rencontres.

Beth accepta de lui transmettre le profil complet par mail, mais quand Flyte tenta sa chance en demandant à voir les références bancaires du compte, elle se cassa le nez.

— Je suis vraiment navrée, Lucy a dit…

Beth changea de position, visiblement embarrassée.

— Je sais : pas d'informations confidentielles sur les adhérents, fit Flyte, avec un sourire pour lui montrer qu'elle ne lui en tenait pas rigueur. Rien d'autre que vous pourriez m'apprendre ?

Beth ouvrit une autre page.

— Apparemment, il s'est inscrit en mars et a résilié en juin, si ça peut vous être utile.

— Est-ce qu'il a communiqué avec d'autres personnes que Geraldine Edwards ?

Le regard de Beth se posa sur la porte ouverte. En le suivant, Flyte vit son collègue, Dan, pile dans la ligne de mire de la jeune femme. À première vue, il paraissait concentré sur son ordinateur, mais Flyte s'aperçut que l'écouteur de son casque ne couvrait pas complètement son oreille.

Elle émit un frisson exagéré.

— Ça vous ennuie si je… ?

Et elle se leva pour tirer la porte.

— J'ai horreur des courants d'air. On parlait des autres contacts de Maclaren.

Beth baissa la voix.

— Il n'a échangé qu'avec elle, Geraldine Edwards.

Scrogneugneu. Ce n'était pas vraiment le mode opératoire d'un arnaqueur.

— Ça vous sert à quelque chose, tout ça ? s'enquit Beth.

— Honnêtement ? Pas vraiment.

Beth jeta un coup d'œil vers la porte et reprit tout bas.

— Ce Maclaren, il n'a… rien fait de grave, hein ?

Flyte la regarda.

— Je ne sais pas encore. C'est possible.

Maclaren ne l'avait pas encore rappelée, mais peut-être était-il en déplacement.

Beth se tripota une mèche de cheveux.

— Parce que penser qu'on ait pu faire du mal à une femme à cause de nous…

Le téléphone du bureau sonna et Beth répondit avec un sourire d'excuse.

Pendant le bref échange qui s'ensuivit, Flyte nota le numéro de poste inscrit sur le combiné. Lorsqu'elle raccrocha, Beth lui adressa une moue contrite.

— C'était Lucy, comme quoi on devrait avoir terminé, maintenant ?

Flyte sourit pour dissimuler une grimace de dégoût face au ton interrogatif.

— Pas de problème. Merci de votre aide.

En se levant, elle posa sa carte sur le clavier.

— Si jamais vous vouliez me joindre, en toute confidentialité.

Lorsqu'elle sortit, Beth contemplait la carte en jouant avec ses cheveux.

35

Ce soir-là, en se présentant à l'accueil luxueux du club branché de Shoreditch où Christian lui avait fixé rendez-vous, Cassie ne se sentit pas à sa place : non pas, pour une fois, à cause de ses piercings, mais parce qu'elle avait dû venir directement du travail, en jean et T-shirt.

Orientée vers un escalier de verre conduisant à la mezzanine, son sentiment de malaise ne fit que croître lorsqu'elle croisa une femme en train de descendre. Ultrastylée depuis son béret en velours jusqu'à ses Doc vernies en cuir prune, le bref coup d'œil qu'elle lui jeta du coin de ses lunettes de soleil donna à Cassie l'impression d'avoir été jugée et condamnée pour faute de goût vestimentaire.

— Vous êtes en avance ! lança Christian en se levant pour l'accueillir.

— Désolée, j'ai pu m'échapper plus tôt que prévu.

— Ne vous excusez pas, je suis content de vous voir.

Il était toujours élégant, mais elle fut effarée de voir à quel point il avait les traits tirés par rapport à la dernière fois. Un grand verre de vin à moitié plein trônait devant lui ; un autre, vide à part une rondelle de citron, en face.

— Je ne vous ai pas interrompu, au moins ? demanda Cassie.

— Non, non. Un rendez-vous d'affaires assommant, mais on avait terminé.

— C'est génial, ici ! fit-elle une fois que le serveur eut pris sa commande.

Elle admira la voûte en brique faiblement éclairée par des milliers de petites ampoules suspendues en grappes au plafond.

— C'est une ancienne église, c'est ça ?

— Oui. On venait souvent ici, avec Geraldine.

Un sourire flottait sur ses lèvres.

— Elle appelait ça son petit plaisir « au diable l'héritage ».

L'ouverture parfaite pour creuser sa théorie selon laquelle Mme E aurait pu avoir un enfant illégitime avant son mariage.

— Vous savez si Geraldine comptait léguer tout ce qu'elle possédait à Owen ?

— C'est ce que j'ai toujours supposé. Même si on n'a jamais évoqué la mort.

Il soupira.

— On n'avait aucune raison, elle aurait dû vivre encore trente ans, voire plus.

Il fit tourner son verre sur la table.

— Pourquoi cette question ?

— Je me demandais si elle n'aurait pas fait allusion à un autre enfant. Une fille ? Née avant Owen ?

Il parut déconcerté.

— Jamais devant moi.

Il ne portait pas de lunettes, cette fois, ce qui lui donnait un air plus… vulnérable. Il lui fit penser à Maurice, le vieux monsieur qui était venu voir sa défunte épouse le soir de l'effraction - comme désorienté, pas tout à fait là.

— Je suis vraiment navrée de vous poser toutes ces questions. Ça a dû être dur pour vous, d'apprendre la disparition de Geraldine de cette façon.

Il hocha lentement la tête.

— Vous aurez compris que je ne m'étais pas encore remis de notre séparation. Pour être honnête, j'imagine que je croyais encore… j'espérais encore… qu'on pourrait se retrouver.

Il se mordit la lèvre inférieure, si fort que Cassie la vit blanchir.

— Le plus difficile, c'est me dire que si on était restés ensemble, elle serait peut-être encore en vie. Que… Que j'aurais peut-être pu empêcher sa mort.

Il s'était exprimé comme s'il pensait réellement qu'il aurait pu la sauver. Une forme de pensée magique que Cassie voyait souvent chez les personnes récemment endeuillées.

— « La vie n'est qu'une ombre qui marche », murmura-t-il pour lui-même.

— Shakespeare ?

— Oui, *Macbeth.*

Son élocution aurait pu dénoter une bonne éducation en école privée, pourtant Cassie détectait une sorte d'application dans sa façon de prononcer certains mots, qui laissait supposer que son accent actuel n'était peut-être pas celui de ses origines.

— Où est-ce que vous avez grandi ?

Devant sa mine interloquée, elle ajouta :

— Pardon, je ne devrais pas être aussi curieuse.

— Non, non, ce n'est rien.

Souriant, il leva une main.

— Je suis né du mauvais côté de la Tamise, à Brixton. Bien avant l'arrivée des hipsters.

— Vos parents y habitent toujours ?

Il but une gorgée.

— Je n'ai jamais connu mon père, et ma mère est morte quand j'avais treize ans. Elle était alcoolique.

— Je suis désolée. Vous avez des frères et sœurs ?

— Une sœur.

Il fronça les sourcils dans son verre.

— Vous n'êtes pas proches ?

— On était… très proches.

Son visage s'emplit de tendresse.

— On a tous les deux été pris en charge par la protection de l'enfance quand j'avais neuf ans. Quelle blague ! Les services sociaux n'arrêtaient pas de nous placer dans des familles séparées, mais comme on fuguait toujours pour se rejoindre, ils ont fini par nous laisser au foyer. Qu'est-ce que j'aimais avoir une petite sœur !

— Plus maintenant ?

— On… On est en froid.

Son expression trahissait des émotions partagées – l'affection évidente le disputant à l'agacement, voire à la colère.

— Mais la famille, c'est pour la vie, non ?

Cassie détestait l'imaginer supportant son chagrin tout seul.

— Je suis fille unique, je donnerais n'importe quoi pour avoir une sœur ou un frère.

Attrapant un cure-dent, Christian se mit à jongler avec entre l'index et le majeur, dans un geste fluide et presque inconscient. Cassie avait passé des heures à essayer de maîtriser ce truc pendant les cours de maths de sixième, au fond de la classe. Sans jamais y arriver.

— Depuis que vous me l'avez annoncée, je n'arrête pas de penser à la mort de Geraldine, dit-il enfin. Et surtout à vos doutes. Je ne supporterais pas… Ce serait encore pire s'il s'agissait d'autre chose que d'un terrible accident.

Sa voix s'éraillla en un murmure horrifié.

— L'idée qu'on ait pu la *tuer*…

Elle lui mit une main sur le bras, pétrie de culpabilité devant sa mine torturée.

— Christian, il n'y a pas le moindre élément dans ce sens.

— Mais je vois bien que vous avez des soupçons. Vous croyez que la police a bien fait son travail ?

Donc, Flyte ne l'avait pas encore contacté. Devait-elle le prévenir ? Cassie était écartelée : elle le connaissait à peine, mais le deuil qu'ils partageaient créait un lien de proximité. En plus, elle avait un peu de mal à se ranger du côté des flics. Mais bon, après avoir poussé Flyte à se pencher sur la mort de Mme E, ce ne serait pas correct d'interférer dans son enquête.

— Et les analyses ? reprit-il. Elles n'ont rien révélé de… fâcheux ?

— Non, rien du tout.

Il baissa les yeux, mais Cassie se demanda si elle n'y avait pas entrevu comme… une lueur de soulagement ?

— Geraldine n'a jamais pris… de drogues, n'est-ce pas ? s'enquit-elle. À votre connaissance.

— Seigneur, non !

Il paraissait sincèrement amusé.

— Sauf si vous comptez comme tels un bon whisky et une petite cigarette de temps à autre.

— Écoutez, il y a des dizaines de morts accidentelles tous les jours. Je me tourne sûrement des films, je veux trouver une explication…

Elle s'interrompit, cherchant ses mots.

— Parce que je n'arrive pas à me faire à l'idée que je ne la reverrai jamais.

Cassie vit deux émotions contradictoires s'affronter sur les traits de Christian : la peur que quelqu'un ait assassiné la femme qu'il aimait contre l'espoir que sa mort ait vraiment été un malencontreux accident. Pour l'heure, l'espoir sembla l'emporter.

Dans le métro pour rentrer chez elle, Cassie se rejoua l'entrevue dans sa tête, essaya de l'analyser comme le professeur Arculus disséquerait un corps. Elle ne trouva rien pour ébranler sa conviction que Christian était en butte à un chagrin – et à un choc – profonds suite au décès de son ex-fiancée. Le seul moment vaguement déroutant avait été sa question sur les résultats toxicologiques de Mme E.

Peut-être se tracassait-il qu'elle ait avalé des médicaments, craignant qu'après leur rupture et sans l'enseignement pour rythmer sa vie, elle n'ait sombré dans une spirale dépressive ?

L'idée que Mme E ait pu se suicider était presque pire que la crainte qu'elle ait été assassinée. Imaginer qu'elle ait souffert seule après que Cassie s'était éloignée d'elle serait insupportable. Mais en y réfléchissant rationnellement, elle se rasséréna : le bilan toxico standard recherche plus de trois cents substances, ce qui couvre à peu près tous les médicaments sur lesquels une personne normale peut mettre la main.

36

Le lendemain matin, Cassie allait travailler, tête baissée contre la bruine froide et perdue dans ses pensées sur les obsèques de Mme E, lorsqu'elle lui rentra quasiment dedans : un grand type dégarni qui surgit de l'ombre d'un pont de chemin de fer. Un homme dont elle reconnut immédiatement la silhouette.

— C'est toi qu'as placardé les obsèques de ma mère partout sur Facebook ?

Owen oscillait un peu sur la pointe des pieds.

En fait, c'était Maddy qui avait posté les détails de la cérémonie prévue le lendemain après-midi. Seulement, Cassie avait dû être taguée, ce qui avait permis à Owen de l'identifier comme la fille de la morgue.

— J'ai su tout de suite qu'y avait un truc pas net chez toi.

Owen colla sa figure sous le nez de Cassie, accompagnée d'un souffle d'alcool écœurant – il devait avoir petit-déjeuné liquide.

— D'abord, les croque-morts me sortent qu'y peuvent pas récupérer le corps avant aujourd'hui. Et maintenant, v'là les flics qui m'appellent avec des tas de questions.

Il projeta un doigt vers son visage, s'arrêta juste avant de la toucher.

— Chuis pas débile. Je sais qu'tu fous l'bordel, tu vois ?

Son air de violence contenue donna la chair de poule à Cassie.

— Vous n'êtes pas content que tant de gens veuillent venir rendre un dernier hommage à votre mère ? demanda-t-elle, d'un ton plus calme qu'elle ne l'était réellement.

— Qu'est-ce ça peut t'foutre ? T'étais qu'une de ses putains d'*élèves.*

Elle sentit un postillon atterrir sur sa paupière.

— Elle a jamais eu de temps pour son fils unique, ça non, mais ses élèves, alors là, elle les aimait, *ses élèves.*

— Nous aussi, on l'aimait ! Et c'était pas pour rien. Elle méritait d'être aimée.

— Oh, pour ça, elle l'était, *aimée* ! lâcha-t-il, les traits déformés. *Dégueulasse.* Une femme de son âge.

Cassie eut un accès de rage pure.

— Si vous parlez de Christian, je suis bien contente qu'elle ait rencontré quelqu'un. Vous n'auriez pas pu être heureux pour elle ?

Il se dressa au-dessus d'elle et elle se prépara à prendre un coup – mais brusquement, il s'affaissa, ses grosses joues colériques retombèrent.

— Pourquoi elle m'aimait pas ? geignit-il, comme si Cassie pouvait connaître la réponse. Elle m'a jamais aimé. J'étais jamais assez bien, jamais assez intelligent.

Elle scruta sa face d'ivrogne apitoyé sur son sort. Il est vrai que Mme E ne supportait pas les imbéciles. Avait-elle été une mère implacable en voyant que son fils ne répondait pas à son niveau d'exigence ?

Cassie chercha son regard.

— Quand on vient de perdre quelqu'un, les sentiments peuvent être très à vif. On exagère facilement. Je suis sûre qu'elle vous aimait.

Il baissa les yeux sur elle, comme s'il avait oublié sa présence.

— Écoute-moi, fit-il dans un murmure chargé de menace. Tu te mêles d'affaires que tu comprends p…

Il s'interrompit, paupières plissées ; la considéra de haut en bas.

— C'est toi qui t'es pointée chez ma mère le jour où je suis arrivé !

Un sourire mauvais l'éclaira, comme s'il venait de piger autre chose.

— Et c'était toi qu'étais planquée à la maison l'autre jour, hein ? fanfaronna-t-il. Je croyais avoir aperçu un drôle de téléphone mais quand je suis revenu le chercher, il était plus là.

Cassie secoua la tête.

— Je sais pas de quoi vous parlez.

Mais en se revoyant récupérer son portable sur le lit, elle se sentit rougir jusqu'aux oreilles.

Owen parut se détendre, son attitude irradiait le triomphe.

— C'est pour ça que la porte de la cuisine était ouverte ! La femme de ménage m'a juré qu'elle l'avait fermée à clef.

Il pointa un gros doigt à quelques centimètres de son visage.

— Alors, écoute-moi bien. Tu vas arrêter de fourrer ton nez dans mes affaires, vu ? Sinon, je dis aux flics que t'es entrée chez ma mère par effraction et je leur demande de relever les empreintes.

— Je crois que vous vous trompez de personne, déclara Cassie en commençant à reculer.

Elle pivota sur ses talons et s'éloigna aussi vite que possible sans se mettre à courir.

Il n'essaya pas de la suivre, mais lança :

— Si t'oses te pointer à la cérémonie demain, je te fais foutre dehors !

Elle se précipita jusqu'à la morgue, le cœur lui pilonnant le sternum. Une fois arrivée, elle sortit son téléphone et, toujours hors d'haleine, sélectionna le numéro de Flyte.

Son pouce resta en suspens au-dessus du bouton d'appel. La lieutenante devait être mise au courant de ce qui venait de se passer avec Owen, quel genre d'homme il était. Toutefois, Cassie s'avisa qu'il avait pris soin de ne pas poser un doigt sur elle, ni de la menacer de violences. De toute façon, il avait toutes les cartes en main, désormais : si vraiment il signalait une effraction à Patna Road, les flics trouveraient les empreintes digitales de Cassie partout dans la chambre de Mme E. Empreintes qu'ils avaient dans leur base de données depuis son arrestation pour possession de drogue à dix-sept ans. Si elle était accusée d'effraction, ça ne signifierait pas seulement la fin de sa carrière : ça pourrait aussi faire capoter l'enquête de Flyte sur la mort de Mme E et détruire leur dernière chance de sauver son corps de l'incinération.

FLYTE

Flyte avait à peu près autant de temps pour les intuitions que pour les horoscopes : l'instinct ne remplace pas des preuves, un mobile et un suspect. Elle n'avait pas renoncé à l'affaire Geraldine Edwards, même si le corps, seule pièce à conviction potentielle, allait partir en fumée le lendemain. L'incinération elle-même ne mettrait pas fin à l'enquête, mais si elle n'aboutissait pas rapidement à quelque chose, elle aurait bientôt le capitaine Bellwether sur le dos.

Elle poussa la porte de la salle d'interrogatoire n° 4.

Owen Edwards se leva et lui tendit la main, qu'elle fut bien obligée de serrer.

— Enchanté de vous rencontrer, lieutenante.

Réprimant l'envie pressante de s'essuyer la paume sur son pantalon, elle s'assit face à lui.

— Ça va être long ? demanda-t-il, ses joues veinées gonflées par un sourire mielleux. J'ai une montagne de choses à préparer pour la cérémonie de demain, comme vous pouvez l'imaginer.

Décelait-elle de l'anxiété dans son intonation – une inquiétude, peut-être, que les obsèques puissent être repoussées ? Elle n'avait jamais été très douée pour repérer les signaux inconscients ; ses réussites avaient toujours relevé de l'approche logique et laborieuse du travail d'enquête.

— Pas trop, j'espère, M. Edwards. J'essaie juste de tout baliser pour le rapport final.

— Mais il n'y a rien d'anormal dans sa mort ?

— Pas à notre connaissance.

— Parce que le bureau du coroner a donné le feu vert pour les obsèques après avoir reçu le rapport d'autopsie.

— C'est exact.

Elle le regarda froidement.

— Mais comme votre mère est décédée de manière inattendue, il ne faut rien laisser au hasard, n'est-ce pas ?

Elle feuilleta ses notes.

— Selon la femme de ménage, Imelda, votre mère possédait un ordinateur personnel, qui a disparu de la maison.

— J'ai préféré laisser aucun objet de valeur sur place.

Son sourire commença à se flétrir.

— Y a des camés et des zonards en tout genre qui s'installent dans les maisons vides à Londres, pas vrai ?

Son haleine à l'alcool éventé atteignit Flyte de l'autre côté de la table.

— Et son téléphone portable ?

— Je… Je l'ai jeté. C'était une antiquité.

— Je vois. Et où se trouve l'ordinateur, maintenant ?

— Pourquoi ?

À chaque question, l'expression d'Owen perdait en obséquiosité.

— Il pourrait nous fournir de précieux renseignements, avec qui elle a été en contact les jours précédant sa mort, par exemple. Ou si la relation mère-fils s'était tellement envenimée qu'elle avait de bonnes raisons d'avoir peur de lui…

Le regard d'Owen rebondit dans toute la pièce.

— J'ai effacé le disque dur et je l'ai emporté à la déchetterie.

— Alors vous avez vite changé d'avis sur sa valeur.

Elle introduisit une nuance de gravité froide dans le propos.

— Je dois vous avertir que c'est un délit, de détruire tout élément susceptible d'apporter des informations pertinentes sur la mort de votre mère avant l'enquête du coroner.

Flyte savait bien qu'il s'agissait d'une menace en l'air : l'enquête du coroner n'était guère qu'une formalité, déclenchée uniquement parce que l'autopsie n'avait pas permis de déterminer la cause exacte du décès. N'empêche, ça ne faisait pas de mal de maintenir Owen sur le gril.

— Je suppose qu'elle a laissé un testament ?
— Il est enregistré chez le notaire, tout est en ordre.
— L'agent immobilier dit que vous vendez la maison et une parcelle de terrain en lots séparés.
Elle haussa un sourcil.
— Ça devrait atteindre un joli montant. Vous êtes le seul bénéficiaire ?
— Oui, fit-il en levant le menton. À qui d'autre elle aurait pu léguer ses biens ?
On frappa à la porte et un agent passa la tête.
— Désolé de vous déranger, lieutenante. Un message d'une personne que vous cherchiez à joindre.
Il lui tendit un papier où était écrit : *Christian Maclaren a appelé. Il viendra vous voir demain matin à la première heure. Il vous a laissé un message vocal.*
Ces mots rappelèrent à Flyte le texto sentencieux que Cassie Raven lui avait envoyé tout à l'heure : *Demandez à Owen Edwards comment il vivait le fait que sa mère ait une vie sexuelle.* Naturellement, sans expliquer en quoi ce pouvait être un angle d'interrogatoire fructueux ! Mais bon, Flyte avait sous-estimé les pouvoirs de déduction de cette casse-pieds, alors…
— Passons à la vie privée de votre mère, M. Edwards. Comment est-ce que vous vous entendiez avec son fiancé, Christian Maclaren ?
— *Ex*-fiancé, jappa Owen.
Son teint, à l'origine fleuri, s'assombrit.
— Peut-on dire que vous ne vous aimiez pas ?
— Je le connaissais à peine !
Réponse de politicien – autrement dit, pas une réponse.
— Je crois savoir qu'il a dû vous chasser de chez elle après une dispute ?
Les yeux d'Owen se rétrécirent en une fente et pendant une fraction de seconde, elle crut qu'il allait exploser.
— C'était rien… qu'un bête malentendu, ragea-t-il.
— Comment preniez-vous le fait que votre mère ait un petit ami ?

Le visage d'Owen tremblait de fureur contenue.

— Délire de la cinquantaine ! Le baroud d'honneur de ses hormones !

Il serrait les poings si fort que ses jointures ressemblaient à des pièces d'échecs en ivoire. Son attitude était bien celle d'un homme qui a quelque chose à cacher, mais de là à le situer sur les lieux et à rassembler suffisamment d'éléments pour monter un dossier d'homicide…

— Pour information, rappelez-moi où vous vous trouviez le soir du décès de votre mère.

— J'étais à un congrès à Bristol, je l'ai déjà dit à votre chef.

— Le lieutenant Sloman est mon homologue, corrigea-t-elle avec un sourire pincé. Dans quel hôtel étiez-vous descendu ?

— Comme je lui ai dit, j'ai roupillé quelques heures dans la voiture. J'ai pensé que ça m'économiserait un peu de sous.

Un alibi invérifiable – comme c'était pratique !

Ils se toisèrent du regard. Flyte se demandait jusqu'où elle pouvait pousser l'interrogatoire alors qu'il n'était pas mis en examen et qu'elle n'avait pas un iota de début de preuve contre lui.

— C'est bon, je peux y aller ? demanda-t-il.

— Oui, répondit-elle en refermant son calepin.

Il se leva, incapable de réprimer un sourire satisfait. Elle le lui rendit.

— Pour le moment.

37

Cassie travailla en mode automatique toute la matinée, les yeux constamment rivés sur l'horloge, dont les aiguilles dévoraient impitoyablement les heures. Les pompes funèbres devaient passer en fin de journée pour récupérer le corps de Mme E en vue des obsèques du lendemain.

À midi, elle avait dû consulter son téléphone trente ou quarante fois au cas où Flyte lui aurait envoyé un message, mais rien. Enfin, un texto. Avec son laconisme revêche habituel, la lieutenante disait simplement : *Il faut qu'on se voie.*

Au café, elle trouva la policière installée à une table dans un coin, dos à la salle. Son chignon blond était toujours aussi impeccable, sans un cheveu égaré dans son cou, aussi long qu'indéniablement ravissant. Cassie réprima un sourire : Flyte n'était décidément pas du genre à partir dans des théories échevelées.

La lieutenante la salua froidement.

— Je vous ai pris un expresso.

— Oh, génial, merci.

Après leur dernière conversation, où Flyte l'avait descendue en flamme pour ne pas lui avoir parlé de Christian Maclaren, Cassie était bien décidée à se montrer exemplaire.

Sauf qu'elle était à peine assise que, sans un mot, l'enquêtrice poussa un document sur la table. Cassie y reconnut immédiatement un historique des accès de l'ancien système de sécurité de la morgue, comme celui qui l'avait rendue suspecte dans le vol du corps de Harry Hardwick.

— J'avais presque oublié que j'avais demandé à la société de sécurité le relevé des entrées et sorties de la morgue sur ces douze derniers mois quand j'ai reçu ceci, lâcha sèchement Flyte. Vous voulez bien m'expliquer ce que vous avez fabriqué là-bas des nuits entières depuis sept mois ?

Cassie se sentit chavirer en voyant revenu le regard suspicieux de Flyte. Elle réussit néanmoins à hausser les épaules.

— Je vous l'ai déjà dit, je suis souvent d'astreinte et il m'arrive d'avoir à y aller la nuit.

— *Toute* la nuit ?

Flyte montra les lignes qu'elle avait surlignées.

— À trois occasions, vous avez commencé votre service dans la journée… et n'êtes pas rentrée chez vous.

Cassie croisa les bras.

— Tout le monde sait que l'ancien système n'était pas fiable, c'est même pour ça qu'on nous l'a changé.

— Écoutez, je mouille la chemise pour vous en enquêtant sur la mort de Geraldine Edwards !

La colère lui rosit les joues.

— J'ai besoin d'être sûre que vous ne trafiquez rien d'illégal !

Cassie comprit une chose : si elle voulait garder Flyte de son côté, elle devait se jeter à l'eau.

Elle prit une grande inspiration avant de se lancer :

— OK. Vous vous rappelez cette journée caniculaire qu'on a eue en avril ? Oliver, un petit garçon de neuf ans qui jouait avec ses copains au bord du canal, a sauté dans l'eau pour relever un défi. Pour faire court, ça a mal tourné et il s'est noyé. Son corps a dû être repêché par des plongeurs. J'étais de service quand sa mère, Natalie, est venue le voir.

Elle sentit ses mâchoires se serrer à cette évocation.

— Mère célibataire, père envolé. Oliver était son seul enfant.

— Continuez, dit Flyte d'une voix à peine audible.

— Elle est restée avec lui tout l'après-midi et jusqu'au soir. En fin de journée, sa meilleure amie est venue la rejoindre. À 22 heures, on essayait toutes les deux de la convaincre de rentrer chez elle, dormir un peu et revenir le lendemain. Mais elle pouvait pas se résoudre à partir.

Elle jeta un regard à Flyte, qui fixait sa tasse de café.

— Bref, au bout d'un moment, elle nous a expliqué : Oliver avait toujours eu peur du noir, alors elle ne supportait pas de l'imaginer allongé tout seul dans sa cellule réfrigérée.

Flyte tressaillit.

— Oui, c'était déchirant, convint Cassie.

Elle contempla sa mine défaite, à nouveau surprise de constater à quel point elle était sensible, pour une flique. Et tout à coup, elle reconnut l'expression : Phyllida Flyte avait vécu un deuil dévastateur, et commençait tout juste à y faire face. *Bloquée au stade du déni.*

— Alors, vous… avez proposé de rester avec lui.

— J'ai dit à Natalie que je dormirais par terre dans la salle de présentation pour veiller sur lui jusqu'à l'arrivée des pompes funèbres.

Cassie haussa les épaules.

— Après, chaque fois qu'on a eu un enfant à la morgue pour la nuit, j'ai pris l'habitude de dormir sur place.

Et plutôt que d'avouer la vérité à Rachel, elle lui avait raconté qu'elle s'était soûlée avec Carl et écroulée sur son canapé.

— Un peu comme des veillées, quoi, conclut Flyte.

Cassie acquiesça. L'air insondable, la lieutenante reprit le document et le rangea dans son sac.

— Alors… vous direz rien à mon patron ? demanda Cassie.

— Bien sûr que non. Ce n'est pas du ressort de la police.

La lieutenante lui adressa le type de regard rassurant qu'on offre à une amie.

Cassie perçut un net changement d'atmosphère entre elles. Flyte déchira un sachet d'édulcorant, dont le rose bonbon correspondait à la couleur de ses ongles vernis parfaitement ovales, et le versa dans son café.

— Vous avez reçu les photos que je vous ai envoyées ?

— Euh, non. Désolée, je suis nulle pour consulter mes mails.

Cassie chercha son téléphone dans son sac.

— Tenez, fit Flyte.

Elle tapota l'écran du sien avant de le lui passer.

— C'est bien le Christian Maclaren que vous avez rencontré ?

Cassie parcourut la galerie de photos et haussa les épaules.

— Oui, c'est lui. Mais Owen, alors, vous l'avez interrogé ? Qu'est-ce que vous en avez pensé ?

— Aucun élément n'indique qu'il ait eu quoi que ce soit à voir avec la mort de sa mère.

Sa voix avait retrouvé une pointe d'agacement – mais tournée vers sa propre absence de progrès, crut percevoir Cassie.

— Éléments ou pas, vous ne lui faites pas confiance, si ?

Flyte poussa un petit soupir avant de reconnaître :

— Je ne *l'aime* pas, mais penser que quelqu'un est un sale type n'a pas beaucoup de poids auprès du procureur.

— Il y a autre chose qu'il faut que je vous dise.

Décidant de prendre un nouveau risque, Cassie relata une version révisée de la manière dont Owen lui était tombé dessus le matin même.

Flyte se redressa.

— Il vous a touchée ou menacée d'une manière quelconque ?

— Non, mais il a dit un truc bizarre : que je me mêlais d'affaires que je comprenais pas.

— Une idée de ce qu'il pouvait vouloir dire ?

Cassie secoua la tête.

— Ça n'aurait pas été une allusion à sa relation difficile avec sa mère, tout simplement ?

— Je sais pas.

Devant l'air résigné de Flyte, Cassie eut soudain peur qu'elle laisse tout tomber.

— On doit bien pouvoir faire quelque chose !

— J'ai essayé, Cassie, je vous assure.

Elle plia sa serviette en papier.

— Je suis navrée. J'ai un tas d'autres affaires à traiter.

Cassie se rappela sa petite incursion dans la maison de Patna Road et ce qu'elle avait découvert coincé dans l'imprimante de Mme E, cette trace d'un mariage, deux ans plus tôt, entre les mystérieux Barry Dennis Renwick et Julia Geraldine Torrance.

— Écoutez… supposons que Mme E ait eu un autre enfant

avant son mariage et qu'elle ait dû la donner à l'adoption. Si elle s'était lancée à sa recherche et avait essayé de la contacter, Owen aurait pu péter les plombs ? Il aurait peut-être eu peur qu'elle veuille modifier son testament en sa défaveur.

Flyte avait l'air vaguement amusée.

— Et vous avez des preuves, je présume, de ce projet de déshériter Owen en faveur d'un enfant illégitime ? On ne peut pas choisir son coupable puis inventer un mobile fantaisiste pour que ça colle.

— *Circulus in probando*, murmura Cassie dans sa barbe.

— Pardon ?

— Le raisonnement circulaire.

Elle tenta de jongler avec sa petite cuiller entre ses doigts, imitant le tour de Christian - sans succès.

— Vous avez dit « *la* donner à l'adoption ».

Flyte plissa les yeux.

— Elle sort d'où, cette théorie ?

Oh, et puis merde ! songea Cassie.

— D'un truc que j'ai trouvé chez Mme E sur Patna Road. J'y suis allée avec un agent immobilier en me faisant passer pour une acheteuse potentielle.

Elle espérait que ça puisse paraître à demi vraisemblable. L'expression de Flyte lui indiqua que non.

— Il m'a laissée faire un tour toute seule pendant qu'il passait des coups de fil, et j'ai trouvé quelque chose : une page extraite d'un site de généalogie qui faisait état d'un mariage. Le deuxième prénom de la mariée était Geraldine.

Elles se regardèrent et, dans le long silence qui suivit, conclurent un accord tacite : Flyte savait que les explications de Cassie sur sa présence chez Geraldine Edwards étaient un bobard en or massif, mais elle laisserait couler.

— Donnez-moi les noms, lâcha-t-elle en sortant son calepin.

— Merci… Phyllida.

Ce nom lui fit un drôle d'effet.

— Je vais vérifier, mais ne vous faites pas d'illusions.

Flyte ramassa son sac.

— Vous savez que la raison la plus plausible de la mort de Geraldine reste un tragique accident. Sa femme de ménage m'a rapporté qu'elle lui avait dit ne pas se sentir très bien le soir de sa mort.

— Ah bon ? Ça ne figurait pas dans le rapport de police. D'habitude, ils notent ce genre de choses.

— Oui, enfin…

L'expression de la lieutenante était éloquente.

— Geraldine pensait couver un rhume et s'est plainte d'avoir des frissons. D'où le bain chaud et le whisky. Elle s'était même apporté à manger.

Repensant à l'autopsie, Cassie fronça les sourcils.

— On n'a retrouvé aucune trace de nourriture dans son estomac.

— Il y avait un sandwich au fromage à côté de la baignoire, mais elle n'y avait pas touché.

Cassie fronça les sourcils. Emporter un sandwich au bain ? Ça ne ressemblait pas à Mme E, avec son amour de la cuisine et son sens de l'ordre. Même un simple gâteau sec, elle le posait sur une assiette et s'asseyait à table pour le manger. Toutefois, des doutes aussi vagues ne convaincraient jamais Flyte.

En se séparant sur le trottoir, elles évitèrent de se regarder, et Cassie prit conscience d'une chose : dès l'instant où elle avait avoué sa nuit de veille auprès d'Oliver, un changement subtil mais fondamental s'était opéré dans leur relation. Sans ce moment de communion, jamais elle n'aurait à moitié admis son effraction à une flique.

Elle se rappela les mots de Jules César avant de franchir le Rubicon.

Alea jacta est. Les dés sont jetés.

38

Luca avait accepté de venir prendre le corps de Mme E après 17 heures, en dehors des horaires d'enlèvement habituels. Cassie voulait être sûre que tous les autres seraient rentrés chez eux afin d'être seule avec elle, de pouvoir lui faire ses adieux correctement sans craindre d'être entendue.

Comme les aiguilles de l'horloge approchaient du moment fatidique, l'angoisse qui lui avait étreint l'estomac toute la journée se doubla de la fébrilité qui l'envahissait toujours, plus jeune, avant de passer un examen.

Le bruissement du tiroir de la cellule de Mme E brisa le silence et Cassie imagina les autres pensionnaires, derrière leurs portes d'acier, émergeant de leur sommeil pour saluer leur camarade en partance. Après avoir transféré la forme enveloppée de blanc sur une civière, la jeune femme ouvrit la housse mortuaire.

Le visage s'était un peu émacié, ce qui lui conférait un air plus solennel que de son vivant, mais elle restait toujours la même Mme E. Cassie s'attendait à moitié à ce que ses paupières closes se rouvrent d'un coup et qu'elle lui demande d'énoncer la théorie de la relativité restreinte.

— Si seulement vous pouviez m'expliquer ce qui se passe, Mme E… Ou me donner un détail, n'importe quoi qui puisse permettre de repousser vos obsèques. Est-ce que vous recherchiez votre fille et Owen l'a découvert ? Est-ce que c'est par lui que vous pensiez être suivie juste avant votre mort ? Ou par quelqu'un d'autre ?

Elle fixa le visage de cire pendant plus d'une minute, espérant obtenir d'autres éclaircissements sur ce *Ce n'est pas encore mon heure* et les apparitions aléatoires de sa vieille amie et professeure ces deux dernières semaines. Mais rien, rien hormis le ronron de l'immense chambre froide et le grésillement des néons défectueux au plafond.

Un ronflement familier au-dehors annonça l'arrivée du fourgon de Luca. Cassie tira un papier de la poche de sa blouse. Elle glissa son certificat en sciences physiques sous le corps de Mme E, laissa une main s'attarder quelques instants sur son épaule, puis referma lentement la housse.

Comme elle poussait la civière hors de la salle et le long du couloir, une avalanche de souvenirs la submergea : Mme E prise de fou rire en classe après le dérapage d'une expérience ; son cri de triomphe aux résultats d'examens de Cassie ; la fierté tranquille dans ses yeux noirs tandis que Cassie lui relatait quelque anecdote mortuaire autour d'un café.

Brusquement, elle s'arrêta de pousser, le souffle court, prise de panique. Demain à la même heure, sa chère amie serait partie, réduite à quelques kilos de cendres. Et puis, un autre souvenir refit surface. Mme E inscrivait quelque chose au tableau blanc de son écriture curviligne : *Première loi de la thermodynamique*. Et sa voix disait : *L'énergie ne peut être détruite*. Rappel que, même quand les flammes l'auraient consumé, son corps survivrait sous forme d'éléments chimiques indivisibles et indestructibles.

Mme E disait à Cassie qu'elle était encore auprès d'elle, et qu'elle le serait toujours.

À la porte d'entrée, Luca saisit son expression et lui adressa un simple signe de tête. Il lui prit la civière des mains et l'emporta jusqu'au fourgon, négociant avec une vigilance inhabituelle les nids-de-poule du macadam.

Une fois Mme E bien calée à bord, il ferma les portières et se tourna vers Cassie, comme pour lui demander la permission de partir.

Elle hocha la tête et, un instant plus tard, le véhicule s'éloigna. Quand il s'arrêta au stop avant de quitter le parking, Cassie leva la main en signe d'adieu.

— Ciao ciao, Mme E, murmura-t-elle en le voyant disparaître au coin.

39

Cassie était en train de rentrer, éreintée, quand son téléphone sonna. C'était Christian.

— J'ai rendez-vous avec une lieutenante de police demain matin à la première heure, lui dit-il. Elle veut me parler de Geraldine.

— Je suis désolée. J'aurais dû vous prévenir que je lui avais transmis votre numéro.

Cassie se sentait déchirée : d'un côté leur amour commun pour Mme E les avait rapprochés ; de l'autre, elle était consciente de sa dette envers Phyllida Flyte pour s'être mouillée dans cette affaire.

— Ne vous excusez pas. Est-ce que ça veut dire qu'ils jugent la mort de Geraldine suspecte, finalement ?

— Pas encore, mais… ils la réexaminent.

Il ne paraissait pas inquiet d'être interrogé par la police, pourtant Cassie perçut confusément quelque chose de différent. Elle s'abrita dans l'entrée d'un magasin pour mieux l'entendre.

— Vous trouverez peut-être la lieutenante Flyte un peu… pète-sec, mais je crois que c'est une excellente enquêtrice.

— Je ferai tout ce que je peux pour l'aider à découvrir ce qui s'est passé. Si quelqu'un s'en est pris à Geri, il doit être traîné en justice. C'est le moins que je puisse faire.

Elle comprit ce qui avait changé chez lui. D'après leurs précédents échanges, elle l'aurait décrit comme un homme accommodant, le genre qui choisirait la voie du moindre effort. Cette fois, son ton était nettement plus déterminé.

— Vous avez reçu les informations que je vous ai envoyées, pour les obsèques ?

— Oui, et j'espère pouvoir y assister. Mais… Cassie, je veux que vous sachiez que j'aimais Geraldine.

— Je sais…

— Je veux dire vraiment, profondément. Elle… Elle a changé ma vie.

— La mienne aussi. Elle était comme ça.

— Je peux vous demander un service, Cassie ?

Elle pressa le téléphone contre son oreille.

— Si jamais j'étais empêché de venir, vous voulez bien lui dire au revoir pour moi ?

Elle sentit les poils se dresser sur ses bras. *Qu'est-ce que ça veut dire, bordel ?*

Mais avant qu'elle ait pu l'interroger davantage, il avait raccroché.

40

La conversation laissa Cassie complètement retournée. Christian s'était exprimé comme quelqu'un qui a pris une décision. Et cette décision devait être en relation avec Mme E… mais de quoi s'agissait-il ?

Elle avait l'estomac en ébullition : Christian Maclaren en savait-il plus sur le décès de Mme E qu'il n'avait bien voulu le dire ?

Un autobus à impériale la dépassa en grommelant dans le crépuscule puis ralentit pour s'arrêter à une station. Ça lui rappela sa toute première « vision » de Mme E après sa mort, derrière la vitre d'un bus au sortir de l'hôtel Gainsborough où elle venait de rencontrer Christian. Elle voyait encore son visage blanc, son froncement de sourcils. Comme en cours lorsqu'il y avait une faille dans une démonstration.

Quelque chose remua dans un coin de sa tête, comme une note lointaine et discordante résonnant au fin fond de sa mémoire – ou une démangeaison lancinante juste hors de portée. Ça avait un rapport avec l'hôtel Gainsborough, mais impossible de savoir quoi.

Le bus laissait monter ses derniers passagers. C'était le 88, qui passait par Oxford Street. Sur une impulsion, elle s'élança pour l'attraper.

Vingt minutes plus tard, Cassie gravissait les marches de l'entrée majestueuse du Gainsborough en espérant que la visite lui rafraîchirait la mémoire.

La dernière fois, la magnificence des lieux l'avait impressionnée, mais à présent qu'elle l'étudiait d'un œil plus critique, l'éclat ne paraissait que de surface. La veste du portier avait des reflets de polyester et le tapis sous ses pieds était couvert de taches. Quelque chose la poussa à s'approcher d'une des colonnes massives qui flanquaient le hall d'entrée et à y poser la main. Au lieu de la fraîcheur du marbre, elle sentit la tiédeur du plâtre.

Du toc.

Christian n'avait pas fait une remarque amusante sur ces colonnes ? Son regard s'éleva distraitement jusqu'au chapiteau finement décoré au sommet.

Comme si le plâtre était soudain devenu brûlant, elle retira sa main et se rua dehors, indifférente au sursaut du portier lorsqu'elle jaillit de la porte à tambour.

Une éternité s'écoula avant que Flyte décroche.

— Christian Maclaren n'est pas architecte ! éructa Cassie.

— Qu'est-ce que vous racontez ?

Elle reprit son souffle.

— Il y a des colonnes antiques dans le hall de l'hôtel Gainsborough. Les chapiteaux – la partie décorative au sommet – sont corinthiens, c'est le plus ornementé des trois ordres classiques.

— Je ne…

— Laissez-moi terminer. Quand j'y ai retrouvé Christian, l'une des premières choses qu'il m'a dites, la raison pour laquelle il aimait cet endroit, c'est : *Il n'y a pas de colonnes doriques à l'hôtel ibis.*

— Vous m'avez perdue.

— L'ordre dorique est le plus ancien et le plus sobre, les chapiteaux ne sont pas décorés. Rien à voir avec le corinthien.

— Il n'a pas pu confondre, tout simplement ? fit Flyte d'un ton sceptique.

Cassie grimaça d'exaspération.

— Impossible ! C'est le b.a.-ba de l'architecture classique. J'ai appris ça au *lycée*, bordel, et les architectes se tapent au moins sept ans d'études ! Croyez-moi, un vrai archi se planterait pas sur un truc pareil.

— Je m'en souviendrai quand je l'interrogerai.

Cassie sentait bien qu'elle n'était pas convaincue.

— S'il a menti sur son métier, il ment sur quoi d'autre ?

— Écoutez, je vous entends, d'accord ?

Sachant par expérience qu'essayer de brusquer Flyte était contre-productif, Cassie se mordit la lèvre, au sens propre. Elle passa à l'étrange coup de fil de Christian, et à son impression qu'il avait décidé de « faire quelque chose ».

— Quel genre de chose ?

Cassie perçut à nouveau l'inflexibilité dans la voix de la lieutenante.

— J'en ai pas la moindre idée, reconnut-elle.

FLYTE

C'était le jour de l'enterrement de Geraldine Edwards. En se rendant au commissariat, Flyte marcha sur des restes de poulet frit, un échantillon parmi les centaines de plats à emporter qui jonchent les rues de Camden au petit matin, en plus des innombrables canettes, bouteilles, et des quelques sans-abris endormis sous des porches de magasins. Elle s'arrêta au bord du trottoir pour gratter le bout de poulet pané empalé sur son talon.

Elle était déjà de mauvais poil après avoir passé une grande partie de la soirée à creuser la piste du mystérieux mariage dont Cassie Raven avait trouvé la trace chez Geraldine Edwards. De prime abord, l'idée que Geraldine aurait été sur le point de déshériter son fils en faveur de son enfant perdue lui avait semblé digne d'un scénario de telenovela – et s'était révélée à peu près aussi crédible : quand Flyte avait enfin réussi à mettre la main sur l'acte de naissance de Julia Torrance, il indiquait qu'elle était née en mai 1969, soit à peine deux ans après Geraldine Edwards, sa supposée mère biologique.

La surexposition à la lumière bleue de son écran d'ordinateur jusqu'à une heure tardive lui avait valu une insomnie carabinée, mais le manque de sommeil n'était pas la seule raison de sa contrariété. Le bobard de Cassie pour justifier sa présence chez Mme Edwards était tellement gros que Phyllida n'arrêtait pas de se demander pourquoi elle l'avait laissé passer. Pour la première fois en quatorze ans de service, elle avait conscience – *mauvaise* conscience – d'avoir franchi une limite.

Tout partait de l'aveu inattendu de Cassie concernant ses

veillées nocturnes auprès d'enfants morts, une révélation qui avait totalement bouleversé sa vision de la jeune femme, au point qu'elle peinait désormais à se rappeler pourquoi elle l'avait tant détestée au départ. Il semblait évident à présent que tous ces tatouages et ces piercings dissimulaient une véritable empathie pour autrui.

Elle arriva au poste juste avant neuf heures, ce qui lui donnait suffisamment de temps avant l'audition de Christian Maclaren pour se pencher sur l'autre théorie de Raven, selon laquelle il ne serait pas architecte. Même si une fille comme Cassie s'y connaissait réellement en architecture classique, Flyte n'était pas convaincue que confondre colonnes doriques et corinthiennes fasse de Maclaren un imposteur.

L'Institut royal des architectes britanniques n'avait aucune trace de lui, mais son interlocuteur au téléphone lui expliqua que l'adhésion était facultative et lui conseilla de s'adresser à l'ordre des architectes.

— Vous pouviez tout simplement consulter notre tableau en ligne, vous savez, soupira la préposée aux inscriptions du Conseil national de l'ordre.

Flyte serra les dents.

— Je mène une enquête de police. Pardonnez-moi si je préfère me fier à un être humain plutôt qu'à une boîte de recherche en ligne.

Après avoir épelé le nom de Maclaren, elle fut mise en attente avec du modern jazz – heureusement, pas longtemps.

— Nous n'avons personne de ce nom au tableau.

— Vous voulez dire qu'il n'est pas architecte ?

— Nous sommes l'instance officielle de la profession au Royaume-Uni.

La bonne femme lui parlait comme à une gamine demeurée.

— S'il n'est pas enregistré chez nous et qu'il exerce en tant qu'architecte, il est dans l'illégalité.

Phyllida Flyte sentit sa colonne vertébrale se raidir. Donc, Cassie avait raison : Maclaren était un imposteur. Ce qui voulait dire que son profil Ocean, son site web, les photos des immeubles qu'il était censé avoir construits, tout était bidon. Seule raison possible pour élaborer une fiction aussi sophistiquée : se présenter comme un homme jouissant d'une belle situation professionnelle susceptible d'intéresser des femmes comme Geraldine Edwards.

Elle s'aperçut qu'il était 9 h 45 passées, or Maclaren avait rendez-vous à 9 h 30. Ne parvenant pas à le joindre sur son portable, elle patienta un quart d'heure de plus.

Puis elle appela le capitaine Bellwether.

Elle dut faire un effort pour l'entendre au milieu des cris stridents de deux enfants en bas âge qui se chamaillaient en arrière-plan.

— Pardon de vous déranger, patron, c'est votre jour de repos ?

— Non, non, je vais venir tout à l'heure.

Il baissa la voix.

— Entre nous, j'ai hâte.

Elle lui expliqua que l'ex-fiancé de Geraldine Edwards était un imposteur inscrit sur le site de rencontres avec un faux profil.

— Intéressant. Et vous avez quelque chose de solide pour le relier à la mort d'Edwards ?

— Pas encore, mais je devais l'entendre il y a une demi-heure et il n'est pas venu.

Une voix de fillette chuchota :

— Papa, viens voir le lapin que j'ai dessiné !

La gorge de Flyte se serra. Bellwether couvrit le micro, mais elle distingua sa réponse étouffée :

— Papa est au téléphone pour le travail, ma puce. Je viens le voir dans une minute.

Un *Papaaa ! S'il te plaîîît !* suraigu carillonna dans le combiné. Flyte fut emportée par une vision aussi belle que terrible : elle et Matt jouant dans les vagues avec une petite fille, les parents qu'ils auraient pu devenir, la vie qu'ils auraient dû avoir tous les trois, si seulement Flyte était allée consulter plus tôt, si seulement l'hôpital avait réagi plus vite, si seulement la petite fille était née vivante.

L'insoutenable litanie qui gouvernait sa vie depuis si longtemps, et qui n'aurait jamais de cesse.

Elle pressa une main sur ses yeux. Comme l'image se dissolvait dans le noir, elle sentit l'obscurité béante sous ses pieds se dresser pour l'engloutir.

— Phyllida ? Je dois vous laisser.

Au prix d'un immense effort, elle se ressaisit et dit :

— On peut déposer une requête auprès de l'opérateur mobile de Maclaren ? Je parie qu'il réside en Grande-Bretagne, alors une fois qu'on aura une adresse, on pourra lui rendre visite. Les obsèques d'Edwards sont pour cet après-midi.

Un soupir siffla sur la ligne.

— Vous n'avez pas assez d'éléments pour le justifier, Phyllida. Et la hiérarchie nous demande de mieux cibler nos requêtes. Il peut encore réapparaître, après tout.

— Mais…

— Continuez à essayer de le joindre, on fait un point à mon arrivée.

41

La sonnerie du réveil tira Cassie d'un sommeil précaire à 7 heures ce matin-là. Elle avait posé sa journée pour assister aux obsèques de Mme E à 16 heures, mais ce qui l'obnubilait, c'était comment prouver à Flyte que Christian Maclaren était un imposteur et empêcher l'incinération.

Depuis sa révélation foudroyante sur l'erreur architecturale de Maclaren, elle avait passé une soirée et une nuit agitée à réexaminer chacune de leurs rencontres à travers un nouveau prisme. Qu'est-ce qu'elle avait bien pu rater ou écarter à tort, aveuglée qu'elle était par son air sidéré de chagrin ?

Les lunettes de marque qu'il portait la première fois mais pas la seconde : n'étaient-elles là que pour la galerie, simples accessoires servant à accréditer son rôle d'architecte prospère ? Tout comme son élocution soignée, parsemée de quelques glissements vers l'accent londonien, qui semblait maintenant faire délibérément partie de son jeu, de son personnage.

Surtout, elle ne cessait de repenser à sa lueur d'inquiétude quand il l'avait questionnée sur les résultats toxicologiques de Geraldine. Lui avait-il fait ingérer une substance toxique ? Quelque chose que les analyses standard n'avaient pas détecté ? Sachant qu'elle aimait bien boire un petit verre le soir, il aurait pu s'introduire chez elle et glisser quelque chose dans sa bouteille de whisky.

Sous la douche, elle se repassa mentalement les photos du profil Ocean que Flyte lui avait envoyées. Dans l'ensemble, elles le montraient en costume dans différentes situations – sur son portable à une terrasse de café ; à sa « table d'architecte » ; devant la Tate Modern – rien que de très facile à bidonner.

Toutefois, une image sortait du lot.

Vêtue de son seul peignoir, elle s'affala sur le canapé à côté de Macavity, ce qui lui valut un regard noir, et ouvrit le portrait de Christian à la barre du voilier. À en juger par sa chevelure, elle avait été prise au minimum cinq ans avant les autres. Il n'aurait pas été très compliqué de louer le bateau pour la photo, bien sûr, et maintenant qu'elle l'observait d'un œil nouveau, sa posture – un avant-bras hâlé au premier plan, le regard décidé tourné vers l'horizon – avait tout l'air d'une mise en scène.

Et il y avait autre chose qui détonnait dans cette photo.

— Qu'est-ce qui cloche dans cette image, Macavity ?

Le chat ouvrit un œil, le referma, manifesta son irritation d'un unique mouvement de queue.

En zoomant, elle pigea ce qui ne collait pas. Le ciel derrière Christian resplendissait d'un magnifique coucher de soleil orangé, sauf que la lumière chaude sur son visage suggérait qu'il faisait *face* au soleil. Soit le cliché avait bénéficié d'un éclairage professionnel, soit il s'agissait d'un habile montage. Mais pourquoi se donner tant de mal – louer un bateau, peaufiner l'image à ce point – alors que ses autres photos faisaient parfaitement l'affaire pour un site de rencontres ?

Cassie se souvint qu'il était possible d'effectuer une recherche d'image inversée : le moteur utilise la signature numérique du fichier pour trouver d'autres sites où il a été mis en ligne. Si l'une des photos de Maclaren apparaissait ailleurs, ça pourrait lui donner un indice sur sa véritable identité.

Sur le site *ad hoc*, elle glissa toutes les photos dans le champ de recherche et suivit la barre de progression pendant que le moteur écumait la toile. Les clichés les plus récents aboutirent en premier.

Aucun résultat. Aucun résultat. 1 résultat.

Elle eut une petite poussée d'excitation, qui s'évapora lorsqu'elle s'aperçut que l'autre emplacement n'était que le faux profil LinkedIn de Christian. Une nouvelle correspondance la conduisit au site web de son « cabinet ».

Aucun résultat. Aucun résultat.

La photo au voilier était celle qui prenait le plus de temps.

— Allez, murmura-t-elle en regardant la barre de progression avaler des millions de sites web.

1 résultat.

Cassie cliqua sur le lien et resta interdite, hébétée devant la page qui s'affichait sur son écran.

FLYTE

— C'est la lieutenante Flyte ?

Phyllida Flyte mit un moment à identifier la voix féminine vaguement familière comme étant celle de Beth Montaigu, la préposée aux inscriptions chez Ocean.

— Je vous appelle confidentiellement, comme vous me l'avez suggéré.

Elle paraissait nerveuse. Au bruit de la circulation qui résonnait en arrière-plan, elle était sortie pour téléphoner.

— Bien sûr. Je vous écoute, Beth.

— Le type qui vous intéressait, Christian Maclaren… Je n'arrête pas d'y penser. L'idée qu'on ait pu se servir de notre site pour faire du mal à quelqu'un… ça m'empêche de dormir.

Flyte émit un son encourageant.

— Alors… j'ai jeté un nouveau coup d'œil à sa fiche. Vous vous souvenez qu'il se déclarait basé à Hambourg ?

— Oui…

— Après votre visite, j'ai revérifié. Son abonnement a été réglé depuis son compte londonien. Ce n'est sans doute rien, mais je me suis dit que… ça pourrait peut-être vous être utile ?

Flyte s'autorisa un sourire.

— C'est bien possible. Vous avez l'adresse correspondant au compte ?

Un long silence, puis Beth répondit :

— J'imagine qu'il existe des tas de moyens par lesquels vous auriez pu vous la procurer, non ?

L'adresse qu'elle lui dicta se situait dans la division postale

SW2, ce qui ne disait pas grand-chose à Flyte hormis que c'était dans la zone sud-ouest de la ville. Elle profita de ce qu'un agent passait par là pour le harponner. Josh était celui qui l'avait traitée de « reine des causes perdues », mais elle savait qu'il vivait au sud de la Tamise.

— C'est à Brixton, lieutenante.

— Le quartier des émeutes ?

— Ouais.

Il la zyeuta en se retenant manifestement de pouffer.

— Avant ma naissance. Aujourd'hui, un appart là-bas vous coûterait un demi-million.

Elle le dévisagea, incrédule. À Winchester, avec 500 000 livres, on pouvait s'acheter une maison de quatre pièces.

— Vous bossez sur quoi ? reprit Josh d'un air curieux. Je peux faire quelque chose ?

— Je ne sais pas encore.

Elle le regarda droit dans les yeux.

— Ça va sans doute se révéler être encore une de mes « causes perdues ».

Au moins eut-il l'élégance de rougir.

Flyte se demandait si Bellwether l'autoriserait à rendre une petite visite hors de la circonscription quand elle reçut un appel interne. Il y avait une certaine Cassandra Raven pour elle à l'accueil.

L'excitation de Cassie était palpable, les mots commencèrent à se bousculer avant même qu'elles aient atteint la salle d'interrogatoire.

— J'ai pris un Uber, j'étais sûre que vous me croiriez pas si j'essayais de vous le dire au téléphone. Il fallait que je vous montre ça.

Elle brandit son portable sous le nez de Flyte.

Quand l'image devint nette, la lieutenante sentit des fourmillements dans son cou. C'était une publicité pour une marque de montres de luxe, comme on en voit dans les magazines en papier glacé. Et la photo d'un bel homme à la barre d'un voilier était immédiatement reconnaissable.

— C'est un des clichés du profil de Maclaren, fit-elle en braquant les yeux sur Cassie.

Une fois qu'on savait que c'était une pub, on ne pouvait plus la voir autrement : la production soignée, le regard bidon perdu dans le lointain, la montre-bracelet bien visible au premier plan.

— C'est pas tout, fit Cassie.

Elle tapa sur son écran et fit apparaître la même image sur un autre site, cette fois sans le logo ni l'argument de vente.

— C'est une page web archivée d'il y a six ans.

Elle zooma sur le texte d'accompagnement.

— *1 m 80, cheveux blonds, yeux bleus, Alex Barclay est disponible pour la télévision, la publicité, la voix off…*

— Une agence de casting, souffla Flyte.

Parfois, il faut énoncer les choses à voix haute pour les rendre réelles.

Cassie hocha la tête.

— Exact. Christian Maclaren est un acteur.

42

Une fois qu'elle avait prouvé à Flyte que « Christian Maclaren » était un ancien acteur à la petite semaine qui se faisait appeler Alex Barclay, Cassie n'avait plus qu'à la laisser s'en occuper. Après la surpoussée d'adrénaline de sa découverte, elle était en pleine descente. Elle savait que stopper des obsèques prévues l'après-midi même était mission quasi impossible – surtout maintenant que « Maclaren » s'était évanoui dans la nature.

La formation d'acteur qu'il avait reçue expliquait qu'il ait aussi bien réussi à la rouler dans la farine. Le choc, le chagrin viscéral qu'il avait manifestés à l'annonce de la mort de Mme E étaient si convaincants que maintenant encore, elle avait du mal à les voir pour ce qu'ils étaient : un numéro.

Elle se rendit au marché de Camden afin de choisir des fleurs pour les obsèques. Une couronne lui avait paru par trop lugubre et impersonnel, et, en repensant au splendide jardin semi-sauvage de Mme E, elle avait résolu de trouver quelque chose de moins solennel. Elle se demanda si Owen allait faire du foin en la voyant au crématorium – il pouvait toujours la balancer aux flics pour s'être introduite chez sa mère.

Et puis merde. Rien ne l'empêcherait d'assister aux obsèques de Mme E, pas même la menace d'une condamnation.

À cette saison, l'éventail de fleurs proposé au marché était limité, et elle hésita longuement. Les lys lui semblèrent morbidement funèbres, la face souriante des tournesols, un peu trop gaie, les gerberas, trop tropicaux : un jour, Mme E avait exprimé des réserves vis-à-vis des plantes à l'allure trop exotique pour le climat anglais. Attendrie par ce souvenir, Cassie opta pour une brassée de pivoines rose foncé tout ébouriffées, un classique des jardins britanniques même si, en novembre, elles devaient avoir parcouru un paquet de kilomètres en avion.

Le temps que les fleurs soient emballées et payées, un rayon de soleil aqueux perçait la chape de grisaille hivernale et le marché battait son plein. Négocier les allées encombrées s'apparentait à jouer au flipper humain : des employés de bureau partis s'acheter de quoi déjeuner sur le pouce percutaient des touristes qui déambulaient comme des zombis. Forcée d'esquiver une fille à dreads vertes fonçant sur sa trottinette, Cassie serra les précieuses pivoines contre sa poitrine, de plus en plus stressée.

Soudain, quelque chose attira son attention : une forme immobile au milieu de la foule effervescente. Une chevelure brune et soyeuse au-dessus d'un manteau rouge.

La tête pivota, fixa Cassie droit dans les yeux, puis s'éloigna d'un pas vif. *Mme E.* Le message était clair : *Suis-moi.*

Cassie baissa la tête et se fraya un chemin à travers la cohue, le bouquet pressé contre sa poitrine. Elle était tellement décidée à ne pas perdre de vue la haute silhouette qu'elle osait à peine cligner des yeux.

— Pardon… Excusez-moi… Pardon…

Son avance forcenée lui valut une volée de regards furieux et de *ntt, ntt* désapprobateurs. Mme E allait plus vite à présent, se faufilait dans la multitude telle une aiguille à repriser dans la laine, obligeant Cassie à accélérer.

Elle était sûre de se rapprocher quand sa gerbe de pivoines se mit à glisser. Pestant, elle ralentit pour les fourrer dans son blouson en cuir et *paf !*, quelqu'un la percuta par-derrière, si brutalement qu'elle en perdit l'équilibre. Elle battit l'air de ses bras, vacilla sur son pied gauche une fraction de seconde… et s'écrasa par terre, avec un grand *hfff* quand l'air jaillit hors de ses poumons.

Des sons étouffés. Un enchevêtrement de mains tendues vers elle. Un brouhaha de voix, soudain tonitruantes.

— Vous avez vu ça ?

— Une vraie sauvage !

— Elle va bien ?
— Qu'est-ce qui s'est passé ?
— Laissez-la respirer.
Du chaos émergea une énorme noix marinée, comme celles qu'adorait Babcia, qui prit peu à peu les traits d'un vieux monsieur.
— Ça va, ma belle ?
— …
À la place des mots, Cassie ne perçut qu'un sifflement rauque. La panique lui monta à la gorge.
— Elle a le souffle coupé, la pauvre.
Une voix de femme, cette fois. À l'accent américain.
— On peut avoir une chaise ?
Enfin, Cassie parvint à prendre une inspiration irrégulière. On lui tendit une bouteille d'eau et elle but avidement, en s'en renversant la moitié sur la poitrine.
— T'es blessée, ma belle ?
Encore le vieux bonhomme – de toute évidence, un des étalagistes. Elle voulut lui dire que son père avait été vendeur de fruits et légumes ici, mais elle se découvrit incapable de former une phrase.
— Heu…
Elle compta rapidement ses abattis.
— Je… n'ai rien.
L'Américaine l'aida à s'asseoir sur une chaise, les yeux plissés d'inquiétude.
— Vous devriez aller vous faire examiner à l'hôpital.
— Merci.
Cassie secoua la tête.
— Mais je peux pas. Pas aujourd'hui.
Elle examina son jean : un genou déchiré. Fléchit le poignet : la douleur le transperça et une voix dans sa tête diagnostiqua une possible entorse du ligament scapho-lunaire. À en juger par ses fesses douloureuses, elle se paierait aussi un bon gros bleu de ce côté-là. *Rien de grave.*

Puis elle aperçut les têtes des pivoines qui pendouillaient sur le cuir noir de son blouson, leur pauvre cou brisé, et elle fondit en larmes.

FLYTE

Bellwether s'adossa dans son fauteuil.

— Alors comme ça, Christian Maclaren est un personnage entièrement fabriqué.

— C'est ça, patron. Jusqu'à il y a six ans, il travaillait comme mannequin et acteur sous le nom d'Alex Barclay, même si, d'après l'agence de casting, la pub pour la montre est le seul contrat important qu'il ait jamais eu.

Elle lui avait tout raconté : le faux site de Maclaren, le faux compte bancaire qu'il avait dû ouvrir pour s'inscrire sur Ocean, le numéro de téléphone à Hambourg qui transférait les appels vers un service de messagerie professionnelle.

— C'était une fraude complexe et sophistiquée, sauf qu'au moment de choisir des photos pour son profil Ocean, il n'a pas pu résister à utiliser son plus beau portrait.

— Rattrapé par sa vanité, acquiesça Bellwether. Donc, pendant sa relation avec Mme Edwards, il se faisait passer pour un architecte florissant menant une vie glamour, dans le but de l'escroquer.

— Exactement. Selon la meilleure amie de Geraldine, après leur mariage, elle envisageait de vendre sa maison pour partir en voyage. Après ça, il aurait vidé leur compte joint et pris la clef des champs. Seulement voilà : Geraldine rompt les fiançailles, peut-être parce qu'elle flaire un coup fourré. Et quelques semaines plus tard, elle est retrouvée morte dans sa baignoire.

Bellwether jouait avec le bouton de son stylo. *Clic-clic, clic-clic.*

— Vous pensez qu'il l'a assassinée pour l'empêcher de le dénoncer.

— Ça me paraît une hypothèse raisonnable. J'ai son adresse, maintenant. Il vit à Brixton.

Flyte jeta un coup d'œil à sa montre. Il restait moins de cinq heures avant les obsèques.

— Patron… vous croyez qu'on pourrait persuader le coroner de bloquer l'incinération jusqu'à ce que j'aie interrogé Maclaren ?

Elle avait eu beau tout faire pour le préparer, Bellwether eut l'air surpris.

— C'est pour quand ?

— 16 heures.

Il fit la moue.

— C'est beaucoup demander, Phyllida. Il dira sûrement que l'enquête sur Maclaren peut se poursuivre sans le corps. Vous avez peut-être établi un mobile, mais il nous en faudrait beaucoup plus pour pouvoir l'inculper de meurtre.

— Vous voulez bien essayer quand même ?

Comme Bellwether continuait à faire cliquer son stylo, Flyte se retint à grand-peine de se jeter sur son bureau pour lui arracher l'objet et le casser en deux.

Enfin, il répondit.

— Je vais l'appeler, mais ne vous faites pas trop d'illusions.

Malcolm Bellwether fut récompensé d'un sourire à 10 000 watts – et surpris de découvrir que Phyllida Flyte était une très belle femme.

— Demandez au commissariat de Brixton d'envoyer quelqu'un surveiller l'adresse du client en attendant votre arrivée.

— En fait… j'ai déjà appelé. Ils dépêchent un véhicule de patrouille.

Elle trouva l'expression du capitaine difficile à interpréter.

— Désolée. C'est ce que vous appelez mon côté un peu obsessionnel ?

Bellwether partit d'un large sourire.

— Non, Phyllida. C'est ce que j'appelle anticiper.

Elle sentit ses joues rougir.

— Phyllida ? lança-t-il alors qu'elle pivotait pour s'en aller. Par curiosité, qu'est-ce qui vous a mis la puce à l'oreille pour Maclaren ?

Elle hésita, se représenta Cassie Raven, la technicienne mortuaire multipercée aux connaissances inattendues en architecture classique.

— Si je vous le disais, vous ne me croiriez pas.

43

Cassie s'excusa pour la énième fois auprès de l'Américaine qui s'était occupée d'elle. Elle ne comprenait pas pourquoi elle avait craqué comme ça pour quelques fleurs cassées, ne se rappelait pas la dernière fois qu'elle avait pleuré ainsi, pas même quand Rachel l'avait quittée. Sa bonne Samaritaine, une veuve du nom de Rosemary venue du Vermont, balaya ses excuses et insista pour l'accompagner au stand de fleurs racheter des pivoines.

— Comment ça va, maintenant ? demanda-t-elle pendant que Cassie choisissait sa deuxième botte de la journée.

— Beaucoup mieux.

En vérité, elle se sentait encore un peu chancelante, mais ça arrivait, après un choc. La chute avait été rude. Elle frotta sa fesse endolorie.

— Je vous trouve encore bien trop pâle, fit Rosemary. Et vous devriez faire examiner ce poignet.

— Ce n'est qu'une petite entorse, dit Cassie en le faisant tourner.

L'air toujours dubitatif, Rosemary lui tapota l'épaule dans un au revoir affectueux.

— J'espère que les obsèques se passeront bien. Mes plus sincères condoléances.

En regardant la gentille dame s'enfoncer dans la foule, Cassie dut retenir son souffle pour étouffer le sanglot qui montait dans sa gorge. Elle s'avisa que les obsèques de Mme E seraient les toutes premières de sa vie : au décès de ses parents, sa grand-mère avait décrété qu'à quatre ans, elle était trop jeune pour être exposée à une situation aussi traumatisante. Jusqu'ici, Cassie n'avait jamais remis cette décision en cause ; à cet instant, pourtant, un bouillonnement de rage pure l'envahit. Qu'est-ce qui avait pris à Babcia de lui refuser la possibilité de dire adieu à ses parents ?

Le fleuriste lui donna la botte emballée et elle lui tendit un billet de 20. Lorsqu'elle voulut récupérer sa monnaie, ce fut comme si les pièces s'animaient, glissant entre ses doigts moites. Prise de vertige, elle se retint au bord de l'étal, mais quand elle ouvrit la bouche pour remercier le commerçant d'avoir ramassé les sous, les mots sortirent en bouillie.

Cette fois, le sol qui se dressait pour l'accueillir lui fit l'effet d'un vieil ami.

FLYTE

Sirène hurlante et gyrophare sur le toit, Flyte fonça comme une diablesse jusqu'au 18B Highlever Court, le domicile de Christian Maclaren/Alex Barclay à Brixton. Une voiture de patrouille se trouvait déjà en position devant l'entrée, avec l'ordre strict de n'appréhender le suspect que s'il tentait de partir : s'il était prévenu, il risquait de s'évanouir dans la nature.

À l'aide du kit mains libres, elle appela Josh. Quand Bellwether lui avait proposé un agent pour l'assister dans son enquête sur Maclaren, elle n'avait pas hésité. C'était peut-être un petit effronté, mais c'était aussi le plus malin de toute la clique.

— Vous vous êtes renseigné sur l'adresse de Brixton ? demanda-t-elle.

— Oui, lieutenante. Les factures sont toutes au nom de Christian Maclaren.

Flyte rétrograda en seconde pour négocier une rangée de véhicules à l'entrée d'un rond-point, qui s'écartèrent à gauche ou à droite en l'entendant arriver.

— Mais j'ai appelé le cadastre, l'appart est pas enregistré à ce nom-là.

— Une seconde.

Une camionnette lui barrait l'accès au rond-point, apparemment sourde à la sirène. Elle écrasa le klaxon. En la dépassant, elle aperçut la tête ahurie du conducteur, portable à l'oreille. Dommage qu'elle n'ait pas le temps de le verbaliser.

— Je vous écoute, Josh.

— Ouais, donc le titre de propriété est au nom de B. D. Renwick.

— Merde.

La voiture fit une embardée et Flyte dut braquer pour rectifier sa trajectoire.

— Lieutenante ?

Josh n'en revenait pas ; jamais il n'avait entendu jurer la Vierge de Glace.

Barry Dennis Renwick. Le nom du marié sur le document que Cassie Raven avait trouvé à Patna Road.

Donc, Barry Renwick, alias Christian Maclaren, avait épousé Julia Torrance deux ans avant son histoire avec Geraldine Edwards. De toute évidence, Geraldine avait eu des soupçons et découvert des preuves du précédent mariage de son fiancé, ainsi que sa fausse identité. Elle avait dû le mettre au pied du mur et menacer de prévenir la police.

Cette Julia Torrance était sans doute une autre victime de Barry Renwick. Est-ce que, comme Geraldine, elle l'avait connu sur un site de rencontres ?

— Josh, il faut que vous me retrouviez quelqu'un.

Elle lui donna ses instructions, puis s'engagea dans une voie de bus déserte et appuya sur l'accélérateur.

— Comment est-ce qu'il choisit ses victimes ? se demanda-t-elle à haute voix.

Beth, d'Ocean, lui avait dit qu'il n'avait communiqué qu'avec Geraldine Edwards. Alors comment savait-il que les femmes qu'il ciblait possédaient des biens ou de la fortune ? Aurait-il trouvé un moyen de pirater les bases de données des sites pour identifier les proies intéressantes ?

Après avoir rejoint les agents de Brixton, deux hommes à la carrure rassurante qui patientaient dans une voiture banalisée, ils gagnèrent ensemble l'immeuble de Maclaren. Flyte et le dénommé Dave y pénétrèrent tandis que l'autre, Miles, allait couvrir les éventuelles sorties par-derrière.

Devant l'appartement, un panneau d'agence immobilière affichait « VENDU ». Peut-être le lascar voulait-il décamper avant que la police ne le rattrape. Trop tard, mon gaillard, songea-t-elle avec âpre satisfaction en appuyant sur la sonnette. Son cœur battait fort, mais à un rythme régulier. Comment Renwick, alias Maclaren, réagirait-il en trouvant la police sur le pas de sa porte ?

De l'intérieur ne répondit que le silence, même quand elle cria dans la fente de la boîte aux lettres.

Face au regard interrogateur de Dave, elle hocha la tête. Il lui fit signe de s'écarter, souleva le bélier rouge vif, prit son élan et l'écrasa contre la serrure. Un énorme *crac !* retentit. À l'impact suivant, la serrure céda.

— Police !

Dave se précipita, arme au poing, jetant un coup d'œil dans chaque pièce, Flyte sur les talons. Une rapide inspection du salon, de la chambre et de la salle de bains ne révéla aucun signe de présence. Personne non plus dans la cuisine.

Je l'ai raté, songea-t-elle.

Un sac en papier reposait sur le plan de travail. Dedans, des cartons de plats à emporter encore fermés, au parfum de curry ; sur une planche à proximité, un naan soigneusement coupé en quatre. Elle le tapota du bout d'un ongle : dur comme la pierre.

— Lieutenante, regardez ça.

Sur la table, dressée pour deux, une bouteille de chablis ouverte mais non entamée trônait dans une flaque d'eau. À côté, un magazine en papier glacé, une ligne de poudre blanche en travers de la couverture.

Elle remarqua une tache grenat sur la plinthe. Plus haut sur le mur, elle en découvrit des cousines : une constellation de petits points rouge-brun à hauteur de tête d'une personne assise. Dave et elle se regardèrent.

Dans l'unique chambre, à peine assez large pour un lit deux places standard, elle ouvrit l'armoire : rien à part une série de costumes chic et de cravates en soie. Puis elle s'accroupit près du lit. Se baissa pour voir en dessous… et tomba sur les yeux bleu de Chine du mec de la publicité pour la montre.

Barry Renwick, alias Christian Maclaren, gisait, la tête tournée, dans une mare de sang figé. Cette fois, son regard songeur perdu dans l'horizon durerait toute l'éternité.

44

Elle entendait sa mère qui l'appelait pour le petit déjeuner.

— Cassie, on se réveille !

Comment était-ce possible, alors qu'elle ne se souvenait pas du son de sa voix ?

Un éclat de lumière aveuglante.

— Les pupilles sont réactives.

Le timbre était plus grave, cette fois. *Mme E.*

— Cassie ! Vous m'entendez ? fit Mme E.

Mais pourquoi vous me vouvoyez ? eut-elle envie de demander.

Un pincement au dos de sa main. Elle essaya de crier, mais on lui avait cousu les lèvres. Réessaya.

— *Nnnng…*

Une ombre passa sur son visage.

— Elle revient à elle.

Elle entrouvrit les yeux. Au-dessus de sa blouse, Mme E portait un masque à l'image d'un bel Asiatique.

— Pourquoi ce masque ? marmonna Cassie.

— Ah, vous voilà ! Bonjour, Cassie. Je suis le Dr Sanjay. Vous savez où vous êtes ?

Aucune idée, s'avisa-t-elle.

— À l'hôpital. Vous avez pris des médicaments, aujourd'hui ?

Fermant les paupières, elle secoua la tête avec irritation. Ils ne pouvaient pas la fermer et la laisser dormir ?

— Vous vous rappelez ce qui s'est passé ?

Elle se creusa la cervelle, mais elle avait la mémoire brouillée, comme un pare-brise sous une pluie battante.

— J'ai cassé les pivoines.

Un filet tiède sur sa joue. *Des larmes.*

Messes basses au-dessus de sa poitrine.

— Des pivoines ?

— Oui, les secours ont dit qu'elle s'était évanouie il y a une demi-heure en achetant des fleurs.

Une lézarde apparut dans le brouillard et elle s'y engouffra.

— Je suis… malade ?

— Oui, mais on s'occupe de vous. Comment vous vous sentez, là ?

— J'ai froid.

Une torsion urgente dans ses tripes.

— J'ai faim.

— Vous souffrez de problèmes thyroïdiens ou hépatiques ? Vous faites de l'hypoglycémie ? Vous pratiquez le jeûne ?

Le feu de questions la mit en rage.

— Mais va te faire foutre !

— Irritabilité, déclara la voix au-dessus d'elle.

Pour une raison ou une autre, les sourcils broussailleux de Harry Hardwick lui sautèrent à la figure, suivis de fragments de la conversation qu'elle avait eue avec l'infirmière-chef du service. Comme quoi il leur avait piqué une crise. Ah oui, il râlait qu'on l'affamait, c'était ça.

Un nouveau tiraillement de faim lui serra l'estomac. Puis jaillit une autre image : Mme E dans sa blouse, découpant quelque chose à la table de dissection. Un pancréas de porc. Elle pointa son scalpel sur une zone bien précise et dit, d'un ton sévère : *Cassandra. Souviens-toi comment ça s'appelle.*

Cassie rentrouvrit les yeux.

— Les îlots de Langerhans, annonça-t-elle, les mots étonnamment bien articulés.

Une averse de paroles éclata, mais Cassie laissa ses paupières se refermer et se soumit à la grande obscurité de l'oreiller.

FLYTE

Dans les craquements de sa combinaison de protection, Flyte se baissa pour jeter un nouveau coup d'œil au corps de Barry Renwick. Ils avaient poussé le lit pour permettre au légiste de l'examiner correctement. Renwick ne ressemblait plus du tout à son double glamour, l'architecte international Christian Maclaren. Mort, il pouvait être n'importe quel barman de n'importe quel pub de Brixton.

Elle retourna à la cuisine et interrogea le légiste, un grand taciturne en train d'enlever ses gants en nitrile, pour connaître son premier avis sur la cause du décès.

— Un seul coup de couteau dans le cou, déclara-t-il. Heure du décès : probablement entre 20 et 22 heures hier soir.

Flyte posa les yeux sur la planche à découper avec ses quatre portions de naan, sans trace de l'outil qui les avait tranchées.

— Un couteau de cuisine, peut-être ?

— C'est fort possible. Lame lisse, je dirais, 15 à 18 cm de long. Son assaillant a dû s'approcher par-derrière.

Il se dirigea vers l'endroit que les taches de sang désignaient comme la place où Renwick était assis, leva la main gauche et l'abattit avec une délectation surprenante.

— Et il a frappé de haut en bas dans la base du cou.

— Pourquoi il n'y a pas plus de sang par terre ?

— Apparemment, les artères n'ont pas été touchées, mais la trachée a été partiellement sectionnée. Je pense qu'il s'est étouffé dans son propre sang.

Le corps de Renwick était étendu sur un sac-poubelle, que

l'assassin avait manifestement utilisé pour le traîner plus facilement jusqu'à la chambre.

La table dressée pour deux, les plats à emporter intacts, tout laissait penser que Renwick connaissait son meurtrier – et lui faisait confiance.

Flyte contempla la ligne de poudre blanche sur la couverture du magazine. Renwick avait-il été tué par son dealer ? Ça pouvait paraître évident, seulement le fait qu'il ait été assassiné quelques heures avant son rendez-vous au commissariat pour parler de la mort de Geraldine Edwards ne lui disait rien qui vaille. Ne s'agissait-il vraiment que d'une coïncidence… ou avait-on voulu le réduire au silence ?

Si le téléphone portable de Renwick restait introuvable, le vol faisait un mobile peu probable vu ce que Flyte avait découvert au salon : toutes sortes de gadgets, certains encore dans leur carton Amazon, dont un appareil photo-vidéo 4K Panasonic, un logiciel de montage et un MacBook Pro, encore vierge dans son étui blanc. Un trésor d'une valeur de 5 ou 6 000 livres. Manifestement, Barry se prenait pour le nouveau Martin Scorcese.

L'appartement ne contenait aucun objet personnel : pas une photo, pas un souvenir, pas le moindre indice sur la personnalité de l'habitant ou son passé. À croire qu'on avait tout effacé délibérément.

Dans la cuisine, Flyte porta son attention sur la poubelle, souleva le sac de ses mains gantées et le fouilla dans l'espoir d'y dénicher le ticket de caisse du restaurant à emporter. Sachets de thé, brochures publicitaires… pas de ticket. Enfin, tout au fond, quelque chose d'intéressant.

Une coupure de journal tachée, jaunie par les ans. Elle présentait la photo d'une compagnie identifiée comme la troupe de théâtre amateur des Stockwell Players saluant en fin de représentation. Au centre, un beau jeune homme : Barry Renwick, sans doute âgé de moins de trente ans à en juger par sa mâchoire bien dessinée et sa masse de cheveux. Il tient en l'air la main d'une fille plus jeune, mince, en robe longue de style médiéval, qui lève sur lui un regard plein d'admiration. La légende s'enthousiasme de la « touchante représentation de *Roméo et Juliette* ». En petits caractères sur le bord, les mots « South London Press ».

Le magnet en forme de cœur qu'elle exhuma en même temps laissait deviner que, jusqu'à très récemment, l'image occupait une place de choix sur le réfrigérateur. Flyte la glissa dans un sac à scellés, en se demandant ce qui avait poussé Renwick à jeter ce souvenir de sa carrière de comédien.

Elle gagna la porte d'entrée, où l'agent Dave disposait du ruban de sécurité en travers du chambranle.

— Une histoire de drogue, lieutenante ? demanda-t-il. Par ici, c'est souvent ça.

— C'est une possibilité. Vous avez interrogé les voisins ?

— Ouaip.

Il tira une nouvelle longueur de rubalise et en colla une extrémité sur le linteau.

— Alors, quelqu'un a vu ou entendu des visiteurs hier soir ?

— Non, rien. La petite vieille d'à côté a bien dit qu'un mec était venu frapper, mais c'était hier midi. Il a frappé tellement longtemps qu'elle a fini par passer la tête.

— Et ?

— C'était qu'un colis pour Renwick. Le livreur a dit qu'il allait le rapporter au dépôt.

— Pas de description ?

Flyte arrêta de chercher à cacher son agacement.

— La quarantaine, qu'elle a dit, bien bâti comme moi. Pas du tout le type dealer, quoi.

Flyte décida que la vie était trop courte pour combattre les préjugés de Dave.

— C'est tout ?

— Ouaip.

Il déroula encore un peu de ruban.

— À part que c'était un *boyo*.

— Un quoi ?

Il la regarda comme si elle était demeurée.

— Il avait l'accent gallois, quoi.

45

Des couleurs bouillonnaient derrière les paupières de Cassie telles les bulles de cire dans une lampe à lave. Le bordeaux vira à l'orange, puis au pêche ; la bande-son était un brouhaha de murmures pas désagréable. Elle sourit à ce spectacle plaisant, jusqu'au moment où elle fut éjectée dans une lumière aveuglante, le murmure devenu tumulte et voix stridentes.

Ça doit ressembler à ça, la naissance.

— Bonjour, Cassie.

Un visage d'homme, asiatique, flottait devant elle.

— Comment vous sentez-vous ?

Elle voulut bouger le bras droit mais fut bloquée par un tiraillement douloureux dans le dos de sa main.

— Mmm, mieux, je crois.

— Vous êtes sous perfusion de dextrose.

— Quoi ?

— Vous avez eu de la chance qu'on trouve à temps ce que vous aviez, même si je dois reconnaître que vous nous avez donné un sacré indice.

Un médecin, comprit-elle, bien qu'elle ne voie pas du tout de quoi il parlait.

— Les îlots de Langerhans, lui rappela-t-il.

Un souvenir lui revint : Mme E, scalpel pointé sur un pancréas de porc disséqué. *Les îlots de Langerhans*, expliquait-elle. *On dirait le nom d'un archipel battu par les vents au milieu de la Baltique, hein ? Un nom romantique pour des cellules endocrines du pancréas, dont la fonction non romantique mais essentielle est de fabriquer certaines des enzymes et hormones les plus importantes du corps. L'un de vous se rappelle ce que produisent ces cellules ?*

Tous les fragments disparates qui se baladaient dans son cerveau comme autant de déchets spatiaux commencèrent à s'assembler.

Le gentil Harry Hardwick avait engueulé les infirmières parce qu'elles l'affamaient après une crise d'hypoglycémie due à son diabète. La faim et l'irritabilité étaient des effets secondaires connus d'une poussée d'insuline.

La frilosité aussi.

Mme E avait pris un bain chaud parce qu'elle avait froid ; son sandwich laissait supposer une fringale.

Avant que Cassie ne s'évanouisse, elle aussi s'était sentie frigorifiée, affamée, et elle se rappelait avoir été grossière envers le docteur.

Ni elle ni Mme E n'étaient diabétiques, pourtant tous leurs symptômes pointaient dans la même direction.

L'un de vous se rappelle ce que produisent ces cellules ?

— De l'insuline, dit Cassie.

— Exactement, confirma le Dr Sanjay. Vos analyses sanguines montrent une surdose d'insuline.

— Je sais.

— Vous étudiez la médecine ? C'est comme ça que vous vous l'êtes procurée ?

Il lui adressa un regard compatissant.

— J'ai demandé au chef du service psychiatrie de passer vous voir.

Elle se redressa tant bien que mal sur ses coudes.

— Non, écoutez. Je n'ai pas *pris* d'insuline ; on me l'a injectée.

La collision au marché n'était pas un accident, et elle aurait parié que sa fesse douloureuse était le point d'injection. Devant l'expression du Dr Sanjay, elle ajouta :

— Je ne suis pas folle. Je suis technicienne en anatomie pathologique. Je travaille à la morgue.

Cassie se sentit brusquement au bord des larmes. Harry Hardwick et Mme E lui avaient sauvé la vie.

Et maintenant, elle savait ce qui avait tué son amie.

Mais comment le prouver ?

— Docteur, il faut que vous appeliez quelqu'un pour moi.

46

Cassie ouvrit les yeux sur le regard soucieux de Phyllida Flyte.

— Je suis venue aussi vite que j'ai pu. Ils n'ont rien voulu me dire au téléphone.

Elle paraissait essoufflée, attendrie d'inquiétude.

— Qu'est-ce qui vous est arrivé ?

Cassie s'assit sur ses oreillers et lui expliqua ce qu'avaient révélé ses analyses de sang et ce qui s'était passé au marché.

— Vous dites qu'on vous a injecté toute une seringue d'insuline et que vous ne vous êtes rendu compte de rien ?

La sollicitude s'était teintée de scepticisme. Cassie serra les dents.

— C'est des stylos, de nos jours, munis d'aiguilles superfines de quatre millimètres. Et j'ai rien senti parce qu'en même temps, la personne m'a bousculée si violemment que je suis tombée à la renverse.

— Vous pourriez l'identifier ?

— Non, il a dû se glisser derrière moi en loucedé.

Cassie se rappela avoir « vu » Mme E et pressé le pas pour ne pas la perdre. Est-ce qu'elle cherchait à l'éloigner du danger ? Ou est-ce que Cassie avait perçu la menace toute seule, sans en avoir conscience ?

— « Il » ? Alors vous l'avez vu ?

— Ben… non, mais j'imagine que c'était Christian ?

— Il a un alibi en béton, claqua sèchement Flyte, avec une expression difficile à déchiffrer.

Une infirmière qui passait par là jeta à Cassie un regard

éloquent, suivi d'un signe de tête vers le gobelet posé sur sa table de chevet. En grimaçant, la jeune femme avala une gorgée du breuvage qu'ils lui donnaient pour rééquilibrer sa glycémie.

— Vous ne comprenez pas ? C'est sûrement comme ça que Mme E a été assassinée, reprit-elle une fois l'infirmière partie. Quelqu'un lui rentre dedans dans un endroit bondé et la pique. Une demi-heure plus tard, la poussée d'insuline provoque une crise d'hypoglycémie : son taux de glucose dans le sang chute, sa température baisse d'un coup. Elle se prépare un sandwich et prend un bain brûlant pour se réchauffer, mais elle perd connaissance et se noie.

Flyte semblait l'écouter avec attention, mais son expression ne laissait rien transparaître.

— Si elle s'était contentée d'aller se coucher, comme le tueur l'escomptait, elle serait morte plus tard dans la nuit et son foie aurait métabolisé l'insuline, il n'en serait resté aucune trace. Vous comprenez ?

Flyte hocha la tête.

— Seulement voilà : l'assassin ne s'attendait pas à ce qu'elle prenne un bain et se noie. Mais comme elle est morte *avant* d'être tuée par l'insuline, il devrait en rester un taux anormalement élevé dans son corps.

— Alors pourquoi ce n'est pas apparu dans le rapport toxico ?

— Parce que détecter l'insuline post-mortem requiert une analyse très spécialisée. Ça ne fait pas partie de la batterie de tests de base.

Cassie prenait énormément sur elle pour ne pas manifester son impatience.

— Elle avait dit à sa femme de ménage qu'elle ne se sentait pas très bien ce soir-là. Et elle avait la voix traînante. Encore un symptôme de l'hypoglycémie.

— Ou d'un petit verre de trop, répliqua Flyte en haussant les épaules.

Cassie frappa son couvre-lit du plat de la main.

— Alors on m'injecte de l'insuline, j'ai les mêmes symptômes que Mme E juste avant sa mort, et c'est une simple coïncidence ?

Elle prit conscience d'un silence soudain et coula un regard vers le lit voisin. Une famille - père, mère et leur fille adolescente - rendait visite à une vieille dame. Tous s'étaient tus et épiaient leur conversation.

Elle baissa la voix d'un cran.

— Il faut empêcher les obsèques et ramener le corps à la morgue.

— Cassie, la cérémonie est dans moins d'une heure.

Flyte secoua la tête.

— Mon boss a dit qu'il essaierait, mais ne vous faites pas trop d'illusions. De toute façon, même si le corps est incinéré, le labo est tenu de conserver tous les échantillons jusqu'à l'enquête du coroner, non ? Il suffit de leur demander d'effectuer cette fameuse recherche spécifique.

— L'insuline est instable dans le sang, elle ne sera plus détectable, maintenant.

Cassie avait envie de se taper la tête contre la table de chevet.

— Le seul espoir, c'est de localiser le point d'injection et d'analyser les tissus environnants. Et pour ça, on a besoin du corps !

La dernière phrase était sortie plus fort qu'elle ne l'avait voulu. Les visiteurs suivaient maintenant ouvertement la scène, la mère murmurant à l'oreille de sa fille comme si elle commentait les derniers rebondissements d'un feuilleton télé.

Flyte attendit un moment avant de déclarer :

— Je comprends que vous soyez bouleversée. La mort inattendue de Mme E vous a mise à rude épreuve.

D'abord, Cassie eut du mal à identifier le subtil changement de ton. Et puis elle sut : pour la première fois depuis des jours, Flyte recommençait à s'adresser à elle comme de flique à suspecte.

L'enquêtrice jeta un coup d'œil à sa montre et posa sur elle un regard plein de compassion toute professionnelle.

— Cassie, je dois vous poser la question. Vous ne vous êtes pas… fait ça toute seule, dites-moi ? Pour arrêter les funérailles et obtenir l'autopsie judiciaire de Mme E ?

Cassie la dévisagea. Alors c'était ça. Flyte avait seulement feint de la croire tout en soupçonnant la même chose que les médecins : qu'elle s'était elle-même injecté l'insuline.

— Laissez-moi, maintenant, lâcha-t-elle en se tournant vers l'oreiller.

— Cassie…

— Allez-vous-en.

La déception de Cassie était tempérée par une forme de satisfaction amère : ça prouvait bien qu'elle n'aurait jamais dû faire confiance à une flique.

FLYTE

— Nous sommes réunis aujourd'hui pour honorer devant Dieu la mémoire de notre sœur Geraldine Olwyn Edwards, Le remercier de sa vie et la recommander au Seigneur, notre rédempteur miséricordieux…

Les mots paraissaient comme neufs, dans la cadence et les inflexions galloises du prêtre – un petit vieux bossu mais animé qui s'exprimait comme s'il avait connu la défunte toute sa vie. Peut-être Geraldine avait-elle demandé par testament que ce soit lui qui officie ; Flyte n'imaginait pas son fils se donner cette peine.

Ses yeux se posèrent sur le large dos d'Owen Edwards au premier rang, engoncé dans une veste noir brillant. Il ne savait pas qu'elle s'était glissée à l'intérieur et l'observait dans l'ombre depuis le fond de l'église, ni qu'il devrait l'accompagner au poste après la cérémonie pour être interrogé sur le meurtre de Barry Renwick.

Quand elle lui avait montré la photo du profil Facebook d'Owen, la voisine âgée l'avait identifié comme le « livreur » venu frapper chez Renwick le jour du meurtre. Cassie Raven avait raison : il cachait des choses concernant la mort de sa mère. À présent, Flyte envisageait une possible complicité entre Renwick et lui, qui auraient échafaudé un plan pour assassiner Geraldine Edwards et se partager l'héritage. Peut-être s'étaient-ils brouillés par la suite… ou bien Owen avait tué Renwick juste pour ne pas avoir à partager le butin. La seule pierre d'achoppement, c'était leur rixe le soir où Owen avait débarqué soûl chez sa mère. Cet épisode n'avait-il été qu'un numéro destiné à Geraldine ?

Flyte vérifia encore une fois son téléphone au cas où elle aurait un message de dernière minute de Bellwether, tout en sachant qu'il était sûrement trop tard pour interrompre les obsèques, désormais. La chapelle était bondée, une centaine de personnes ou plus s'entassaient sur les bancs, dont une dame que Flyte reconnut comme étant Maddy O'Hare, l'amie de Geraldine, mais aussi des dizaines de gens plus jeunes, sans doute d'anciens élèves de la défunte.

Le prêtre se tourna vers le cercueil couvert de fleurs sur son tapis roulant.

— Nous confions maintenant le corps de notre sœur, Geraldine Edwards, à la miséricorde de Dieu… La terre retourne à la terre, la cendre à la cendre, la poussière à la poussière.

Flyte pensait s'être bien préparée psychologiquement, mais les paroles ancestrales, si terribles dans leur sombre irrévocabilité, la prirent au dépourvu. Soudain, elle était dans la salle d'accouchement, deux ans et deux mois plus tôt.

Personne n'avait dit un mot pour sa petite fille. Elle avait voulu célébrer de vraies funérailles, mais Matt s'y était opposé – un mort-né de vingt-huit semaines, ce n'était « pas la même chose » qu'un enfant qui avait eu le temps de respirer, avait-il argué, et de toute façon, à quoi bon se faire encore plus de mal ? Il employait des arguments rationnels quand la seule réaction possible était un hurlement irrationnel de colère et de douleur.

Pourtant, elle n'en voulait pas à Matt ; elle s'en voulait à elle-même de ne pas avoir tenu bon. Éperdue de chagrin et traumatisée par l'accouchement, elle avait passé deux précieuses heures avec sa fille avant de les laisser l'emporter à la morgue pour la ranger sur une étagère de ce que Cassie Raven avait appelé la chambre des fœtus.

Dans l'église, l'orgue se mit à jouer en sourdine et le cercueil commença son voyage en direction des rideaux.

Fermant les yeux, Flyte revit la petite bouille parfaite, les cils noir de jais sur les joues crémeuses.

— Ma petite Poppy chérie, souffla-t-elle.

La première fois qu'elle prononçait son nom depuis la tragédie. Elle s'apprêtait à affronter un effondrement ou un cataclysme, mais ni l'un ni l'autre ne survint.

La poussière à la poussière… Des mots terribles, certes, et pourtant étrangement réconfortants, avec leur promesse de continuité, de retour à la source.

Une dame s'était mise à pleurer, ses sanglots discrets venaient souligner la mélopée de l'orgue. Flyte rouvrit les paupières et s'aperçut que c'était Maddy, l'amie de Geraldine. Si d'autres personnes de l'assistance essuyaient aussi des larmes, Owen Edwards, lui, semblait imperturbable, l'œil apparemment rivé sur le cercueil maternel. Redoutait-il une intervention in extrémis qui pourrait encore le sauver des flammes ?

Flyte loucha vers la porte, s'attendant à moitié à ce que Cassie Raven débarque en chemise d'hôpital pour arrêter la cérémonie. Elle revit l'air outré et trahi de la jeune femme quand elle lui avait demandé si elle ne s'était pas elle-même injecté l'insuline.

Après réflexion, Flyte avait écarté l'idée. Elle n'imaginait vraiment pas Cassie en venir à de telles extrémités – elle était trop intelligente pour ça. Mais ça l'avait blessée de réentendre le ton de défi dans sa voix. Peut-être s'était-elle leurrée en pensant qu'elles étaient en train de devenir amies.

Mais alors, qui avait attaqué Cassie ? Pas Barry Renwick, déjà mort depuis douze heures à ce moment-là ; et elle ne voyait pas le bedonnant Owen s'approcher suffisamment pour la piquer sans que personne s'en rende compte. Elle avait demandé à Josh de faire un tour au marché demain à l'heure de l'agression pour chercher des témoins.

La musique diminua progressivement tandis que les rideaux se refermaient sur le cercueil. Le prêtre prononça quelques mots de conclusion, puis l'orgue reprit et l'assistance se leva pour sortir – le moment pour Flyte de rejoindre l'allée centrale. Elle patienta pendant qu'Owen allait serrer la main du prêtre, lui murmurait quelque chose à l'oreille avec un sourire satisfait.

Puis il pivota et la découvrit, et son sourire dégoulina comme une boule de glace jetée contre un mur.

47

Cassie vérifia son téléphone pour la énième fois. 16 h 35. Les obsèques devaient être terminées, maintenant. Flyte avait promis d'appeler si elle avait des nouvelles du coroner. Ça voulait dire qu'il n'y avait plus aucune chance de stopper l'incinération.

Elle se représenta la chapelle, le ronronnement du tapis roulant emportant le cercueil de Mme E derrière les rideaux vers le crématorium. Il n'irait pas directement dans le four – c'était un mythe hollywoodien, ça –, mais dans une antichambre pour procéder aux dernières vérifications administratives. Néanmoins, le corps de Mme E, et avec lui toute preuve restante d'un empoisonnement à l'insuline, serait à deux doigts de la destruction.

Comme son dernier espoir s'évanouissait, une vague de lassitude l'envahit. Jusque-là, elle avait tenu sur l'adrénaline, mais le médecin l'avait prévenue que les montagnes russes de sa glycémie allaient la rattraper.

— Je suis sincèrement désolée, Mme E, murmura-t-elle. J'ai fait tout ce que j'ai pu.

Elle sentit ses muscles se relâcher, ses paupières tomber… pourtant, malgré la fatigue, un bruit l'aiguillonnait, l'empêchait de s'endormir : le bip lancinant d'un moniteur cardiaque sur un lit voisin.

Ses yeux s'ouvrirent d'un coup.

Putain. Pourquoi j'y ai pas pensé plus tôt ?

FLYTE

— Où étiez-vous hier soir ? demanda Flyte à Owen Edwards.

Elle jeta un coup d'œil à l'enregistreur pour s'assurer que la lumière rouge était bien allumée.

— Au Central Inn d'Holborn.

— Vous n'êtes pas sorti de la soirée ?

Il se trémoussa.

— Juste pour manger un morceau. J'étais au lit vers neuf heures et demie.

— Où avez-vous dîné, exactement ?

Ses bajoues luisaient de sueur. Il avait passé le trajet jusqu'au poste à fulminer d'être embarqué pour interrogatoire le jour des obsèques de sa mère, mais maintenant qu'il était sur la sellette face à Flyte et Josh, il semblait avoir égaré son indignation.

— Je pourrais pas vous dire, en toute honnêteté. C'était un café quelconque…

— Donc, quand on vérifiera les caméras de sécurité de l'hôtel, on vous verra rentrer et regagner votre chambre vers 21 h 30.

Elle gardait un ton factuel, mais son regard disait qu'elle ne le croyait pas.

— Dans ces eaux-là.

Depuis Holborn, il aurait pu rejoindre l'appartement de Renwick en quarante minutes de métro, bien moins que ça en taxi, sauf que d'après l'estimation du légiste, Renwick n'était pas mort avant 22 heures. Si Edwards était le tueur, il mentait forcément sur l'heure à laquelle il était allé se coucher.

Owen posa ses deux paumes sur la table comme pour reprendre le contrôle de la situation.

— Dites donc, lieutenante, vous m'avez même pas dit pourquoi je suis là.

Elle leva les yeux de son calepin.

— Barry Renwick, ça vous dit quelque chose ?

Edwards secoua la tête et porta la main au menton, avant de la baisser précipitamment – s'apercevant peut-être que ce geste sortait tout droit du manuel du menteur éhonté.

— Sauf que ce n'est pas tout à fait vrai, n'est-ce pas, Owen ? Vous connaissiez Barry Renwick. Ou, comme votre mère l'appelait, Christian Maclaren.

Le regard d'Edwards fusa dans toute la pièce. Ne trouvant nulle part où se cacher, il revint sur elle.

— C'est ce salaud qui l'a tuée, lâcha-t-il, menton levé. Pourquoi c'est moi que vous interrogez, et pas lui ?

Tiens tiens.

— Tué qui ?

— Ma mère.

Ses yeux se plissèrent en une fente.

— Ce sale escroc en avait après son fric depuis le début. J'arrêtais pas de lui dire : il veut t'épouser pour mettre la main sur ta baraque, point barre.

— Qu'est-ce qui vous rendait si méfiant à son égard ?

— Comme si un architecte de haut vol pouvait s'intéresser à une bonne femme de son âge ! persifla-t-il.

Il les regarda, elle et Josh, pour les inviter à confirmer, mais se heurta à des visages de marbre.

Il croisa les bras.

— Eh ben au final, j'avais raison.

— Précisez.

— Sur l'ordinateur de ma mère, après sa mort, j'ai trouvé un courriel envoyé à son soi-disant fiancé où elle l'accusait d'être un imposteur. Vous voyez, elle avait découvert qu'il s'appelait même pas Maclaren. Il avait épousé une autre bonne femme sous le nom de Renwick. Il gagnait sa vie en escroquant des femmes seules.

Julia Torrance.

— Est-ce qu'elle expliquait comment elle l'avait appris ?

Il secoua la tête.

— Non, mais il faut lui reconnaître au moins ça : c'était une femme intelligente. Malgré son petit délire ménopausique.

Flyte dut s'absorber dans son calepin pour dissimuler son expression.

— Et il lui a répondu ?

Owen haussa les épaules.

— Oh oui, il lui a envoyé une demi-douzaine de mails. Il avouait tout et battait sa coulpe en déversant des litres de larmes de crocodile.

— Mais vous avez effacé le disque et jeté l'ordinateur.

Il acquiesça.

— Destruction délibérée de preuves importantes pour une enquête de police criminelle. C'est un délit très grave.

— Je voulais juste protéger sa réputation, comme n'importe quel fils.

— Je crois que vous vouliez surtout toucher l'héritage sans les complications d'un éventuel procès pour meurtre.

Edwards la fusilla de ses yeux veineux. Flyte le fixa sans ciller.

— Vous m'avez demandé pourquoi c'était vous que nous interrogions et non Barry Renwick.

— Un peu, mon neveu.

— J'espère que vous pourrez nous aider, parce que M. Renwick a été retrouvé mort chez lui ce matin, d'un coup de couteau à la gorge.

— Qu'est-ce que… ?

Bondissant de sa chaise, il se jeta en travers de la table.

— Vous êtes en train de m'accuser ?

Josh avait propulsé un bras pour la protéger. Flyte n'avait pas bougé d'un centimètre.

— Asseyez-vous, M. Edwards.

Elle attendit qu'il s'exécute.

— Aviez-vous passé un marché avec Renwick pour vous débarrasser de votre mère ? Vous saviez qu'elle vous considérait comme un ivrogne et un bon à rien. Est-ce que vous aviez peur qu'elle vous déshérite ?

— Vous êtes malade ! C'est n'importe quoi !

— Vous vous êtes disputé avec Renwick à propos de l'argent ? La situation a dégénéré, c'est ça ?

— Complètement débile.

Il croisa les bras et tourna la tête vers le mur.

— Alors qu'est-ce que vous faisiez chez Barry Renwick hier ?

Il pivota d'un coup pour la regarder et l'étudia attentivement, l'air d'essayer de déterminer si elle avait de quoi prouver sa présence sur place.

— Je… Je suis allé lui dire de pas se pointer aux obsèques.

— Et quand vous y êtes retourné le soir ?

— Jamais !

— Parce que la police scientifique est actuellement en train de rechercher des empreintes et des traces d'ADN dans l'appartement.

Le souffle lourd, Owen Edwards se pencha en avant.

— Je suis venu ici de bonne foi, siffla-t-il, mais je dirai plus un mot sans un avocat.

48

Rejetant les récriminations bonasses du Dr Sanjay, Cassie signa une décharge, quitta l'hôpital, et, dans le jour tombant, parcourut les 200 mètres de parking qui la séparaient de la morgue, où elle enfila une blouse propre. Un coup d'œil dans le miroir du vestiaire révéla un visage couleur lait écrémé, mais le seul autre effet de sa surdose d'insuline était un profond épuisement, comme si elle venait d'atterrir après un vol long-courrier.

La sonnerie retentit. À l'entrée, la grande silhouette barbue de Luca se découpait dans le crépuscule.

Il lui tendit le bon de dépôt.

— Alors, encore un pacemaker oublié dans un corps, hein ?

Il écarquilla les yeux d'un faux air surpris.

— Deux fois en une semaine ! C'est quoi, les probabilités ?

— Mieux vaut prévenir que guérir, Luca, sourit-elle. Personne n'a envie qu'une batterie au lithium explose dans un four.

Luca la regarda en secouant la tête, mi-agacé, mi-admiratif.

Le baratin qu'elle avait servi au téléphone à Roger, le directeur du crématorium, comme quoi ils avaient une nouvelle fois omis d'enlever un pacemaker, était une manœuvre à haut risque – et qui pouvait lui coûter son poste –, mais à cet instant précis, elle ne ressentait que l'immense soulagement d'avoir sauvé le corps de Mme E de la destruction.

— C'est marrant, reprit Luca sans se départir de son sourire narquois, parce que juste au moment où on la mettait dans le fourgon, Roger est venu me voir. En fait, l'oubli du pacemaker était un coup de bol.

À ces mots, Cassie s'arrêta net.

— Comment ça ?

— Le coroner venait de l'appeler pour lui dire de *ne pas* incinérer Geraldine Edwards, finalement. Son corps devait être renvoyé à la morgue pour une autopsie judiciaire.

— *Sérieux ?*

Alors Flyte avait réussi, en fin de compte.

— Ouais. Sans l'histoire du pacemaker, le coup de fil serait arrivé trop tard, elle aurait déjà été dans le four.

Après avoir emporté Mme E en salle d'autopsie, Cassie ouvrit la housse mortuaire.

— Pardon pour tous ces allers-retours, vous savez pourquoi je devais le faire.

Cassie cligna des yeux. La dernière fois qu'elle avait vu le corps de Mme E, ses traits affichaient un air sombre qui ne lui ressemblait pas du tout. À moins que son imagination ne lui joue des tours, l'ombre d'un sourire courbait désormais ses lèvres sans vie : le genre de sourire qu'elle adressait à Cassie en cours quand elle la voyait lever le doigt pour répondre à une question.

À l'aide d'une loupe lumineuse, elle commença à examiner le corps centimètre par centimètre, à la recherche de tout ce qui pourrait ressembler à une piqûre. De l'avis du toxicologue en chef du labo de Hammersmith, l'insuline pouvait peut-être encore être détectée, mais seulement dans des tissus prélevés directement au point d'injection. N'ayant rien trouvé côté face, elle retourna délicatement le corps sur le ventre. La peau du dos était décolorée là où le sang avait coagulé, ce qui compliquait la tâche. Elle avança systématiquement, des épaules vers le bas, en balayage latéral.

Sur la courbe supérieure de la fesse gauche, elle repéra quelque chose. Une tache violette, pas plus grosse qu'un grain de riz.

Comment avait-elle pu lui échapper à l'autopsie ? Et puis elle souvint de ce que le professeur Arculus lui avait dit, un jour : les bleus peuvent continuer à se développer post-mortem.

La porte s'ouvrit derrière elle et elle pivota pour découvrir Archie Cuff dans sa Barbour bleue, coiffé d'un chapeau ridicule à oreilles fourrées.

— Salut ! lança-t-il avec un grand sourire. Alors, qu'est-ce qui se passe ? J'étais à mon club de rugby en train de me préparer à une beuverie héroïque quand vous avez appelé.

Elle avait commencé par le professeur Arculus, bien sûr, seulement il était en France, parti visiter des champs de bataille de la Première Guerre mondiale dans la Somme – une de ses passions.

— Vous pouvez venir voir ?

Il se pencha et regarda à travers la loupe.

— Vous voyez ça, là ? demanda-t-elle.

Il y avait un point minuscule en plein milieu de l'ecchymose.

— Ça pourrait être un point d'injection ?

— Hmm… Possible.

Il fit un geste vers les sutures à la base du cuir chevelu de Mme E.

— Mais ce cada… je veux dire cette dame, elle a pas déjà été autopsiée ?

— Si. Mais maintenant, les flics soupçonnent un meurtre, alors ils veulent une autopsie judiciaire.

Elle avait prévu de pipeauter ce passage ; maintenant, son histoire avait l'avantage d'être vraie.

— Ils pensent qu'elle aurait pu être victime d'un empoisonnement à l'insuline.

— Comme c'est exotique !

Les sourcils de Cuff s'arquèrent.

— Pourquoi vous avez besoin de moi ? Il faut pas attendre le retour du professeur ?

— On doit envoyer un échantillon de tissu au labo dès que possible.

Déjà faibles, les chances de déceler l'insuline diminuaient de jour en jour.

— Merci infiniment d'être venu, reprit-elle en ravalant sa fierté. Je sais que vous avez bouclé votre planning il y a des heures. Le professeur Arculus a validé vos autopsies, il signera les documents à son retour.

Il lui lança un regard qu'elle ne sut comment interpréter.

— OK, je vais la faire. Mais à une condition.

— Laquelle ?
— Qu'on se tape un restif un soir.
— Un quoi ?
— *Tss tss*. Un restif.
Ses yeux pétillaient.
— Moi qui croyais que vous parliez l'argot couramment.
— Très drôle.
Peut-être qu'Archie Cuff savait plaisanter, finalement.

FLYTE

On était le lendemain de l'interrogatoire d'Owen Edwards, et Flyte espérait avec prudence que les preuves pour l'inculper du meurtre de Barry Renwick étaient presque à portée de main.

Elle venait de raccrocher d'avec le légiste de la morgue de Brixton quand Josh la héla.

— Lieutenante, faut que vous voyiez ça.

Il désignait son écran de la tête. Et vu son expression, « ça » n'était pas très positif.

Devant les images de vidéosurveillance, elle sentit sa bouche s'assécher pour prendre la texture d'un gros biscuit sablé. Datée de deux jours plus tôt, le soir de la mort de Barry Renwick, la séquence commençait par un long plan d'un type baraqué déboulant dans un hall d'hôtel par la porte à tambour. La prise de vue n'était pas très nette et ce n'était que lorsqu'il se tournait pour tituber vers l'ascenseur, évitant de justesse de trébucher sur une table basse, que ses traits devenaient visibles. Mais à ce stade, elle savait déjà qui c'était : Owen Edwards, de retour de ce qui avait dû être un « dîner » particulièrement bien arrosé. Et le time-code incrusté dans le coin de l'image indiquait 21:26.

— Et merde, grommela-t-elle, suscitant un regard en biais de Josh, qui l'avait maintenant entendue jurer deux fois en vingt-quatre heures.

L'autopsie médicolégale de Barry Renwick avait confirmé la conclusion initiale du légiste selon laquelle il s'était étouffé avec son propre sang, et fixé l'heure de la mort entre 22 et 23 heures. Heure à laquelle, d'après la vidéosurveillance de l'hôtel, Owen Edwards se trouvait à 8 kilomètres de là, en train de cuver.

— Et il ne ressort pas ? demanda-t-elle.

Josh secoua la tête.

— Eh non. Y a une caméra dans son couloir, on le revoit plus jusqu'au lendemain matin.

Nouveau retournement dans l'affaire. Si Owen Edwards n'avait pas assassiné Barry Renwick, alors qui ? Et était-ce le même meurtrier anonyme qui avait tué Geraldine et tenté de tuer Cassie Raven, si celle-ci avait raison ?

— Adieu notre principal suspect – et notre mobile, lâcha-t-elle.

— Et la coke trouvée chez Renwick ? demanda Josh.

Flyte revit la ligne de poudre blanche, que le labo avait confirmé être de la cocaïne, mais plus elle y réfléchissait, plus ça lui paraissait téléphoné, comme un accessoire de mise en scène étiqueté « INDICE » déposé là précisément pour la police.

Elle secoua la tête.

— Je n'arrive pas à croire au scénario « deal de drogue qui tourne mal ». Le meurtre de Renwick est forcément lié à son projet d'arnaquer Geraldine Edwards. Vous avez déterré autre chose sur son passé ?

Le fichier national avait révélé que quinze ans plus tôt, Renwick avait été condamné à six mois de prison pour deux accusations d'escroquerie.

— Son casier indique qu'il filmait des mariages, répondit Josh. Il en a fait quelques-uns, et puis il s'est mis à encaisser les arrhes sans se présenter le jour J. Apparemment, il avait une complice qui rabattait les clients.

— Sa petite amie ?

Josh haussa les épaules en signe d'ignorance.

— Quand il s'est fait serrer, Renwick a refusé de révéler son nom. C'est sûrement ça qui lui a valu une peine de prison.

— Très galant de sa part.

Josh avait aussi localisé l'ex-femme de Renwick, Julia Torrance, même si elle ne vivait plus à l'adresse indiquée au registre des mariages. Trois mois après avoir épousé Renwick, elle avait vendu sa maison pour 1,4 million de livres ; ensuite, un an jour pour jour après la noce – première date autorisée par la loi – elle avait demandé le divorce. Fait révélateur, son avocat avait dû recourir à la procédure spéciale réservée aux cas où le domicile du « conjoint » est inconnu. Barry Renwick s'était donc volatilisé, sans nul doute pour dépenser le fruit de la vente de la propriété de sa malheureuse épouse. Au moins Julia Torrance s'en était-elle tirée en vie, elle.

— J'ai demandé au commissariat de Chester d'envoyer un agent toquer chez elle.

Il leva les yeux de son écran.

— Vous croyez qu'elle pourrait être suspecte ?

— Pour le meurtre de Renwick ?

Flyte s'était posé la question.

— Ce n'est pas impossible.

Elle attrapa son manteau sur le dossier de la chaise.

— Appelez-moi si vous trouvez quoi que ce soit d'utile.

— Où vous allez, lieutenante ?

— À l'hôpital, voir si Cassie Raven s'est souvenu de quelque chose concernant l'incident d'hier.

Le sourire de Josh disparut.

— Je croyais que vous saviez.

— Savais quoi ?

— Elle a signé sa décharge hier soir.

Une terreur glaciale s'abattit sur Flyte. À l'hôpital, Cassie était relativement en sécurité ; dehors, la personne qui avait essayé de la tuer risquait fort de retenter sa chance.

49

Cassie avait prétexté que sa chaudière était en panne pour justifier de devoir passer la nuit chez sa grand-mère. En vérité, après sa journée éprouvante, elle avait besoin de chaleur, d'affection et de petits plats polonais réconfortants.

Flyte avait commencé à l'appeler vers 9 heures le lendemain matin. Cassie n'avait pas répondu, toujours furax qu'elle ne l'ait pas crue, mais en voyant son nom s'afficher pour la cinquième ou sixième fois, la curiosité l'emporta.

— Qu'est-ce qui vous a pris de quitter l'hôpital comme ça ? aboya Flyte. Le docteur a dit que c'était grave, une surdose d'insuline !

— Auto-infligée, selon vous, rétorqua Cassie.

Soupir exaspéré.

— Je suis officier de police, c'est mon travail de poser des questions qui fâchent.

Son ton s'adoucit.

— Mais écoutez, Cassie, je… Je vous crois.

Cassie n'était pas encore prête à accepter le rameau d'olivier.

— Peu importe. Je vais bien, maintenant.

En fait, elle se sentait encore un peu faiblarde et n'avait pas protesté quand Doug lui avait ordonné de prendre sa journée.

— Écoutez-moi. Quelqu'un a essayé de vous tuer et à l'heure actuelle, on ne sait pas qui. Votre sécurité est ma… est notre responsabilité. Et si cette personne tentait de s'en reprendre à vous ? Où est-ce que vous êtes, là ?

Percevant l'inquiétude dans sa voix, Cassie se laissa fléchir.

— Chez ma grand-mère, j'ai dormi ici cette nuit.

Bien sûr, le fait que son agresseur armé d'insuline coure toujours l'avait effleurée. Elle avait même accepté la proposition d'Archie Cuff de la raccompagner hier soir. Ils avaient bien plaisanté en chemin, et Cassie avait eu la sensation qu'une idylle était envisageable si elle était intéressée – ce qui, à sa grande surprise, était bien possible.

Qu'est-ce qui m'arrive ? Après s'être déjà rapprochée d'une flique beaucoup plus que de raison, voilà qu'elle pensait à se taper un fils à papa ?

— Me voilà rassurée. Restez chez elle, d'accord ? J'ai envoyé un agent chercher des témoins au marché et je dois prendre votre déposition.

Cassie soupira. À la lumière du jour, l'idée de rentrer chez elle l'angoissait moins, elle se sentait capable de semer un éventuel poursuivant.

Flyte dit :

— Plus vite on comprendra qui vous a attaquée, plus on aura de chances de coincer l'assassin de Geraldine.

Le subterfuge était transparent, mais difficilement contestable.

— OK, je vous attends. Mais ne tardez pas trop.

La lieutenante Flyte renonça à essayer de comprendre ce que baragouinait le conducteur dans les haut-parleurs antédiluviens du métro, mais vu que la rame était arrêtée dans un tunnel depuis dix minutes, elle n'avait pas vraiment besoin qu'on lui dise qu'il y avait un problème. Elle se maudit d'avoir choisi ce moyen de transport pour se rendre chez la grand-mère de Cassie, en bordure sud de Camden. Elle avait voulu gagner du temps en optant pour un trajet de deux stations de Chalk Farm à Mornington Crescent au lieu de vingt minutes de marche sur des trottoirs saturés de touristes.

Strictement parlant, elle aurait dû dépêcher Josh pour prendre la déposition de Cassie. Et voilà qu'à la place, elle se retrouvait encore une fois à s'impliquer personnellement pour cette fille impossible – et toujours sans comprendre pourquoi.

Dans l'immeuble de Weronika Janek, elle trouva un panonceau HORS SERVICE scotché sur l'ascenseur. Six étages plus tard, elle sonnait à sa porte, hors d'haleine et en nage sous son manteau.

Une minuscule vieille dame au regard intelligent répondit prestement d'un air désolé.

— Je suis vraiment navrée, lieutenante, vous l'avez manquée de peu.

Flyte consulta son téléphone et découvrit un texto de Cassie expliquant qu'elle avait dû rentrer pour donner à manger à son chat – *non mais je rêve !* Il ne lui restait plus qu'à faire demi-tour et repartir par où elle était venue.

Quand Cassie arriva en bas de chez elle, elle commença par loucher sur l'escalier, avant de décider de ne pas monter à pied. Elle avait eu beau dormir dix heures d'affilée la nuit précédente, le chemin depuis chez sa grand-mère l'avait épuisée. Le temps que l'ascenseur arrive, deux autres personnes l'avaient rejointe : une belle femme armée d'un porte-documents et chaussée de bottes trop cool, et un jeune homme avec une bague clinquante au petit doigt, un pantalon de survêt coûteux et le sweat à capuche de rigueur. Après avoir appuyé sur le bouton du neuvième, elle leur demanda à quel étage ils allaient, mais Capuche ne répondit pas : il se pencha pour appuyer lui-même sur le bouton, envahissant délibérément son espace.

Elle l'étudia du coin de l'œil. À la fraîcheur de ses traits, il ne devait pas avoir plus de seize ou dix-sept ans, néanmoins il maîtrisait déjà le regard vide et l'attitude effrontée du petit loulou de base. Les jeunes comme lui n'étaient pas rares dans le bloc, et pour la moitié d'entre eux ce n'était guère qu'un mécanisme de défense… n'empêche que, juste au cas où, elle préférait descendre un étage plus bas et monter le dernier par l'escalier. Devant sa porte, elle vérifia que le palier était désert derrière elle avant d'entrer et de verrouiller aussitôt à double tour.

Sur le paillasson, une carte postale montrait des dunes quelque part sur la côte britannique. Le message griffonné au verso disait simplement : *Tu croirais pas comment c'est beau ici.* Le cachet de la poste indiquait Exeter et Cassie n'avait pas besoin de signature pour savoir que la carte venait de Carl – qui l'informait qu'il allait bien, qu'il avait atteint son lieu d'exil en un seul morceau.

Avec Phyllida Flyte qui n'allait pas tarder, elle crut plus prudent de la brûler. Elle venait d'évacuer la fumée par la fenêtre et en était à rincer les cendres dans l'évier quand on sonna à la porte. Elle jeta un coup d'œil par le judas : ce n'était pas Flyte, mais la nana au porte-documents de l'ascenseur.

Flyte n'allait pas s'aventurer à reprendre le métro : elle héla le premier taxi et donna l'adresse de Cassie au chauffeur.

Au moment où le véhicule démarrait, son portable couina. C'était Josh, et vu le rythme de bongo assommant derrière lui, il devait l'appeler du marché.

— Du nouveau ?

— J'ai pas trouvé de témoin de sa chute, mais un des commerçants a assisté à la bousculade juste après. Il est venu voir ce qui se passait et il a entendu quelqu'un parler d'« une vraie sauvage ».

— Mais encore ?

— Pour lui, ça voulait dire que la personne qui a renversé Raven était une femme.

Une femme. Flyte s'était toujours représenté l'agresseur de Cassie comme un homme, mais cette nouvelle information tenait parfaitement la route : il était bien plus facile pour une femme d'en approcher une autre dans un lieu public sans attirer une attention indésirable. Ça expliquerait du même coup comment l'assassin avait pu piquer Geraldine Edwards. Imelda, la femme de ménage, avait dit que le soir de sa mort, Geraldine revenait du supermarché.

Un accrochage vite oublié dans un lieu animé avant de poursuivre son chemin, inconsciente de la toxine qui se répandait dans son corps.

Mais qui diable était cette mystérieuse meurtrière ?

— Désolée, je suis occupée… dit Cassie.

— Ça ne prendra que cinq minutes, promis.

Madame Porte-documents travaillait pour un institut de sondage et insistait de manière charmante, seulement Cassie n'était pas tentée - pas même par la promesse de 20 généreuses livres rien que pour répondre à quelques questions sur des produits de beauté.

— Non, vraiment, désolée, répéta-t-elle, avec un sourire pour adoucir son refus, tout en commençant à repousser la porte.

La dame pressa le porte-documents contre sa poitrine et baissa la tête, mais Cassie eut le temps d'apercevoir un tressaillement sur son visage.

— C'est moi qui devrais m'excuser, murmura la sondeuse, laissant tomber le boniment. Je n'ai pas à vous harceler comme ça.

— Ça va ?

L'autre prit une inspiration chevrotante.

— Oui, oui. Je crois que j'ai repris le travail un peu trop tôt.

Elle avait les larmes aux yeux.

— Vous voyez, je... je viens de perdre quelqu'un.

— Oh, je suis navrée, lança Cassie, soudain prise de remords. Je peux vous offrir un verre d'eau ?

— Non, je vous en prie, pas question.

La nana agita une main devant ses yeux comme si les larmes étaient une nuée d'insectes qu'elle pouvait chasser.

— Oh là là, c'est totalement antiprofessionnel !

Cassie ouvrit un peu plus sa porte.

— Venez boire un thé. Et quand ça ira mieux, on répondra à votre enquête.

Le taxi de Flyte ne mit que quelques minutes à rejoindre Camden High Street, mais le temps d'arriver au pont du métro, la circulation avait commencé à ralentir.

Elle regarda distraitement les passants qui se pressaient sur le trottoir. *Il faut repartir des fondamentaux.* Si, comme ça paraissait probable, Renwick avait connu Julia Torrance par l'intermédiaire d'un site de rencontres, comment s'était-il débrouillé pour identifier les propriétaires de biens de valeur comme Geraldine et elle ? Vu la sophistication de l'arnaque, elle ne l'imaginait pas adopter une démarche dispersée – cultiver plusieurs femmes en ligne et les rencontrer individuellement afin de découvrir les cibles intéressantes. Beth Montaigu avait d'ailleurs confirmé que Geraldine était le seul contact de Renwick sur Ocean. Il devait donc exister un défaut dans la sécurité prétendument infaillible du site qui lui permettait de sélectionner directement ses victimes.

Elle appela Maddy, l'amie de Geraldine, qu'elle attrapa juste avant d'entrer en cours.

— Geraldine vous a dit au bout de combien de temps Christian l'avait contactée après son inscription sur Ocean ?

— Il lui a envoyé un message dès le premier jour. Ce qui était un peu agaçant puisque j'y étais déjà depuis deux semaines sans avoir fait une seule touche, fit Maddy en riant.

— Vous m'avez dit qu'ils étaient très pointilleux sur la sécurité au moment de l'adhésion. Quel genre d'informations vous ont-ils demandées ?

— Alors, j'ai dû remplir un long questionnaire et envoyer une fiche de paie.

— Dans ce questionnaire, est-ce qu'ils demandaient si vous étiez propriétaire ?

Un silence.

— Oui. Je me rappelle m'être dit qu'ils risquaient de me rejeter parce que je suis locataire.

Alors que Geraldine avait dû cocher la case « propriétaire occupant », ce qui, avec son adresse, l'étiquetait comme possédant une maison dans l'une des plus belles rues de Camden.

Mais comment Renwick avait-il mis la main sur des données aussi sensibles ? Se pouvait-il vraiment qu'il ait piraté le fichier adhérents d'Ocean ?

Pas plus tard que cette semaine, Flyte avait reçu un appel indésirable lui proposant une « offre unique d'investissement », comme par hasard peu de temps après avoir saisi ses coordonnées en ligne pour se renseigner sur un PEA. Est-ce qu'Ocean avait vendu son précieux répertoire avec toutes les informations confidentielles de ses membres ? Une grave violation de la loi sur la protection des données, mais assez répandue chez les boîtes sans scrupules. Lucy Halliwell, la patronne d'Ocean, avait beau paraître raffinée et respectable, elle ne serait pas la première à recourir à des moyens douteux pour maintenir son entreprise à flot.

Flyte toussa dans son mouchoir - les vapeurs épaisses du diesel lui irritaient le fond de la gorge - et se rendit compte que le taxi ne bougeait plus du tout depuis un bon moment. Dans le pare-brise, des files d'arrière-trains de voitures et de camions serpentaient à perte de vue.

Elle tapota la cloison en verre.

— Ils remplacent une conduite de gaz un peu plus loin, lança le chauffeur par-dessus son épaule.

— Vous ne pouvez pas prendre un autre itinéraire ?

Il secoua la tête.

— Désolé, m'dame, c'est le seul chemin pour rejoindre votre destination. Y a le canal au milieu.

Elle se rencogna dans la banquette et piocha le numéro d'Ocean dans son portable. En lui transmettant l'adresse de Barry Renwick, Beth Montaigu avait déjà démontré ne pas faire preuve d'une loyauté irréfléchie envers son entreprise ; en tant que responsable des adhésions, peut-être saurait-elle si Lucy Halliwell vendait ses fichiers adhérents.

Elle tomba sur le standard et composa l'extension 131, qui correspondait au téléphone du cagibi de Beth.

Au bout de plusieurs sonneries, la communication bascula sur une autre ligne et quelqu'un décrocha.

— Lucy Halliwell.

Intéressant. Qu'est-ce qu'elle fabriquait, à répondre aux appels de son employée ?

— Lieutenante Flyte. Je voulais parler à Beth Montaigu pour clarifier un détail concernant le profil de Maclaren.

Silence éloquent.

— Vous n'êtes pas sans savoir, lieutenante, que toute requête de ce type est censée passer par moi.

La voix aussi lisse et glacée que ses ongles.

— Malheureusement, nous n'avons pas toujours le temps de respecter le protocole hiérarchique, dans une enquête pour homicide. Mais puisque nous bavardons, vous pouvez peut-être m'éclairer sur un autre sujet ?

— Je ferai de mon mieux, bien sûr.

— Est-ce que vous seriez surprise d'apprendre que certaines données personnelles de vos adhérents ont atterri entre de mauvaises mains ?

Nouveau silence - plus long.

— Je... Enfin, Ocean a une politique *extrêmement solide* en la matière. La confidentialité des données de nos membres est absolument sacro-sainte.

Toujours la même langue de bois, mais tant que Flyte n'avait pas l'autorisation d'éplucher les systèmes d'Ocean, elle n'avait pas grand-chose à gagner en insistant sur ce point.

Elle allait raccrocher quand sa curiosité l'emporta.

— Au fait, je peux vous demander pourquoi vous répondez aux appels de Beth ?

— Elle n'est pas là aujourd'hui.

Quelque chose dans le ton d'Halliwell - une nuance d'anxiété - fit dresser l'oreille de Flyte.

— Elle est malade ?

— On ne sait pas très bien, en fait. Elle n'est pas venue travailler et on n'a pas réussi à la joindre. J'envisageais de téléphoner aux hôpitaux, à vrai dire.

— Les hôpitaux ? Ce n'est pas un peu excessif ?

— Eh bien...

Halliwell hésita.

— Beth souffre... d'une pathologie chronique.

Flyte sentit son cuir chevelu se contracter. Puis son cerveau résolut l'équation.

Une femme pouvait s'approcher d'une autre femme. Une femme inspirait davantage confiance.

Une fois lancée sur son questionnaire, la sondeuse recouvra rapidement son calme. Cassie le savait bien : le chagrin peut exploser en violentes bourrasques et s'estomper tout aussi rapidement.

— Sur une échelle de 1 à 10, où 1 signifie « pas du tout d'accord » et 10, « tout à fait d'accord », notez l'affirmation suivante : « Une pédicure régulière est une partie essentielle de la routine beauté d'une femme. »

Cassie écarquilla les yeux.

— Y a pas « Sans opinion », comme réponse ?

Son portable s'alluma pour signaler un appel entrant, mais en voyant *Phyllida Flyte* à l'écran, elle le rejeta d'un coup de pouce.

— Je mets 1, alors.

La dame sourit puis cocha la case. Elle travaillait à l'ancienne, avec papier et stylo. Peut-être que sa boîte jugeait trop risqué de se balader avec une tablette dans les cités de Camden.

Réprimant un soupir, Cassie prit un autre gâteau au chocolat.

— Vous ne pouvez vraiment pas m'aider, avant que je les aie tous mangés ?

Le Dr Sanjay lui avait recommandé de s'alimenter régulièrement, même si elle n'avait pas faim.

La sondeuse fit la moue :

— J'aimerais bien, mais j'observe un régime sans sucre.

De ses deux mains, elle coinça ses cheveux noirs derrière ses oreilles. Celle que voyait Cassie avait été percée à l'hélix, mais ne portait pas de boucle.

— Laissez-moi au moins vous resservir.

En versant le thé, son regard tomba à nouveau sur les bottes de sa visiteuse - des Doc Martens prune en cuir verni, des pompes ultrastylées pour une démarcheuse au porte-à-porte. Cassie était sûre d'avoir vu les mêmes récemment : sur Internet ? Ou aux pieds d'une cliente du Vibe ?

La dame examina sa feuille en faisant tourner son stylo entre l'index et le majeur de sa main droite.

— C'est bon, terminé !

Elle plongea dans sa petite ceinture portefeuille en cuir et tendit à Cassie un billet de 20 livres.

— Encore désolée pour tout à l'heure.

Elle se mordit la lèvre.

— Je sais pas ce qui m'a pris.

— Hé, tout va bien, fit Cassie, soudain elle-même au bord des larmes. Je sais ce que c'est de perdre quelqu'un.

La nana ne releva pas.

— Je peux utiliser vos toilettes ?

Après lui avoir indiqué la salle de bains, Cassie emporta les mugs à l'évier. Pendant qu'elle les lavait, elle se creusa la cervelle pour retrouver où elle avait déjà vu ces Doc si particulières. Elle fronça les sourcils à son reflet dans la fenêtre de la cuisine, maudissant la surdose d'insuline qui lui ralentissait les méninges.

Et puis, ça fit tilt. Le club de Shoreditch où elle avait vu « Christian » pour la dernière fois. La fille qu'elle avait croisée dans l'escalier portait exactement les mêmes bottes. Ce qui déclencha une autre prise de conscience. Ladite fille avait des lunettes de soleil et les cheveux remontés sous un béret, mais sa démarche ressemblait étrangement à celle de sa sondeuse. Une autre vision lui traversa l'esprit. Le verre vide posé en face de Christian ce soir-là. Un rendez-vous d'affaires, avait-il dit.

Soudain, Cassie sut que la personne que Christian avait vue était celle qui se trouvait actuellement dans ses toilettes.

Quoi qu'elle fasse ici, ça ne présage rien de bon.

Elle discerna une variation dans le reflet de la fenêtre au-dessus de l'évier. Vit la silhouette de l'inconnue se découper dans la porte derrière elle. Quelque chose dans son attitude lui noua l'estomac.

Furtive. C'était le mot.

Cassie se décala, pivota et lui jeta un mug en pleine figure. Il manqua sa cible et s'écrasa sur le carrelage tandis que la fausse sondeuse se jetait sur elle en abattant sa main droite, armée d'un couteau. Un grincement strident retentit quand la pointe heurta l'acier de l'évier où Cassie se tenait une seconde plus tôt. L'autre frappa à nouveau, Cassie s'écarta en levant le bras, qui prit un coup de lame en diagonale. *Blessure défensive classique*, nota une partie de son cerveau tandis que son autre main jaillissait pour attraper le couteau. Elle agrippa un bout du manche et elles luttèrent face à face pendant un moment atroce. La nana n'émettait pas un bruit, mais ses yeux brûlaient de haine.

Mais c'est qui, bordel ?

Se sentant perdre le combat, Cassie cessa brusquement de s'acharner et la repoussa de toutes ses forces. L'autre chancela, déséquilibrée mais sans lâcher le couteau, le visage déformé par la fureur.

Cassie s'élança à travers la porte de la cuisine et la claqua derrière elle. Même chose avec la porte d'entrée. Sur le palier, elle se rua dans l'escalier et dévala un étage, un autre, galopa le long de la coursive extérieure en frappant chez les gens au hasard. *Toc-toc...* Pas de réponse... *Dring-dring...* Pas de réponse... Où est-ce qu'ils étaient tous, bon sang ? Au boulot ? Ou trop apeurés pour ouvrir ? Son cœur bondit en voyant bouger un rideau à une fenêtre, mais ce n'était qu'un vieux monsieur tout frêle qui jetait un coup d'œil terrifié. Elle mima un coup de fil et cria :

— Appelez la police !

En regagnant la cage d'escalier à toutes jambes, elle entendit des pas dans les niveaux supérieurs.

Arrivée en bas, elle hésita près du local à poubelles, haletante. *Que faire ?* Mais le bruit des Doc qui la suivaient – et de près – la poussa à piquer un sprint à travers la pelouse dans l'objectif de mettre le plus de distance possible entre elle et sa poursuivante. La cité était déserte à cette heure : elle devait rejoindre un lieu animé. *Le marché.* En descendant vers le canal, elle risqua un œil par-dessus son épaule. La nana ne se trouvait qu'à une centaine de mètres derrière elle, le regard rivé sur sa cible, lancée dans une longue foulée efficace. Elle devait avoir au moins dix ans de plus qu'elle et n'importe quel autre jour, Cassie aurait été sûre de l'emporter, seulement la surdose d'insuline avait fragilisé et affaibli ses muscles.

Sur la berge, elle scruta le chemin devant elle. Pas âme qui vive. Presque personne ne venait se balader par ici, du « mauvais côté » du canal, à un bon kilomètre du marché. Elle se remit à courir, les poumons déjà en feu. À mesure qu'elle avançait, le sang qui coulait de sa plaie à l'avant-bras marquait le sol d'un filet de gouttelettes cramoisies.

Enfin, une vision la galvanisa : à 50 mètres, deux silhouettes se glissaient sous un pont. Elle baissa la tête pour accélérer. Les deux personnes venaient de s'arrêter dans l'ombre du tablier. Sans ralentir, elle regarda à nouveau derrière elle. La fille avait aussi rejoint le bord du canal, maintenant. Même sur cette courte distance, elle avait gagné du terrain.

Cassie arriva au niveau des deux hommes.

— Dites… souffla-t-elle, hors d'haleine. Cette bonne femme…

Elle ne prit pas la peine d'achever sa phrase. Les deux mecs octroyèrent un coup d'œil indifférent à la fille essoufflée puis retournèrent à leurs occupations, un paquet changeant de mains contre une liasse de billets.

Cours. T'arrête pas… de courir.

Les poumons en feu. Les cuisses en feu. Mais, pire, ses muscles commençaient déjà à flancher.

Nouveau regard en arrière. La nana n'était plus qu'à une quarantaine de mètres, si près que Cassie put voir son expression. Elle paraissait presque détendue, comme s'il n'y avait aucun doute sur la façon dont tout ça allait se terminer.

Après sa conversation avec Halliwell, Flyte toqua à la paroi vitrée du taxi et brandit sa carte de police sous le nez du chauffeur.

— Je suis lieutenante à la PJ de Camden et c'est une urgence. Mettez vos feux de détresse et allons-y.

D'un geste de la main, il montra les voies congestionnées.

— Vous seriez Miss Angleterre que ça y changerait rien, on peut pas bouger. Vous auriez plus vite fait de descendre et de longer le canal.

Pour rejoindre la berge, Flyte dut se frayer un chemin à travers le marché, grouillant de monde à l'heure du déjeuner. Elle sentit l'odeur de compost brûlé de la skunk se détacher sur celle du poulet grillé, mais il ne lui vint même pas à l'idée de chercher le fumeur. Elle revérifia son téléphone : toujours aucune nouvelle de Cassie. Pas moyen de savoir si elle avait eu son message l'avertissant du danger qu'elle courait.

Elle traversait maintenant le premier pont, jouant des coudes pour fendre les bancs de touristes nonchalants occupés à photographier ce qui passait pour une belle vue dans ce quartier – un canal froid et crasseux aux murs défigurés par des graffitis.

Au bout de quelques minutes, la foule commença à se clairsemer et elle put accélérer au petit trot. À nouveau, elle récapitula les indices qui lui avaient échappé chez Renwick. Le naan soigneusement coupé en quatre, la bouteille de chablis : des touches féminines. Le sac-poubelle sous le cadavre de Renwick pour permettre à Beth, plutôt menue, de le traîner plus facilement jusqu'à la chambre. Et cette coupure de presse sur *Roméo et Juliette*… La Juliette de la photo devait être une Beth Montaigu plus jeune. Elle avait même adopté le nom de Roméo pour postuler chez Ocean !

Tout ça était évident, maintenant. Beth Montaigu et Barry Renwick étaient complices, vraisemblablement amants, mais c'était bien Beth qui avait injecté l'insuline à Cassie – cette même insuline qu'elle utilisait pour réguler son diabète.

Flyte dut combattre la panique qui montait en elle. Même quand elle s'était retrouvée en danger de mort, elle avait toujours pu compter sur sa formation pour garder son sang-froid, alors pourquoi ses craintes pour Cassie la submergeaient-elles à ce point ? Dans la tempête sous son crâne, une voix résonna.

Parce que Cassie Raven t'a touchée au cœur.

Sur la berge devant Cassie, il n'y avait toujours aucun signe de vie. Elle se concentra sur sa course, rien que sa course. Le seul son à part celui de sa respiration éraillée était le bruissement d'ailes de quelque poule d'eau effrayée à son passage.

Une douleur aiguë lui transperça la cuisse gauche, une crampe soudaine qui la força à réduire l'allure à un trottinement boiteux. Puis, un bruit menaçant : le rythme cadencé des foulées de sa poursuivante. Un métronome égrenant les secondes.

Un peu plus loin, le canal s'incurvait sur la gauche et elle visualisa le pont juste après, avec son escalier remontant au niveau de la rue. En atteignant le point de la courbe où la fille ne pourrait plus la voir, elle piqua un dernier sprint flageolant. Au sortir du pont, elle vira aussitôt pour gravir la première volée de marches. Au palier, souffle court et muscles hurlants, elle hissa un genou sur la rampe, puis y souleva le reste de son corps. S'efforçant de calmer ses ahanements, elle se tint accroupie là, les yeux rivés sur le chemin de halage en contrebas.

La tête brune de la fille émergea à son tour du pont et ralentit, désorientée. Cassie tressaillit de voir qu'elle serrait déjà le couteau dans sa main. *Attends qu'elle soit juste en dessous.* Mais quand la nana commença à tourner le regard vers le haut, Cassie s'élança et se laissa tomber sur elle.

Il y eut un moment atrocement long, puis la cheville de Cassie hurla de douleur en percutant le sol et elles atterrirent enchevêtrées tout au bord du canal. Si le corps de l'autre avait partiellement amorti sa chute, l'impact avait suffi à lui couper la respiration. Cherchant de l'air, l'eau huileuse bien trop près de son visage, Cassie lutta pour maîtriser la forme qui se débattait sous elle. La main de la femme, celle qui tenait le couteau, frappait à l'aveuglette. Cassie essayait désespérément de la bloquer, mais elle échappait sans cesse à son emprise poisseuse. Goutte après goutte, elle sentit sa combativité la quitter.

En apercevant sa propre poitrine, Cassie fut saisie d'un vague désarroi. Son T-shirt, naguère bleu clair, était maintenant maculé de rouge vif.

Un bourdonnement dans ses oreilles, troué par un cri perçant. Une voix féminine, autoritaire.

Le visage de Phyllida Flyte flotte au-dessus d'elle, ses jolies lèvres roses remuent mais rien n'en sort, comme si on lui avait coupé le son. Le visage s'évanouit : ce n'est encore qu'une de ses apparitions. Puis le choc du vent froid sur son ventre comme on lui enlève son T-shirt. Elle voudrait faire une blague – « J'ai cru que tu demanderais jamais » – mais le souffle lui manque pour prononcer les mots.

Et puis, la figure de Phyllida reparut, et cette fois, on lui avait remis le son.

— Cassie ! Écoute-moi. Tu n'as rien. C'est son sang, pas le tien.

Tandis que Phyllida l'éloignait du bord du canal, Cassie entrevit son attaquante. Elle ne bougeait plus. Une écharpe écarlate s'enroulait autour de son cou, s'accumulait dans les encoches de ses clavicules avant de s'écouler sur le béton.

C'est alors qu'elle eut un flash : la nana faisant tourner son stylo entre ses doigts, exactement comme elle avait vu Christian le faire avec un cure-dent. Le genre de tour que les gosses s'apprennent entre eux. *Bien sûr !*

Elle tenta d'accrocher le regard de Flyte, qui pressait maintenant quelque chose sur le cou de la fille.

— Oui, Cassie ?

— Elle… C'est…

Elle parvint à pointer un doigt vers son assaillante.

— C'… C'est la sœur de Christian.

FLYTE

Le lendemain, la lieutenante Flyte et Josh se rendirent à la clinique privée où était soignée la femme qui se faisait appeler Beth Montaigu.

Un policier en uniforme montait la garde devant sa chambre.

— Bonjour, Ben, dit Flyte. Le docteur est encore avec elle ?

— Oui. Ça fait un moment qu'il y est. D'après les ambulanciers, vous avez empêché cette tarée de se vider de son sang.

Il lui décocha un regard matois.

— Ça vous fait quoi ?

— Regretter d'avoir décroché mon brevet de secourisme.

Il émit un grognement positif.

Une semaine plus tôt, Flyte lui aurait sans doute rappelé que leur mission consistait à préserver la vie, y compris celle d'une meurtrière présumée. Peut-être lui aurait-elle même cité les termes du manuel de la police métropolitaine relatifs au « devoir de protection ». Seulement l'attaque contre Cassie avait opéré un changement fondamental dans sa façon de voir les choses. Pour la première fois en quatorze ans de carrière, elle s'était autorisée à s'impliquer personnellement – et le pire, c'est qu'elle s'en fichait.

Un médecin plutôt jeune sortit de la chambre. Flyte demanda :

— Comment elle va ?

— On a dû lui donner trois poches de sang, mais elle est hors de danger immédiat.

Il baissa d'un ton.

— Vous aviez raison, pour le diabète : sa glycémie était

dangereusement élevée. Si vous ne nous aviez pas prévenus à son arrivée, elle serait dans le coma à l'heure actuelle. Ou pire.

Flyte entendit Ben se racler la gorge ostensiblement.

— On peut lui parler ?

— Oui. Elle n'arrête pas de demander à voir la police depuis qu'elle a repris connaissance.

Beth Montaigu était arrimée à une poche de sang qui lui perfusait la vie dans le dos de la main, le visage pâle comme un linge au-dessus du pansement au cou qui couvrait la blessure quasi fatale provoquée par le couteau qu'elle serrait quand Cassie lui était tombée dessus. Pour l'interroger sur cet épisode, cependant, il faudrait attendre d'avoir trouvé des témoins qui corroborent la déposition de Cassie.

Flyte n'avait même pas ouvert la bouche que Beth dit :

— J'ai demandé à vous voir parce que je voulais vous révéler tout ce que je sais.

Elle paraissait sincère.

Pendant que la lieutenante lui lisait ses droits, Beth garda la tête baissée, écrasant quelques larmes de temps à autre – s'il y avait eu un scénario, les didascalies auraient indiqué : *avec courage*.

— Alors, Beth – ou plutôt, Elizabeth Renwick : quand est-ce que vous avez décidé, avec votre frère Barry, de cibler des femmes riches parmi les adhérentes d'Ocean ?

Flyte savoura le plissement d'yeux d'Elizabeth en l'entendant prononcer son vrai nom. Cassie Raven avait vu juste sur le lien qui les unissait, Josh l'avait confirmé en menant sa petite enquête à partir de la coupure de journal sur *Roméo et Juliette*. Les Stockwell Players se portaient toujours très bien et il avait pu récupérer un vieux programme dans leurs archives. Ses recherches avaient également établi qu'Elizabeth et Barry Renwick étaient nés de la même mère instable et alcoolique mais de deux pères différents, tous deux inconnus. Barry avait été inscrit au registre des enfants « à risque » à moins d'un an, et, peu après la naissance de sa petite sœur, l'un et l'autre avaient été retirés à leur mère pour être pris en charge par l'assistance publique.

Bien que sa véritable identité ait été mise à nu, Elizabeth se ressaisit rapidement. Elle leva vers Flyte sa figure larmoyante.

— Si j'avais imaginé un seul instant qu'il combinait une escroquerie, je ne l'aurais jamais aidé.

— Vraiment. Alors qu'est-ce que vous pensiez qu'il avait en tête quand il vous a demandé des infos sur des propriétaires foncières comme Geraldine Edwards ?

— Ça ne s'est pas passé comme ça. Je l'ai aidé parce que… je ne voulais pas qu'il souffre.

Négligeant l'expression de Flyte, elle arc-bouta les sourcils.

— Je lui ai juste transmis les profils de femmes qui paraissaient… authentiques. Des femmes que je pouvais imaginer comme mes futures belles-sœurs.

Sacrée comédienne, quand même. La Beth Montaigu mal assurée du cagibi d'Océan avait quasiment disparu, remplacée par le nouveau rôle, ô combien tragique, d'Elizabeth Renwick : la sœur fidèle et aimante rongée par le remords.

— Vous croyez vraiment qu'un jury va gober ça ?

Flyte lui jeta un regard froid, mais en prononçant ces mots, une bouffée de malaise la saisit.

— J'aime mon frère.

Elizabeth chiffonna les draps, un geste tout droit sorti d'un film des années 1940.

— Je veux… Je veux qu'il soit heureux, c'est tout.

Flyte posa devant elle la photocopie d'un formulaire de candidature.

— Si tout était parfaitement innocent, pourquoi avoir postulé chez Ocean sous un faux nom et avec un faux numéro de sécurité sociale ?

Elizabeth répondit aussi sec.

— Je peux l'expliquer. Dans mon emploi précédent, mon patron a découvert que je souffrais de diabète de type 1 et ça a signé la fin de mes possibilités d'évolution. Je sais qu'il y a une loi contre ce type de discriminations, mais allez donc prouver que c'en était une.

Elle secoua tristement la tête.

— Comme cette information figurait dans les dossiers de mon ancien employeur, j'ai jugé plus sûr de me réinventer. Après avoir commencé chez Ocean, j'ai fait une crise d'hypoglycémie au travail et Lucy s'est montrée très compréhensive, mais à ce stade…

Petite inspiration pleine de regrets.

— … il était trop tard pour avouer mon vrai nom.

Flyte tira une pochette plastique et lui montra la photo d'elle et son frère dans *Roméo et Juliette.*

— Je pense que Barry et vous formiez un duo d'arnaqueurs depuis longtemps. Est-ce que tout a commencé avec le théâtre amateur ? Vous avez compris que vous étiez doués pour vous faire passer pour d'autres, c'est ça ? Et que c'était un moyen de gagner de l'argent.

Un pli apparut entre les sourcils d'Elizabeth – elle se demandait sans nul doute d'où sortait cette coupure de presse puisqu'elle avait effacé de chez Barry tout indice permettant d'établir un lien entre eux.

— Le théâtre n'était qu'un passe-temps, rien de bien méchant. Il y avait un club au foyer où on a grandi, et on a tous les deux attrapé le virus. La vie là-bas pouvait être… difficile, alors c'était merveilleux de pouvoir s'évader dans un rôle.

Flyte se représenta Elizabeth Renwick sur le banc des accusés et imagina l'effet de cette touchante histoire sur des jurés crédules. Elle consulta son calepin.

— À propos de rôle, lequel avez-vous joué dans l'escroquerie aux films de mariage de votre frère ?

— Je ne suis pas du tout au courant.

Réponse trop rapide pour être honnête.

— Je crois que si, Elizabeth. J'ai relu les dépositions des témoins et vous correspondez parfaitement à la description de sa complice. Sauf que Barry a tout pris sur lui, hein ? Pour protéger sa petite sœur.

— C'est faux !

Elizabeth ouvrit de grands yeux.

— C'est moi qui essayais de le maintenir dans le droit chemin. Ces derniers temps, j'ai vu son comportement changer et j'ai su qu'il avait replongé dans la cocaïne.

Déclaration prévisible. Ce ne pouvait être qu'Elizabeth elle-même qui avait disposé le rail de coke chez lui, une mise en scène ostentatoire pour accréditer l'hypothèse du deal qui a mal tourné.

— Et quand vous avez débarqué avec votre enquête sur la mort de cette pauvre femme…

Elle pressa une main contre sa poitrine.

— J'ai pris peur. Pourquoi je vous ai appelée, d'après vous ? Je savais qu'il fallait l'arrêter.

Ah, çà, tu l'as bien arrêté, songea Flyte.

La Criminelle ne voulait pas qu'Elizabeth Renwick soit interrogée sur le meurtre de son frère avant d'avoir la preuve qu'elle se trouvait dans son appartement ce soir-là. En revanche, Geraldine Edwards était une autre affaire.

— Est-ce que vous niez lui avoir suggéré le nom de Geraldine Edwards ? Une dame qui, comme vous le savez, est décédée subitement il y a deux semaines.

Elizabeth baissa les yeux sur le couvre-lit.

— J'imagine que… ça n'a plus d'importance…

La voix enrouée de feinte émotion.

Flyte la dévisageait, fascinée malgré elle.

— Barry a séjourné chez moi il y a quinze jours. On s'est disputés parce qu'il avait recommencé à se droguer et je m'en suis voulu terriblement de lui avoir transmis le nom de Geraldine. Il a reconnu qu'il ne s'était inscrit sur Ocean que pour « mettre le grappin sur une femme riche ».

Petit mouvement de tête affligé.

— Un peu après, je me suis rendu compte que quelque chose avait disparu.

Elle marqua une pause – effet théâtral savamment mesuré – avant de regarder Flyte en face.

— Il m'avait volé une boîte de stylos à insuline.

Ce n'est que là que le cerveau de Flyte fit tilt. Elizabeth Renwick se fichait qu'elle la croie ou non : tout ça n'était que la répétition générale de son plus grand rôle à ce jour, celui de la sœur aimante qui doit convaincre un jury de son innocence. En se la représentant à nouveau sur le banc des accusés, Flyte eut un mauvais pressentiment sur la manière dont tout ça allait se terminer : Elizabeth Renwick aurait droit au bénéfice du doute tandis que son défunt frère serait incriminé pour le meurtre de Geraldine Edwards.

C'est ça, le problème, avec les morts : ils ne sont plus là pour se défendre.

50

— Vous vous rappelez la dernière fois que vous êtes venue ? Quand vous m'avez confisqué mon crâne ?

Traversant la cuisine en boitillant pour apporter son thé à Phyllida Flyte, Cassie hasarda un large sourire. Elle ne reçut en retour qu'un sourire pincé, suivi de la question polie :

— Comment va la jambe ?

Avec un geste du menton vers l'attelle qui lui enchâssait le pied et le mollet droit.

Ça faisait quatre jours qu'Elizabeth Renwick avait pourchassé Cassie le long du canal, mésaventure qui lui avait valu cinq points de suture au bras et une fracture de la cheville.

— Ça me fait mal, ça me démange… mais à tout prendre je préfère une bonne fracture à un couteau dans le ventre.

Elle avala une gorgée de thé. Inutile de parler des autres séquelles de l'attaque : les réveils en sursaut au milieu de la nuit, terrifiée et en nage sous ses draps, essayant d'oblitérer la face hideuse d'Elizabeth Renwick au moment où elle se jetait sur elle.

— Même si ça va bousiller ma carrière de danseuse.

Sa blague faiblarde ne suscita pas la moindre réaction chez Flyte. En fait, elle paraissait encore plus raide, son personnage de flique coincée revenu en force, au point d'éviter le simple contact visuel.

Elles burent leur thé en silence, puis Cassie reprit la parole.

— Je ne vous ai même pas remerciée comme il faut pour ce que vous avez fait.

— Je n'ai rien fait du tout.

Flyte haussa une épaule.

— Quand je suis arrivée, vous aviez réglé le problème toute seule.

— Mais vous n'étiez pas obligée de vous mettre en quatre pour moi…

Cassie s'interrompit, revit le moment sur le chemin de halage où le visage de Flyte était apparu au-dessus d'elle – et sa certitude soudaine que tout irait bien.

— Donc, sérieusement, merci… de vous être donné autant de mal.

— Je vous en prie.

Là encore, Flyte la regarda à peine.

— C'est génial, le rapport toxico, non ? hasarda Cassie.

Le matin même, le labo avait indiqué avoir identifié la signature chimique de l'insuline pharmaceutique dans l'échantillon de tissus de Geraldine Edwards.

Flyte prit un air désolé.

— Écoutez, bien sûr, c'est utile…

— Utile ? Cette folle de Renwick est diabétique et se soigne avec la même insuline de synthèse que celle injectée à Mme E et moi. Et elle m'a pourchassée sur plus d'un kilomètre avec un couteau à la main. C'est évident qu'elle est coupable !

— On n'a encore localisé aucun témoin de cette course-poursuite. Elle prétend que c'est vous qui l'avez attaquée en lui sautant dessus. Et comme vous le savez, le couteau portait vos empreintes à toutes les deux.

— Vous vous foutez de moi ! Elle était assise *là*, à me poser des questions à la con sur les *pédicures*, avant d'essayer de m'éventrer. Qu'est-ce qu'il faut pour envoyer les gens en taule ?

Cassie se tut. Se retrouver du côté des flics la désorientait, comme quand elle chaussait les lunettes de sa grand-mère.

La jeune femme ne s'en remettait toujours pas de s'être laissée manipuler comme ça, jusqu'à inviter Elizabeth Renwick à entrer chez elle. En même temps, Elizabeth savait exactement où appuyer : les larmes, la perte d'un proche… Son enfoiré de frangin avait dû lui dire qu'elle travaillait avec les endeuillés.

— Ça pourrait nous aider de savoir comment elle a su où vous habitez, fit Flyte. Vous aviez donné votre adresse à son frère, par exemple ?

Cassie secoua la tête. La seule adresse qu'elle ait jamais communiquée à « Christian » était son adresse électronique, quand elle lui avait envoyé les précisions concernant les obsèques de Mme E. Et puis, ça lui revint. Le soir où elle avait eu l'impression d'être suivie en rentrant de la morgue, cette dame élégante aux lunettes noires derrière elle, qui paraissait concentrée sur son portable. Cassie avait peut-être réussi à la semer ce jour-là, mais Elizabeth avait dû avoir quantité d'autres occasions de la filer jusqu'à chez elle.

Flyte l'écouta en silence, avala prudemment une petite gorgée de thé. Son regard fuyant laissait présager d'autres mauvaises nouvelles.

— Cassie… il y a autre chose. Elizabeth Renwick va affirmer que c'est Barry qui a tué Geraldine. Elle soutient qu'il lui a volé l'insuline.

— *Quoi* ? On est d'accord qu'elle ment ?

Flyte acquiesça.

— Barry était mouillé jusqu'au cou dans l'escroquerie, mais tout désigne Elizabeth comme la meurtrière. Malheureusement, on est loin de pouvoir prouver que c'est bien elle qui l'a assassinée - de même que son propre frère.

Cassie avait encore du mal à se faire à l'idée que Christian Maclaren, alias le sordide imposteur Barry Renwick, reposait désormais dans un des tiroirs de la morgue, liquidé par sa sœurette.

— Renwick n'a vraiment rien laissé échapper qui pourrait nous aider à la confondre ?

Cassie l'entendait encore dire : *J'adorais avoir une petite sœur.* Revoyait la tristesse dans ses yeux.

— Non, juste cette impression qu'ils avaient été très proches, avant de finir par se brouiller. Mais de là à assassiner son propre frère… ? Qu'est-ce qui vous fait penser que c'est elle ?

— Je pense qu'elle misait sur le fait que sa mort mette un

terme définitif à l'enquête sur le décès de Geraldine, et donc à tout risque pour elle d'être suspectée. Et elle n'a rien laissé au hasard, il n'y a aucune trace de son passage chez lui ce soir-là, aucun témoin, aucune image de vidéosurveillance. Même le repas, il a été commandé via un portable prépayé.

Flyte sortit son calepin.

— Il y a quand même une bonne nouvelle. Un élément qui est ressorti de ma… découverte fortuite du mariage de Renwick avec Julia Torrance.

Elles se fixèrent – et soudain, Cassie comprit le dilemme qui devait torturer Flyte. Dans l'impossibilité de révéler que c'était Cassie qui avait mis la main sur le document faisant état du mariage lors de son effraction chez Mme E, la lieutenante s'était vue contrainte de mentir – sans doute avait-elle prétendu l'avoir elle-même trouvé lors de sa visite parfaitement légitime à Patna Road.

Cassie but une gorgée afin de dissimuler un sourire admiratif : pour une flique aussi « règlement-règlement », ça avait dû être un sacré truc de faire quelque chose qui ne soit pas cent pour cent dans les clous – et de faire confiance à Cassie pour garder le secret de cette peccadille.

Flyte lui rapporta ce qu'elle avait appris du bref mariage de Julia Torrance avec Renwick, connu sur un site de rencontres de Manchester. Julia avait vendu sa maison pour leur permettre d'acquérir une propriété dans l'Algarve, sauf que dès la transaction effectuée, Renwick avait prélevé la moitié de la somme sur leur compte joint et s'était évanoui dans la nature. Julia avait embauché un enquêteur financier, mais les 700 000 livres avaient déjà disparu via une série de comptes à l'étranger et elle avait dû se résoudre à accepter qu'il n'y avait aucun espoir de les récupérer.

— Elle n'a pas alerté la police ? demanda Cassie.

— L'humiliation était trop forte pour porter plainte, mais maintenant qu'elle sait que Renwick a fait d'autres victimes, elle est disposée à nous aider.

Incapable de parler, Cassie se mordit la lèvre si fort qu'elle sentit le goût du sang, acte de pénitence volontaire pour avoir été assez bête pour croire au numéro de Renwick – et pour toutes ses autres erreurs. Comme sa théorie délirante d'enfant illégitime qu'aurait eue Mme E, uniquement fondée sur un petit bonnet rose et le fait que le deuxième prénom de Julia Torrance était Geraldine. Il était évident à présent que le bébé que tenait Mme E sur la photo encadrée à côté de son lit était bien Owen – souvenir chéri, peut-être, de temps plus faciles avant que leur relation ne tourne au vinaigre.

— Le site mancunien sur lequel ils se sont connus s'appelle Rapport, poursuivait Flyte.

Elle posa un document devant elle.

— Vous reconnaissez quelqu'un ?

Sous le titre « Qui nous sommes : l'équipe Rapport » s'alignaient une série de photos. Cassie parcourut l'ensemble des portraits souriants, puis revint à celui d'une femme aux cheveux courts d'un roux flamboyant. Elle avait décidément une capacité troublante à changer d'apparence, mais ces yeux… ces yeux donnèrent des sueurs froides à Cassie.

— C'est elle.

Elizabeth Renwick avait utilisé une autre identité factice pour se faire engager comme responsable des adhésions chez Rapport, poste qui lui avait permis de repérer Julia Torrance, veuve depuis peu, comme une victime prometteuse.

— Ça ne suffit pas pour l'inculper du meurtre de Geraldine, prévint Flyte. En revanche, ça prouve qu'elle a joué un rôle actif dans les machinations visant les deux femmes, ce qui lui vaudra presque à coup sûr une peine de prison.

— Tu parles, marmonna Cassie.

Attrapant l'aiguille à tricoter prêtée par sa grand-mère, elle se pencha pour se gratter la jambe sous l'attelle.

— Je comprends pourquoi elle devait tuer Mme E, et même son frère. Mais pourquoi elle tenait tellement à se débarrasser de moi ?

— À l'évidence, Barry lui avait rapporté vos soupçons sur la mort de Geraldine. Quand vous avez évoqué l'enquête de police, elle a dû paniquer. Elle a peut-être eu peur qu'il l'ait incriminée sans le vouloir lors d'une de vos conversations. Lui mort et Geraldine sur le point d'être incinérée, vous étiez la dernière menace à éliminer.

Cassie ne répondit pas. Peut-être que c'était comme ça qu'Elizabeth Renwick s'était autojustifiée, n'empêche que ce qu'elle avait vu dans son regard quatre jours plus tôt n'était pas l'expression d'une personne qui se contente de faire le ménage.

Elle ne savait pas du tout pourquoi, mais Elizabeth Renwick la haïssait de toute son âme.

51

Flyte partie, Cassie se retrouva à s'interroger sur leur entrevue. En dehors de leur instant de complicité tacite sur l'effraction à Patna Road, elle avait senti chez elle une sorte de gêne nouvelle qu'elle ne s'expliquait pas.

Tout en cogitant, elle alla à la cuisine se chercher un verre d'eau. Elle le remplissait au robinet lorsque son œil tomba sur une rayure irrégulière dans la paillasse, un zigzag brillant sur le métal terni alentour. Le souffle coupé, elle revit l'éclat de la lame s'abattant vers elle, entendit le grincement torturé de l'acier contre l'acier.

Elle s'aperçut qu'elle ne se débattait pas seulement avec les suites de la violente agression. L'épisode lui avait fait prendre conscience d'un fait brutal : *un jour, elle mourrait.* Il existait une date sur le calendrier où Cassie Raven cesserait de respirer. Rationnellement, elle le savait déjà, bien sûr – avec son boulot, difficile d'ignorer l'inéluctabilité de la mort –, mais se trouver confrontée à sa propre mortalité à vingt-cinq ans, voilà qui changeait tout.

Et dans la foulée de cette idée, d'autres suivirent. Y aurait-il du monde à ses obsèques ? Rencontrerait-elle jamais quelqu'un avec qui partager sa vie ? Ou même avoir des enfants ?

Sans réfléchir, elle appela Rachel.

— Salut, Rachel, excuse-moi de te déranger. Je voulais juste te dire un truc.

— Je t'écoute.

Elle semblait sur ses gardes, mais pas décourageante.

— Tu sais, les fois où je t'ai raconté que j'avais dormi chez Carl ? Eh ben, t'avais raison, c'était pas vrai.

Elle entendit une légère inspiration.

— Mais, écoute, je te trompais pas non plus. En fait... j'étais à la morgue.

— Tu... dormais à la morgue ? Pourquoi ?

Quand elle lui eut relaté sa veillée auprès du corps du petit Oliver de neuf ans et ses autres nuits en compagnie d'enfants décédés, Rachel émit un son mêlé d'affection et d'exaspération.

— C'est adorable de ta part, mais pourquoi tu me l'as pas dit ?

La réponse honnête : parce qu'en parler aurait effleuré d'un peu trop près son lien sacré avec les défunts, qu'elle n'était pas prête à avouer – pas plus hier qu'aujourd'hui.

À la place, elle déclara :

— Je crois que je savais pas trop comment tu le prendrais. T'as peut-être remarqué, quand on était ensemble, que... je suis pas très douée pour me confier ?

Après un silence diplomatique, Rachel fit :

— Eh ben, merci. Je suis contente que tu me l'aies dit.

En raccrochant, Cassie se surprit à considérer plus sereinement l'échec de leur relation. Peut-être que, quelque part, déballer la vérité à Rachel l'avait aidée à clore ce chapitre.

Après s'être roulé un joint, elle ouvrit sa boîte mail pour la première fois depuis des jours – et resta hébétée, incrédule devant le nom qui lui sauta aux yeux parmi tous les courriels non lus.

Elle n'avait encore jamais reçu de message d'outre-tombe.

Il avait été envoyé de l'adresse de Christian Maclaren la veille de l'enterrement de Mme E – quelques heures à peine avant son propre assassinat.

Chère Cassie, commençait-il. *Mon vrai nom est Barry Renwick, et cette lettre est la plus difficile que j'aie jamais eue à écrire.*

Il débutait par un aveu : lorsqu'il avait contacté Geraldine, son seul but était de l'escroquer – il reconnaissait d'ailleurs au passage que ça n'aurait pas été son premier délit de ce genre. Mais ensuite venait une déclaration stupéfiante : il avait totalement renoncé à son projet frauduleux quand il était tombé sincèrement amoureux de « Geri chérie ».

Cassie émit un borborygme farouchement dubitatif : conspirer pour assassiner quelqu'un était une drôle de façon de lui témoigner son amour.

Selon Renwick, lorsque Geraldine l'avait démasqué, il avait tout avoué. Acceptant qu'aucun avenir ensemble ne soit possible, il lui avait demandé ce qu'il pouvait faire pour essayer de se racheter. *Elle a dit une chose que je n'oublierai jamais : elle m'a mis au défi de « devenir un homme meilleur »*. Défi qu'il commençait à relever, ajoutait-il, en se relançant dans le film de mariage et autres événements, afin de gagner sa vie honnêtement.

Cassie survola le paragraphe suivant, où Renwick détaillait sa honte et sa culpabilité tenaces, avant d'être stoppée net par une phrase partiellement soulignée.

Je reconnais être un imposteur. Mais vous devez me croire quand je dis que je n'ai rien à voir avec la mort de Geri.

Cassie écrasa son joint à peine fumé – elle devait garder les idées claires.

N'était-ce qu'une ultime tentative de Renwick pour se disculper alors que la police se rapprochait de lui ? Dans ce cas, qu'espérait-il accomplir ? Ses protestations d'innocence avaient bien peu de chances de convaincre les flics.

Si vraiment il disait la vérité, ça expliquerait pas mal de choses, en particulier son égarement absolu quand Cassie lui avait appris la mort de Mme E. Elle avait ressenti son choc et son chagrin comme cent pour cent authentiques – au point de brouiller son radar, pourtant d'ordinaire si habile à décrypter les gens et les situations.

Elle poursuivit sa lecture. *Lors de mes rencontres avec vous,* écrivait-il, *j'essayais encore de fuir la vérité. Au bout d'un moment, cependant, j'ai dû me résoudre à admettre ce qui me sautait aux yeux. Que ma sœur Elizabeth avait assassiné Geri.* Il ajoutait qu'il la voyait le soir même, dans l'idée de la persuader de se livrer à la police. *Si elle refuse, je raconterai tout à la lieutenante Flyte. J'aime ma sœur, mais elle doit assumer les conséquences de ses actes.* Cassie se rappela le vague malaise de Renwick à propos des analyses toxicologiques de Mme E. Sachant le décès inexpliqué et connaissant la pathologie de sa sœur, soignée par injections d'insuline, il avait évidemment commencé à faire le rapprochement.

Les aveux de Renwick ne lui apportaient qu'un sentiment monstrueux de frustration. Qu'avait-il obtenu en affrontant sa sœur, à part signer son propre arrêt de mort ?

Mais Barry Renwick avait réservé un dernier coup de théâtre pour la fin.

FLYTE

La lieutenante Flyte, accompagnée de Josh, ouvrit la porte de la salle d'interrogatoire n° 1 où Elizabeth Renwick était installée aux côtés de son avocat, qui lui murmurait quelque chose à l'oreille.

Six jours après l'attaque au couteau contre Cassie, Flyte constata avec amusement qu'Elizabeth avait troqué son look grunge-chic habituel contre des boucles d'oreilles en perle et un modeste chemisier blanc à col haut : un style évidemment calculé pour transmettre le message « victime innocente », et que Flyte s'attendait à voir en abondance au tribunal.

Josh déclencha l'enregistrement et la lieutenante lut ses droits à la prévenue. Là, l'avocat – maigre, nerveux, cheveux bruns souples et regard intelligent – intervint :

— Avant de commencer, je tiens à ce que soit inscrit au dossier que j'ai demandé l'accès préalable à cette « nouvelle preuve » que vous affirmez détenir contre ma cliente, et que cela m'a été refusé.

— Bien noté, répondit la lieutenante.

Le capitaine Bellwether et elle-même avaient eu un entretien téléphonique avec le procureur, lequel avait estimé défendable de ne pas donner connaissance à Renwick de ce qu'ils allaient lui montrer.

La lieutenante ouvrit son ordinateur portable et l'orienta de façon à ce que Renwick et son défenseur voient bien l'écran. Si l'avocat paraissait mal à l'aise, Elizabeth, elle, n'affichait qu'une autosatisfaction teintée de curiosité, apparemment certaine de n'avoir laissé aucune trace de ses crimes.

Flyte annonça :

— Je vais présenter à Elizabeth Renwick un document audiovisuel de seize minutes. Il s'agit d'une copie, l'original étant placé sous scellés comme pièce à conviction.

La vidéo démarrait juste avant 22 heures avec la tête de Barry Renwick en gros plan déformé tandis qu'il règle la caméra et vérifie le volume sonore. Flyte avait trouvé perturbant, au premier visionnage, de regarder dans les yeux d'une personne qui ignorait n'avoir plus qu'une petite heure à vivre. Cette fois-ci, la lieutenante était totalement concentrée sur la réaction d'Elizabeth – laquelle s'était soudain immobilisée, mais conservait par ailleurs un calme apparent.

À 22 h 13, la caméra à détecteur de mouvement se rallume, réveillée par l'arrivée d'Elizabeth avec le repas à emporter. Grâce au grand angle qui embrasse toute la cuisine, on la voit sortir les boîtes de curry sur le plan de travail pendant que dans son dos, Barry débouche la bouteille de vin. Elle paraît d'humeur joyeuse, fredonne sur ce qui ressemble à une chanson d'Oasis en arrière-plan.

Flyte avait craint le pire en la voyant mettre de la musique sur son portable, mais le son de la conversation entre frère et sœur demeurait parfaitement audible.

Barry explique qu'il a rendez-vous le lendemain matin avec l'enquêtrice chargée de « la mort de Geri ». Elizabeth ne répond pas, ne lève même pas les yeux. En revanche, ses lèvres cessent de remuer au rythme du morceau.

Il s'approche d'elle, lui met les mains sur les épaules.

— *Écoute, Lizzie, tu n'as jamais voulu l'admettre, mais on sait tous les deux que c'est toi… qui as tué Geraldine.*

— Arrêtez la vidéo.

L'avocat, qui depuis le début se tortillait sur son siège dans une agitation croissante, fixa Flyte.

— Je souhaite interrompre l'audition afin de pouvoir m'entretenir avec ma cliente.

Il se tourna vers Elizabeth pour obtenir son accord. Elle restait scotchée à l'écran qui montrait Barry, figé, les mains sur ses épaules, un demi-sourire encourageant au visage. Si Flyte avait dû décrire l'expression d'Elizabeth, elle aurait dit « mélancolique ».

— Elizabeth ? souffla l'avocat.

— Je veux voir.

Le ton ferme, péremptoire.

— Je me dois de vous conseiller…

Elle agita une main féroce et son avocat haussa les épaules, résigné. Flyte fit signe à Josh de relancer la lecture.

Barry avait achevé son courriel à Cassie en lui dévoilant la dernière partie de son plan : confronter sa sœur au sujet du meurtre de Geraldine Edwards et filmer secrètement leur conversation dans l'espoir qu'elle avouerait. S'il ne réussissait pas à la convaincre de se livrer à la police, il comptait remettre la vidéo à Flyte quand la verrait le lendemain. Les agents aussitôt renvoyés chez lui n'avaient pas tardé à localiser la caméra-espion dissimulée dans un détecteur de fumée. Flyte avait retenu son souffle pendant qu'ils cherchaient vainement le récepteur, avant de pousser un soupir de soulagement lorsqu'ils l'avaient enfin trouvé, bien caché dans le coffrage de la chaudière.

À l'écran, Elizabeth ne réagit pas à l'accusation de Barry ; elle attrape un couteau de cuisine sur le comptoir et entreprend de découper le naan à grands coups énergiques.

— Je vois bien que ça te ronge, poursuit Barry, les mains toujours sur ses épaules, la voix affectueuse. Lizzie, Lizbet, tu ne trouveras jamais la paix tant que tu ne reconnaîtras pas ce que tu as fait. Viens voir l'enquêtrice avec moi demain, on lui dira tout ensemble, tous les deux.

Elizabeth pivote face à lui, sans lâcher le couteau.

— J'étais obligée ! éclate-t-elle. Quand t'as dit qu'elle savait tout, j'ai… j'ai paniqué.

Elle prend une mine implorante.

— Et si elle était allée trouver la police ?

Flyte croyait avoir vu les épaules de Barry s'affaisser légèrement devant l'aveu de sa petite sœur : peut-être avait-il continué jusqu'à cet instant à espérer, contre tout espoir, s'être trompé.

— Je te l'ai dit, répond-il, j'aurais tout pris sur moi, tu n'aurais pas été inquiétée.

Elizabeth secoue violemment la tête.

— Je pouvais pas te laisser faire ça. Je devais me débarrasser d'elle pour nous protéger tous les deux.

Dans la salle d'interrogatoire, l'avocat tentait en vain d'attirer l'attention de sa cliente.

Dans la vidéo, elle dit à Barry :

— Elle risquait de tout gâcher, tu t'en rends bien compte ?

Exactement sur le ton d'une ado qui cherche à amadouer ses parents après avoir explosé son forfait téléphonique.

— Écoute, Lizzie, j'ai essayé de comprendre ce qui a pu te passer par la tête quand... tu l'as fait. Mais... c'est pas normal.

La voix de Barry s'éraille.

— Tu te rappelles, au foyer ? Quand tu as attaqué cette fille avec les ciseaux ?

— Penny Harrison, crache Elizabeth, venimeuse.

Il la regarde.

— Elle a eu du bol qu'il y ait un secouriste sur place. Et tu as eu du bol de ne pas être envoyée en maison de correction.

— Uniquement parce que tu m'as défendue ! Tu leur as dit que c'était une vraie peste. T'as toujours veillé sur moi, comment tu peux me trahir maintenant et les laisser me mettre en taule ?

— Lizzie, tu iras à l'hôpital, pas en prison. Tu as besoin d'aide.

Il écarte les cheveux du visage de sa sœur, un geste paternel.

— Tu sais que je serai toujours là. Je serai condamné aussi, n'oublie pas.

— Non ! Ce serait comme retourner en foyer ! Pourquoi ?

Elle lui sourit.

— On pourrait s'enfuir, juste toi et moi. Tu te souviens, notre idée de Rome ? Prendre un appart près de la fontaine de Trevi et sillonner la ville en Vespa ?

Dans la salle d'interrogatoire, Elizabeth s'était penchée un peu en avant, rivée à la scène qui se déroulait sur l'écran comme si elle était seule dans la pièce. À l'évocation de Rome, Flyte fut troublée de voir un sourire d'espoir aux lèvres de la jeune femme. Et puis, elle comprit : Elizabeth était là-bas, dans la cuisine de son frère, convaincue que cette fois, d'une façon ou d'une autre, elle parviendrait à le raisonner.

Barry tapote le bras de sa sœur, celui au bout duquel se trouve toujours le couteau.

— Peut-être quand on sortira.

Elle laisse tomber sa tête sur l'épaule de son frère et un long silence s'ensuit. Enfin, elle déclare :

— Tu vas le faire de toute façon, hein ? Tu vas me trahir.

Barry lui prend les bras et la regarde dans les yeux.

— C'est pas une trahison, Lizzie. Je le fais parce que je t'aime.

Petit hochement de tête comme si elle était d'accord.

— Moi aussi, je t'aime.

— Allez, on s'assoit, on boit un verre et on en discute sérieusement.

Après un dernier geste affectueux, il retourne s'attabler, dos à sa sœur.

Sachant ce qui allait se passer, Flyte serra les poings par réflexe sous la table.

Elizabeth Renwick traverse la cuisine en deux ou trois pas. Un levé de bras flou, un reflet d'acier lorsqu'il s'abaisse, puis Barry bascule sur le côté, les deux mains à son cou, dans un râle d'étouffement. Quand il s'affale au sol, Elizabeth recule vivement.

Flyte n'avait pas cessé de l'observer. Jusqu'à ce moment, Elizabeth était restée prodigieusement immobile, mais juste avant l'assaut, elle avait tendu le cou, comme une spectatrice captivée par le dénouement du film.

Flyte appuya sur pause.

— Comme vous le savez, Elizabeth, la caméra vous filme ensuite regardant votre frère s'étouffer dans son propre sang. Deux minutes trente pendant lesquelles vous auriez pu l'aider, peut-être même lui sauver la vie.

Elizabeth posa des yeux chargés de haine sur Flyte, qui soutint son regard sans ciller.

— Drôle de façon de montrer son amour, non ? Tuer de sang-froid.

Subitement, Elizabeth s'effondra de biais sur sa chaise, paupières mi-closes, bouche cherchant l'air façon poisson rouge. Son avocat réagit au quart de tour.

— Ma cliente se sent mal, je mets un terme à cet interrogatoire. Veuillez appeler un médecin sur-le-champ.

Dans la minute, Elizabeth avait simulé un semi-rétablissement et son avocat l'aidait à se lever. Avant de sortir, il murmura à Flyte :

— J'imagine que Mme Renwick va bénéficier de votre hospitalité jusqu'à son inculpation ?

Son expression reconnaissait ce qu'ils savaient tous les deux : l'affaire était bel et bien pliée.

Après leur départ, Flyte et Josh échangèrent un sourire ravi.

— Je veux juste vérifier un truc, fit Flyte en relançant la lecture.

Alors qu'Elizabeth se tient au-dessus de son frère agonisant, ses lèvres ont l'air de bouger mais on n'entend plus ce qu'elle dit.

En poussant le volume au maximum, tout s'éclaircit : Elizabeth Renwick ne dit rien ; pendant qu'elle regarde son frère s'étouffer, elle fredonne sur *Wonderwall.*

Josh montra le time-code et secoua la tête, atterré.

— Moins de dix-sept minutes pour transformer un petit dîner sympa à la maison en snuff movie.

Flyte recula jusqu'au moment où Barry s'asseyait à table après avoir dit à sa sœur qu'il allait la dénoncer à la police.

— Regardez l'attitude de Barry quand elle s'approche de lui.

Elle avança image par image. Dans les dernières secondes, Barry a les mains à plat sur la table, la tête baissée, le corps étrangement immobile - comme s'il se préparait à l'attaque.

— Il sait ce qu'elle va faire, dit Josh en secouant lentement la tête. Alors pourquoi il reste planté là ?

Flyte se posait la même question. Barry Renwick s'attendait sûrement à la réaction de sa sœur instable, et pourtant il n'avait pas cherché à se protéger. Une idée saugrenue lui vint à l'esprit : et si Renwick s'était sacrifié pour rendre justice à Geraldine Edwards en enregistrant son propre meurtre ?

Flyte et Josh prirent l'ascenseur pour regagner leur étage. Après un silence, il lança :

— Lieutenante, je voulais vous dire, y a un des gars qui raconte partout que vous avez piqué l'affaire Edwards à Steve Sloman pendant qu'il était en congé pat.

Elle le regarda avec incrédulité.

— Ouais, je sais, opina-t-il. Je lui ai rétorqué que si vous aviez pas creusé et continué à creuser, eh ben, l'autre tarée, là, elle s'en serait tirée blanche comme neige. Enfin bref, en tout cas, faut que vous sachiez, tous les autres étaient d'accord avec moi.

Elle sourit, sentant ses joues rosir.

En sortant de l'ascenseur, il prit un air timide.

— C'est mon anniversaire aujourd'hui. Vous venez boire un coup avec la bande ?

Elle s'apprêtait à formuler une excuse polie quand elle s'entendit répondre :

— Avec plaisir. Je vous dois quelques pintes pour tout le boulot que vous avez abattu.

Le pub était plutôt crade, comme la plupart des lieux de prédilection des flics de Camden, mais après quelques verres de sauvignon, Flyte s'aperçut qu'elle passait un bon moment. Chaque fois qu'elle essayait de payer sa tournée, un des collègues lui faisait remballer ses billets et insistait pour payer, en guise de félicitations pour l'affaire Edwards. Au bout d'une heure à ce régime, elle s'avisa qu'elle éprouvait quelque chose qu'elle n'avait pas ressenti depuis qu'elle avait quitté le commissariat de Winchester : elle se sentait à nouveau partie intégrante d'une équipe.

Malgré tout, elle prit congé avant le passage à l'étape resto grec de la soirée, impatiente de rentrer pour faire ce à quoi elle avait pensé toute la journée.

Chez elle, elle apporta dans sa chambre le petit cadre qu'elle avait acheté. Quand elle avait vu sa bordure de nacre bleu pâle chez un antiquaire du marché ce matin en allant au boulot, ça avait cristallisé ce qui lui trottait dans la tête depuis les obsèques de Geraldine Edwards – une chose qu'elle n'avait pas été capable de faire depuis la tragédie.

Elle ouvrit le tiroir inférieur de son armoire et y préleva le coffret en noyer sculpté dans lequel elle rangeait autrefois ses trésors d'enfant. Elle déballa la photo de son nid d'étoffe rose et la glissa avec précaution dans le cadre.

Puis elle s'allongea sur le lit, la minuscule grenouillère serrée contre sa poitrine, et, pour la première fois depuis vingt-six mois, elle s'autorisa à contempler le beau visage serein de son bébé, sa petite fille.

52

Phyllida Flyte avait proposé qu'elles se retrouvent dans leur café habituel le lendemain matin, et Cassie s'apprêtait à y entrer quand elle repéra Kieran – même si elle mit un moment à reconnaître son vieux pote de squat.

— Waouh, Kieran, sacrée parka !

Ce qui flashait, ce n'était pas tant la teinte vert citron hypercriarde, ni le fait qu'elle soit deux fois trop grande pour lui : c'était le motif léopard.

— Elle déchire, hein ?

Il tourna sur lui-même d'un pas chancelant et Cassie sentit une bouffée de bière blonde extraforte.

— La petite mamie sympa de la boutique caritative me l'a filée gratos. Le gros snobinard qui l'a donnée l'avait même pas portée, tu le crois, ça ?

Comme Cassie n'avait aucune peine à le croire, elle préféra ne pas répondre et lui demander comment il allait, en s'efforçant de ne pas trop s'appesantir sur son hématome récent à la tempe : avec un peu de chance, ce n'était que le résultat d'une petite chute pendant qu'il était défoncé, rien de plus inquiétant.

— Je vais bien, Cassie Raven. Au top.

Devant son sourire édenté mais joyeux, elle s'émerveilla une fois de plus du fait qu'en dépit d'une vie qui paraissait si foncièrement pourrie, Kieran parvienne à conserver un tel optimisme. La bière forte n'y était sans doute pas pour rien.

Elle reconnut la haute silhouette élancée à la démarche raide qui approchait par la grand-rue et agita la main au-dessus de sa tête. Kieran suivit son regard un moment, puis lui décocha un clin d'œil narquois.

— C'est qui, cette bombe ? Ta nouvelle copine ?

Cassie secoua la tête en éclatant de rire.

— C'est une *flique*, Kieran.

— Tu déconnes !

Il la reluqua une nouvelle fois.

— Les condés sont plus beaux de jour en jour.

Cassie étudia l'enquêtrice à son tour et fut bien obligée d'admettre qu'il avait raison : malgré son air coincé visible à des kilomètres, Phyllida Flyte était d'une beauté saisissante.

Quand elle arriva à leur niveau, ils échangèrent des bonjours empruntés puis elle se pencha pour examiner la tempe tuméfiée de Kieran.

— Ça m'a l'air d'un vilain coup, ça. Vous voulez porter plainte pour agression ?

L'empathie dans sa voix ramena Cassie au soir de l'effraction à la morgue et à la prévenance inattendue que Flyte lui avait témoignée.

— Nan, c'est gentil. Je me suis pris une porte, répondit Kieran.

Cassie le persuada d'attendre le temps qu'elle lui achète un sandwich - mais à l'intérieur, lorsqu'elle voulut régler, Flyte secoua la tête.

— Après tout ce que vous avez fait, la police peut offrir le petit-déj à votre ami.

Dehors, Kieran lui dit :

— T'es une vraie pote, Cassie Raven.

— C'est pas moi, remercie les condés.

Il leva les sourcils.

— Putain de merde !

Il décapsula son latte caramel et en but une gorgée d'un air songeur.

— Elle a l'air grave sympa - pour une flique.

Il lui fit un clin d'œil.

— Vous faites un beau couple, toutes les deux.

Cassie rigola.

— C'est pas du tout ça…

— Faut jamais dire jamais, Cassie Raven. Tu pourrais tomber sur bien pire.

Il remonta la fermeture de sa parka avec l'attitude déterminée du mec qui s'apprête à une journée de boulot bien chargée.

— Allez, j'y go.

Une fois installées à une table, les deux femmes sirotèrent leurs boissons en silence pendant un long moment, au point que Cassie se demanda si la gêne de leur dernière entrevue était devenue la nouvelle norme. Peut-être que la gentillesse de Flyte n'avait été qu'une façade, uniquement destinée à la garder sous le coude le temps de l'enquête - idée qu'elle fut surprise de trouver perturbante.

— Alors… vous vouliez me voir ? finit-elle par demander.

— Le petit ami de Rosie Harrison a avoué lui avoir injecté l'overdose d'héroïne qui l'a tuée.

Cassie revit l'air interrogateur de la jeune Rosie, le point d'injection qui ne cadrait pas avec le fait qu'elle soit droitière.

— Excellente nouvelle.

— Il a craqué dès que je lui ai exposé les faits.

Flyte eut un de ses petits sourires pincés.

— Il a reconnu que quand elle a tourné de l'œil, il a paniqué et l'a traînée dehors « pour la réveiller ».

— Ben tiens. Et il l'a laissée là sans même appeler les secours. Salaud.

— Il dit qu'il voulait le faire mais qu'il est tombé comme une masse en rentrant.

Flyte leva sa tasse en direction de Cassie, la regarda vraiment pour la première fois.

— On l'a inculpé d'homicide involontaire.

Cassie leva sa tasse en retour.

— Des nouvelles du côté de la sœur de Renwick ? La vidéo va permettre de l'envoyer à l'ombre pour le meurtre de Geraldine ?

Flyte acquiesça.

— On pense qu'elle va plaider coupable d'homicide involontaire en raison d'une altération du discernement et invoquer une maladie mentale. Ils espèrent sûrement qu'elle purgera sa peine en hôpital psychiatrique plutôt qu'en prison.

— Ça veut dire qu'elle pourrait sortir plus tôt ?

Flyte secoua la tête.

— C'est peu probable, vu la gravité de ses crimes - et ses antécédents.

Elle jeta un coup d'œil sur son calepin.

— Un épisode de violence routière il y a quelques années : elle a pourchassé une conductrice qui l'avait doublée et a essayé de l'étrangler. La victime n'a pas porté plainte. Et à treize ans seulement, elle a attaqué une camarade du foyer avec une paire de ciseaux. Cinq points de suture au visage.

En revoyant Elizabeth Renwick, lame argentée dans sa main levée, Cassie dut étouffer un frisson.

— On sait pourquoi ?

— Le rapport établi par le foyer indique que la victime avait le béguin pour Barry. Elles cousaient des costumes pour une pièce de théâtre quand elle a dit à Elizabeth qu'il l'avait invitée à sortir. Elizabeth a réagi en attrapant la première arme qui lui tombait sous la main.

— Elle était jalouse ?

— Apparemment, Elizabeth vénérait son frère. Au foyer, ils étaient inséparables. Elizabeth était connue pour être instable, sujette à des accès de fureur, tandis que Barry jouait les frères protecteurs et s'arrangeait pour lui éviter les ennuis.

— Alors pour elle, ils étaient *vraiment* Roméo et Juliette. Une autre bonne raison pour détester Mme E, quand Barry a dévié du plan et est tombé amoureux d'elle.

Flyte hocha la tête.

— Je pense que c'est ça, le vrai mobile du meurtre : Geraldine avait osé s'interposer entre elle et son frère chéri. Ça pourrait aussi expliquer pourquoi elle a essayé de vous tuer.

— Moi ?

— Elle était sûrement jalouse de l'amitié de Barry avec une belle jeune femme.

Leurs regards s'entrechoquèrent. Cassie se sentit rougir – et n'en revint pas de voir les joues de Flyte s'empourprer aussi. Toutes deux retournèrent à leur tasse.

— Vous croyez que Barry était réellement décidé à changer, comme il me l'a écrit ? l'interrogea Cassie.

Flyte haussa les épaules tout en hochant la tête.

— Il avait récemment vendu son appartement et donné instruction au notaire de verser le montant sur le compte de Julia Torrance. *Pour apurer une vieille dette*, avait-il précisé.

Donc, Renwick avait relevé le défi de Mme E. Cassie n'en revint pas de sentir des larmes lui monter aux yeux.

Peut-être Flyte s'en rendit-elle compte, car elle lui demanda :

— Vous tenez le coup ? Vous en avez vu de toutes les couleurs, ces dernières semaines.

— Je me sens tellement nulle d'avoir fait confiance à Christian – je veux dire, Barry ! Pourquoi je me suis pas plus méfiée ?

— Si vous vous étiez méfiée davantage, vous ne lui auriez jamais fait part de vos doutes concernant la mort de Geraldine et il n'aurait peut-être jamais soupçonné sa sœur d'assassinat.

Cassie haussa les épaules et Flyte se pencha vers elle.

— Écoutez, vous avez aidé Renwick à renouer avec sa conscience. Sans ça, on n'en serait pas là, sur le point d'obtenir justice pour Geraldine.

Cassie regarda Phyllida Flyte dans les yeux, ces iris bleu glacier cerclés de marine qui lui avaient naguère fait penser à un loup arctique.

— Ça n'a rien à voir avec moi. Tout ça, c'est grâce à Mme E.

Flyte fronça les sourcils, sans comprendre.

— Renouer avec sa conscience, obtenir les aveux de sa sœur et trouver la mort par la même occasion, reprit Cassie. C'est son amour pour Geraldine qui l'a poussé à ça. Elle lui a donné envie de devenir meilleur.

Soudain, Cassie fut hyperconsciente de la proximité de leurs mains, à un doigt de distance sur la table.

— Pourquoi vous vouliez qu'on se voie ?

La question était sortie à l'improviste.

— Comment ça ?

— Eh ben…

Elle croisa le regard clair et sérieux de Flyte.

— Vous pouviez me dire tout ça par téléphone, non ?

Les lèvres roses de Flyte s'ouvrirent, se refermèrent, et elle chercha une réponse dans la salle. Quand ses yeux revinrent sur Cassie, ils portaient l'expression d'une personne contrainte à un douloureux aveu.

— Honnêtement ? Je crois que j'avais juste envie de te revoir.

53

Dans l'ascenseur pour aller déjeuner chez sa grand-mère, Cassie s'avisa que ça faisait vingt et un jours qu'elle avait entendu Mme E « parler » pour la première fois.

Elle ne se demandait plus si ces paroles et les apparitions qui avaient suivi étaient réelles ou de simples projections jaillies de son subconscient. L'important, c'est qu'elles avaient déclenché une série d'événements qui conduiraient à ce qu'Elizabeth Renwick soit punie pour ses crimes. Et Cassie se plaisait à croire qu'après une vie passée à la poursuite de faits objectifs, Mme E tirerait satisfaction de savoir que la vérité avait été révélée.

D'un autre côté, sa relation avec Phyllida Flyte constituait une énigme de taille. Recherchait-elle de l'amitié ou davantage ? Dans un cas comme dans l'autre, ça avait plongé Cassie dans la perplexité. Était-elle attirée par elle ? *Oui.* Mais devenir l'amie, voire l'amante, d'une flique, ça l'emmenait très, très loin de sa zone de confort.

Arrivée à l'appartement, Cassie trouva sa grand-mère scotchée au JT. Sa fracture à la cheville l'avait obligée à lui relater – en version expurgée – les derniers événements, ce à quoi la vieille dame avait finalement plutôt bien réagi. Après s'être signée, elle avait pris le visage de Cassie entre ses mains et l'avait fixée de son regard perçant :

— Dieu merci, tu es une survivante, *tygrysek.* Comme moi.

Cassie avait pris une grande décision. Il était plus que temps que toutes les deux aient une vraie conversation sur le mystère qu'elle sentait planer autour de la mort de ses parents : ce qui s'était passé exactement le soir de l'accident, pourquoi Cassie n'avait pas eu le droit d'assister à leur enterrement, et, surtout, pourquoi Babcia en voulait à son père avec autant d'acharnement.

Pour l'heure, Weronika disait :

— Cassandra, tu te rappelles ce violeur qui avait agressé des quantités de femmes rentrant de la gare ? Il a été libéré au bout de quatre ans seulement et voilà qu'il vient d'en violer une autre.

Quelque chose dans la voix de sa grand-mère poussa Cassie à se tourner vers elle. Elle était perchée tout au bord du canapé, tendue comme un arc. Le présentateur était passé au foot et pourtant elle restait là, comme figée, fixant le poste.

— Babcia ? Ça va ?

L'air d'émerger, elle regarda sa petite-fille. Elle était devenue toute blanche.

— *Dobrze,* murmura-t-elle, basculant en polonais.

Elle fit mine de se lever, mais Cassie bondit.

— Reste assise et bois ton thé. Je m'occupe de la soupe.

Quelques minutes plus tard, elle remuait le barszcz sur la cuisinière quand elle entendit un *crac-cling* de vaisselle qui se brise. Elle trouva Babcia affalée de travers sur le canapé, les yeux fermés, sa tasse disloquée en une demi-douzaine de morceaux sur la table basse en verre.

Une quarantaine de minutes cauchemardesques plus tard, Cassie faisait les cent pas dans la salle d'attente de l'hôpital. La question qui n'arrêtait pas de lui tourner dans la tête : est-ce que le visage inconscient de sa grand-mère disparaissant derrière les portes de la réa serait la dernière image qu'elle aurait d'elle en vie ?

Quand elle vit la cheffe de service venir vers elle à grands pas, Cassie sentit la peur l'envelopper comme un brouillard glacial. Elle dut se retenir de lui prendre le bras.

— Comment elle va ?

— Elle est réveillée et consciente.

Ouf ! Cassie se rendit compte qu'elle venait de se signer.

— Et ses analyses ?

— Comme nous le pensions, elle a fait un AIT, ce qui veut dire…

— Accident ischémique transitoire.

Un mini-AVC.

— Elle peut parler ?

— La parole ne semble pas avoir été touchée. Elle souffre encore d'une certaine faiblesse à gauche, mais on a bon espoir que ça disparaîtra aussi.

Cassie suivit la doctoresse jusqu'à l'alcôve entourée de rideaux. Dans le lit reposait une sorte de pantin ratatiné avachi sur une pile d'oreillers, les yeux fermés, dans lequel elle eut du mal à reconnaître son indomptable grand-mère.

— Babcia ! Comment ça va ?

La jeune femme prit une main ridée dans les siennes et la frictionna.

— T'es gelée !

— Je vais bien.

La voix étouffée, comme si elle lui parlait au téléphone depuis le fin fond de la Sibérie.

— Écoute, les docteurs disent que tu vas te remettre.

Cassie remonta la couverture sur sa poitrine décharnée.

— Ils vont sûrement te placer sous anticoagulants et tu vas devoir te ménager quelque temps.

Weronika entrouvrit une paupière.

— Plus de saut en parachute ?

Une onde de soulagement submergea Cassie.

— Tu as besoin de quelque chose ? Un verre d'eau ?

La vieille dame secoua la tête, puis ouvrit les deux yeux.

— Je dois te parler, Cassandra.

— Ça peut pas attendre que tu ailles mieux ?

Cassie avait déjà assez à faire à essayer d'assimiler l'idée que sa grand-mère meure, ou, pire, se retrouve mentalement diminuée.

— Non.

Un soupçon de sa fermeté habituelle refit surface. Elle se redressa un peu plus sur sa montagne d'oreillers et fouilla le regard de Cassie.

— C'est à propos de ta mère et ton père.
— Pas maintenant, Babcia…
— Il le faut, *tygrysek*. Il y a longtemps que j'aurais dû te le dire, je ne peux pas risquer d'aller dans ma tombe sans que tu connaisses la vérité.
Sa voix se fit plus assurée.
— Cassandra, tes parents ne sont pas morts dans un accident de voiture.
Elle scruta son visage.
— Tu dois savoir que… ton père… Il a tué ta mère.
C'était comme si l'être de Cassie tout entier venait d'être propulsé hors de son corps et abandonné là, flottant dans l'air au-dessus d'elle.
— Je suis désolée de devoir t'apprendre une chose aussi terrible.
Elle réussit à presser la main de Cassie, ce qui la fit retomber brutalement en elle-même.
— J'ai mis plus de vingt ans pour m'y habituer - comme si on pouvait s'habituer à ça, poursuivit Weronika.
Elle ferma les paupières, et resta silencieuse si longtemps que Cassie commença à paniquer.
— Babcia ?
Ses yeux se rouvrirent.
— Tu peux m'expliquer… comment c'est arrivé ?
— Peu de temps après ta naissance, leur relation s'est détériorée et ton père s'est mis à boire. Un jour, j'ai trouvé ta maman avec un œil au beurre noir. Elle a inventé une histoire, mais je savais que ce n'était que pour le protéger. Et puis il s'est mis en tête que ma Katherine avait un amant. Cette enfant si gentille, si fidèle ! Un soir, il l'a suivie, il était ivre et il l'a battue à mort.
Cassie contempla la main marbrée et bosselée de sa grand-mère sur la sienne, si blanche et lisse.
— Et lui, qu'est-ce qui lui est arrivé ?
— Il est allé en prison.
— Quoi ? Tu veux dire qu'il est vivant ?
Son monde tourbillonna et vacilla : toutes ces années, elle avait

cru ses parents morts ensemble dans un accident, y avait même vu une sorte de fin romantique. Elle comprenait maintenant pourquoi sa mère reposait seule au cimetière de Camden. Ce n'était pas, comme Babcia l'avait toujours prétendu, parce que la famille de son père avait insisté pour qu'il soit inhumé en Irlande.

— Oui, et il a été libéré il y a cinq ans !

Une fureur froide gonflait la voix de la vieille dame.

— Depuis, je vis dans la terreur qu'il se présente à ma porte. Dieu merci, il ne l'a jamais fait.

Elle se signa.

— Les services du contrôle judiciaire m'ont dit qu'il était reparti s'installer en Irlande du Nord, d'où venait sa famille.

Cassie regarda par la fenêtre l'impitoyable ciel bleu, étreinte par la certitude que rien ne serait jamais plus comme avant. Son père imaginaire avait volé en éclats : ce n'était plus le bel esbroufeur au sourire facile - un peu rebelle, comme elle - mais un homme jaloux et violent. Un homme qui avait sauvagement assassiné sa mère.

Ses souvenirs de lui remontèrent en pagaille, empreints d'un éclat nouveau : ses cheveux noirs frisés penchés sur le bol de nourriture devant elle, concentré, comme s'il cherchait quelque chose. Une odeur douce et tomatée dans l'air. Tout à coup, ça lui revint. Le bol contenait des pâtes alphabet, un de ses plats préférés, mais pour une raison depuis longtemps oubliée, elle refusait de manger les X. Alors son père les triait et les retirait, un par un.

Comment concilier le papa prêt à faire ça pour sa fille et l'homme qui allait battre sa femme à mort ?

— Tout à l'heure, quand j'ai vu que cet animal qu'ils avaient relâché de prison avait violé une nouvelle femme, ça m'a fait peur, Cassandra.

Babcia paraissait agitée.

— J'ai compris que si je mourais et qu'il décidait de te retrouver, tu devais savoir ce qu'il a fait à ta maman, quel genre d'homme il est vraiment.

— Mais pourquoi il voudrait me retrouver au bout de toutes ces années ? Après ce qu'il a fait ?

— Il a tout nié, évidemment, alors il aurait pu essayer de te persuader. Mais la police m'a dit que c'était une affaire sans ambiguïté.

Mouvement de triste satisfaction.

— Et au procès, le jury a été unanime.

Cassie ne savait que répondre, elle avait encore du mal à s'adapter au basculement dantesque de sa vision du monde.

— La perte de ma Katherine m'a brisé le cœur, mais je sais qu'elle t'a profondément marquée aussi, *tygrysek*.

Weronika lui pressa la main.

— Je pense que c'est peut-être pour ça qu'il t'est difficile d'établir une relation durable avec un garçon. Ou une fille.

Cassie lui darda un regard ahuri. *Alors comme ça, la fine mouche avait toujours su !*

— Peut-être que c'est ce qui te pousse à quitter les gens avant qu'ils ne te quittent.

Des sentiments complexes bouillonnaient dans le ventre de Cassie. Voyant que sa grand-mère s'apprêtait à continuer, elle dit :

— Babcia, tu as été ma mère et mon père. Je n'ai eu besoin de personne d'autre. Maintenant, repose-toi. Je vais faire un saut à la maison pour te rapporter des affaires.

Serrant une dernière fois la main chaude et osseuse, elle remonta la couverture jusqu'au menton de la vieille dame et la regarda s'endormir.

Le crime de son père expliquait d'un seul coup bien des choses : l'absence mystérieuse de photos de lui, les remarques – et les silences – acerbes qui l'avaient tant déroutée ces vingt et une dernières années. La révélation avait déjà fait naître une centaine de questions qui bourdonnaient dans sa tête mais pour les réponses, il faudrait attendre que Babcia soit redevenue elle-même.

Après avoir pris le bus pour se rapprocher du canal, Cassie le longea jusque chez sa grand-mère.

Bien que le soleil soit déjà couché, le pont se détachait sur le ciel encore clair, là-bas, à 50 mètres, à l'endroit où elle avait lutté pour sa vie une semaine plus tôt.

En apercevant une dame en manteau rouge qui le traversait à grands pas, Cassie ralentit. La dame s'arrêta et se tourna pour la regarder. Son visage était baigné de pénombre dans le contre-jour, mais sa voix dans l'oreille de Cassie résonna si claire qu'elle aurait pu venir de tout près.

La vie est trop courte, Cassandra, pour la passer avec les morts.

Là-dessus, Mme E descendit du pont et disparut dans l'escalier.

Avec un serrement de regret si violent qu'elle en eut le souffle coupé, Cassie sut qu'elle ne la reverrait jamais.

REMERCIEMENTS

Je n'aurais pas pu créer Cassie Raven et son univers sans les contributions éclairées d'un ensemble de personnes intelligentes et généreuses.

Je dois ma plus extrême gratitude à Barbara Peters, technicienne primée en anatomopathologie, avec qui j'ai passé de nombreuses heures à discuter joyeusement de la vie, de la mort et de l'éviscération. Sa connaissance intime, non seulement du travail avec les défunts, mais aussi de la charge émotionnelle de s'occuper de leurs proches, a été inestimable.

Parmi les autres personnes qui ont patiemment supporté une foule de questions idiotes sur les cadavres figurent les pathologistes Neil Shepherd, Dominic Chambers et Mike Heath. Je suis également redevable à la toxicologue Joanna Hockenhull et à toute la célèbre équipe du service toxicologie de l'hôpital de Charing Cross à Londres, dirigé par Sue Paterson. Comme toujours, la capitaine Paula James s'est révélée une source pragmatique d'informations en matière policière. Dans le domaine du droit, je remercie tous les avocats qui m'ont prêté leur bon sens juridique : Maggie Morrissey, Neil White et Phil Hill, ainsi que la merveilleuse ex-coroner-devenue-bergère Alison Thompson. S'il y a des erreurs, elles ne sont imputables qu'à moi.

Pour m'avoir aidée à transformer mon idée de départ en roman et à le diffuser dans le monde, je remercie du fond du cœur ma légendaire agente littéraire, Jane Gregory, ainsi que les membres de David Higham Associates, notamment Sara Langham et plus spécialement Stephanie Glencross.

J'ai également eu la grande chance de recevoir un retour cinq étoiles et de vifs encouragements de la brillante Isabelle Grey, ainsi que le soutien et l'humour scabreux de mes camarades du « Fight Club », notre club d'écriture policière – ils se reconnaîtront…

Pour finir, un immense merci à toute l'équipe des éditions Zaffre, notamment à Ciara Corrigan, et par-dessus tout à ma talentueuse éditrice et amie Katherine Armstrong, pour son enthousiasme et ses indications averties – je n'aurais pu avoir meilleure accoucheuse pour cette série.

Pour en savoir plus

Scènes de crime de Val McDermid

RÉALISATION : NORD COMPO À VILLENEUVE-D'ASCQ
IMPRESSION : CPI FRANCE
DÉPÔT LÉGAL : AVRIL 2022. (168023)
Imprimé en France